Zu diesem Buch

Henry Millers Bücher konnten für lange Zeit nur in Paris, in dem legendären Verlag Obelisk-Press, erscheinen. Dessen Eigentümer, der Verleger Jack Kahane, regte bei seinem Autor deswegen eine Schrift über Lawrence an, noch bevor Millers erster sensationeller Roman «Wendekreis des Krebses» (rororo Nr. 4361) herausgekommen war. Das Werk sollte das literarische Ereignis, das Miller selbst darstellen würde, wie sein Verleger voraussah, vorbereiten und den Autor selbst von einer noch anderen Seite zeigen: als literarisch beschlagenen, geistig profunden Streiter in eigener Sache. Herausgekommen ist dabei ein typisches Henry Miller-Buch, ein Werk, das, wie der Autor selbst sagt, «von oben her», in einem wahren Rausch geschrieben wurde, als das Zeugnis eines (von seinem Thema) Besessenen: «Dies ist eine Würdigung, aus Leidenschaften und Vorurteilen entstanden, ein Dokument meiner Gefühle, was ich für die einzig lohnende Form von Kritik halte . . . Ihn (Lawrence) nicht erklären – sondern durch das Schreiben über ihn beweisen, daß die Flamme, die er weitergeben wollte, einen erreicht hat.»

In der Reihe der rororo-Taschenbücher erschienen ferner Henry Millers Meistererzählungen «Lachen, Liebe, Nächte» (Nr. 277), «Wendekreis des Steinbocks» (Nr. 4510), der Erzählungsband «Schwarzer Frühling» (Nr. 1610), «Der Koloß von Maroussi» (Nr. 758), «Big Sur und die Orangen des Hieronymus Bosch» (Nr. 849), «Land der Erinnerungen» (Nr. 934), die Trilogie «The Rosy Crucifixion» mit den Bänden «Sexus» (Nr. 4612), «Plexus» (Nr. 1285) und «Nexus» (Nr. 1242), «Mein Leben und meine Welt» (Nr. 1745), «Der klimatisierte Alptraum» (Nr. 1851), «Vom großen Aufstand» (Nr. 1974), «Insomnia» (Nr. 4807), «Von der Unmoral der Moral» (Nr. 4396), «Briefe an Anaïs Nin» (Nr. 4751), «Die Welt des Sexus» (Nr. 4991), «Mein Fahrrad und andere Freunde. Erinnerungsblätter» (Nr. 5057) und das von Lawrence Durrell herausgegebene «Henry Miller Lesebuch» (Nr. 1461).

In «rowohlts monographien» erschien als Band 61 eine Darstellung Henry Millers in Selbstzeugnissen und Bilddokumenten von Walter Schmiele, die eine ausführliche Bibliographie enthält.

Henry Miller

Die Welt des D. H. Lawrence

Eine Huldigung

Herausgegeben
mit einer Einleitung
und Anmerkungen von Evelyn J. Hinz
und John J. Teunissen

Aus dem Amerikanischen
übersetzt von
Walter Schürenberg

Rowohlt

Die amerikanische Originalausgabe erschien 1980
unter dem Titel «The World of Lawrence»
bei Capra Press, Santa Barbara
Umschlagentwurf Klaus Detjen

Deutsche Erstausgabe
Veröffentlicht im Rowohlt Taschenbuch Verlag GmbH,
Reinbek bei Hamburg, Mai 1983

Satz Garamond (Lasercomp) LibroSatz, Kriftel
Gesamtherstellung Clausen & Bosse, Leck
Printed in Germany
1080-ISBN 3 499 15140 5

Inhalt

Einleitung

Mit der Veröffentlichung von *‹Die Welt des D. H. Lawrence›* schließt sich – so könnte man sagen – der Kreis von Henry Millers literarischem Wirken. Wenn aber alles so gelaufen wäre, wie es geplant war, dann wäre dieses Buch nicht sein letztes größeres Werk, sondern sein Erstling gewesen.

Die Entstehung von *‹Die Welt des D. H. Lawrence›* geht zurück auf das Jahr 1932 in Paris, als Jack Kahane von der Obelisk Press, der sich bereit erklärt hatte, den *‹Wendekreis des Krebses›* zu veröffentlichen, Miller nahelegte, daß es klug wäre, wenn er vor dem Erscheinen eines so anstößigen Buches sich auf der literarischen Szene als Autor eines kurzen kritischen Essays über Lawrence oder Joyce bekannt machen würde. Die Verbindung mit diesen beiden anerkannten Schriftstellern und der Ruf als Kritiker gäbe ihm das Ansehen eines ernstzunehmenden Denkers – also die Art von Reputation, die Lawrence oder Joyce geholfen hat, der Zensur zu trotzen. Zudem war es nach Kahanes Meinung nur logisch, wenn Miller über Lawrence schriebe, da ja seine eigenen Ideen so offensichtlich von Lawrence beeinflußt waren.

Millers Reaktion war, wie man erwarten konnte, zwiespältig. Es stimmte, daß Lawrence für seine literarische Entwicklung wegweisend war; zudem hatte Lawrence auch sein persönliches Leben durchdrungen. Anfang der zwanziger Jahre in New York war Lawrence das Thema vieler Gespräche zwischen Miller und seinem guten Freund Emil Schnellock gewesen; dann um 1925 hatte er in den «lesbischen» Affären seiner Frau, June, eine dramatische Version der Gudrun-Ursula-Beziehung erlebt. Im April 1931 in Paris war er Walter Lowenfels begegnet, der zu der Zeit an seiner Elegie auf D. H. Lawrence arbeitete. In jüngerer Zeit und vielleicht am wichtigsten war es, daß Miller, auf Grund wechselseitigen Interesses für Lawrence, Anaïs Nin kennenlernte, die Frau, die dann zu seiner Muse, seiner Vertrauten und Schutzpatronin wurde.

Überdies hatte Miller, angeregt durch seine Gespräche mit Anaïs Nin, deren *‹D. H. Lawrence: An Unprofessional Study›*, gerade erschienen war, und beleidigt durch Mabel Dodge Luhans *‹Lorenzo in Taos›*, sich schon entschlossen, selbst etwas über Lawrence zu schreiben. Auch hielt er das nicht für eine kurze oberflächliche Angelegenheit. «Was die Sache über Lawrence betrifft», schrieb er im April 1932 an Anaïs Nin, «so habe ich geradezu Angst, mich darauf einzulassen. Ich habe dazu soviel zu sagen, daß ich fürchte, es wird für eine Zeitschrift oder Zeitung zu lang werden.»

Daher würde Miller unter anderen Umständen zweifellos Kahanes Vorschlag gutgeheißen haben. Aber nach Lage der Dinge widerstrebte es ihm, einmal weil ihm die Idee so berechnend und unehrlich vorkam. Zum anderen fragte er sich, warum Kahane eine solche Strategie für notwendig hielt: als ob Miller nicht genügend angesehen sei, um für sich einstehen zu können. Und dann vor allem der Umstand, daß Miller hier zugemutet wurde, sich literarisches Ansehen von zwei Autoren zu borgen, die ebensogut seine Altersgenossen hätten sein können. Mit unverhohlenem Stolz hatte er an Anaïs Nin geschrieben, daß bei seinem Treffen mit Kahane *‹Wendekreis des Krebses›* als das «Buch des Jahrhunderts» bezeichnet worden sei, als «grandios, überwältigend» (épouvantable etc, etc, etc.), neben dem *‹Lady Chatterley›* und *‹Ulysses›*, so fad wie Limonade (sic!) seien. Aber eine Antrittspublikation über Lawrence und Joyce würde ihn als Epigonen abstempeln. Auch erklärte er Anaïs Nin, Kahane habe gesagt, Joyce und Lawrence seien sozusagen «überholt», und jetzt sei die Zeit gekommen, «richtig zuzupacken usw.». Wenn es aber so steht, wozu dann noch diese «Broschüre»?

Obwohl er sich also zu diesem Vorschlag bereit gefunden hatte, geriet er beim Nachhausekommen in Wut und schrieb drei Seiten, in denen er Kahane attackierte. Von diesem «Fieber» gepackt, beschloß er auch, ein zusätzliches Kapitel zu *‹Wendekreis des Krebses›* zu schreiben, als Zugabe, motiviert durch seine Ablehnung von Kahanes Vorschlag, und dieses würde sich mit dem letzten Kapitel von *‹Ulysses›* messen können oder es übertreffen, ohne im geringsten «eine Nachahmung» zu sein. Doch gleichzeitig stürzte er sich mit Rachegefühlen in die Arbeit an der «Broschüre», und als Kahane ihm ein paar Tage später mitteilte, falls *‹Wendekreis des Krebses›* als «Privatdruck» erschiene, würde sich die Broschüre erübrigen, erklärte Miller, er werde daran weiterarbeiten, ohne Rücksicht, «weil das jetzt *meine* Angelegenheit ist».

Es war jetzt seine Angelegenheit in dem Sinne, daß er nicht mehr in Begriffen von der Art jenes kurzen förderlichen Pamphlets dachte, das Kahane vorschwebte. Eher sollte das Werk eine großangelegte Auseinandersetzung mit Joyce und Lawrence werden und dazu dienen, sie auf immer zu verbannen. «Ich möchte alles sagen, was Sie (in Ihrer Studie über Lawrence) ausgelassen haben und doch eigentlich sagen wollten», schrieb er an Anaïs Nin; «ich möchte meine Gedanken zu diesen beiden Männern erschöpfend darlegen und dann mit ihnen für alle Zeit fertig sein. Es macht mir nichts aus, wieviel ich schreibe.» Auch hatte er nicht vor, sich auf diese beiden Zeitgenossen zu beschränken: «Ich möchte, wie ich schon sagte, mich ein für allemal von all diesen Incubi befreien – von allen den Einflüssen, Göttern, Büchern, großen Namen usw., die mich bisher unterdrückt haben. Ich möchte mich durch eine herkulische Anstrengung befreien und damit zugleich ein glänzendes Gegenstück zu meinen frei erfundenen Büchern liefern. Mögen sie doch, soviel sie wollen, den Gefühlsüberschwang oder die formalen Mängel usw. in meinen Romanen bespötteln. Dies wird ihnen ein solides Stück Fleisch zu beißen geben – wovon sie, hoffe ich, die Maulsperre kriegen werden.»

Mit einer Energie, die nur noch von seinem weitgespannten Ehrgeiz übertroffen wurde, und mit einer Hingabe, die ihn alles vernachlässigen ließ, was nicht unmittelbar mit dieser selbstgestellten Aufgabe zu tun hatte, machte sich Miller an die Arbeit. Im November 1932 schrieb Anaïs Nin in einer Mischung aus Bewunderung, Betrübnis und Verstehen in ihr Tagebuch: «Henry hat sich in seine Arbeit vergraben; er hat keine Zeit für June. Ich konzentriere mich wieder auf meine eigene Arbeit. Henry ruft mich an. Schickt mir mit der Post die Masse des Geschriebenen, und ich versuche, seinen Ideen zu folgen, aber was für einen gewaltigen Bogen er schlägt! D. H. Lawrence, Joyce, Elie Faure, Dostojewski, Kritik, Nudismus, sein Glaube, seine Einstellung dazu, Michael Fraenkel, Keyserling. Er schafft sich seine Position als Denker, er verlangt, ernstgenommen zu werden. Er hat es satt, als bloßer ‹Cunt Painter› zu gelten, als Experimentierer und Revolutionär.»

Daß sein «Denken in allen Richtungen zugleich» problematisch sein könnte, bereitete Miller zunächst keine Sorge; er sah darin eher ein gutes Zeichen: «Alles scheint in Zusammenhang zu stehen. Das heißt, ich bin wie ein Tausendfüßler (sic!) oder so ähnlich.» Auch der originale Plan, den er für das Buch entworfen hatte, sah einen vierteiligen Aufbau vor, in dem sich solch eine weitgespannte Thematik unterbringen ließe: «Bei dieser Einteilung in vier Kapitel, mit der Einführung fünf, kann ich frei und locker schreiben», schrieb er an Anaïs Nin. «Bei dieser groben Einteilung mag es Überlappungen geben. Aber ich denke, das wird sich im Lauf der Arbeit von selbst ausbügeln.» Und als seine Ideen die Ausmaße dieses ersten Plans überschritten, entwarf er einfach einen neuen: «Die ‹Broschüre› nimmt weiter an Umfang zu – ich bin dabei, einen neuen Plan zu entwerfen – eine Art Umriß in zehn größeren Abteilungen. So bekomme ich die Sache fabelhaft in den Griff und kann sie vertiefen.»

Obwohl die «Broschüre» sich dadurch rasch zu «einem wahren Schlachthaus von Notizen» auswuchs, war Miller nicht entmutigt, sondern in bester Stimmung. «All diese seitenlangen Notizen sind wie die Seiten meines Gehirns. Ich könnte verrückt werden. Aber ich bin höllisch gesund. Ich komme mir vor wie ein Hellseher. Und wie ein Prophet? Ein Zuchtmeister.» Was immer seinem Schreiben an unmittelbarer Schlüssigkeit fehlen mochte, wurde aufgewogen durch «große makrokosmische Zusammenhänge». Später würde Zeit sein, zu redigieren und zu koordinieren, aber zunächst war es oberste Pflicht, seine Gedanken zu Papier zu bringen: «Die Notizen umwuchern mich wie Unkraut. Ich weiß, daß ich mich streckenweise wiederhole, aber ich kann mich mit schon Gesagtem nicht mehr aufhalten und fürchte immer nur, daß mir ein Gedanke entgleitet.»

Diese Periode angespannter Arbeit währte rund zwei Jahre; dann im Mai 1933 verschob sich ihr Brennpunkt auf dramatische Weise. Während von November bis Mai sowohl Lawrence wie Joyce bis zu einem gewissen Grade in der wirren Masse von Autoren und Ideen, die Miller beschäftigten, untergegangen waren, nahm von Mai an Lawrence den Mittelpunkt der Szene ein. Dies konnte geschehen, weil im Mai Millers Einstellung zu Lawrence einen tiefen Wandel durchmachte.

Wie wir sahen, hatte sich Miller in einer Anwandlung von Trotz auf Kahanes Vorschlag eingelassen, über Lawrence und Joyce zu schreiben, und es war zunächst seine Absicht, beide auf ihre Plätze zu verweisen. Auch im März 1933 war das noch seine Absicht; in einem Brief an Richard Osborne, der ihn übrigens bei

Anaïs Nin eingeführt hatte, erklärte er, daß er dabei sei, «den ganzen Mist aus Joyce herauszuprügeln». Und obwohl Miller wegen des Kontrasts von Lawrence und Joyce für ersteren zunehmend mehr Verständnis hatte, war er noch am 29. März 1933 an Lawrence hauptsächlich interessiert, um ihn zu erledigen. «Ich möchte mehr und mehr über Lawrence wissen», schrieb er an Anaïs Nin, «das Buch von Murry und das von Collin und sogar das von Mabel Dodge Luhan, wenn Sie es noch haben. Da ich einmal dabei bin, will ich ihn von *allen* möglichen Ecken angehen – möchte *alle* Fakten und Interpretationen, die es gibt, kennenlernen. Ich werde wohl nie mehr in meinem Leben auf ihn zurückkommen. Muß mich von ihm reinwaschen.»

Am 7. Mai 1933 indessen gestand er seinen Irrtum ein: «Ich fühle, daß ich unfreundlich, ungerecht gegen Lawrence gewesen bin. Er ist viel größer, als ich mir je erträumt habe . . . Er steht da wie ein Fels. Er kann seine Zeit abwarten. Ich wußte praktisch nichts von Lawrence, als ich mich mit ihm zu beschäftigen begann. Jetzt billige ich ihn aus tiefstem Herzen . . . Ich bin demütig und geläutert. Aber jetzt mehr als je zuvor.» Was diesen großen Wandel hervorbrachte, war, daß Anaïs Nin ihm statt der Bücher, die er verlangt hatte, oder als Zugabe die kurze Essay-Sammlung von Lawrence mit dem Titel ‹*Death of a Porcupine*› geschickt hatte.

Um zu verstehen, warum diese Sammlung von Essays und besonders der über ‹*The Crown*› eine so gewaltige Wirkung auf Miller hatte, müssen wir uns klarmachen, daß seine Kenntnis von Lawrence sich bis dahin hauptsächlich auf seine großen Romane und Sekundärliteratur beschränkt hatte. Infolgedessen sah er in Lawrence, als er mit der Broschüre begann, einen «Giftzwerg, einen widerlichen Teufel, einen nüchternen, ganz und gar englischen Typ. Ich verachte seine arbeiterhafte (nein, spießbürgerliche) Einstellung zu den Dingen – Fußböden scheuern, kochen, waschen undsoweiter. Und seinen Einsamkeitsfimmel. Nicht Empfindsamkeit, sondern Furchtsamkeit, Mangel an Schneid, Mangel an Menschlichkeit». Und weiter: «Sehen Sie sich die widerwärtigen Briefe an, die Lawrence geschrieben hat», bemerkt er zu Anaïs Nin im April 1932 – wobei er sich auf die in Mabel Dodge Luhans Buch erschienenen bezieht. «Wie konnte er nur in die Klauen einer solchen Frau geraten? Irgend etwas an ihm war lahm – trotz seiner herrlichen Sprache.» In ‹*The Crown*› hingegen lernte er einen wirklichen Mann kennen, einen tiefen Denker und Visionär: «Die Sprache ist unübertrefflich – erinnert an die besten Stellen in der Bibel. Die Gedanken sind, meiner Meinung nach, allen Aussprüchen von Jesus überlegen. Es ist wie eine neue Offenbarung. Es gründet sich auf Spengler . . . und es geht über Spengler hinaus. . . . Hier liegt die Saat von allem, was Lawrence geschrieben hat – und mehr als nur die Saat. Es ist der Mystiker auf dem Gipfel seiner Mystik. Dem gehört meine Liebe.»

‹*The Crown*› war, kurz gesagt, die Art von Manifest oder Testament, mit dessen Formulierung Miller in den letzten acht Monaten gerungen hatte. Daher bedauerte er einerseits, daß er es nicht früher zu Gesicht bekommen hatte: «Es hätte mir eine Menge Arbeit erspart. Andererseits hat es mir schrecklich gut getan, mich dazu durchgerungen zu haben und Antwort auf alle Rätsel zu finden, die er einem so wundervoll klar vor Augen führt.» Möglicherweise hat es Miller auch mit Lawrence versöhnt, daß er feststellen konnte, wie relativ jung Lawrence war, als er ‹*The Crown*› schrieb: «Ich bin überrascht, daß das in so jugendlichem Alter geschrieben wurde – 30 Jahre alt!»

Daß Miller nun dabei war, Lawrence zu seinem Hauptanliegen zu machen, und daß er ihn eher erläutern als bloßstellen wollte, erforderte nicht, wie Miller es sah, alles in den letzten Monaten Geschriebene zu verwerfen. Denn nun, da Miller ihn richtig verstehen lernte, verkörperte Lawrence viele der Ideen, die Miller von sich aus entwickelt hatte. Und so verwandte er fast ebensoviel Zeit wie auf das Niederschreiben seiner eigenen neuen Ideen darauf, das Geschriebene durchzugehen, in Randbemerkungen Anweisungen für die Revision oder Erweiterung einer Idee zu geben und zu bestimmen, wo ein neuer Abschnitt eingefügt werden sollte. Dabei half ihm Anaïs Nin, und die Zeit und Kraft, die sie darauf verwandte, ersieht man aus ihren zahlreichen handschriftlichen Notizen auf dem mit Maschine geschriebenen Manuskript.

Nach Millers neuer Konzeption würde Kahane das verlangte Buch über Lawrence bekommen, aber er müßte sich noch längere Zeit gedulden. In einem Brief an William Bradley, den Agenten, der ihn an Kahane vermittelt hatte, legt Miller seine Situation dar. Seine Worte sind zu bewegend, um indirekt wiedergegeben zu werden, und der Inhalt zu aufschlußreich, als daß man ihn verkürzt wiedergeben sollte.

30. Mai 1933

Lieber Mr. Bradley,

ich merke plötzlich, daß zwei Wochen vergangen sind und Ihr Brief unbeantwortet geblieben ist. Ich habe meine Meinung, Ihnen das Buch über Lawrence gerade jetzt zu zeigen, geändert. Wozu wäre das gut, es Ihnen jetzt in seinem unvollkommenen, leider unfertigen und ganz verworrenen Zustand vorzulegen? Sie müssen von Berufs wegen so viel Schund lesen. Das Buch kann warten. Oder ich kann warten, wenn auch Sie es können. Ich habe es selten eilig. Womit ich nicht sagen will, daß ich es zurückhalten möchte, bis es absolut fertig und vollkommen (?) ist, aber es noch nicht jetzt zeigen, weil ich ständig dabei bin, meine Meinungen zu überdenken oder besser: meinen Gesichtspunkt zu vertiefen, wenn es so etwas überhaupt gibt wie einen Gesichtspunkt vertiefen.

Sie müssen sich klarmachen, daß ich eine höllische Menge Zeit auf diesen Teufel Lawrence verwandt habe – anfangs murrend, weil ich mir vorgenommen hatte, ihn en passant zu erledigen, dann gutwillig und jetzt voller Entzücken und Bewunderung für sein Genie. Wenn ich bei meiner ersten Methode der Betrachtung geblieben wäre (hauptsächlich der einer einzigen «Attacke»), dann wäre es ein interessantes und provozierendes Buch geworden. Wie es jetzt steht, bin ich überzeugt, daß mein Buch, wenn es vollendet ist, alles das sein wird und noch etwas mehr. Ein Mann wie ich, dem es ernst ist (was Sie mir hoffentlich zugestehen werden!), muß seinen guten Grund haben, wenn er so lange an diesem Thema Lawrence sitzt. Er hat mir nämlich vieles zu bedenken gegeben, und ich möchte, daß das Buch davon durchzogen ist. Ich habe zwischen verschiedenen Methoden der Anordnung geschwankt – wie es geordnet ist, wie es sich präsentiert, das ist das schwierigste für mich. Und dazu will ich keinen Rat, keine Hilfe – versteht sich. Vielleicht sage ich das, weil ich im Innersten weiß, wie ungeheuer wichtig die Form für mich ist. Aber es muß *meine* Form sein und nicht, was die Dummköpfe dafür halten.

Wenn Sie dies über die Form lesen, werden Sie vielleicht ein wenig lächeln. Käme wohl irgendwer auf den Gedanken, daß ich mich für Form interessiere? Kaum. Aber es ist so. «Von Goethe die Form ... von Nietzsche die Fähigkeit zu fragen», sagt Spengler in seinem Vorwort zum ‹*Untergang des Abendlandes*›. Und für die Franzosen gibt es in Spenglers großem Werk wahrscheinlich verdammt wenig, was sie als «Form» bezeichnen würden. Aber für jeden

Künstler, der diesen Namen verdient, und für jeden, der über die gewöhnlichen Begriffe von Form erhaben ist, hat die Konzeption und Darlegung dieser Untergangsphilosophie etwas ungeheuer Organisches. Und vielleicht – wer weiß schon, wie eng das zusammenhängt – vielleicht ergibt sich die Form bei solchen Werken gerade aus der «Fähigkeit zu fragen», die Spengler erwähnt und damit seinem zweiten Vorbild, Nietzsche, Tribut zollt.

Alles dies muß sehr abseitig erscheinen, ist es aber in Wahrheit nicht. Im Geiste habe ich das ‹*Lawrence*›-Buch mehrmals geschrieben. Es steht mir jetzt klar vor Augen, und das Material liegt in Form von Notizen bereit, einige regelrecht ausgearbeitet, daß sie für sich bestehen können, ganze Sektionen fertig ausgeführt, und dann weitere Stapel von abgerissenen Notizen, die für mich ganze Welten bedeuten, aber jedem anderen wie Griechisch vorkämen. Ich habe das Ganze monatelang mit mir herumgetragen und bin ganz durchtränkt damit. Sie brauchen nur Lawrence zu mir zu sagen oder Stern oder Drache oder das Übel oder Quetzlcoatl (was nur wenige je tun!) – sagen wir, ganz gleich was, und ich explodiere. Ich kann von jedem beliebigen Punkt aus loslegen, wie ein Vulkan, der jedesmal aus einem neuen Krater Feuer speit. Das ist jetzt die Lage der Dinge. Ungemein reizvoll. Und ungemein strapaziös. Nichts so spannend wie mit dieser Sache endgültig fertig zu werden.

Die Welt muß immer wieder auf die Beine gestellt werden, verdammt, widerlegt werden – immer und immer. Die Welt hat immer unrecht. Und auch ich, der ich das sage, brutal, fanatisch, blind und halsstarrig. Ich weiß sehr wohl, welche Hölle mich bei solch einer Einstellung erwartet. Aber es ist die einzig mögliche Einstellung, sie ist wahr, aufrichtig und gerecht.

Ich weiß nicht, warum ich Ihnen alles das sage – ich hatte lediglich vor, mich kurz bei Ihnen zu entschuldigen und mich für das großartige Dinner zu bedanken usw. Aber da verweile ich nun, wie gewöhnlich, bei meinem Lieblingsthema. Vielleicht leitet mich dabei die dunkle Ahnung, daß das, was anfangs nach einer guten Geschäftsverbindung zwischen uns aussah, nicht mehr möglich ist und daß Sie, ebensowenig wie Pinker für Lawrence, viel für mich tun können – geschäftlich. Was Sie schon für mich getan haben, schätze ich hoch und bin Ihnen deswegen für immer verbunden. Sie haben mir in einem kritischen Augenblick die Hand gereicht. Sie waren so anständig und mutig abzuwarten, worauf es bei mir hinausliefe. Dafür kann ich Ihnen niemals genug danken. Und so meine ich, in Vorahnung der Zwistigkeiten, die uns bevorstehen, wir sollten uns für die Zukunft auf eine menschlichere und gefahrvollere Beziehung einstellen – auf reine Freundschaft.

Ich hoffe, daß Sie meine Worte nicht mißverstehen. Ich versuche nicht, Ihnen Ihre Hilfestellung für mich unmöglich zu machen, sondern ich fürchte nur, daß es Ihnen unmöglich werden wird. Ich vermute, ich werde noch mehr Verfolgung erdulden müssen als Lawrence – denn, soweit ich sehe, haben die Menschen sich nicht geändert, noch werden sie sich vermutlich ändern. Die Welt wird immer grauer, düsterer, immer mehr abgestorben. Und während es so mit der Welt abwärts geht, werde ich immer strahlender, heiterer, härter. Ich werde mich nicht ändern. Keinen Kompromiß dulden. Wenn ich gestern noch bereit war, Sätze und Zeilen, ja ganze Abschnitte zu streichen, so werde ich morgen kein Wort ändern, kein einziges Wort. Das Wort mag abgedroschen, klischeehaft, unkünstlerisch, ja sogar falsch sein . . . ich werde es nicht ändern! Ich werde das Meine zu sagen haben, auch wenn es mich umbringt. Und was macht es mir auf lange Sicht schon aus, ob ich jetzt oder erst nach meinem Tod veröffentlicht werde? An der Nachwelt ist mir verdammt wenig gelegen – das können Sie mir glauben. Oder an der Menschheit. Woran mir liegt, das ist meine Rechtschaffenheit – die bedeutet mir alles. Da weiche ich keinen Fußbreit zurück, keinen Zentimeter. Schlechte Nachrichten für Kahane und alle übrigen, die darauf aus sind, sich an dem Leichnam des Künstlers gütlich zu tun. Und glauben Sie auch nicht, daß ich mir damit ins eigene Fleisch schneide. Keineswegs! Es ist mein bitterer, tödlicher Ernst, das ist alles, und wer ist schließlich Kahane oder Knopf oder irgendwer sonst auf der Welt, der mir vorschreiben dürfte, was ich zu sagen habe und was nicht? Das ist's, was ich wissen möchte. Sie können mich mundtot machen, wenn sie wollen. Sie können mich ignorieren, sich weigern, mir zuzuhören. Das ist ihre Sache, nicht meine. Ich gehe meinen Weg. Wenn ich draufgehe, wenn der Kampf zu viel für mich ist, *tant pis*. Ich werde nicht aufgeben. Lassen Sie sich das gesagt sein. Das ist mein Fundament.

Mir ist speiübel von den leberkranken Pfuschern, die heutzutage das Publikum mit literarischem Mist und Müll versorgen. Indem ich Lawrence verteidige, mich für diesen Toten einsetze, führe ich Krieg gegen seine ewigen Feinde, *meine* ewigen Feinde.

Nie gab es ein Zeitalter, auf das man so wenig stolz sein konnte. Es ist ein Verbrechen, geboren worden zu sein. Und jedes Neugeborene dieses Zeitalters ist ein Verbrechen gegen Gott. Geht das zu weit? Das ist noch gar nichts. Ich habe viel Schlimmeres zu sagen. Vielleicht halten Sie es nicht aus, das Weitere zu hören. Gut, Sie müssen nicht! Ich bin nicht für Ausgeglichenheit oder Gesundung oder Therapeutik. Ich bin für eine totale, erbarmungslose, religiöse Revolution. Es kümmert mich nicht, wieviel Blut vergossen wird, noch wie viele Völker ausgelöscht werden. Es machte mir nichts aus, wenn die halbe Erde entvölkert würde, wenn eine Seuche aufkäme und die Erde mit Kadavern übersäte, die bis zum Himmel stänken. Ich denke, es müßte eine Wohltat sein, so ein richtiger Gestank, der Gestank von Fäulnis und nicht immer nur von Scheiße. Ich denke, wenn Sie mir die Zartheit erlauben wollen, daß Joyce solch ein Stinker ist. So sehr ich Lawrence verteidigt habe, so sehr und noch mehr werde ich Joyce angreifen.

Ich hoffe, bis gegen Ende dieses Jahres mit Joyce und Lawrence und Proust und der ganzen These meiner Broschüre fertig zu sein, ein für allemal. Nehmen Sie das als meine Philosophie. Es war demütigend für mich, in Ihrem Büro zu sitzen und aufgefordert zu werden, eine kleine Broschüre über diesen Mann oder jenen Mann zu schreiben, nur um mich selbst vorzustellen. Ich wollte nicht vorgestellt werden. Ich wollte lediglich aufstehen und loslegen – um entweder fertiggemacht oder dafür gelobt zu werden. Aber nicht um Entschuldigung, um Verständnis bitten. Ich kann Ihnen gar nicht sagen, wie schmachvoll mir das vorkäme. Und wenn ich am Ende zuzustimmen schien, dann sehen Sie jetzt, was für eine Art von Zustimmung das war. Kahane wird niemals mein Buch über Lawrence akzeptieren, da bin ich ganz sicher. Auch die «Broschüre» nicht. Weder den Joyce noch den Proust. Noch meinen *‹Wendekreis des Steinbocks›*. Das weiß ich eben. Ich fühl's in meinen Knochen. Ich fühle, daß es ihn im Grunde nicht die Bohne kümmert, wer ich bin, wofür ich stehe. Und vielleicht ist es das, was mich so ärgert. Aber noch vor Ende dieses Jahres wird man wissen, wofür ich stehe. Und dann wird es eine scharfe Trennungslinie geben – Freunde und Feinde, hauptsächlich letztere, wie ich annehme. Ich hoffe, daß Sie immer einer der Freunde bleiben werden. Selbst wenn Sie nicht mit mir übereinstimmen – gerade dann. Das ist alles.

Wegen des Dinners – Jesus, da weiß ich nichts. Das ist so etwas

Praktisches, und in diesen Dingen bin ich verloren. Ich kann Sie nicht zu dem königlichen Schmaus einladen, den ich Ihnen einmal geben wollte, und warum sollten Sie für eine gewöhnliche Mahlzeit nach Clichy kommen? Lassen wir die Dinge sich natürlich entwickeln. Ein Dinner ist nicht so wichtig. Es ist wichtiger, daß Sie wissen, wie ich zu Ihnen stehe. Das wird Ihnen für viel länger Fleisch auf die Rippen geben als das beste Mahl, das ich auf Sie verschwenden könnte.

Nach all dieser Aufregung ist es für Sie das Natürlichste zu sagen – «Lassen Sie mich die Zeche bezahlen!» Bitte tun Sie das nicht. Es bringt mich in Verlegenheit. Ich hasse es, Einladungen annehmen zu müssen, wie gut sie auch gemeint seien. Da komme ich mir immer vor, als vergiftete ich den Gastgeber. Und Sie möchte ich nicht vergiften.

Herzlichst
HVM.

P. S. Sieben Seiten! Ich weiß nicht, wie ich dazu gekommen bin. Verzeihen Sie mir.

Den ganzen Sommer 1933 hindurch arbeitete Miller an ‹*Die Welt des D. H. Lawrence*› mehr denn je wie ein Besessener. «Mir platzt der Kopf», schreibt er im September an Anaïs Nin, «nie in meinem Leben habe ich so viele Wortverbindungen, -verkürzungen, -auslassungen und -zusammensetzungen gemacht.» Und obwohl er sich am Punkt der totalen Erschöpfung fühlt – «ich bin wie eine Kerze heruntergebrannt. Ich kann so nicht weitermachen» –, ist er diesmal fest entschlossen, es zu Ende zu bringen. «Früher wurde alles durch dies oder jenes vereitelt – durch *mich selbst*, nehme ich an. Jetzt könnte nicht mal ein Erdbeben mich davon abhalten, das Geplante auszuführen.» Der Antrieb war jetzt nicht mehr nur seine Achtung für Lawrence, sondern die Tatsache, daß er sich mit ihm identifizierte. «Tage, die Epoche machen, kann ich Ihnen sagen. Nicht mehr Lawrence, mir selbst bereite ich einen Platz!» Indem er die Studie über Lawrence als eine Art Selbstbekenntnis anlegte, bewegte er sich natürlich in der Richtung von Lawrence in dessen ‹*Studies in Classic American Literature*›, und das vielleicht ganz bewußt, denn er erwähnt jenes Buch im gleichen Zusammenhang.

Was sich indessen als Hindernis erwies, war nicht irgendein

Antagonismus zwischen seinem Gegenstand und ihm selbst, sondern das Problem der Anordnung: wie sollte er das Material, das er hinzugeschrieben hatte, und wie die mannigfachen Ziele, denen das Buch nach seinem Willen dienen sollte, koordinieren?

Eine der taktischen Erwägungen, die er anstellte, war, ein «Vorwort» zu schreiben, das die Entstehung des Buches erläutern und einen Überblick geben sollte. Damit nun dieses Vorwort schon durch seine Stellung die behandelten Themen symbolisieren sollte, erwog Miller auch, es in die Mitte des Buches zu stellen:

«Es mag ungewöhnlich erscheinen, ein Vorwort in die Mitte eines Buches zu stellen, aber eine Logik – ich könnte auch sagen, eine chronologische Logik – gebietet, daß es an dieser Stelle erscheint. Denn erst auf der Mitte meiner Arbeit fand ich den eigentlichen Schlüssel für mein weiteres Vorgehen; diese Erkenntnis erscheint mir wichtig genug, um eine Erklärung in Form eines verspäteten Vorworts zu rechtfertigen.

Zunächst einmal muß ich zugeben, daß ich meine Arbeit mit einer vorgefaßten Meinung begann, die eher gegen Lawrence als für ihn war. Ich hatte ihn praktisch im Geiste schon ad acta gelegt; nicht weil ich ihn für unbedeutend hielt, sondern eher, weil ich überzeugt war, daß er mir nichts Neues zu sagen hätte. Und so machte ich mich an eine Sache, die nie zu Ende gebracht wurde – es sei denn, man betrachtet dieses Buch als Ergebnis meines Bemühens. Die etwa hundert Seiten, die ich ursprünglich hatte schreiben wollen, wurden alsbald überschritten. Als ich schon fast ein ausgewachsenes Buch geschrieben hatte, wurde mir plötzlich zu meinem Kummer und Schrecken klar, daß ich allmählich in eine Klemme geriet. Ich entdeckte mit Bestürzung die überaus zahlreichen und alarmierenden Widersprüche. Schließlich zweifelte ich an meiner Fähigkeit, überhaupt noch klar zu denken. Und so kam es dahin, daß ich mich in aller Ruhe und Demut fragte, was will Lawrence eigentlich?

Als ich nun bis zu dieser Stufe einer eigentümlichen Demut gelangt war, vergaß ich prompt meine These, wie auch meine vorgefaßten Meinungen und Ideen, und widmete mich mit Leidenschaft und aus ganzem Herzen dem Studium dieses Mannes. Ich las, was andere über ihn geschrieben hatten, und mit noch größerer Aufmerksamkeit, was er selbst über sich geschrieben hatte. Es dauerte nicht lange, und ich mußte entdecken, daß ich ihn nie richtig verstanden hatte. Erst jetzt ging mir die wahre *Bedeutung* seiner Worte auf. Überall, wohin auch mein Blick fiel, entdeckte ich in dem, was gemeint war, einen großen persönlichen Zusammenhang. Die ganze Symbolik seines Lebens und seines Werkes wurde mir offenbar.

Und so blieb mir, während ich mit Form und Inhalt dieser Arbeit beschäftigt war, stets und vor allem anderen die ungeheure symbolische Bedeutung von Lawrence bewußt. Ich sah, wie sich um den Namen Lawrence, wie um andere Männer der Vergangenheit, denen er im Geiste verwandt war, mit einemmal eine Legende bildete und daß diese Legende überdauern werde. Ich sah auch, daß diese Legende ihren Ursprung in einem Rätsel hatte, dem Rätsel einer schöpferischen Persönlichkeit.

Eines Tages, als ich mehr als gewöhnlich entsetzt über den Umfang war, den dieses Werk annehmen würde, nahm ich einen Bleistift und begann nahezu instinktiv, einen Baum zu zeichnen. Das Sonderbare und Faszinierende an dem Vorfall war, daß von dem Moment, da ich anfing, den Baum zu zeichnen, alles seine Ordnung bekam – der Mann, das Buch, seine Ideen, die Welt, in der er sich vorfand, und die Welt, die er geschaffen hatte. Es war, als hätte ich wirklich den Baum des Lebens gezeichnet, was ich unbewußt auch getan hatte.

Wußte ich, als ich daranging, einen Baum zu zeichnen, daß ich damit auf eins der ältesten Symbole des Menschen zurückgriff, ein Symbol, das noch stets in Erscheinung trat, wo immer und wann immer der Mensch sich Gedanken über Leben und Tod machte? Nein, und ich bin glücklich, sagen zu können, daß ich davon nichts wußte. Indem ich zufällig auf dieses ewige Symbol stieß, mußte ich einen Entwicklungsprozeß nachholen, der fast so alt ist wie die menschliche Rasse an sich. Ich bin froh, daß es so gekommen ist, weil mir dadurch etwas klar wurde, was ich bis dahin nur von ferne geahnt hatte – daß sich in den ältesten Symbolen der menschlichen Rasse die ältesten Wahrheiten verkörpern. Sie sind das Ergebnis der ältesten Art, das Universum zu begreifen, nämlich in der *Imagination*. Gerade das fiktive Element der Kunst – das weiß ich jetzt mit absoluter Sicherheit – hält das ganze, großartige Lebensgebäude aufrecht.»

Außer der Zeichnung dieses «symbolischen» Baumes entwarf Miller eine Wandkarte mit dem Titel «Der Baum des Lebens», um mit ihrer Hilfe in seine Gedanken über das Lawrence-Buch Ordnung zu bringen. «Was ich bei der ungeheuren Masse des Materials dringend brauche», schreibt er an Anaïs Nin, «ist, es vor Augen zu haben, es *irgendwie geordnet zu sehen.*»

Bis Oktober 1933 indessen hatte sich sein Mitgefühl für das Ringen von Lawrence dermaßen mit seinen eigenen Frustrationen identifiziert, daß er nicht mehr klarsehen oder sich irgendwie von seinem Material distanzieren konnte. Und als hätte ihm das ‹*Lawrence*›-Buch noch nicht genug Leiden verursacht, kündigte Kahane an, daß er die Veröffentlichung von ‹*Wendekreis des Krebses*› noch hinausschieben wolle.

Wann genau Miller sich entschloß, die Arbeit an seiner ‹*Welt des D. H. Lawrence*› aufzugeben, ist schwer zu sagen. Da Anaïs Nin im April 1934 einen Teil des Manuskripts zu Rebecca West mitnahm, arbeitete er zu der Zeit offenbar noch an dem Buch, und erst 1941 bemerkte er, daß es für ihn nach Vollendung seiner laufenden Projekte und «nachdem das ‹*Lawrence*›-Buch fertig ist, nichts mehr zu schreiben» gäbe und er sich zur Ruhe setzen würde. Doch im Jahr 1938, in der Version von «Das Universum des Todes», die er in ‹*Max und die weißen Phagocyten*› veröffentlichte, erklärte er, daß und warum er die Sache aufgegeben habe. Nachdem er den enormen Lebensmut von Lawrence und seine schöpferische Einstellung zum Tod hervorgehoben hatte, fuhr Miller fort: «Bleibt indessen das Faktum, daß nicht einmal ein Lawrence imstande war, irgendeinen merklichen Einfluß auf die Welt auszuüben. Die Zeiten sind stärker als die Männer, die in ihnen zur Welt kommen. Wir sind auf einem toten Punkt. Wir haben eine Wahl, aber wir sind unfähig, die Wahl zu treffen. Die Erkenntnis bewog mich denn auch, meine lange Einführung in ‹*Die Welt des D. H. Lawrence*› zu beenden, wovon dies hier das letzte Kapitel ist, mit dem Titel ‹Das Universum des Todes›.» Daß er nun diesen Teil, der in seinem Plan für das Buch als drittes Kapitel vorgesehen war, hier als den Abschluß des Ganzen bezeichnet, ist symptomatisch für seine tiefe Verzweiflung.

Hier und da, Ende der dreißiger und Anfang der vierziger Jahre, veröffentlichte Miller noch weitere Abschnitte aus ‹*Die Welt des D. H. Lawrence*›. Aber die Studie als Ganzes ist bis heute in einem schlafähnlichen Zustand verblieben. Und nicht ohne beträchtliche Skrupel und nur zögernd hat Miller schließlich der Veröffentlichung zugestimmt. Eben weil die Form bei der Arbeit an diesem Werk eine seiner Hauptsorgen war, so war denn auch, als wir mit ihm über das Buch sprachen, eine seiner ersten Fragen, wie denn diese Studie veröffentlicht werden könne, da sie doch noch keine greifbare oder endgültige Gestalt hätte. Indessen konnten wir ihn erinnern, daß er, wenn das Buch auch nicht vollendet war, doch eine Inhaltsübersicht entworfen und eine Synopsis vorbereitet hatte, in der der Grundaspekt eines jeden Kapitels erläutert wurde. Überdies wiesen wir auf die Grundthese hin, die das ganze Buch durchzieht, daß nämlich nicht Geschmeidigkeit oder Stimmigkeit das Merkmal von Größe sind, sondern Vitalität, und an der fehle es seinem Werk wahrlich nicht.

Da er nun das Buch vor so langer Zeit geschrieben hatte, war Miller auch besorgt, das Buch könne jugendlich unreif wirken. Doch als wir ihn baten, die Abschnitte zu lesen, die jetzt den Anfang bildeten, sagte er als erstes «Habe ich das geschrieben?» und dann «Das wurde im Obergeschoß geschrieben – meinen Sie nicht?» – womit er auf seine eigentümlich anschauliche Weise sagen wollte, daß er sich bei der Arbeit an dem Buch wie unter einer Inspiration, wie ein Besessener und Getriebener gefühlt habe.

Doch in letzter Instanz war es wohl die Leidensperiode, mit der sich das Buch in seiner Erinnerung verbindet, woraus sich am besten erklärt, warum er es der Öffentlichkeit so lange vorenthalten hatte. «Nie habe ich so hart und ausdauernd gearbeitet, nur um in äußerster Ratlosigkeit zu enden», erinnerte er sich 1952, als er eine kurze Vorbemerkung zu «Das Universum des Todes» für *‹Ein Henry Miller Lesebuch›* schrieb.

Nach alledem bekommt sein Entschluß, das Buch zu veröffentlichen, etwas Heroisches, wie ja auch Miller selbst sich allmählich als der Typus von Mensch erweist, der Lawrence, wenn er länger gelebt hätte, nach Millers Vermutung hätte werden können. «Man hat allen Grund zu glauben», schrieb er über Lawrence, «daß er, wenn ihm eine normale Lebensspanne vergönnt gewesen wäre, den Grad von Weisheit erreicht hätte, das Leben eines Mystikers, worin der Künstler und der Mensch wieder in Einklang gekommen wären.»

Wie anders *‹Die Welt des D. H. Lawrence›* ausgefallen wäre, wenn Miller in den dreißiger Jahren das Werk hätte vollenden können, ist schwer zu sagen. Nur so viel, daß das Folgende dem nahekommt, was Miller im Jahre 1932 die einzig angemessene Weise nannte, einem Mann wie Lawrence zu huldigen, dem Mann, der «alles in sich vereinigte». «Die einzige Art, einem solchen Mann, der so viel gegeben hat, gerecht zu werden, ist, ihm *wiederum schöpferisch* nahezukommen. Nicht ihn zu *erklären* – sondern indem man über ihn schreibt, zu beweisen, daß man die Flamme, die er weiterzureichen versuchte, aufgenommen hat.»

Evelyn J. Hinz
und John J. Teunissen

I

Persönlichkeit

Wie jedermann weiß, stellt das Gesamtwerk von D. H. Lawrence ein einziges überlebensgroßes Selbstporträt dar. Er blickte in den Spiegel der Welt und sah darin das Bild seiner eigenen nackten Seele.

Erst als ich mit seinen Werken und mit den Meinungen anderer über ihn vertraut war, geriet ich an jenes ungemein menschliche, aufschlußreiche Selbstporträt, das die Briefe uns bieten. Und nachdem ich etwa hundert Seiten gelesen habe, stoße ich auf eine Fotografie von Lawrence im Alter von 29 Jahren – im Jahr 1914, dem kritischsten Jahr seines Lebens und dem schicksalhaftesten Jahr in unser aller Leben. Ich sehe mir die Fotografie lange an. Ein ausnehmend schönes Gesicht, ein wunderbares Wesen strahlt aus diesen Augen. Und fast sogleich fühlt man sich gedrungen hinzuzufügen: ein etwas feminines Gesicht, das Gesicht eines Christus, all dieser androgynen Typen von Erlösern, deren Prototyp Christus gewesen ist. Und doch kein verweichlichtes Wesen! Schönheit, Zartheit, Sensibilität, Glauben. Der Mann des Lichts, der das Dunkle vergötterte, der wie nur wenige Menschen je der Anziehungskraft von Chaos und Geheimnis erlag.

Das Foto hält mich wie in einem Zauberbann. Das ist der Mann, denke ich für mich, der nur ein paar Jahre später die Züge entwickeln wird, die sein Freund Aldington beschrieben hat, die Züge eines Lebensaristokraten, ein Gesicht, in dem alles Gewöhnliche ausgetilgt ist, verfeinert durch Leiden und Kampf, durch weiß der Himmel was für Gewissensqualen.

Ich weiß, in welcher Lebensperiode das auftritt, dieses Bild eines Mannes, dessen Seele intakt und der voller Hoffnungen ist. «Ich halte eben jetzt ziemlich viel vom Glauben», schreibt er an Murry. «Ich glaube an ihn . . . Man sollte an das glauben, was man letzten Endes ist, dann kann man wenigstens die Unmenge von widrigen

Umständen ertragen, solange man *en route* ist ...» Er spricht von seinen angestrengten Versuchen, ‹*Der Regenbogen*› [‹*The Rainbow*›] zu schreiben. Siebenmal hat er angefangen. Und er fügt hinzu: «Ich habe an die tausend Seiten geschrieben, die ich wieder verbrennen werde.» Das ist im Frühjahr 1914. Der Wendepunkt.

Ich blättere zurück zum Titelbild dieses Briefbandes und blicke wieder auf das andere Foto von Lawrence, der Mann in mittleren Jahren mit einem schütteren Bart, mit eingesunkenen, hohlen Wangen und in den müden Augen immer noch jenen durchdringenden Funken, ein Mann mit Fieber im Gebein und mit einer guten Portion Bosheit, Rost, der sich in seine Seele gefressen hat. Zwangsläufig denkt man hier an ein drittes Bild, das Selbstporträt auf dem Titelblatt zu Murrys ‹*Son of Woman*› – was Lawrence, dem Ende nahe, im Spiegel sah. Ein erstaunliches, interessantes Selbstbildnis, trotz seiner Grazie und Leichtigkeit. Ein noch mehr von Martern gezeichnetes Gesicht – des Künstlers Bild von sich. Die Realität des Spiegels, die psychologische Realität, nicht die fotografische. In diesem Porträt hat Lawrence sich bemüht, keine Furche, keine Runzel, keine Entstellung durch Schmerz und Leiden auszulassen. Er ist fast ein wenig stolz auf seine Selbsttortur, auf alles, was er erduldet und durchgemacht hat. Es ist ein wenig edel, idealisiert, ein Porträt schöpferischer Qual – aber deshalb vielleicht in tieferem Sinne wahr. Es ist das endgültige Porträt, das Lawrence, getreu seinem Charakter, machen mußte. Die Geste des Künstlers, der, eben weil er ein Künstler *ist*, kein anderes Bild als sein eigenes dulden will.

Vor mir liegt Korrespondenz, die sich über eine ganze Lebenszeit erstreckt. Ich kann hinter das Werk des Mannes blicken, hinter Kritik und Biographie, und sehen, was er selbst von seinen Kämpfen und Versuchungen, von seinen Offenbarungen preisgibt. Ich schaue begierig – gleichsam angstbebend voraus, um zu erfahren, wann und wie es dazu kam, daß dieser seinem Wesen nach liebende, ehrliche, echte Mann, der er war, der *eigentliche* Lawrence, sich zu dem uns wohlbekannten Bild wandelte – dem verbitterten Mann der mittleren Jahre, mit dem boshaften Lachen und der spöttischen Zunge, der stechenden Wespenzunge, die uns immer wieder sagt: «*Ich glaube nicht an Liebe, müßt ihr wissen, ich glaube nicht an Freundschaft.*»

Je mehr ich lese, desto mehr beginne ich Sympathie zu fühlen, seine Bitterkeit, seinen Zorn zu verstehen – zu verzeihen, würde ich sagen, wenn das nicht so überflüssig klänge. Auf jeden Fall kann ich es vollkommen verstehen.

Ich fühle es kommen – so um sein neunundzwanzigstes Jahr. Es taucht schon in seinen Briefen an Edward Garnett auf, den Älteren, in dem er einen Freund, einen Kritiker, einen Ratgeber suchte. Ich bemerke mit besonderem Interesse, daß Lawrence sich zunächst ganz bescheiden gab, ganz als gutwilliger Zuhörer. Er erwartete von dem Älteren Rat, Verständnis, Ermutigung. Fast sieht es so aus, als leiste er ihm blind Gefolgschaft. *Bis* – ja, bis es an *‹Der Regenbogen›* ging. Da liegt der Ursprung seines Bruches – mit Garnett, mit der Gesellschaft, mit der ganzen Welt. Diese Korrespondenz über *‹Der Regenbogen›* ist ein fabelhaftes Dokument. So aufschlußreich über das Wesen von Lawrence, über den liebenswerten, aufrichtigen, toleranten, weisen Lawrence, den Lawrence des Fotos von 1914, den Lawrence, der in die Welt eintritt, der sie in die Schranken fordert, um die ihm aufgegebene Mission zu erfüllen.

Er antwortet auf einen Brief, in welchem Garnett sein Werk kritisiert hat – zu Unrecht, wie er wohl glaubt. Er hatte Garnett vorgewarnt, daß das fragliche Manuskript ganz anders sei als *‹Söhne und Liebhaber›* [*‹Sons and Lovers›*] – *«in einer anderen Sprache geschrieben»*. «Es macht mir keine Freude mehr», schreibt er, «lebhafte Szenen zu erfinden, wie in *‹Söhne und Liebhaber›* . . . Ich muß jetzt anders schreiben.» Er verbreitet sich des längeren über seinen Wandel im Stil, Ansatz und Behandlung des Themas. «Ich schreibe mit allem in der Schwebe – viel Feuer darunter, aber, wie Knollen in der Erde, nur schattenhafte Blumen, die hervorgeholt und erhalten werden müssen – für einen nächsten Frühling . . . *Es ist mein Übergangsstadium* – aber ich muß schreiben, um zu leben, und das bringt seine eigenen Blumen hervor, und wenn sie auch zart und schattenhaft sein mögen, so werden sie doch gesund sein, wenn sie getreu ihrer Stunde harren.»

Bescheiden, das war er, folgsam, verehrungsvoll zu dem Mann, dem er zu Dank verpflichtet war. *Bis zu dem Moment, da er seiner sicher ist!* Dann, wie eine Cobra, schießt er herum und stößt zu. *Tückisch von Grund auf?* Ja doch! Tückisch gegen jedermann, außer gegen sich. Im Kern ein feuerspeiender Drache. Der symbolische, allmächtige Drache, von dem er in *‹Apokalypse›* [*‹Apocalypse›*] erzählt. Wenn der Zeitpunkt gekommen ist zu zerstören, sich seines Wertes zu versichern, ist er nicht mehr dankbar, schüchtern ehrfurchtsvoll. Er schuldet niemand mehr Treue. Ein Verräter an der ganzen Menschheit, insbesondere an der Vergangenheit:

«Sie kennen meine Bereitschaft zu hören, was Sie mir zu sagen haben, und Ihren Rat anzunehmen und danach zu handeln, wenn ich ihn angenommen habe. Aber es führt zu nichts, sofern Sie nicht Geduld haben und verstehen, was ich zu tun vorhabe. Aber ich bin schließlich kein Kind mehr, das sprunghaft und ziellos arbeitet. Die ganze Zeit entwickelt sich unterschwellig etwas in mir. Und es ist schwer, etwas ganz Neues in aller Offenheit auszudrücken . . . Aber in erster Linie bin ich ein stark religiöser Mensch, und meine Romane müssen aus der Tiefe meines religiösen Erlebens kommen. Daran muß ich festhalten, weil ich nur so etwas schaffen kann . . . Sie sollten zuallererst den religiösen, ernsthaften, leidenden Mann in mir sehen, und danach erst das Oberflächliche und Gewöhnliche . . .»

Einiges vom Feinsten, das Lawrence je geschrieben hat, gehört in diese Periode, steht in diesen schmerzlichen Briefen an seine Freunde – Lady Ottoline Morrell, Lady Cynthia Asquith, Edward Garnett, Middleton Murry und andere. Man spürt den sich weitenden Bruch, den beharrlichen Trieb zu einer kosmischen Anschauung der Dinge, die Entfremdung von der rein persönlichen, wesenlosen Beziehung zu Menschen. Es ist schmerzlich, das zu beobachten, und großartig zugleich. Es ist ein Krieg – Krieg gegen Freunde, Gesellschaft, Überzeugungen, Anhänger. Krieg gegen die ganze Menschheit. Es ist schmerzlich – ich wiederhole es – zu sehen, wie dieser Mann, der so inbrünstig in der Welt und Teil von ihr bleiben möchte, sich einem Ziel verschreibt, und sich doch stetig, unausweichlich, kraft seines integren Charakters, dieser Welt entfremdet. Er möchte «dazugehören» und zugleich seine Stimme erheben. Er möchte aufrichtig, wahrhaftig, ernsthaft, leidenschaftlich, religiös sein – und doch nicht gehaßt oder mißdeutet werden. Ihr werdet diese entsetzlich leidvolle Etappe im Leben aller großen Seelen finden, wenn sie, ihrer Ziele voll bewußt, ihrer Macht vielleicht noch nicht sicher, aber von ihrer tiefen Lauterkeit überzeugt, danach verlangen, ihr Weltbild zu entwerfen und zur Wirkung zu bringen. Und weil sie eben in dieser Übergangsperiode so tief aufrichtig, so tief eins mit sich, so echt, so von Wahrheit durchglüht sind, glauben sie an ihre Kraft, die Welt zu verjüngen und neu zu schaffen.

Während dieser Periode bemerken wir, in den Briefen an Murry, den Keim jenes Zwists mit dem «Freund», der sich mit den Jahren immer tiefer frißt, bis gegen Ende eine Kluft zwischen ihnen gähnt. Der Samen dieses Zwists liegt eben in dem Anspruch auf Integrität. Nachdem Lawrence einmal in sein innerstes Wesen geblickt hat, bleibt er sich selbst treu. Eine harte, äußerste Konsequenz, der Mann, der sein Inneres nach außen trägt, stetig, wie eine Sonne, die ihre Protuberanzen durchbricht, der Kern, der immer heller brennt, leuchtende Ringe, die Lichtwellen des Geistes aussenden, um den flammenden Körper sichtbar zu machen, den unsterblichen, unverweslichen Körper des Menschen, der die Fackel des Lebens in sich trägt. Er beschämt uns, Lawrence. Sein unauslöschlich brennender Geist, seine Ganzheit, seine Allgegenwart, seine Lebendigkeit. Lawrence hatte noch auf dem Sterbebett mehr Leben in sich als die meisten Menschen in ihren ekstatischsten Augenblicken, falls es überhaupt noch Ekstase in der Welt gibt. «Wir sollten verzückt tanzen», sagte er, «daß wir im Fleische leben und zugleich an dem lebenden, leibhaftigen Kosmos teilhaben. Ich bin Teil der Sonne, wie mein Auge ein Teil von mir ist.»

In seinem Mark war dieser Gottesfunke, dieses Lichtrad, das über die vier Viertel der Erde blitzt, über die Himmel und die Wasser unter der Erde, dieses flammende Rad, das über Cézanne und Dostojewski und Whitman gerollt ist, das die Chaldäer, Azteken und Etrusker berührt hat, das ein strahlendes Licht auf Plotin und Nietzsche warf, auf Lorenzo de Medici und auf Quetzalcoatl, eine sengende, verzehrende Flamme, die an das Geheimnis in allen Dingen rührt.

Laßt das Pferd nur lachen. Ich bin sehr für ein Pferd, das lacht. Obwohl ich es nicht mag, wenn es nur kichert.

Ich bin sehr für ein Pferd. Nicht gerade für die Houyhnhnms. Die sind mir nicht blau genug. Es ist ein türkisfarbener Centaur, der lacht, der zuletzt und am längsten lacht. An den glaube ich. Ich glaube, er ist da, jenseits der Wüste im Südwesten. Ich glaube, wenn ihr ihn mit einem Büschel Hafer lockt, kommt er herunter nach Santa Fé, wird euch die Nasen abbeißen und euch nochmal auslachen.

Ein Zweibeiner taugt nichts. Wenn er sicher gehen und stehen will, muß er auf vier Füßen stehen. Wie der Centaur.

Rousseau, der den verlorenen Adam beklagt. Daraus spricht die innerste Stimme von Lawrence. Nicht der Mann mit dem rückwärts gewandten Blick, der wie toll nach einem verlorenen Paradies sucht, sondern der vorwärtsblickende Mann, der Visionär. «Bis jetzt ist der Mensch weniger als halbgroß gewachsen . . .» schrieb er. «Da keimt nirgends etwas.» Es ist leicht, seinen Haß gegen die Menschheit falsch zu deuten. Feind der Menschheit, das war er – aber nicht des Menschen. «Es ist menschliches Schicksal», schrieb er, «daß wir, seit der Mensch in Bewußtheit fiel und seiner selbst bewußt wurde, nur Schritt für Schritt vorwärts kommen durch Verwirklichung. Dies gilt für alle großen Schrecken, Leiden und Ängste des Lebens: Sex und Krieg und sogar Verbrechen . . . Die Pockenwunden eitern noch im menschlichen Geist. Und wir müssen diesen fauligen Geist an unsere Brust nehmen. Etwas anderes gibt es nicht dafür. Den fauligen, verderbten Geist der Menschheit, voll triefender Wunden vom Krieg, an unsere Brust nehmen und ihn dort heilen. Heilen nicht mit blinder Liebe: O nein, das hülfe nicht. Sondern im Schrecken bitteren Erkennens. Wir haben die Krankheit in unser Bewußtsein aufzunehmen und müssen sie durch unsere Seele gehen lassen wie einen Virus. Wir brauchen Vergegenwärtigung. Nur so können wir uns übertreffen.»

Der Mann auf dem Weg zu seiner Ordination! Das ist der Schlüssel zu seiner Liebe und seinem Haß. Kein abgesondertes Wesen, kein kastrierter Christus, kein einsamer und absoluter Gott, nicht einmal ein großer Geist, eingefroren und erstarrt, sondern ein Mann *in* der Welt und *von* ihr. Murry hat soviel Wesens aus Lawrence' freiem Entschluß gemacht, sich vor den Menschen zu verstecken, sich in die Wildnis abzusetzen, ein geistiger Eunuch, ein Mann Gottes zu werden, und so weiter. Doch eben das wollte Lawrence nicht und hatte er nicht im Sinn, wenn auch die vier Jahre zwischen seinem Aufbruch aus England und seiner ersten Rückkehr, jene vier Jahre, die er selbst als «eine hinlänglich wilde Pilgerfahrt» bezeichnet, einen Beigeschmack von Zurückgezogenheit, Entfremdung und Isolierung hat. Erst wenn wir wieder in die Briefe aus dieser Übergangsperiode blicken, wird uns klar, wie sehr Lawrence wünschte, dieser Welt von Mann und Weib anzugehören. Wir erkennen, wie er in dieser kritischen Periode seines Lebens inständig und flehentlich nach einem Freund Ausschau hält – nur *einem*, der bei ihm wäre mit nur einem Funken Glauben an ihn.

In einem dieser Briefe an Garnett über *‹Der Regenbogen›* beschreibt er so rührend seine Schwierigkeiten mit dem Buch. Sie hatten sich auseinandergelebt, er und Frieda, aber jetzt waren sie wieder zusammen, waren eines Geistes, und er konnte seine ganze

Seele in sein Werk legen. Wie glücklich war er, Frieda und sich selbst in dem Buch darstellen zu können! – alles würde gut werden, dachte er. Und dann, etwas später, schreibt er an Murry: «*Es gibt keinen, der sich auch nur im geringsten etwas aus mir macht, ausgenommen Frieda . . .*» *Ausgenommen Frieda!* Was steckt nicht alles in dieser Bemerkung! Also nicht genug, daß die Frau, die man liebt, an einen glaubt? Nein. Lawrence ließ darüber keinen Zweifel. Friedas Glaube an ihn war *nicht* genug. Dazu brauchte es noch einen anderen, einen Mann, einen *Freund*. Denn der Freund verkörpert die Welt absolut, und die Frau, die man liebt, ist nicht die Welt, wie edel und ehrlich sie auch versuchen mag, sich zur Welt zu machen.

Als Künstler mußte er früh genug gemerkt haben, daß Friedas Urteil nicht allzu gut war, nicht allzu kritisch. Andererseits mußte er von ihrer Treue gerührt sein, und das war er auch, wie wir wissen, und doch argwöhnte er, wie wir auch wissen, daß ihre Treue früher oder später zerbrechen würde, sich gegen ihn stellen, nicht nur als Ehefrau oder Liebende, sondern als die Frau schlechthin. Das ist die grausame Erkenntnis dieser frühen Briefe – das tief innere Wissen, daß es jenseits eines gewissen Punktes nur die Leere gab, die tiefe Leere äußerster Isolierung.

Und wie kam es, daß er solche Befriedigung und Genugtuung darüber empfand, Frieda in das Buch hineingebracht zu haben. Ich will das erklären – Frieda war für ihn absolut notwendig, und Frieda war für ihn die einzige Frau in der Welt. *Sie war Frau*, wie er selbst gesagt hat, und wie sehr er die Frau als solche brauchte, bedarf kaum einer besonderen Erwähnung. Frieda war der Inbegriff der Frau – «vollkommen, aber in Grenzen», wie Mabel Dodge Luhan sagt. Aber wie verteufelt schwer war es für den Künstler in Lawrence, mit ihr klarzukommen, gewissenhaft zu schreiben, was er zu sagen hatte, und zugleich darüber nicht seine Frau zu vergessen oder sie unliebenswert zu machen? Denn der Wunsch, gewissenhaft zu berichten, muß stark in ihm gewesen sein – sie nicht zu idealisieren, sie nicht sentimental zu sehen, und vor allem, *sie nicht zu kreuzigen*! Ihr Zusammenleben war ein Duell. Und es war Lawrence, der unterlag. Aber Lawrence starb nur einmal einen leiblichen Tod. Frieda stirbt tausend Tode – in seinen Büchern. Wenn Sympathie sich ausdehnen läßt, so geht die meine an Frieda, nicht weil sie eine Frau ist, sondern weil sie als Frau einfach wehrlos war. Um die lebende Person Frieda gebe ich nichts. Aber Frieda, die Frauengestalt, interessiert mich mächtig. Sie ist die Frau, die (praktisch) durch alle seine Bücher geht – die geheimnisvolle, unergründlich fremde Frau, die Lawrence liebte, wie nur je ein Mann eine Frau geliebt hat.

Man kann sehen, wie Frieda, je mehr sie zu ihm hielt, als alles fehlzuschlagen schien, desto mehr von ihm verlangte. Nicht zufrieden damit, ihm ihre Liebe zu geben und ihn, soweit sie konnte, zu ermutigen, wollte sie auch noch ihr Porträt von ihm haben. Je lauter sie zankte und stritt, je mehr sie darauf bestand, desto schlechter fiel ihr Porträt aus. Als Tom Brangwen sich anschickt, die seltsame Ausländerin zu heiraten, ist viel die Rede von dem Eindruck, den ihm ihr Mund machte. Lawrence betont es drei- oder viermal – «ihr abstoßend-schöner Mund . . . er beugte sich herab und küßte ihren vollen, traurigen, breiten Mund, der auch geküßt sich nicht veränderte . . . Er war abstoßend-schön, und Tom konnte ihn nicht ertragen».

Um sich nicht den rächenden Furien auszuliefern – auch aus tieferen, unbewußten, rein künstlerischen Gründen – wird Lawrence in seiner weiteren Entwicklung mehr und mehr symbolisch. In einem Brief über Marinetti und den Futurismus spricht er zum erstenmal von seiner Hinneigung zum «Außermenschlichen». Er will weg vom Persönlichen. «Was physisch ist – außermenschlich am Menschen – interessiert mich mehr als das altmodische menschliche Element, das uns veranlaßt, einen Charakter nach einem bestimmten moralischen Schema zu entwerfen und ihn entsprechend handeln zu lassen.» Zur Kritik der Kubisten und Futuristen sagt er: «Sie werden auf der rein männlichen, intellektuellen oder wissenschaftlichen Linie fortschreiten. Sie werden sogar ihre Intuition für intellektuelle und wissenschaftliche Zwecke einsetzen» – ein Satz, der stark an Nietzsche in seiner Diatribe gegen Sokrates erinnert.

«Mich kümmert weniger, was eine Frau fühlt – im gewöhnlichen Sinne des Wortes. Das setzt ein fühlendes ego voraus. Mich kümmert nur, was die Frau ist – was sie IST – außermenschlich, physiologisch, materiell – dem Wortsinn entsprechend: aber für mich, was sie als Phänomen ist (oder als Verkörperung eines größeren, außermenschlichen Willens), statt was sie nach menschlichen Begriffen fühlt. Darin eben sind die Futuristen stumpfsinnig. Statt nach dem neuen Menschenphänomen auszuschauen, blicken sie nur auf die Phänomene der physikalischen Wissenschaft, soweit sie sich in Menschenwesen vorfinden . . . Ihr müßt in meinem Roman nicht nach dem alten, unveränderlichen ego des Charakters suchen. Es gibt ein anderes ego, an dessen Handeln das Individuum nicht erkennbar wird und das gleichsam Modifikationen durchmacht, wozu es eines tieferen Verständnisses bedarf, als wir gemeinhin anzuwenden pflegen; zu entdecken sind verschiedene Zustände desselben, im Grunde unveränderten Einzelelements.»

Doch während er diesem außermenschlichen, physiologischen Aspekt von Mann und Frau soviel Gewicht beimißt, betont er gleichzeitig mit ebensolchem oder vielleicht noch stärkerem Nachdruck die Notwendigkeit für Mann und Frau, sich enger zusammenzufinden, weil, wie er sagt, «die Quelle allen Lebens und Wissens liegt in Mann und Frau, und die Quelle alles Lebenden liegt in dem Austausch, dem Zusammenkommen und Sich-Mischen dieser beiden: Mannes Leben und Weibes Leben, Mannes Wissen und Weibes Wissen, Mann-Sein und Weib-Sein».

Lawrence hatte eine Begabung für Porträts – eine grausame Begabung. Aber Charakterstudien in der Art der englischen Romanciers oder gar der Russen, die er so bewunderte, genügten ihm nicht; ebensowenig das wissenschaftliche Zergliedern psychischer Krankheitszustände, das für die modernen Autoren so typisch ist. Lawrence' psychologisches Interesse an seinen Charakteren (hauptsächlich an ihm selbst, wie man zugeben muß) basierte, trotz des scheinbaren Geruchs nach Chemie und Reagenzglas, auf einem Gefühl für die unzerstörbare, unveränderbare und ewig unerforschbare Zentralfunktion des Charakters. Er war auf der Suche nach einer fundamentaleren, substantielleren psychologischen Wirklichkeit.

In der späten Schaffensperiode von *‹Lady Chatterley›* [*‹Lady Chatterley's Lover›*] findet sich ein sonderbares Geständnis, halb ernst-, halb scherzhaft, jene Mischung aus Wahrheit, Spott und Ironie, die hinter so vielen seiner Äußerungen steckt. Ein Mister Lederhandler aus Amerika schreibt ihm und fragt, ob die Gestalt von Clifford nicht rein symbolisch gemeint sei. Und Lawrence mit seiner typischen Unschuld erwidert, «ja, die Paralyse von Sir Clifford ist symbolisch – alle Kunst ist *au fond* symbolisch, aus Absicht oder unbewußt ... Der Wald ist natürlich unbewußter Symbolismus – vielleicht auch das Kohlenbergwerk – und sogar *Mrs. Bolton*».

Sogar Mrs. Bolton! O ja, er hätte hinzufügen können – *sogar Ihr ergebener* ... Denn mittlerweile war für ihn alles symbolisch geworden: er hatte das Leben so nackt gesehen, hatte so tief in die Seele und Natur von Menschenwesen, von Tier, Pflanze und Baum geblickt, daß ihm alles, ob er wollte oder nicht, zum Symbol wurde. Er war an die große fundamentale Wirklichkeit der Dinge gelangt. Er sah nur noch mit dem bloßen, inneren Auge, weil die Welt seine schwachen, elenden Menschenaugen ausgelöscht hatte. Er sah nur noch als Künstler. Er sah blind, grausam, gnadenlos. Sah das Skelett unter dem Fleisch, das Geschwür in der Seele. Aus dem Innersten der Verderbnis flehte er um eine Auferstehung – nicht für sich allein, sondern für alle Menschen. Der Traum auf seinem Sterbebett ist der im Fleisch erstandene Mensch. «Der inständigste Wunsch des Menschen», schreibt er in *‹Apokalypse›*, «ist seine lebendige Ganzheit, sein lebendiger Einklang, nicht die bloße Errettung seiner ‹Seele›. Der Mensch will sich zuerst und vor allem physisch verwirklichen, solange er, für dieses eine Mal, im Fleische und dessen mächtig ist.»

Der Mann Lawrence hatte sich im Brand seiner eigenen Flamme verzehrt, und die Welt hatte das Fleisch von seinen Rippen gerupft und seine Knochen ausgesaugt, ehe er noch beiseite geschafft war. Gegen Ende zeigte es sich, was für eine symbolische Gestalt er war. Da blieb nichts als der Künstler, und der Künstler selbst hatte sich schon in seinem Werk bestattet, hatte sich schon in sein eigenes Grab gelegt.

Sehr wahrscheinlich, daß er zum Ende hin, vielleicht über der Arbeit an *‹Der Mann, der starb›* [*‹The Man who Died›*], sich vom Krankenlager erhob und beim Anblick seiner selbst im Spiegel mit feiner, zitternder Hand jenes leidvolle Selbstbildnis zeichnete, das ironischerweise und doch mit Recht als Titelbild zu Murrys Buch Verwendung fand. *Alles symbolisch.* Alles verhängt, schicksalhaft verhängt. Als er genug, mehr als genug gesehen hatte, zeichnete er dieses Selbstbildnis, das sein Freund und Judas sich später für jenes Buch der «Würdigung» aneignen sollte, das warten mußte, bis der Mann, der ihn dazu inspiriert hatte, tot war und nicht mehr protestieren konnte. *Symbolisch.* Alles symbolisch – bis hin zu Mrs. Bolton und den Kohlenminen.

Armer Lawrence, ich könnte um dich weinen, wenn ich deine symbolträchtigen Zeilen lese. Die Erniedrigung, die Beleidigungen, der völlige Mangel an Verständnis. Dich so ganz an die Welt hinzugeben und so wenig dafür zu erhalten. Und doch das Deine vollbracht, Gott erreicht zu haben, wonach du von allem Anfang an gestrebt hast. In *‹Apokalypse›* sprachst du von dem großen Drachen-Mythos; du beschriebst so eindringlich, so herrlich die Ausdruckskraft des Drachen. Du versuchtest es der Welt wieder nahezubringen, dieses Symbol des Drachen, der in dir selbst sich wand und ausschlug. Und du brachtest auch ein bißchen von dem Drachen in dein Selbstporträt. Einmal, in einer elenden Hütte mit Frieda, sagtest du, sie nannte dich einen Skorpion – du hattest einen Skorpion in dem Spucknapf neben dem Bett gefunden, dem Spucknapf, den du nie benutztest. Aber Frieda, Frieda «die Aristokratin», wollte den Spucknapf da haben. Er war bequem. Sie brauchte ihn für ihre Zigarettenstummel, wenn sie faul auf dem Bett lag. Du plagtest dich ab, du schriebst dir hohle Wangen an, du betteltest um eine Brotkruste, damit Frieda etwas zu essen hätte. Und dann deine Bemerkung, wie komisch es sei, daß Frieda dich einen Skorpion nannte – du konntest dir nicht vorstellen, dich selbst in den Schwanz zu beißen. Aber schließlich tatest du es doch. Du hast ihn, hast dich selbst mit Kopf und Schwanz verschlungen, und indem du das tatest, war ein Drittel der Welt zerstört und zerfressen und wird nie wieder erkennbar sein.

Wo immer ich gehe, deine Worte sind mit mir, sie verfolgen mich. Als ich heute im Museum stand und die wunderbaren Pferde der Chinesen betrachtete, als diese noch ein junges und starkes Volk waren, dachte ich wieder an deine Worte, deine symbolischen Worte von dem Drachen, dem roten Drachen und dem Gold, den die Menschen fürchteten und verehrten, als das Leben noch mächtig strömte und die Menschen Blut in den Adern hatten und nicht diese jämmerliche wäßrige Galle, diese üble grünliche Lymphe, diese geisterhafte anämische, schmutzig-weiße, schwindsüchtige Blässe, die über allen Dingen liegt. Und ich denke, wie du auf dem Höhepunkt deiner großen Liebe auf deine Frieda geblickt und in ihr einen Renoir mit dem Haupt einer Griechin gesehen hast. Und ich weiß auch, was du später sahst – die Bertha Coutts, die sich in deine Seele fraß – wie der harte hurenhafte Mund der Frau, die du liebtest, deine geierähnlichen Gesichtszüge aushöhlte und dein feines sensibles Gesicht sich zu einer raubgierigen Kralle verziehen ließ. Wenn deine Worte sich einkrallten und aufrissen, dann war es ihr harter Hurenschnabel, der sich in deine Seele gefressen hatte, war sie es, die zum Abbild jener Welt wurde, die du verschmähtest, *weil sie dich verschmäht hatte*. Die Welt, die dich in Besitz nehmen wollte, um so erst richtig zum Leben zu kommen.

Ich blicke auf das Foto von dir in deinen mittleren Jahren, auf den Bart, den du dir hattest wachsen lassen, um die zerquälten Furchen zu verbergen – die harte Bosheit, die kränkenden Scherze, und Spöttereien, die Verachtung, den Hohn. Und ich blicke auf deine schwachen, ermatteten Augen, die einst von Zärtlichkeit strahlten – die in ‹*Lady Chatterley*› noch einmal zärtlich aufleuchteten. Müde Augen, krank vom Anschauen der Welt, der Menschen, der Fragmente von Menschen. Müde auch vom ständigen Suchen nach irgendeinem Schlupfloch, einem Ausweg, einer Fluchtmöglichkeit aus dieser verpfuschten Welt, in der wir sind und ewig bleiben werden. Die Augen, die einst beim Anblick eines Renoir aufleuchteten, auf einem Cézanne verweilten, dem verängstigten Mausegesicht von Cézanne auf seinem Selbstporträt. Gleich dir ein Versager in der Menschenwelt. Deine Augen, verbraucht vom Suchen nach einem Lebenszeichen zwischen den Gräbern der Toten.

Ich denke an den erblindeten Milton, den ertaubten Beethoven, an Renoir, wie er mit seinen hölzernen Armstumpen malte. Und du, wie du gegen Ende sagtest, es wäre nicht so schlimm, wenn du dein Augenlicht verlörest – *du brauchtest deine Augen nicht mehr*. Und ob auch der Künstler wirklich seine Sehkraft oder sein Gehör verlieren mag oder nicht, in Wahrheit nimmt mit dem Fortschreiten seiner inneren Entwicklung seine Blindheit oder Taubheit nur zu. Er versiegelt gleichsam alle äußeren Organe der Sinnesempfindung, die *End*-Organe zum Fühlen, Sehen und Hören, um allein mit seinen geistigen Sinneskräften die Lebenswahrheiten zu ergründen.

Und nun kommen wir zu dem Mann: dem «Sex-Märtyrer», dem «Sex-Trunkenen», dem «Sex-Schwächling», dem «geistigen Frühentwickler» usw. usw. Der Mann, der einen Gott aus sich machen wollte, wie Frieda sagte. Der Mann, der kein «Gentleman» war, wie Frieda in einem ihrer Wutanfälle sagte. Der Mann, der ein Aristokrat war, ein Aristokrat des Geistes wie Plato, wie Jesus, wie Buddha.

Sehen wir ihn für einen Augenblick in seiner chaplinesken Rolle. Sehen wir ihn als einen modernen Don Quijote, der gegen die Windmühlen des weißen Idealismus anrennt. Sehen wir ihn als den Wanderer auf Erden. Sehen wir ihn als einen «produktiven Neurotiker».

Er hatte zwanzig Jahre zum Schreiben. Und wenn man sein Werk nicht nur nach seinem Volumen, sondern qualitativ betrachtet, wenn man das Alter, in dem er schrieb, in Erwägung zieht – ein Alter, das künstlerischer Produktion so abträglich ist, so lähmend, so verheerend! –, wenn man dies alles ganz unparteiisch betrachtet, dann ist es nur fair zu sagen, daß er ein Gigant war, ein Künstler, der würdig ist, einem Dante, Shakespeare oder Goethe an die Seite gestellt zu werden. Er war fast bis an sein Ende ein armer, gehetzter Mann. Ein gut Teil der Zeit war er ein kranker Mann. Er war sein ganzes Leben zart und kränklich. Er war mißverstanden, verfemt, abgelehnt. Er führte eine unglückliche Ehe. Er durchwanderte große Teile des Globus. Er baute sich seine Wohnstätten mit eigener Hand. Er stopfte selbst seine Socken, baute selbst seine Öfen, backte selbst sein Brot. Er schrieb Romane, Kurzgeschichten, Stücke, Reisebeschreibungen und Philosophisches. Er führte Krieg, wo immer er hinkam. Er machte sich Feinde. Er wurde auch geliebt, aber meistens wurde er gehaßt. Er grub in den Ruinen der Etrusker auf der Suche nach einer Zivilisation, die er liebte; er übersetzte einen der großen Romane der Zeit. Er schrieb einige der beißendsten Kritiken über amerikanische Literatur, die je verfaßt wurden, die Essays über Poe, Whitman und Melville, die wohl im gesamten kritischen Schrifttum unübertroffen sind. Er lebte unter den Indios und tanzte mit ihnen. Aus Gründen, die er selbst beschrieben hat, zog er sich eine Tuberkulose zu. Nachdem er deren symbolische Bedeutung erklärt hatte, starb er an der weißen Krankheit, gegen die er sein Leben lang gekämpft hatte. Und auf seinem Sterbebett schrieb er mehrere Bände, in denen mehr Leben steckt als in allen modernen, heute lebenden Autoren zusammen. Er verbrannte mit so heller Flamme, daß praktisch keine Asche zurückblieb. Und immer noch sind sie dabei, die Holzscheite aus dem Feuer zu picken.

Mir scheint, daß er in den zwanzig Jahren genügend aktiv gewesen ist, um zu beweisen, daß er lebte. Wenn wir alle, wie er sagte, als Leichname geboren sind, dann war er ganz gewiß der lebendigste Leichnam, den wir je gesehen haben. Der einzige Wert eines Künstlers liegt darin, daß er Leben ausstrahlt, sagte er. Und er brachte Leben mit und strahlte Leben aus. Wie sie sich zu seinen Lebzeiten von ihm genährt haben, Leben aus ihm gesaugt haben, um seine eigenen Worte zu gebrauchen, so werden die Menschen für kommende Generationen Nahrung aus ihm ziehen. «Nur ein

Mann von Genie konnte erreichen, was er vollbracht hat», gibt Richard Aldington zu.

Wenn es um den Mann Lawrence geht, scheint leicht vergessen zu werden, daß er zuerst und vor allem ein Künstler war, und zwar ein Künstler von besonderer Art, einer, der Leben konsumierte, es bis auf den Grund aufzehren mußte. Er nahm nichts als gegeben hin: er traute nur seiner eigenen Erfahrung. Und als einer, der das Leben für sich erprobt hatte, der für sich den Dingen auf den Grund gegangen war und sich ein eisenhartes Gewissen geschmiedet hatte, konnte er mit der ganzen Kraft seines selbstsicheren Geistes sagen «Ihr sagt mir, ich habe unrecht. Wer seid ihr, wie kann schon irgendwer mir sagen, daß ich unrecht habe? Ich habe nicht unrecht!» Und Richard Aldington, dessen laue Bewunderung für Lawrence vor dessen maßlosen Ausfällen stockt, der auf seine milde freundliche Art das lebende Genie Lawrence abwerten will, sagt: «Ich fürchte, Lawrence wird eher als John Bull sein Leben aushauchen.» Nun, Mr. Aldington hat unrecht. D. H. Lawrence wird das Britische Empire überleben. Er wird es überleben, wie Caesar und Cicero Rom überlebt haben. Ein Empire lebt nur, solange es lebende Genies hat, die es entflammen – und der große John Bull ist auf dem besten Wege, sein Leben auszuhauchen! Nein, das Britische Empire ist schon jetzt nahezu tot. Es ist nicht unsterblich. Das sind die Tatsachen.

Soviel über seine heroische Seite. Er hat noch eine andere – bejammernswert, erbärmlich, pathetisch – *lächerlich*. Die Rolle, die er als menschliches Wesen spielte, hat Chaplin in jedem seiner Filme verewigt. Es ist die Rolle als Mensch, der Homunculus, der seinen ungleichen Kampf gegen das Schicksal führt. Hier sehen wir ihn als eine Art unsterblicher Wanze: ganz winzig, sehr lästig, übelriechend, die es durch instinktive List fertigbringt, dem breiten, zerquetschenden Daumen des Giganten Leben zu entgehen. Diese Seite an ihm ist nach dem Geschmack der Masse. Die liebt es zu sehen, wie er dem Giganten eine lange Nase macht oder ihm den Hintern zeigt oder ihm gerade noch mit runterrutschenden Hosen entwischt oder auf einer Bananenschale ausrutscht – diese schüchternen, ängstlichen Plänkeleien mit der Gefahr, mit dem Tod. Und die Wortführer der Masse sind die Intellektuellen, die über dem imaginierten Leben des Homunculus grübeln, um menschliche Spuren darin zu entdecken, die nahezu menschliche Stachelschweinfährte, die er hinterließ, als er sich aus der Umschlingung des Giganten wand. Sie kommen mit ihren Mikroskopen und Prüfgeräten und rekonstruieren eine hübsche Wanzen-Aktivität, die das Geheimnis dem platten Verstand etwas näher bringt. Sie analysieren die Linien und die Abstände zwischen den Linien so subtil, daß es möglich wird, Krethi und Plethi darüber zu informieren, wie in einer bestimmten Nacht im Juni oder September D. H. Lawrence, der Mann und Homunculus versagte, sein Eheweib gehörig zu lieben und so eine ganze Strähne von Kummer und Leid auf sich herabzog. Sie können sogar das Bett knarren lassen. Schwitzend mühen sie sich mit diesen Taten und Ereignissen ab, um das Leben des Mannes plausibel zu machen, wo doch dieser Mann die ganze Zeit versucht hat, eine andere Wirklichkeit ans Licht zu bringen, wo es ihm doch stets darum ging, die Autobiographie seiner Seele zu schreiben.

Im Off seiner menschlich-allzumenschlichen Momente war er eine chaplineske Gestalt. Chaplin war das Idol einer Gesamtheit, das Massen-Idol! Lawrence war kein Massen-Idol, aber er hatte seine chaplinesken Momente. Besonders wenn er von seinen Frauen umgeben war. Ganz wie Chaplin, der am lächerlichsten wirkt, wenn er als Liebhaber posiert. Frau ist die schreckliche Probe auf Wirklichkeit. Frau *ist*. Mann tut als ob. Lawrence, der Künstler, brachte es fast zu einem Gott. Lawrence, der Mann, bekam von einer wütenden Ehefrau Teller an den Kopf. Lawrence, der Künstler, spricht fast so gut wie Sokrates, er kann in seiner Rede die Frau beiseite lassen, er kann wunderbare Dinge über die ernste Bestimmung des Mannes sagen usw. Aber im Privatleben führt ihn die Frau an ihren Schürzenbändern ebenso wie zuvor seine Mutter. Sie kann mit flammendem Blick gegen ihn aufstehen und ihm entgegenschleudern: «Ich bin ebenso bedeutend wie du!» Was, wie wir wissen, nicht stimmte. «Warum bist du kein Gentleman?» Dies zu einem Mann, der auf der Suche nach Gott ist! «Du bist kein Aristokrat!» Soll heißen: aber ich! Und um das zu beweisen, warf sie ihm in aller Öffentlichkeit eine Zeitschrift an den Kopf. Wenn es allerdings im geringsten etwas besagt, im Eisenbahnzug seine Socken auszuziehen und sie zu stopfen, dann war Lawrence wirklich kein Aristokrat. Seine Sprache war manchmal etwas ungeschliffen, gemein, das träfe es besser. Und doch konnte dieser unerzogene kleine Sohn eines Grubenarbeiters, mit seinem Midlands-Akzent und seinen unbeherrschten Wutanfällen, die herrlichste Prosa schreiben, konnte ungemein zart und einfühlsam beschreiben, wie der Heilige Geist sich in dem Samen des Löwenzahns unter dessen Schirm von Samenfäden verbarg. Er hat eine ganze Menge über den Heiligen Geist geschrieben, sonderbar genug für einen Mann, der kein Aristokrat war. Er konnte über die heilige Flamme des Lebens schreiben und sich gleich darauf in einen alten Brief schneuzen. So erzählt man uns. Und wirklich haben uns die ihn anhimmelnden Kühe, die zeitlebens um ihn herum waren, wunderbare Dinge erzählt, wunderbare persönliche Details, aus denen sich der übliche Humbug vom Leben eines Genies zusammensetzt.

Es ist meine Absicht, möglichst viele solcher Details nachzuerzählen, damit wir zu der heroischen Gestalt auch das alltägliche Gegenstück haben, die unausrottbare Wanze, deren Geruch die Menge braucht, damit sie ihren Augen trauen kann. Denn es gehört auch zu meinem Vorhaben, D. H. Lawrence, den Künstler und Helden, der großen Masse in den Rachen zu stopfen. Und dazu muß ich auch seine gemeinmenschliche Seite herausstellen. Denn er war auch Mensch, sonst würde er nicht auf den Berg gestiegen und dort an der weißen Krankheit gestorben sein. Er hat sich seine Krankheit auf dem flachen Land zugezogen. Die Liebe hat ihn umgebracht, wenn er auch dabei zur Erklärung auf den Fall von Edgar Allan Poe zurückgreift. Dazu muß man auch beiläufig feststellen, daß bei Lawrence, wenn er jemand heftig verabscheut, zugleich eine starke Affinität zu diesem Menschen besteht. Poe ist in Lawrence' Augen bedeutend als unbewußter Prophet des Untergangs. Mit Bezug auf Poe sagt er:

«Liebe kann entsetzlich gemein sein.

Liebe gibt den Anstoß zu den Neurosen des Tages. Liebe ist die Hauptursache der Tuberkulose.

Die Nerven, die bei einer geistigen Harmonie am heftigsten vibrieren, sind die sympathischen Ganglien der Brust, des Halses und des Großhirns. Übertreibt man diese Vibration, dann schwächt man die Zellgewebe der Brust – die Lungen – oder des Halses oder des Gehirns, und die Tuberkeln haben freie Bahn.

Aber Poe steigerte diese Schwingungen über jedes erträgliche Maß.»

Nehmen wir nur die letzte Zeile. Wieder bemerken wir, daß Lawrence, wenn er einem Mann seine hohe Achtung bezeugen oder aber ihn vernichten will, was keinen großen Unterschied macht, im Grunde ein Bild von sich selbst gibt. Mir scheint, daß Edgar Allan

Poe jene letzte Zeile überhaupt nicht verdient hat. *Aber Lawrence hat sie verdient!* Er hat die Schwingungen über jedes erträgliche Maß gesteigert. Mrs. Luhan spricht es deutlich genug aus:

«Mir schien, daß er in dem Punkt, gegen den er bei mir kämpfte, bei ihr (Frieda) kapitulierte: dem Verzicht auf seinen eigenen Willen. Wieso folgte er bei ihr allezeit jedem Wink und Ruf? Wäre ihr Urteil gut für ihn gewesen oder hätte sie ihn wenigstens an Orte gebracht, die seiner Gesundheit zuträglich gewesen wären, dann wäre das nicht so schlecht gewesen. Aber die Frau verstand nichts von schwacher Gesundheit und sie wählte unentwegt solche Orte, die ihn bettlägerig machten und weiter schwächten . . . sein Widerstand gegen sie . . . Ich darf mich nicht beklagen, wenn er mich zerstörerisch genannt hat, denn sie hat er in jeder Zeile, in jedem Buch, das er geschrieben hat, so genannt, wobei er seine Anklage, so gut er konnte, vor ihr auf alle mögliche Art getarnt hat, damit sie es durchgehen ließe.

Ich frage mich, ob sie eigentlich wußte, was sie tat, oder ob ihr Instinkt sie, zu ihrem Vorteil und ihm zum Trotz, dazu brachte, ihn zu ihrem Vorteil und gegen seinen Willen in die klimatisch schlimmsten und deprimierendsten Gegenden zu schleppen!»

Hier haben wir eine jener instinktiven weiblichen Wahrheiten, die die Biographie von Lawrence anreichern. Traut nur den bewundernden Anbeterinnen, wenn sie sich schamlos gegenseitig bloßstellen. Mabel stellt Brett als schwachsinnig hin, Brett stellt Frieda als Schlampe und Dirne hin, Frieda sieht in ihnen allen nur zudringliches Pack. Die Carswell-Frau schreibt über ihn wie über einen Heiligen; Brett schreibt über ihn, als wäre er Sir Lancelot persönlich – rein, erhaben und gemartert; die Luhan-Frau sieht ihn als eine Mischung aus Teufel und Heiligem.

‹Lorenzo in Taos› ist ein Buch von der Art, wie wir es über Christus besitzen müßten, als Gegenstück und Korrektur zu den Evangelien. Es gibt ein authentisches Bild von den Vorgängen hinter der Szene – dem Privatleben eines Genies – der Wirrwarr, den er um sich herum stiftet –, all diese läppische, elende Angeberei, woraus er später den Stoff zu seinen Romanen und Dichtungen webt. Das sagt uns überhaupt nichts über sein Genie, über das, was in seiner Seele vorgeht; es liefert nur das Rohmaterial zu seinem Leben, den Rohstoff der Erfahrung, der erst durch seine Kunst verfeinert wird und Bedeutung erhält. Wie Lawrence gesagt hat: «Aus einem Muster von Lügen webt Kunst die Wahrheit . . . Traut

niemals dem Künstler. Traut der Geschichte. Die eigentliche Aufgabe des Kritikers ist, die Geschichte vor dem Künstler zu schützen, der sie geschaffen hat.»

(Ich bin versucht, ein ganzes Kapitel dieses Buches Mabel Dodge Luhan zu widmen, weil sie in geradezu eklatanter Weise beispielhaft ist für die amerikanische Feminisierung von Mann und Weib. Ihr Verstand sitzt in der Gebärmutter, und das ist ein hartes zupackendes Ding, gleich den Schnäbeln der «old rompers», von denen Mellors in *‹Lady Chatterley›* spricht: der *kosmisch-orgasmische* Verstand! Die Taos-Episode ist kein bloßer Zwischenfall in Lawrence' Leben, sondern die dramatische Errungenschaft und Scheitelhöhe eines Weges, auf dem er lange gewandert war. Diese Episode stellt uns lebhaft und nackt das Erhabene und das Lächerliche am Leben eines Genies vor Augen, des mystischen Genius, den das Weib ewig umdrängt, gemein macht, besudelt und erniedrigt. Dieser Typ von Frau, von dem es in Amerika nur so wimmelt, ist sowohl sexuell überdreht wie sexuell unterbelichtet, aber Sex ist der Angelpunkt, um den sich alles dreht. Sie scheren sich einen Dreck um die Philosophie des Mannes oder nur insoweit sie ihre kitzligen oder kitzelsüchtigen Mösen affiziert. Sie sind die wahren Raubvögel des Zeitalters. Aus der Show wird eine Burleske, ihre Worte sind unbezahlbar. Nicht zu glauben. Und das Sonderbare dabei ist, daß der arme Kerl von einem Genie sich davon einfangen läßt und sich genötigt sieht, sie ernst zu nehmen. Aber in all dem miesen Getratsche, dem Gestichel und Gezänk, den weltbewegenden Liebesaffären, der Parade von männlichen und weiblichen «Organen», bekommt man einen Einblick in das alltägliche Leben, den täglichen Aufwasch, die schmerzhaft wirkliche und glanzlose Seite des von der Henne gerittenen Genies. Das arme Genie ist ohnehin halb Weib. Es pißt sich immerfort die Hosen naß – aus lauter Angst vor diesem oder jenem. Meist aus Angst, daß sie ihn kastrieren werden.

Die köstlichen Dinge, die Mrs. Luhan sagt, und jeder einzelne Punkt ist wert festgehalten zu werden, zusammen mit den Porträts, die der arme Lawrence mit einem «nassen Daumen» auszuwischen versucht. Die Porträts sind irgendwie überzeugend. Und sie bilden ein feines Relief zu der hochtönenden Philosophie.)

In unserem Zeitalter, da alles so wunderbar *miß*verstanden, weginterpretiert und wegdiskutiert wird, scheint es mir von köstlicher

Ironie, daß die Gestalt, die erst gestern in unserer Mitte weilte, immer mehr verschwimmt, daß der Künstler, wie eben jeder große Künstler, nur das Rätsel seiner selbst hinterläßt, das uns heimsucht und verfolgt, zum Hohn für unser anmaßendes, eitles Bescheidwissen über alles und jedes, *nur nicht über die Zukunft*. Statt dieses Phänomen bei Lawrence als eine noch zu beweisende Hypothese vorzuführen, habe ich es vorgezogen, ihn aus widerstreitenden Gesichtswinkeln zu betrachten und seine Persönlichkeit in jenem geheimnisvollen und rätselhaften Dunkel zu belassen, das er aus Weisheit und Ehrfurcht als allbedeutsam erkannt hatte. Dies gibt mir das Gefühl, Lawrence den einzig lohnenden Tribut darzubringen, den Tribut, den das Genie noch stets von der Nachwelt erwartet, oder, wenn man so will, die Rache, die der Künstler noch immer für das Verbrechen, mißverstanden zu werden, nimmt. Die große Sünde, die am Künstler begangen wird – und in unserer Zeit mehr als je – ist, ihn *erklären* zu wollen. Denn in der letzten Instanz, das heißt im Herzen, wissen wir, daß wir mit unserer Interpretation niemals Licht in das Persönlichkeitsgeheimnis eines anderen Wesens bringen können, ganz zu schweigen von einem so einzigartigen Wesen, wie Lawrence es war. Wir versuchen weiter nichts, als uns selbst zu verstehen.

Das kritische und biographische Material über Lawrence, der erst vor ein paar Jahren starb, ist beträchtlich und nimmt proportional mit den Jahren stetig zu. Kritik und Biographie! Wie symptomatisch für diese Zeit! Und daß Lawrence, der zu Lebzeiten so verunglimpft, gelästert und verdammt wurde, wegweisend für die Zukunft sein sollte – wie sollen wir das verstehen? Daß man eben erst beginnt, seine Bedeutung zu verstehen, daß sein Einfluß eben erst spürbar wird, daß er wirklich fähig war, Tod auszuteilen, um, wie er meinte, gleichzeitig zu zerstören und neu zu erschaffen? Vielleicht sollten wir keinerlei Schlüsse ziehen – außer dem, daß er *existierte* und daß er einmalig war.

Daß er als die einzigartigste Gestalt seiner Zeit vor uns stehen sollte, bedeutender als die ganze Generation, die ihn hervorgebracht hat, ist das Faktum, dem ich mich beuge, und der Antrieb für mein Interesse an ihm. Von welcher Seite man sich ihm auch nähert – ihn üblicherweise angreift –, ob man in ihm ein psychologisches Problem oder ein historisches Ereignis sieht, ein Scheitern als Künstler oder Prophet oder Heiland, Lawrence ist so fest in den Zeiten verwurzelt, daß er uns heute entschieden lebendiger vorkommt als früher, da er noch unter uns lebte. Der persönliche Konflikt, der ihn befähigte, über sich hinaus zu gehen und sich auszudrücken, symbolisiert nur den größeren Konflikt, der unser Zeitalter nach Form und Charakter bestimmt. Dieser Konflikt wurde verherrlicht und zugleich entstellt durch Lawrence, den Einzelmenschen, dessen Kreativität sich bezeichnenderweise nur in Problemen des Ichs ausdrücken konnte.

In einer Zeit, in der das Einzelschicksal im Schicksal der Masse aufgeht, mußte die Verzweiflung, der Lawrence Stimme lieh, zusammen mit der Hoffnung auf ein neues Leben, ihren schärfsten Ausdruck finden. Indem er sich mit der Zukunft identifizierte, wie schon Leonardo da Vinci, erkannte er mit mehr Aufrichtigkeit und Tragik als je ein Mensch seiner Tage an, was er der Vergangenheit schuldete – und zugleich seine beispielhafte Mission in der Gegenwart. Er war Persönlichkeit in statu nascendi, das Fragment eines Menschen, ein Torso, wenn man so will. Er konnte weder vor noch zurück, noch wollte er sich widerstandslos von der Strömung treiben und davontragen lassen. Er gehorchte dem ihm innewohnenden Dämon, dem blinden Drang der einander widerstreitenden Kräfte in seinem Innern, von dem er uns auf mancherlei Art und in wechselnden Ausdrücken gesprochen hat – *was einem Mann sein Gewissen gebietet*.

«Tod ist keine Schande oder Schmach, und man kann durchaus freundlich und befriedigend an ihn denken», sagt er. Er führte sein Leben gemäß dieser schmerzlich erkannten Wahrheit. Dieses Wissen vom Tod hat sein Leben beschleunigt. Doch wichtiger für uns ist, daß diese Erkenntnis auch seinen Tod beschleunigt hat. Das Symbol, das Lawrence sich am Beginn seiner Karriere erwählte, das auf seinem Grab steht und das sich auf mancherlei Weise durch sein ganzes Werk hindurch ausgedrückt findet, ist der Phönix. Symbol von Tod und Auferstehung, Symbol des ewigen Lebens, das an die lebende Form gebunden ist.

«Der phallische Mystiker» wird er oft genannt, und wirklich war er vom Geheimnis des Sexus fasziniert, ja nahezu besessen. Aber es gab ein Geheimnis darüber hinaus, das ihn noch mehr fesselte und das er noch deutlicher in zwei für ihn bezeichnenden Sätzen ausgedrückt hat: *Sexus ist viel mehr als nur phallisch; Tod ist nicht das Endziel.* Das allererste Faktum, das allererste Geheimnis, die Pracht und Herrlichkeit des Menschen war für ihn der Leib, der heilige Leib. «Es gab nie irgendein Universum, keinen Kosmos, der sich nicht zuerst und vor allem in lebenden, ins Leben eingebundenen Individuen verwirklicht hätte», schreibt er in *‹Spiel des Unbewußten›* [*‹Fantasia of the Unconscious›*]. Für ihn gab es nur einen einzigen Schlüssel zum Universum, und das, so sagte er, war die Einzelseele im einzelnen Lebewesen. «Ich für meinen Teil weiß nachgerade, daß Leben und immer nur Leben der Schlüssel zum Universum ist. Und daß das immer so war und immer so sein wird.»

Und ebenso wie er sich weigerte, den gewöhnlichen, biologischen Hungertod der ihn umgebenden Massenmenschen zu sterben, so weigerte er sich auch, das gewöhnliche, biologische Leben zu leben, das sich ihm nur als ein kontinuierliches Sterben darstellte. Als schöpferisches Individuum geboren, interpretierte er das Leben um ihn schöpferisch; er gab ihm Dramatik, indem er den Konflikt, an dem er zur Persönlichkeit gereift war, hineinbrachte. Für die große Menge, die nicht genügend Einbildungskraft besitzt, um die Elemente oder Kräfte zu erfassen, die seinem Leben Charakter und Kontur gaben, gibt es kein solches Problem wie für Lawrence. Weder Leben noch Tod bedeutet ihr etwas: die sind als Fakten akzeptiert, *tote Fakten*. Für Lawrence stellte sich das Problem so: «Wird der Vogel zugrunde gehen? Soll der Vogel auffliegen?» Wer soll denn der großen Menge ein Ersatzleben liefern, wenn es keinen Tod mehr geben wird? Es war der Lebensinstinkt selbst, den er in Gefahr sah.

Wie Jesus tritt auch Lawrence in einer Zeit der Verzweiflung, der Hoffnungslosigkeit auf, in der ein starker selbstmörderischer Zug bei Völkern und einzelnen vorherrscht. *Wo das Ende deutlich in Sicht ist!* Und wie Jesus findet er sich in einer entnervten Welt vor, einer Welt, die dem ökonomisch-biologischen Drama ausgeliefert ist. «Dies ist ein einziger Winter», schrieb er an Catherine Carswell. «Kinder und Kindergeburten machen noch keinen Frühling. Nicht in Kindern liegt die Zukunft . . . Die Wahrheit, die neu geschöpfte Hoffnung macht den Frühling aus. Und das bringe zustande, wer kann: das sind die Schöpfer neuen Lebens.»

In jedem Zeitalter sind es nur einige wenige Individuen, *die wirklich schöpferischen Geister*, die fähig sind, neue Saat zu legen. In unserem Zeitalter, das so nahezu ausgelaugt und steril ist, muß der Boden selbst wieder fruchtbar gemacht werden. Aus den absterbenden Formen muß ein neuer Lebensrhythmus hervorgehen. Und was immer an Hoffnung in der Zukunft – einer fernen Zukunft – liegt, das liegt unweigerlich in dem Erscheinen und dem Tod, ich möchte sagen, in dem Abgelehnt- und Gekreuzigtwerden dieser tragisch einsamen Einzelmenschen. Denn ihr Tod ist die fruchtbare Saat zu neuen Formen. Aber wenn ihr Auftreten unbemerkt vorübergeht, dann ist auch unser Sterben bedeutungslos. Entweder wir nehmen unser Schicksal in der Wirklichkeit des tragischen Geistes an, oder wir verrotten auf immer in einem Stadium wie China, umschlossen von den kahlen Wänden des Mutterleibs, wie Lawrence es ausgedrückt hat.

Murry hat gesagt, Lawrence setzte sich so stürmisch für eine Veränderung der Welt ein, daß er damit als Person auf Erden für immer unmöglich werden mußte. Das hört sich zunächst nobel und großherzig an, eine Huldigung an Lawrence. Denn es stimmt. Wenn man aber tiefer in Murry hineinhorcht, entdeckt man, wie selbst die Erkenntnis einer Wahrheit – oder nur weil sie erkannt, aber nicht wirklich erfahren war – verstümmelt und verfälscht werden kann.

Murrys Interpretation von Lawrence ist eine pathologische Studie. Wir erfahren, was wir von Anfang an wußten – daß der Mann von Genie anomal ist, daß Anomalität auf einem Widerstreit beruht und daß die Folgen verheerend sind. Aber das Wichtigste an einem Genie ist, daß es schöpferisch ist und daß es ohne Widerstreit, inneren wie äußeren, nichts schaffen kann. Der Konflikt trägt ihn empor – wenn er ein Künstler und kein Neurotiker ist. Wenn also Murry bemüht ist, uns ein Porträt von Lawrence zu liefern, und dabei den Künstler in ihm verkleinert, dann macht er sich eines Verbrechens schuldig. Denn die Studie eines Genies auf dem Gerüst der Pathologie zu entwerfen, heißt die Bedeutung von Kunst und Künstler völlig verkennen. Die Tatsache, daß er etwas geschaffen hat, ist wichtig für uns, nicht ob er pathologisch war oder nicht. Wichtiger noch als *was* er geschaffen hat, ist die Tatsache, *daß* er schöpferisch war, wie Otto Rank ausgeführt hat, indem er zwischen dem «verfehlten Künstler», für den der Neurotiker exemplarisch ist, und dem wahrhaft schöpferischen Künstler unterscheidet. In jedem Aspekt seines Daseins war Lawrence ein schöpferischer Mensch. Sein Leben ist eine einzige Schöpfung. Und wenn er durch seine «erstehende» Persönlichkeit hindurch der Welt nur den Torso eines Mannes darbot, dann muß uns vor allem die Art, der hohe Rang jenes Torsos angehen und nicht dies oder jenes Minus, das er aufwies, all jene Elemente, die der Rest der Menschheit im Überfluß besitzt, für nichts und wieder nichts.

War Lawrence ein Neurotiker? Höchstwahrscheinlich. Es ist nahezu albern, so zu fragen. Was ihn jedoch von dem gewöhnlichen Neurotiker unterscheidet ist, daß er produktiv war. Welches Genie ist nicht neurotisch gewesen? Wie kann überhaupt von Genie die Rede sein ohne die Frage nach Konflikt? Wie kann es irgendeine Kultur oder Zivilisation geben ohne dieses Krankheitselement? Die nicht davon angesteckt sind, sind wertlos, weniger als wertlos – sie sind tot. Krankheit ist der Lebenskeim in seiner virulentesten Form. Krankheit entspringt aus dem Innersten der Fäulnis, und Fäulnis ist schlicht der Verfall eines lebenden Organismus. Wenn es kein Leben gäbe, dann auch keine Fäulnis, keinen Verfall, keinen Tod; Krankheit ist die geistige Algebra, die Leben mit Tod gleichsetzt, die für Kontinuität zwischen Leben und Tod sorgt. Gerade Krankheit sollte uns verehrungswürdig sein. Nur durch Krankheit wissen wir von Gesundheit, jenem empfindlichen Gleichgewicht im Widerstreit der uns innewohnenden Kräfte von Leben und Tod. Gesundheit sollte also nur als das Symbol jenes Kampfes betrachtet werden, der ewig und unergründlich in unserem Innern tobt; sie sollte für uns das Gleichgewicht bedeuten, nicht das Ausscheiden oder Besiegen dieser einander widerstreitenden Elemente oder das heil Davonkommen. Und jenes Gleichgewicht ist immer nur ein Versuch; schließlich kommt der Kampf zu einem Ende, und dieses Ende heißt für uns alle Tod. *Aber Tod ist nicht unsere Sorge.* Vom Tod wissen wir nichts – er ist die negative Lebensrealität, wie Lawrence sagt. *Die Frage ist Leben, mehr Leben!* Es ist qualvoll zu sehen, wie der Mann mit dem lauten Schrei «Mehr Leben! Mehr *lebendiges* Leben!» umherging, nur um sich sagen lassen zu müssen, er sei verderbt. Verderbt? Natürlich war er verderbt. Er huldigte der Verderbnis. Denn nur aus der Verderbnis können wir einen umfassenderen Lebensbegriff ableiten. Dies ist die Zeit, da Verderbnis gedeiht. *Wir müssen zu einem Ende kommen*, rief er immer wieder.

Murry nennt *‹Liebende Frauen›* [*‹Women in Love›*] ein tödliches Buch. Tödlich? Nein. *Tod-austeilend!* Lawrence strebte danach, Tod auszuteilen. Eine bloß ökonomische Revolution, eine bloß politische Revolution bedeutete ihm nichts. Er fühlte sich erhaben über die Klassengegensätze, erhaben über das Utopia einer mittelmäßigen Freiheit. Lawrence wollte das Unmögliche, eine neue Spezies Mensch. Kein Flickwerk. Keine Klempnerarbeiten. Keinen Kompromiß. Er war fanatisch und unerbittlich. Ein Absolutist, wenn man so will, aber ein Absolutist des Lebens im Gegensatz zum Absolutum des Todes. Der Mann Lawrence kämpfte um sein Geborenwerden. Das Zeitalter erlaubte ihm das nicht. Unser Zeitalter ist weder darauf aus zu sterben, noch geboren zu werden. Dieses Zeitalter nimmt das Leben, wie es ist – ein *realistisches* Zeitalter. Aber dieser Realismus ist nur oberflächlich. Statisch! Alle, die sich rühmen, die Dinge zu nehmen, wie sie sind, gerade die töten die Dinge, wie sie sind, weil Dinge niemals sind, sondern in Bewegung sind, ständig fluktuierend. Wer die gegenwärtige Lage akzeptiert, bringt das Leben zum Stillstand. Und so ist unser tagtägliches Leben – Stillstand, Fortdauer, statischer Tod.

«Das einzige, was man jetzt tun kann», schrieb Lawrence schon 1916, «ist, mit dem Schiff unterzugehen, zu versinken, oder aus Leibeskräften das Schiff zu verlassen oder als Schiffbrüchiger ein Leben in der Abgeschiedenheit zu führen. Was mich betrifft, so gehöre ich nicht zu dem Schiff; ich will, wenn ich es irgend verhindern kann, nicht mit ihm untergehen.»

Und etwas später, in *‹Die gefiederte Schlange›* [*‹The Plumed Serpent›*], haben wir diesen bezeichnenden Meinungsaustausch zwischen seinen zwei Charakteren:

«Du glaubst nicht, daß du unrecht hast?»

«Nein! Ich habe nicht unrecht. Höchstens, mag sein, ich halt's nicht aus.»

Und noch einmal, in einem Brief an einen Freund: «Du sagst mir, ich habe unrecht. Wer bist du oder wer ist irgendwer, mir zu sagen, ich hätte unrecht? Ich habe nicht unrecht.» Gezeichnet D. H. Lawrence. Gezeichnet Jesus Christus. Gezeichnet Blake, Emerson, Thoreau, Whitman. Gezeichnet Spengler. Alle, die sagen «Ich schreibe nicht für ein paar Monate im voraus oder für nächstes Jahr, sondern für die Zukunft. Was wahr ist, kann nicht durch ein Ereignis zunichte gemacht werden ... Ich sehe weiter als andere ... Und wenn kein anderer den Mut hat, zu sehen und zu sagen, was er sieht, dann habe ich vor, das zu tun. Ich habe ein *Recht*, Kritik zu üben.» Wer je zum Sehen begabt war, Mumm hatte und integer war, wie hätte der je darauf verzichtet, Kritik zu üben, zu richten, zu verdammen, sich als Wertmaßstab zu setzen und seine Tyrannei zu errichten? In den Augen eines Mannes von Geist (im vollsten Sinne des Wortes) hat die Welt stets unrecht: die bloße Existenz eines großen Lebenden ist der Beweis.

Lawrence besaß drei herrliche Eigenschaften: visionäre Kraft,

Mut und Rechtschaffenheit. Murry, sein Freund, nannte ihn einen Versager als Mann, einen sexgemarterten Mann; John Bull hänselte ihn als das sexdurchweichte Genie. «Die Menschen sträuben sich so sonderbar, einem lebenden Künstler Genie zuzubilligen», sagt sein Freund Aldington. «Sie fühlen sich durch das Höhere beleidigt und versuchen, es zu ignorieren oder zu unterdrücken.» Vielleicht war das nicht immer so, aber heutzutage trifft es mehr denn je zu. Denn heute haben wir die Ära des Kollektivismus, der großen Masse, des Mobs, der blinden Schweine, die von Blinden angeführt werden. Erst wenn wir auf seinen Vorläufer, Jesus, zurückgehen, finden wir einen Mann, der die Menschheit mehr verabscheute als Lawrence. Und dennoch hat kein Mann größere Hoffnungen auf den MENSCHEN gesetzt. Nicht der Defaitismus von Jesus verbindet Lawrence' Namen mit seinem, und nicht die Romantik Nietzsches läßt uns an diesen denken, wenn wir die heftigen Ausfälle und Anklagen von Lawrence verfolgen. Und von seinen Zeitgenossen sollten nur zwei mit ihm verglichen werden können, Spengler und Faure, jener wegen seines geschichtlichen Weltbildes und dieser wegen seines Bildes vom Mann-als-Künstler.

Untergang! Lawrence sieht es als Inschrift über dem ganzen Universum. Noch bedrohlicher, noch verheerender, noch ausschließlicher als Spengler. Nicht bloß eine abendländische Kultur, nicht bloß der Faustische Mensch, die gotische Seele und so weiter, *sondern der Mensch schlechthin und überall.* «Unser Tag ist kurz und sinkt schnell!» Immer wieder kommt er darauf zurück. Er unterstreicht es mit roter und grüner Tinte, mit Galle und Vitriol. Gleich den hebräischen Propheten knirscht er mit den Zähnen und beschmiert seinen Leib mit Dung. Er läuft nackt unter uns umher und stellt die eiternden Schwären des Geistes zur Schau. Verzweiflung, Pein – wie der letzte Erdenmensch, der alles zugrunde gehen sieht. *Untergang! Untergang!*

Wenn er an Herman Melville kommt – einer der wenigen amerikanischen Schriftsteller, der *«ein Mystiker»* ist, wie es die besten amerikanischen Schriftsteller waren, sagt Lawrence –, wenn er dann zur Beschreibung des Symbolgehalts von *‹Moby Dick›* und dem großen weißen Wal kommt, schreibt er die feinsten Zeilen, die immer, wenn Lawrence' Name erwähnt wird, in Großbuchstaben erscheinen sollten. Was hat sich seit Melville getan? fragt er. *Post-mortem-Effekte.* Ein lebendiger Tod. Fortdauer. Nichtigkeit. Das zähe Leben des Willens, der Faustische Geist, wenn man so will, der sich selbst über den Abhang hinunterstößt, zu seiner selbstgewollten Zerstörung, seinem Selbstmord.

Lawrence hatte eine hohe Meinung von sich. Etwas früher in seiner Karriere pflegte er zu sagen: «Ich glaube, ich trage in mir eine Antwort auf das, was heute nottut.» Und etwas später, an jemand anderen, schrieb er: «Ich bin tief überzeugt, daß ein Einzelner sich als wertvoller erweisen kann als die ganze Generation, in der er lebte.» Und wenn wir annehmen, daß er dabei sich im Sinne hatte, was er sich sehr wohl erlauben konnte, so wollen wir diese Haltung doch nicht mit Eitelkeit verwechseln. Denn zur gleichen Zeit und im gleichen Geiste konnte er an Lady Ottoline Morrell schreiben: «Glauben Sie nur nicht, daß *ich* wichtig sei . . . Und seien Sie auch nicht skeptisch. Die Jungen sind wir. Und nur die Jungen haben den Blick für eine große Sache.» Und in einem Brief an Katherine Mansfield über Murry sagt er mit höchstem Nachdruck: «Eins weiß ich: ich habe die Betonung des *persönlichen* Elements satt, der persönlichen Wahrheit, der persönlichen Wirklichkeit. Die ist höchst fade und nutzlos. Ich bin für eine neue nicht-persönliche Wirksamkeit . . . Und für Beziehungen, die nicht nur persönlich sind . . . Beziehungen, die sich auf Einmütigkeit in Sachen der Wahrheit oder des Glaubens gründen, und eine Harmonie der Absicht, eher als im Persönlichen. Ich bin der Persönlichkeit müde . . . Seien wir doch locker und unpersönlich, befingern wir nicht ewig unsere Seelen und die Seelen unserer Bekannten, sondern versuchen wir etwas zu schaffen . . . einen vollkommen neuen Lebensbaum aus den Wurzeln, die in uns selbst liegen.»

Man muß unterscheiden zwischen dem Funkeln der Persönlichkeit und dem strahlenden Glanz des lebendigen Geistes. Erstere ist feminin, letzterer maskulin. Die Flamme im Manne, die feste, ernste Entschlossenheit, der unerschütterliche Wille – sie sind der unmittelbare Ausdruck des Maskulinen, und Kunst ist männlich oder nichts. Hierzu finde ich in den frühen Briefen eine Stelle, an der Lawrence ein bezeichnendes Kuriosum aus einem ‹*Grenzen der Seele*› betitelten Buch von Lucka anführt. Er schreibt an einen Freund: «Die *Grenzleute* sind jene, die am Rande menschlichen Begreifens stehen und die allezeit die Grenzen menschlichen Wissens – und die Grenzen des Lebens erweitern . . . Lucka verehrt im Menschen einzig und allein das Genie, und er verehrt es um so mehr, je reiner es im Menschen auftritt . . .»

Dies ist der Schluß eines offenbar ganz beiläufigen Briefes. Aber bemerken wir, wie er ein paar Jahre später, als er in die Sache mit Magnus verwickelt ist und versucht, von dieser einzigen Gemeinheit, die er in seinem Leben begangen hat, loszukommen, Magnus eine Huldigung darbringt, die dieser miese kleine Kerl gewiß nicht verdiente. Nie in seinem Leben hatte Lawrence sich so schuldig gefühlt. Er hatte Magnus – daran kommt man nicht vorbei – schwer gedemütigt. Das wußte er in seinem Innersten, und darum zweifellos schrieb er jene herrliche Einleitung zu den ‹*Memoirs of the Foreign Legion*›. Er erkennt seine Schuld an und versucht dann, sich freizusprechen. Er hätte es besser in der aufrichtigen Haltung eines Mörders dabei belassen und nicht seine Absolution versuchen sollen. Aber dann gegen Ende legt er so wunderbar Zeugnis ab, was man, wie ich schon sagte, nicht auf Magnus beziehen sollte, sondern auf ihn, denn er selbst war es, dem er verzieh. «Und somit», sagt er, «obwohl M . . . Gift genommen hat, und ich würde ihm nicht wünschen, das *nicht* getan zu haben, obwohl ich ihm also, sofern noch Lebenswärme in uns ist, nicht verzeihe, so bin ich dennoch, was den ewigen, unüberwindlichen männlichen Geist angeht, mit ihm und für ihn in alle Ewigkeit. Ich bin ihm dankbar, denn er hat mir Außenbezirke menschlicher Erfahrung erschlossen, die ich allein von mir aus nicht hätte freilegen können. *Menschlich* ein Verräter, das war er. Aber er war kein Verräter am Geiste. Im hochgeistigen Sinne menschlichen Bewußtseins war er ein Held – klein, angstbebend und heroisch: ein seltsamer, zitternder, kleiner Stern.»

Erst wenn wir uns klarmachen, daß ein Mann von Genie ein Monstrum ist, ein Verräter unter anderem und kriminell, erst dann können wir Wertunterschiede feststellen. Denn je mehr er von der Norm abweicht, je mehr er monströs und kriminell ist, desto befruchtender ist sein Geist. Eben darin, daß Lawrence, gleich Dostojewski, Blake, Whitman und Jesus, zu jener Art von Genie gehört, die Grenzgebiete menschlicher Erfahrung freilegt und die Grenzen des Lebens erweitert, eben darin liegt sein Wert für uns. Sogar Murry erkennt das an, wenn er davon spricht, daß Lawrence anomal und seine Lebenseinstellung anomal war, und hinzufügt: «Gerade von den anomalen Menschen haben wir zu lernen. Sie, und sie allein, haben uns wichtige Dinge zu lehren. Noch jeder, von dem die Menschheit gelernt hat, einen wirklichen Schritt weiter in die Zukunft zu tun, war als Mensch anomal. Er war anomal, weil er sich der Zukunft verschrieben hat, weil er die Seele der Zukunft in sich trägt. Lawrence war die Zukunft, jedenfalls soweit wir eine solche in unserer Zeit zu erwarten haben.» Indem er das sagt, vergißt er prompt, was er soeben geschrieben hat, und macht sich daran, Lawrence zu guillotinieren. Indem er aus dem Leben von Lawrence seine Werke erklärt und umgekehrt, enthüllt Murry nach und nach das Versagen des Mannes als Ehegatte, als männlicher Partner, als Heiliger, als Prophet, als Führer und schließlich als Künstler.

Versagen! Versagen! Totales Versagen und Fiasko. Es kommt mir so vor, als ob es die Entdeckung des Versagens eines Künstlers erst seit der Entdeckung der psychologischen Methode gäbe. Alles ist Versagen, weil sich alles auf eine Wissenschaft vom Versagen gründet. Es mag angebracht sein, befriedigend und manchmal sogar überzeugend, den Künstler unter dem Gesichtspunkt von Versagen und Krankheit zu betrachten, aber damit bleibt das Problem seines Erscheinens und seiner Kunst unberührt. Es fügt lediglich eine neue Kategorie von wissenschaftlichem Kauderwelsch zu der ohnehin schon langweiligen Terminologie der Kunstgeschichte.

Wir leben in einer Zeit, in der die großen Geister nur noch als Illustrationen zum Lehrbuch der Pathologie herhalten dürfen. Wenn man diese hochtrabenden Alleswisser liest, glaubt man, daß es nie eine Psychologie, sondern nur diese Psychologie von totem oder krankem Zellgewebe gibt. Das Interesse an einer großen Gestalt, sei es Mohammed, Jesus, Napoleon, Tamerlan oder Buddha, richtet sich nicht darauf, was der Mann war, sondern was er nicht war. Diese Haltung ist rein negativ und nur eine Ausflucht. Und vor allem ist sie *falsch*. Kritik – diese Art von Kritik – ist ohne jeden Nutzen. Wir brauchen den Kritiker nicht, damit er für uns zwischen dem Wahren und dem Falschen unterscheidet, sondern damit er uns hilft zu erkennen, was der Künstler eigentlich ausdrücken will. Es führt absolut zu nichts zu wissen, worin der Mann versagt hat, worin er Fehler gemacht hat, wo er sich widersprüchlich geäußert hat. *Das* sollte der Leser von sich aus erkennen und anständigerweise für sich behalten. Was wir aber wissen sollten oder zu wissen wünschen sollten, wenn wir an einen der Großen geraten, ist: *was sucht er uns zu geben*? Den Finger auf die schwachen, menschlichen Kettenglieder seiner Rüstung zu legen, heißt nichts anderes, als unserer Eitelkeit zu schmeicheln. Was für ein Hohn, daß wir uns lieber auf die schwachen, dunklen Manifestationen des Geistes stürzen und sie verreißen sollten, als an die Quelle zu gehen und da zu trinken! Wie lächerlich, dem Künstler zu sagen, was an seinem Werk nicht stimmt – als wenn es darauf ankäme! Der Künstler spricht aus seiner innersten Überzeugung, und ganz gleich, wie weit er scheinbar in die Irre geht, wie verrückt und unberechenbar seine Worte sind, er hat immer tausendmal mehr recht und ist wahrhaftiger als jene, die sich anmaßen, ihn zu beurteilen. *Wenn er ein wirklicher Künstler ist!* Auf die anderen, die sich nur Künstler nennen, kommt es nicht an. Man sollte das Problem nicht verwässern, weil es eben Künstler und Pseudo-Künstler gibt. Wenn einer nicht weiß, wann er es mit einem wirklichen Künstler zu tun hat, dann ist alles hoffnungslos. Und ziemlich genauso verhält es sich heute, wo alle Unterscheidungen verschwimmen, wo die Gebildeten über Proust, Joyce *und* Lawrence reden, als stünden die alle auf einer Ebene, einem Niveau und gehörten in die gleiche Kategorie.

Der Fall von Lawrence – das bezeugt Murrys ebenso bewundernswertes wie hinterhältiges Buch ganz klar – ist gerade von der Art, die sich der von den modernen Psychologen bevorzugten, kalten, anmaßenden, methodischen Analyse verschließt. Indem er den Menschen nur stückweise vorführt, seine Konflikte bloßlegt, seine Erlebnisse durchforscht und seine Schocks und Leiden unterbewertet, verleugnet er den lebendigen Geist des Mannes, um uns statt dessen ein wortreiches Gerüst aus griffigen, faßbaren Phänomenen zu liefern. Der lebendige Dynamismus, die Einheit, die der Mann darstellt und die ihn zu dem gemacht hat, der er war, verflüchtigt sich, entzieht sich für immer den unnützen wissenschaftlichen Prüfelementen. Beim Bemühen, das Rätsel der Persönlichkeit zu erfassen, wird die Unwirksamkeit der analytischen Methode dann besonders offenkundig, wenn es sich bei dem «Objekt» der Untersuchung um einen Künstler handelt. Die fließende, proteusartige Natur des Künstlers widersteht dem strengen Zugriff der Wissenschaft; die Wirklichkeit seiner Schöpfungen, seine eigentliche raison d'être wird ignoriert. Denn die Erklärungen, die die Psychologen uns liefern, eben weil sie Erklärungen sind, bilden eine Welt für sich, abgetrennt von jener vitalen, lebendigen Welt der Imagination, die der Künstler geschaffen hat. Es klingt fast wie einer von Murrys eigenen Gemeinplätzen, wenn man sagt, das Genie an sich lebt kraft der Tatsache, daß es sich standhaft und für immer jeder Formel entzieht. Der Mann von Genie ist der, der sich seine eigenen Gesetze, seine Wirklichkeit schafft, und weil diese ausschließlich seine eigenen sind, denen er sich verpflichtet fühlt und sich so der übrigen Menschheit entfremdet, darum verweigert er sich den Kategorien der Kritiker, Wissenschaftler und Philosophen.

Die Wahrheit erfordert, bei der Interpretation des Lebens eines Menschen den Nachdruck auf das beherrschende Charakteristikum seiner Natur zu legen, und das war im Fall von Lawrence die Männlichkeit seiner schöpferischen Kraft, einer Kraft, die gewiß jedes sexuelle oder persönliche Versagen aufwiegt, wenn man ein solches überhaupt in Betracht zieht. Wenn man also Lawrence auf eine Formel bringt, das Chaos in ihm logisch durchdringen will, dann heißt das, das eigentlich Wichtige an Lawrence auszulassen – den Träumer und Schöpfer. Wegen dieser ausgesprochen physischen Schwäche und seinem Ankämpfen dagegen, offenbarten sich Lawrence gewisse Dinge, die anderen Männern verborgen bleiben; aber diese Schwäche mehr zu betonen als die wichtige Erkenntnis, die ihm zuteil wurde, ist unehrlich gegenüber den schöpferischen Träumen, die ebenso zu dem Mann gehörten wie sein menschliches Leben. Nehmen wir zum Beispiel jene Stelle im ‹*Regenbogen*›, wo Lawrence die Verbindung zwischen Anton und Ursula beschreibt, eine Stelle, die Murry wissenschaftlich zergliedert als Enthüllung von Lawrence' «tierischer» Natur. Man sagt uns, daß damit die aus seiner «tierischen» Natur resultierende Spaltung gemeint ist. Murry schließt daraus, daß Lawrence' schreckliche Erfahrung des Selbstopfers im sexuellen Bereich ihn unbefriedigt ließ, weil er zu schwach war, Befriedigung zu erlangen. Es mag aber auch noch eine ganz andere «Erklärung» für diese gewaltsame Vereinigung zwischen Anton und Ursula geben. Man könnte diesen verheerenden Kampf auch nicht bloß als sexuelles Phänomen betrachten, sondern als des Künstlers Sehnen nach einer Steigerung, die über die normalen Höhepunkte im Leben weit hinausgeht. Es könnte sich sehr wohl um eine schöpferische Unersättlichkeit handeln, neben der der gewöhnliche Hunger des Menschen unbedeutend ist. Mehr Leben! Mehr Hunger! Mehr Leid! Mehr Erfahrung! Und eben nicht quantitative, sondern qualitative Erfahrungen – Intensität des Erlebens.

Dieser überwältigende Drang nach Erfahrung, dieser ungestüme, verzehrende Lebenshunger kostet – das ist unbestreitbar – den Künstler normalerweise sein Leben. Er ist, in ein und demselben Zeitpunkt, gespalten zwischen dem Wunsch, seine tiefsten

Impulse auszuleben, und andererseits, sich vor der unvermeidlich daraus resultierenden Vernichtung zu bewahren. Die Furcht vor dem endgültigen physischen Ende bringt ihn dazu, sich durch Kunst unsterblich zu machen. So sieht er denn in der Erfahrung des Lebens folgerichtig sowohl ein notwendiges Übel, als auch etwas Schlechtes, Zerstörerisches. Und da nun mal das Sexuelle für die meisten von uns das größte Maß an Erfahrung und Leid mit sich bringt, sind es denn auch die symbolischen und imaginativen Derivate jenes sexuellen Erlebens, die seine Kunstschöpfung bis an die äußersten, schmerzlichen Grenzen des Gefühls treiben.

In Wahrheit glorifiziert er die Frau, um sie zu verdammen, sie zu bestrafen wegen der Bedürftigkeit ihrer Rolle, die er nur zu klar erkennt. Eben weil sein schöpferischer Instinkt so stark ist, sieht er sich genötigt, zumindest in seiner Kunst, ihre tyrannische Macht zu leugnen. *Sohn vom Weibe*, das ist er, aber zu seiner Rolle im Leben befähigt er sich als *Vater*. Als Sterblicher geboren, verlangt er nach Unsterblichkeit; vom Weibe geboren, ernennt er sich selbst zum Erzeuger. Nicht von ihr sind seine Kinder hervorgebracht, sondern von IHM, der alles in einem ist. Er ist bei ihr nur auf Erfahrung aus, um seine endliche Isolierung vollbringen zu können. Der Geschlechtsakt ist nicht der Vollzug oder die Erfüllung – es ist der Punkt des Weggangs. Doch eben weil sein Hunger stärker, sein Bedarf an Erfahrung gebieterischer ist, tritt sein Durst nach Erfüllung, nach einsamer Vereinigung mit dem Universum mit solcher schmerzenden, disharmonischen Klarheit hervor.

Die Erfüllung, die Lawrence in ‹*Lady Chatterley*› schildert, ist nicht die Erfüllung des Künstlers. In ‹*Der Regenbogen*› hingegen erleben wir dieses zermürbende, quälende seelische Ringen. Und dieser Kampf hat einen «zersetzenden» Charakter, eben weil es ein ungleicher Kampf ist. Worüber die Frau entsetzt ist, nämlich die beharrliche Suche nach etwas außer und über ihr, die eine echte Vereinigung auf immer unmöglich macht, das allein beschäftigt den Künstler, denn das ist sein Problem, sein Zwiespalt. Keine sterbliche Frau wird je den Forderungen dieses Dämons genügen können. Auch kein sterblicher Mann. Eben darum erweisen Liebe, Ehe und Freundschaft sich als ungenügend, vermehren nur die Qual seiner Existenz.

Gottlob kann das Leben immer noch hin und wieder solch einen anomalen, kranken, sexgemarterten, sexgetränkten Genius wie

Lawrence hervorbringen. Eine schöne Sache, wenn erst alle Neurotiker analysiert, alle Männer zu «normalen» Menschen gemacht worden sind (was ein Widerspruch in sich ist), wenn der Löwe sich friedlich beim Lamm niederlegt und es keinen Kampf mehr gibt, keinen Streit, kein Leid, sondern nur Brot und Butter für jedermann und Frieden auf Erden und stinkiges Wohlgefallen für alle Menschen.

Ich denke, es ist mittlerweile klar, daß ich hier keine Kritik über Lawrence schreibe. Dies ist eine Huldigung aus Leidenschaft und Voreingenommenheit, Dokument einer Emotion, denn das halte ich für die einzige Art von Kritik, die der Mühe wert ist.

2

Boden und Klima

Wenn man sich in die Welt von Lawrence einfühlen will, muß man zweierlei stets im Auge behalten: erstens die Natur seines persönlichen Temperaments und zweitens die Relation zwischen einem solchen Temperament und den Zeitumständen. Denn Lawrence war beides: spezifisch einmalig und repräsentativ für unsere Zeit. Unter den Gestirnen fällt er auf als ein winziger, flammender Stern; er leuchtet um so strahlender, je mehr wir unser Zeitalter verstehen. Wenn er seine Epoche nicht so eindringlich reflektiert hätte, wäre er längst vergessen. So nimmt denn seine Bedeutung mit der Zeit nur zu. Nicht daß er größer würde oder sich auf die Erde zubewegte. Nein, er bleibt, wo er von Anfang an war: nur ein wenig über dem Horizont wie ein Abendstern; aber mit zunehmender Nacht – eben dieser Nacht, die sich immer stärker durchsetzt – nimmt er an Glanz zu. Wir, im Begriff ins Dunkel abzusinken, verstehen ihn.

Bis hierher haben wir Lawrence unter dem Gesichtspunkt seiner Einmaligkeit betrachtet, samt den einzelnen Facetten seines Charakters, die offenbar wurden. Was an ihm aber ihn zu solcher Einzigartigkeit befähigte, verstehen wir vielleicht besser, wenn wir ihn vor dem Hintergrund seines Zeitalters sehen, ihn in den ihm eigenen Nährboden und das ihm eigene Klima versetzen. In *‹Die gefiederte Schlange›* sagt Lawrence von Cipriano: «Er blickte in das Herz der Welt; denn die Gesichter der Menschen und die Herzen der Menschen sind hilflos wie Treibsand. Nur im Herzen des Kosmos kann der Mensch Kraft schöpfen.» Erst als ich selbst in das Herz der Welt geblickt hatte, konnte ich Lawrence ganz erkennen. Und nicht ehe ich Lawrence ins Herz geblickt hatte, konnte ich die Welt erkennen. Denn die Welt ist wie ein Wald, und so sind auch die Herzen der Menschen. Man sieht den Wald vor Bäumen nicht noch die Bäume vor lauter Wald. Ich drang in das Herz der Welt ein, und da sah ich diesen einzigartigen Baum, der Lawrence ist. Ich sah die glitzernden Blätter, die knorrigen Äste, den verkrüppelten Stamm. Je mehr ich hinsah, desto mehr hatte ich den Eindruck, daß dieser Baum auf dem Kopf stand. Und obwohl der Wald voller Bäume war, konnte ich doch keinen zweiten entdecken, der diesem glich.

Zuerst konnte ich nichts anderes denken als, wie seltsam dieser Baum sei. Ich verlor mich in seiner Betrachtung. Jedoch allmählich bemerkte ich, daß die Bäume ringsum verdorrt und im Absterben waren. Sie waren alt und knorrig, hatten ihre Blätter abgeworfen. Ich untersuchte den Boden unter meinen Füßen und sah, daß er keinen Lehm mehr enthielt, sondern mehr und mehr Sand. Der ganze Landstrich hier, wo diese Bäume verödeten und verdorrten, schien einen fürchterlichen Wandel durchgemacht zu haben. Ich war in einen sterbenden Wald geraten – der ganze Wald war im Absterben.

Wie war es dann möglich, fragte ich mich, daß dieser eine Baum überlebte? Durch welches Wunder hatte er diese abnormen Wurzeln ausgesandt, die hoch oben in der Luft hingen? Was ernährte diesen Baum, wo doch alles ringsum tot und unfruchtbar war? Wirklich ein seltsames Phänomen: ein Baum, der, rings von Tod umgeben, Leben bezeugte!

Man sagt, daß ein Baum durch seine Blätter lebt. An den Blättern erweist sich, ob noch Leben in einem Baum ist. Das Eigenartige an diesem Wald war, daß nicht nur die anderen Bäume aufgehört hatten, Blätter zu erzeugen, sondern daß nichts auf junge nachwachsende Bäume hindeutete. Es gab nur diesen einen sonderbaren Baum, dessen Äste in den Boden wuchsen und dessen Blätter einen ganz besonderen Glanz hatten. Ein geheimnisvoller Baum, der mit seiner bloßen Existenz dem Tod ringsum zu trotzen schien. Durch irgendein Wunder hielt dieser Baum seinen Glauben, seinen Lebenswillen aufrecht. Auf geheimnisvolle Weise hatte er das Wunder vollbracht, dem allgemeinen Schicksal zu entgehen. Im Winter des Lebens war er noch einmal jung geworden, hatte eine Auferstehung durchgemacht.

Die Welt ist ein Wald, der sich ständig in Umwandlung befindet. Wenn ein Waldstück abstirbt, wird ein anderes geboren. Der Wald stirbt, aber der Baum bleibt erhalten. Im Frühjahr herrscht eine Art von Bäumen vor, im Herbst eine andere. Selbst wenn der Boden erschöpft und der Wald von Untergang bedroht ist, überdauern manche Bäume; manche Bäume schlagen Wurzeln und treiben seltsam geformte, glänzende Blätter. Das sind die Bäume, die das Geheimnis von Leben und Tod erfaßt haben. Während die anderen Bäume darauf angewiesen sind, sich aus dem Boden zu ernähren, führen diese Bäume dem Boden selbst Nahrung zu, indem sie ihre Wurzeln nach oben in die Luft strecken, wo alle Elemente des Lebens auf ewig fortdauern. Diese anderen, metaphysischen Bäume haben ein Leben im Gegensatz zu den normalen Naturgesetzen. Sie ernähren die Natur.

Ein seltsames Phänomen, das Erscheinen dieses Baumes, aber ein Phänomen, das immer wieder auftritt. Und erst wenn dieses Phänomen sich verwirklicht, bekommt der Wald, der die Welt ist, und bekommen die einzelnen individuellen Bäume, die Menschen entsprechen, für uns einen Sinn. Das endlose Hinscheiden, der endlose Wandel, all das, was unsere Begriffe übersteigt, nimmt jetzt symbolische Gestalt an. Uns interessiert nicht mehr der Wald als solcher, noch der einzelne Baum, sondern was beide, Baum und Wald, in ihrem endlosen Kommen und Gehen bedeuten. Was uns jetzt beschäftigt, ist das Mysterium an sich. Das Mysterium des immerwährenden Lebens, das sich jeweils in dem individuellen Baum manifestiert.

Wie der Baum sich durch seine Blätter ausdrückt, so der Mensch durch Glauben. Wenn das Leben kräftig ist und die Wurzeln wohl ernährt, dann hat der Lebensbaum Mensch keinen anderen Impuls als nur, seine Blätter ausschlagen zu lassen. Erst im Winter des Lebens, wenn der lange Schlaf bevorsteht, macht das Mysterium des Lebens sich bemerkbar. Nämlich im Schlaf und Traum kehren die toten Blätter in den Leib der Erde zurück und werden zu einem reichen, fruchtbaren Nährboden. Während der fruchtbringenden Jahreszeit drückte das Leben sich durch sich selbst aus, aber im Winter muß dem Leben durch die toten und gefallenen Blätter Nahrung zugeführt werden. Zahlreich sind im Winter die Bäume, die *auf ewig* sterben. Nur die wetterharten, lebensfähigen Bäume werden den nächsten Frühling erleben – nämlich die, die es verstanden haben, sich zu ernähren und den langen kargen Winter zu überdauern.

Doch schließlich kommt eine Periode, da sogar der Frühling selbst bedroht ist, eine Periode, in der dieser Wald, der immerfort stirbt und immerfort neu geboren wird, kaum noch fähig scheint, den Zyklus zu erneuern. In einer solchen Periode stirbt der ganze Wald ab, um für eine neue und noch unbekannte Baumwelt Platz zu machen. Das ist der schrecklichste Winter von allen. Eine dunkle, geheimnisvolle Pause von langer Dauer, in der das Leben selbst in Frage gestellt ist. Doch eben dann erleben wir jenes seltene Sprießen, das seltene, unerklärliche Aufblühen des heiligen Lebensbaumes. Eben dann erleben wir das Phänomen eines Lawrence oder eines Jesus Christus oder eines Laotse – seltsame, flammende Bäume des Lebens, die, gerade indem sie von Tod reden, die Erinnerung an Frühling wach halten.

Das sind die Bäume, denen nichts mehr an ihren Nachbarbäumen liegt, noch überhaupt an dem Wald, sondern allein an dem Mysterium des Lebens, das aus der vorherrschenden Todesatmosphäre neue Kraft zieht. Das sind die Bäume, die neuen Frühling herbeibringen, indem sie selbst auf dem Kopf stehen, mit den Wurzeln nach oben. Das sind die Bäume, die sich so in den Tod eingelebt haben, daß der Traum von Leben Wirklichkeit wird und sich auf wunderbare Weise offenbart. Das sind die Bäume, die den unvermeidlichen Tod zur Eile antreiben, damit Leben neu erblühen kann. Sie singen von Tod, weil sie das neue Leben schon erspürt haben. Sie machen die Welt todestrunken, sie vergiften buchstäblich die Luft mit ihrem Gesang.

Es gibt kein Wissen von Bäumen, das uns befähigen würde, die geheimnisvolle Natur gerade dieser Bäume zu erfassen, die im Winter des Lebens erscheinen und Frühling herbeibringen. Ihre Natur ist uns ebenso verschlossen, wie das Leben selbst ein Buch mit sieben Siegeln ist. Wir wissen nur, daß sie erscheinen und daß ihr Lied immer das gleiche ist. Sie unterscheiden sich für uns von anderen Bäumen des Waldes dadurch, daß sie außerhalb der Jahreszeit in Blüte stehen. Wir hegen sie, weil sie Leben erwecken. Und erst wenn sie dahingegangen sind, enthüllt sich uns der Sinn ihrer Existenz. Erst wenn sie gestorben sind, kann ihre Erfahrung zu der unseren werden.

Wie stattlich und herrlich auch der einzelne Baum, wie imposant und wohlgeordnet auch der Wald selbst zu Zeiten erscheinen mag, das Herz des Waldes ist wüst, wüst und chaotisch. Im Innern des Waldes mögen mächtige Eichen aufragen, Mammutbäume, ganze Gebiete mit üppig wuchernder Flora von scheinbar ewiger Lebensdauer. Als solche mögen wir China, Indien, Ägypten betrachten – weite, fruchtbare Landflächen mit reichen Erträgen. Langsames Wachstum, langsames Sterben. Im Tod verweilend, blasse, gespenstische Vergangenheit. Über lange Zeitstrecken hinweg werden tiefgreifende Veränderungen spürbar; der Wald verändert sich, die Bäume verändern sich, die Blätter selbst verändern sich. Der Wandel vollzieht sich so langsam, daß man kaum noch den einzelnen Baum sieht, sondern nur den Wald im ganzen, seine Form, seine Physiognomie. Hier und da registrieren geduldige, fleißige Männer die Veränderungen, halten sie für die Nachwelt fest.

Das sind die geduldigen, fleißigen Ameisen mit der Nase am Boden, die die Fakten des Lebens aufnehmen und aus ihnen jenes Bedeutungsgerüst konstruieren, das wir Geschichte nennen. Das sind die Männer der Wissenschaft, die die Folge von Ursache und Wirkung studieren und uns die mutmaßlichen Gesetze des Lebens liefern. Das sind die Männer, sie alle, die darauf warten, daß der Baum oder der Wald stirbt und uns so die Geheimnisse des Lebens enthüllt. Aber das einzelne Baum-Individuum Mensch lebt nicht durch Geschichte oder naturwissenschaftliche Gesetze. Der Baum des Lebens erhält sich durch Glauben, und dieser Glaube drückt sich in Handlung aus. Kein Baum gibt sein Geheimnis preis, wenn er tot und zerlegt ist. Ein Baum kann nur das Geheimnis seines Daseins ausdrücken, und gerade dieser Ausdruck von Geheimnis ist es, der dem Wald des Lebens sein Gepräge gibt.

Indessen gibt es Bäume, die uns mehr als andere offenbaren. Bäume, die das in ihnen wirkende Leben eindringlicher, poetischer manifestieren als andere. Das sind die Bäume, die buchstäblich die Wurzeln ihres Seins vorzeigen, indem sie sich auf den Kopf stellen. Das sind die geheiligten Immergrüns, die den Jahreszeiten trotzen, die auf der ewigen Fortdauer des Lebens bestehen, indem sie auf unfruchtbarem Boden weiter Blüten treiben. Sie ernähren sich nicht aus der Vergangenheit, sondern aus der Zukunft. Sie haben ihre Zeit überdauert, und sie leben außerhalb und jenseits ihrer Zeit. Sie verletzen jedes Gesetz und alle Logik. Sie gehen aus dem Leichnam des Lebens hervor wie Maden, geheimnisvoll und Leben weckend. Sie befreien den Leichnam von seinem Tod. Indem sie diesen heiligen, metaphysischen Ritus vollziehen, offenbaren sie das Geheimnis des Lebens. Ihr Hunger nach Ewigkeit des Lebens hält den Glauben lebendig. Obwohl sie nur wenige sind und nahezu unsichtbar, obwohl sie tief im Herzen des Waldes begraben sind, sind sie im Innersten des Lebens tief verankert, und ihre Blätter leuchten weiter mit einem seltsamen, strahlenden Glanz.

Wie gut Lawrence den vollkommenen, ganz ausgefüllten Mann, den sterblichen Menschenmann, verstand, sehen wir an den Porträts seiner Helden, insbesondere an dem von Aaron Sisson. ‹*Aaron's Rod*› ist von Lawrence' Romanen einer der wichtigsten, obwohl die ersten drei Kapitel wohl der sonderbarste, unbeholfenste, holperigste und stammelndste Romananfang sind, den ich kenne. Am Beginn von Kapitel IV schreibt Lawrence, als sei er sich seines mühsamen Umhertappens bewußt: «Unsere Geschichte will noch immer nicht zu Tage treten.» Und das ganze Buch hindurch macht er dem Leser von Zeit zu Zeit solche Eingeständnisse. In ihm tobt ein heftiger Kampf, die Sache los zu werden.

Die Beziehung zwischen Aaron, dem Flötisten, und seiner Frau ist im Grunde die Geschichte eines dunklen Ringens bei einem Mann, der sich selbst noch nicht richtig erkannt hat, die Geschichte eines Künstlers, der an der Häuslichkeit und an der Prädominanz des Weibes nahezu erstickt, der versucht, sich daraus zu befreien.

Betrachten wir das Porträt von Aaron:

«Sein Vater hatte in einem Kohlenschacht gearbeitet und gutes Geld verdient, war aber bei einem Einbruch des Schachts ums Leben gekommen, als Aaron erst vier Jahre alt war. Die Witwe hatte einen Laden aufgemacht; Aaron war ihr einziges Kind. Der Laden ging gut. Sie hatte gewollt, daß Aaron Lehrer würde. Er hatte drei Jahre Probezeit abgedient, dann plötzlich aufgegeben und war in den Bergbau zurückgegangen.

‹Aber warum nur!› sagte Josephine.

Intelligent und geistig hochentwickelt, hatte er doch aus einem seltsamen Tick heraus jegliche Bildung abgelehnt. In voller Absicht behielt er beim Sprechen seinen Midland-Akzent. Er wußte genau, was eine Personifizierung war und was eine Allegorie. Aber er zog es vor, ungebildet zu sein.»

Diese Beschreibung von Aaron ist die von Lawrence selbst, kaum im geringsten verfremdet – abgesehen von dem sonderbaren Dreh mit dem frühen Tod des Vaters, sozusagen ein literarischer Racheakt. Es ist das Porträt des jungen Lawrence, des werdenden Künstlers, eines Mannes aus kleinen Verhältnissen, sensibel, künstlerisch veranlagt, aber seiner Bestimmung noch nicht bewußt. Man spürt gewissermaßen, daß Aarons Frau unbewußt ein Porträt von Lawrence' Mutter sein könnte, in der er gleichsam als Liebender die Frau wiedererkennt, die Frau, die ihn als Mann zum Krüppel gemacht hat und an der er ebenfalls unbewußt Rache nimmt. Es ist nicht das Porträt seiner früheren Lieben noch das von Frieda. Aber es ist, für Lawrence, das Urbild *aller* Frauen – in ihrer Rolle als Mutter, Eheweib, Zerstörerin usw., und Aaron sagt zu Josephine: «Ich will verdammt sein, wenn ich fortfahre, ein Liebender zu sein, weder für sie (seine Frau) noch für irgendeine . . . Ich mag nicht lieben, wenn es nicht aus mir selbst kommt.» Das ist grandios als Ausspruch des Künstlers, der sich nicht völlig weggeben kann, der seine Liebe schöpferischen Zielen vorbehält. Das Thema des Buches ist nicht Liebe oder Freundschaft zwischen Mensch und Mensch. Es ist geschrieben, um sich selbst von der Notwendigkeit zu überzeugen, nur seinem schöpferischen Impuls zu gehorchen, dem Heiligen Geist in ihm selbst. Er ist in einem totalen Zwiespalt. Und das wird ihm mit aller Schärfe bewußt, weil er erst seit kurzem verheiratet ist und schon spürt, daß seine Loyalität nicht dem Weibe gehört. Der Mann Aaron, mit dem er sich in heiliger Kommunion verbunden fühlt, ist seine wirkliche, unbeugsame, einsame, absonderliche Künstlernatur. Reiner Narzismus mit der üblichen «doppelten» Thematik.

Josephine, die emanzipierte Frau, die Paris liebt, die frei und unabhängig ist, muß – so ist sie angelegt – tief unglücklich in ihrer weiblichen Freiheit werden. Sie ist der Künstlertyp, den Lawrence verabscheute. Natürlich läßt er sie sagen: «Was mir wirklich lieber wäre als alles andere, wäre ein Weltende.» Das soll heißen: Ende des «weiblichen» Problems, Ende von Josephine als Problem.

Diese einleitenden Kapitel sind schrecklich weitschweifig, überflüssig und nicht überzeugend. Alles leeres Stroh. Billige Magazindialoge. Billige Szenen, gesellschaftliche Affären et cetera. *Warum Josephine?* Warum ihre ganze Clique, ihr Milieu? Nur um die Hohlheit der Mittelklasse zu zeigen? Das ist typisch für Lawrence' Methode in den meisten seiner Romane – typisch für seine Unfähigkeit, sich von seinen Haßgefühlen und Vorurteilen zu befreien und uns das reine Kunstwerk zu liefern. Alle seine Bücher sind vollgestopft mit belanglosen Problemstellungen. Man muß die eigentliche Geschichte erst aus diesen emotionalen Erörterungen herauslösen, in die er sich ständig verwickelt: sinnlos verschwendete Emotion.

Die Story von *‹Aaron's Rod›* ist in der Tat ziemlich dürftig. Dostojewski und Duhamel begnügten sich dafür mit der Novellenform, zu der es auch gehört. Dostojewski in *‹Der Doppelgänger›* ist grandios, trotz des stockenden Anfangs. Er verbeißt sich wie ein

Athlet in den Kampf, der das zentrale Thema ist; die ganze Sache rollt ab wie ein böser Traum, wobei die Handlung wie in einer Halluzination starr und schattenhaft bleibt. Ebenso Duhamels ‹*Deux hommes*› – es geht um weiter nichts als um die Situation zwischen den beiden Männern. Lawrence aber schreibt als der Mann, der er war: entwurzelt, ruhelos, unglücklich, ein Opfer flüchtiger Eindrücke, flüchtiger Haßgefühle, flüchtiger Vorurteile. Und das immer mit einem sehnsüchtigen Rückblick – auf England, auf das Milieu, aus dem er kam und von dem er nie ganz losgekommen ist.

Zum Beispiel das Porträt von Jim Bricknell wirkt so, als basiere es auf der Beziehung Lawrence – Murry. Jim Bricknell ist ganz offensichtlich der lästige Eindringling, den Lawrence nicht ausstehen kann. Bricknell, der Fotzenjäger, der es mit den Frauen versteht, der sie mit seinem Seelenschmus rumkriegt. Klingt wie die gleiche alte Huxley-Karikatur von Murry: «Ich schätze, Christus ist die feinste Sache, die die Zeit je hervorgebracht hat», sagte er. «Und er wird es bleiben.»

«Glaubst du denn nicht, Liebe und Aufopferung sind die besten Dinge im Leben?» sagte Jim über seinen Eggs and Bacon. Das ist zweifellos ganz Murry – und man fragt sich, warum in aller Welt Lawrence sich abmüht, das Porträt da hineinzubringen oder die alberne Seminaristendiskussion über Liebe und Opfer: «Oh, ja», sagte Jim, «Judas war unvermeidlich. Ich bin nicht sicher, ob nicht Judas der größte der Jünger war – und Jesus wußte es. Ich bin auch nicht sicher, ob Judas nicht der Jünger war, den Jesus am meisten liebte.» Und als wäre das nicht genug, fügt Jim hinzu: «Die feinste Sache, die die Welt hervorgebracht hat oder je hervorbringen wird, ist Christus und Judas –»

Die Frage ist, ob Murry wirklich solch ein Dummkopf war, wie wir nach Jim Bricknells Bemerkungen von ihm annehmen müssen? Oder trägt Lawrence hier so dick auf, um sich zu rächen, indem er es für besonders geschickt, ja diabolisch hält, diesen Mann, der solch ein Judas im Leben ist, den Judas des Evangeliums verteidigen zu lassen? («Eine tief bedeutsame Gestalt, dieser Judas. Es hat zweitausend Jahre gebraucht, bis man anfing, ihn zu verstehen.») Und Lilly, der bei alledem zuhört, ist natürlich Lawrence, der Mann, Lawrence, der Ehegatte – nachtragend, eifersüchtig, jähzornig und mit einer scharfen Zunge. So fürchterlich, daß sein Freund Jim sich bemüßigt fühlt, ihm übel mitzuspielen. Wirklich, durch sein dummes kindisches Verhalten bringt er Jim (Murry) dazu, ihn zu betrügen.

Noch weitere Murry-Karikaturen. Über Liebe . . . «Ich lebe nur, wenn ich mich richtig verlieben kann. Andernfalls sterbe ich Zoll um Zoll.» Wenn Murry wirklich solche Reden führte, dann war Murry ein größerer Dummkopf als ich ihm zutrauen würde. Es ist höchst zweifelhaft, daß Murry je solche Worte geäußert hat. Doch auf jeden Fall ist sowohl Murrys wie Lawrence' Haltung unmöglich, falsch und absurd. Der eine macht das Leben ganz und gar abhängig von der Liebe einer Frau, der andere ist bemüht, das Leben unabhängig von einer solchen Liebe zu machen. Beides sind unhaltbare Ideale. Lawrence erwies sich sein ganzes Leben hindurch als besonders verletzlich, speziell als unfähig, ohne eine Frau an seiner Seite zu arbeiten. Überdies ist es wichtig festzuhalten, was Bricknell sagte: er könne nur leben, wenn er sich richtig verlieben könne – mit dem Akzent auf dem Drang dazu, auf der Fähigkeit zu begehren, und das ist schließlich nicht so ein niederschmetterndes Symptom, wie Lawrence uns glauben machen will.

Das hindert aber nicht, daß wir es hier mit dem wohl feinsten, ehrlichsten Stück Schriftstellerei zu tun haben, das Lawrence je hervorgebracht hat. Jim Bricknell hat soeben Lilly einen unerwarteten Puff in die Magengrube versetzt. Unter Tannys zustimmendem Blick. Lilly (Lawrence) hält an sich. Dann spricht Jim: «Nicht daß ich ihn nicht leiden kann. Ich glaube, ich mag ihn lieber als jeden Mann, den ich je gekannt habe.» («Judas!» durchfuhr es Lilly wie ein Blitz.) Tannys Benehmen ist sehr aufschlußreich. Man weiß offenbar, daß solche Dinge Lawrence schon öfter zugestoßen sein müssen – und verdientermaßen, wie er in seinem tiefsten Innern wußte. Und dann diese sonderbare Schlußwendung – Jim wiederholt gerade seine alberne Bemerkung: «Ich mag den Mann. Nie einen Mann lieber gemocht als ihn.» Und Lawrence, der Autor, fügt hinzu: «Dieser *Mann* haftete fest in Lillys Ohr.»

Da wir mittlerweile alles über den Streit Murry – Lawrence wissen, müssen wir in Murrys Verhalten eine gewisse Folgerichtigkeit erkennen. Murry hier, in seiner Rolle eines Pseudo-Judas, hat mehr von einem Dostojewskischen Charakter, als Lawrence zugeben würde. Schließlich liebte Murry Lawrence wirklich, verehrte ihn sogar. Aber er konnte Lawrence' Philosophie nicht schlucken, noch konnte er die Beleidigungen vergessen, die Lawrence ihm mit seiner bösen Zunge versetzt hatte. Und wenn er als ein Judas seinen geliebten Freund schlägt, so ist das völlig konsequent im Sinne seiner «Rolle». Es ist Murry, der aus dieser Szene ehrenvoll hervorgeht – nicht Lawrence. Aber wollte Lawrence wirklich so erscheinen? Das eben ist oft so schwierig in diesem Buch – zu entdecken, was offen und was unbewußt seine Absicht war. Ist Lawrence nur teuflisch raffiniert oder läßt er sich unwissentlich die Schau stehlen? Bei der fürchterlichen inneren Gespaltenheit, die sich durch das ganze Buch zieht, glaube ich, daß von beidem etwas daran ist. Er enthüllt sein wahres Ich, wissentlich oder unwissentlich. Er *will* alles klarlegen – obwohl er es anfangs verhehlt und entstellt.

Der Schluß dieses Kapitels ist wieder bezeichnend für Lawrence' innere Gefühle – seine wahre Haltung gegenüber Murry, zu der er sich als Mann und im Leben nicht bekennen konnte: «Aber er und seine Frau sahen Jim nie wieder. Lilly hatte nie den Wunsch, ihn zu sehen: der kleine Mann hatte einen Teufel in der Brust.» Und unmittelbar danach rät Tanny: «Du solltest nicht den kleinen Jesus spielen und in dem Wunsch, ihnen zu helfen, den Leuten so zusetzen.» Tannys letzte Worte. Das ist bemerkenswert, indem es auf einen schweren Fehler in dem Buch hindeutet. Tatsächlich war das Lawrence' grundlegende Haltung gegenüber Murry. Aber aus der Story des Romans *‹Aaron's Rod›* geht das keinesfalls hervor. Dieses entscheidende Moment hat Lawrence ganz vergessen. Der wirkliche Antrieb, über Murry als Jim zu schreiben, war der Haß und die Eifersucht auf ihn. Nicht sein Wunsch, ihm näher zu kommen, ihm zu helfen. Er eröffnet das Kapitel damit, daß er Jim gestehen läßt (und welche Größe maßt sich Lawrence da an!): «Ich hatte heute morgen eine Erleuchtung. Ich sah mit einemmal, daß, wenn nur ein Mann in England mich retten könnte, dann du.» Jims Bemerkung, die so deutlich auf die Natur der Beziehung zwischen diesen beiden Gestalten der Geschichte hinweist, enthüllt einmal mehr ein Element in Lawrence' Natur, das Murry hin und wieder besonders herausstellt – Lawrence' Unehrlichkeit vor sich selbst. Er wollte der Retter der Menschheit sein, ohne sich doch dieser Rolle als würdig zu erweisen. Er konnte Menschen dazu bringen, Hilfe und Zuflucht bei ihm zu suchen, Erleuchtung und Anleitung, und ebenso konnte er sie aus Gemeinheit wieder fallenlassen. Der «Teufel», den er in seiner Brust trug, wie er selbst schreibt (d. h. Lilly mit Bezug auf seinen Charakter sagen läßt), war seine eigene Schäbigkeit, seine Kleinbürgerlichkeit. Er wollte Macht und hatte zugleich Angst vor ihr, Angst, sie zu gebrauchen. Er wollte, daß Menschen seine Nähe suchten, und war dann unfähig, ihre Nähe zu ertragen, ihren engen lebendigen Kontakt mit all den Forderungen, die das mit sich bringt.

Infolgedessen war es nur natürlich, daß er Judasse um sich herum erschuf. In seinen Briefen und Erinnerungen, sogar in seinen Romanen, wimmelt es von Anspielungen dieser Art. Er ist argwöhnisch, fühlt sich schuldig, gejagt, verfolgt. Er hat sich das selbst angetan. Wenn er auf einen Dostojewski oder einen Whitman stößt, stimmt er eine laute Klage an. Diese Männer wußten, was Kameradschaft, Brüderlichkeit, Demokratie, Glaube und Macht bedeuten. Lawrence versuchte, sie herabzuwürdigen. Aber gerade indem er das tat, enthüllte er seine eigene grundlegende Schwäche, die ihm innewohnende Unfähigkeit, menschlich zu sein, natürlich zu sein, nahe bei Menschen zu leben, mit ihnen, für sie. Der Idealismus, den er sein Leben lang verfochten hat und der das Gift *ist*, als welches er ihn nur hinstellen wollte, war sein Ruin.

Auch in *‹Aaron's Rod›* begegnen wir dem sehr persönlichen Thema der Liebe zwischen den Geschlechtern: «Ich hasse verheiratete Leute, die zwei in eins sind – aneinanderklebend wie zwei Hustenbonbons», sagte Lilly. «Ein jeder sollte eigenständig sein, das vor allem – Männer wie auch Frauen . . . es taugt nichts, wenn nicht jeder für sich steht, im wahrsten Sinn.» Aber dieses oft wiederholte Thema, das hier ohne ein Wort über die Entwicklung der Liebesbeziehung zwischen Lilly und seiner Frau angeschlagen wird, scheint unerheblich. Und doch ist es sein großes Thema, von dem Lawrence besessen ist. Er ist darauf aus, es zu predigen, und so muß er es irgendwie einarbeiten. Später, in *‹Die gefiederte Schlange›*, modififziert er seine Haltung. Als die beiden wirklich allein in ihrer Vereinzelung sind, müssen sie im «Morgenstern» wieder zusammenkommen. Sonst führt das alles zu nichts. Murry macht daraus mit einigem Recht eine Streitfrage: «Warum dann nicht gleich in die Wüste gehen?» Aber weder Murry noch Lawrence hat recht.

In der Wirklichkeit paßte der Vergleich mit zwei aneinanderklebenden Bonbons auf kein Paar aus Mann und Frau besser als auf Lawrence und seine Frieda. Sie waren einfach unzertrennlich. Aber Lawrence wußte, daß es kein wirkliches Zusammengehören war – nicht die «Morgenstern»-Sache. Die Tragödie auf seiten des Mannes war, wie Murry richtig feststellte, seine schreckliche Abhängigkeit von einer Frau, und weil er das so gut wußte, war er unglücklich und erschuf sich dieses Bild gegenseitiger Unabhängigkeit. Und weil er zugleich vor Frieda Angst hatte, kleidete er seine Geschichten in Allegorie und Symbol, idealisierte es zu einer Heirat im Himmel, via «Morgenstern». Zweifellos tat der arme Teufel sein Bestes, um Frieda zu überzeugen, daß sein Falschspiel in Wahrheit nur seinem Wunsch entsprang, sie zu erhöhen. Aber Frieda machte sich keine Illusionen. Frieda kannte ihn. Und eben darum hatten Friedas Stacheln solch verheerende Wirkung – sie setzte sie stets mit tödlicher Genauigkeit an. Sie kannte seine weichen Stellen. Als sie ihn heiratete, dachte sie sich einen Liebhaber, eine romantische Verbindung. Doch sehr bald merkte sie, daß sie einen Egoisten geheiratet hatte, einen Mann, der unfähig war, ihr die Liebe zu geben, nach der sie sich, als Frau, sehnte. Ihre Liebe wandelte sich zu Bewunderung für sein Genie und nährte so ihren weiblichen Instinkt für Treue und Loyalität.

Dennoch, sie hatte sich in ihm getäuscht, und das verzieh sie ihm nie. Wenn sie sich über seine Philosophie lustig macht oder an seinem Werk Kritik übt, dann zielt sie immer auf den Mann in ihm, den Mann, der mit ihr am Ende ist. In Bertha Coutts hat Lawrence sie schwarz in schwarz gemalt. In jeder Biographie ist Frieda mißgünstig dargestellt. Aber Frieda verdient auch Gerechtigkeit. Sie spielte einen heroischen Part gegen einen Mann, der ihr mehr als ebenbürtig war. Wäre Frieda nicht so ganz die Frau gewesen, die sie war, dann wäre Lawrence' Philosophie in Stücke zerbrochen. Sie gab ihm, durch ihr lebendes Beispiel, die Widerstandskraft, die er für sein Schaffen brauchte. Wenn es stimmt, daß sie, wie er uns in ‹*Lady Chatterley*› anscheinend zu verstehen geben will, sich an sein Geschlecht klammerte wie eine Blutsaugerin, dann stimmt es auch, daß er sie ausgesogen, sie wie ein Werkzeug benutzt hat.

Was sie zusammenhielt, war ein leidenschaftliches Verlangen in jedem von ihnen nach etwas, das keiner dem anderen geben konnte – Frieda wollte, daß er sich ihr in Liebe und Sex ergäbe, Lawrence wollte, daß Frieda ihre Rolle als Frau aufgäbe, ihren natürlichen Instinkt, ihren Besitztrieb. Mit der üblichen Verlogenheit des Künstlers, seinem Illusionismus, gab Lawrence diesem sonderbaren Antagonismus zwischen ihnen eine unverhältnismäßige Bedeutung, behängte ihn mit Symbolen, die alles andere als wahr sind. Weil er es haßte, an ihren Schürzenbändern zu hängen, wie ehedem an denen seiner Mutter, ereiferte er sich gegen diese Zwei-Bonbons-in-einem-Theorie. Und doch erlag er ihr.

So findet sich denn Frieda in ‹*Aaron's Rod*› als Tanny an der Seite des armen Murry. Wie Lilly sagt: «Tanny ist genauso. Sie tut in Wahrheit weiter nichts, als sich gegen mich zu stemmen: gegen meine Autorität, meinen Einfluß oder einfach nur gegen *mich*. Weiß der Himmel, wogegen sie eigentlich ist: eben gegen mich. Sie denkt, ich wollte sie mir unterwerfen. Das will ich auch in dem Maße, wie es unser beider Natur entspricht. Irgendwie müßte sie sich darein fügen!»

Dies ist die erste aufschlußreiche Rede über Frieda, und es zerreißt einem das Herz, wenn man Lawrence kennt und sich um ihn sorgt. Murry beruft sich nur zu gern auf diese Passage – als Lawrence' Eingeständnis seiner eigenen Unzulänglichkeit. Der Führer, der nicht einmal seine eigene Frau zum Gehorsam bringen kann. Aber gerade hier ist Lawrence äußerst genau. Die Art von Mann, die Art von Künstler, der er war, konnte sich nur für eine Frau wie Frieda entscheiden. Sie hatte all das Wilde, Freie, Weibhafte, das er sich in einer Frau wünschte. Aber sie hatte auch das, was jede moderne Frau hat – zu ihrem eigenen Ruin, nämlich einen beharrlichen Willen und Drang, die Rolle des Mannes zu spielen. (Ein Zustand, den sich der Mann selbst zuzuschreiben hat, soviel ist sicher!) Lawrence verwirrt hier die Gesichtspunkte. Seine Unfähigkeit, es mit Tanny/Frieda aufzunehmen, basiert auf der Tatsache, daß er ein Künstler von einem besonderen Typus ist, mit gewissen Komplexen, gewissen Neigungen und Fehlern, subjektiv ein großer Künstler, ein Narziß vom reinsten Wasser. Es ist wahr, er ist für eine Frau wie Frieda nicht *Mann* genug. Aber in erster Linie ist er nicht Mann genug, nicht weil die Frauen insoweit die Rolle des Mannes usurpiert hätten, sondern weil er als Künstler und *auf die Frau angewiesen*, sehr viel empfindlicher auf ein anderes, äußeres Ungleichgewicht reagiert: die mißliche Stellung des Künstlers in der Gesellschaft von heute. Der Konflikt mit der Frau ist nur ein Aspekt von des Künstlers Kampf mit der ganzen Außenwelt. In Zeiten der Eruption kommt die Frauenfrage immer aufs Tapet – weil sie ein Grundproblem ist.

Von Aarons Standpunkt aus gesehen, machen Frauen «einen Verbrecher aus dir. Verflucht seien sie und ihre Kinder. Ist mir mein Leben zu nichts anderem gegeben, als Kinder aufzuziehen und für eine Frau zu arbeiten? Ich sehe sie alle in der Hölle – besser sie stürben, solange sie noch Kinder sind, wenn denn Kindheit so etwas Wichtiges ist». Und Lilly stimmt ihm völlig bei: «Wenn Kindheit wichtiger ist als Mannheit, warum dann überhaupt als

Mann leben? Warum nicht einfach Kind bleiben? . . . Männer müssen sich nun einmal der Tatsache stellen, daß Mann-Sein mehr ist als Kind-Sein – und dann die Frauen zwingen, das zuzugeben.» Dies ist das Gespräch, das Murry als logisch absurd herausstellt und in dessen Abschluß – nämlich Lillys Bemerkung: «Und kannst du dir zwei Männer vorstellen, die zusammenhalten, ohne sich wie Verbrecher vorzukommen und ohne sich zu ducken und ohne einander zu betrügen?» – Murry einen homosexuellen Drall feststellen zu können glaubt.

Wenn hier eine Grundfrage des Lebens gestellt sein soll, dann ist es die uralte Frage aus *‹Spiel des Unbewußten›* – «Es ist des Mannes ihm eigene religiöse Seele, die ihn weitertreibt, über das Weib hinaus», und so weiter. Was aber Lawrence durch Aaron, sein anderes Ich, das allzu deutlich so völlig mit ihm übereinstimmt, unbewußt enthüllt, ist die These, daß mit dem Ende einer Kultur der Selbstmord der Rasse einhergeht. Lilly/Lawrence, das heißt der Dichter, der Künstler, kämpft für eine neue Ordnung. *Kämpft mit Tinte!* Aaron/Lawrence, das heißt der Mann und Gatte, weigert sich einfach, weiter Kinder zu erzeugen. *‹Aaron's Rod›*, im Todesstadium einer Rasse.

Lawrence spricht hier nur eine Binsenwahrheit aus – daß in Endzeiten die Frau unverhüllter als die Feindin des männlichen, zivilisatorischen Entwicklungsprozesses hervortritt. Die Frau verbündet sich mit der Natur. «Das Weibliche steht dem Kosmischen näher», sagt Spengler, «es ist der Erde tiefer verbunden und unmittelbarer einbezogen in die großen Kreisläufe der Natur.» Doch – kurz bevor dies in vollem Umfang erkannt ist, wird die Frau vergöttlicht. Die große sexuelle Interpretation von all und jedem findet statt, wenn die wahren religiösen Kräfte im Absterben sind. Zusammen mit der Theorie von der Sexualität kommt es zu der stillschweigenden Hinnahme der Tatsache, daß der Tod unabwendbar ist. Er kann höchstens verkleidet werden, sublimiert, glorifiziert. Er wird ästhetisiert. Und die Männer vergessen auch, daß in dieser Endzeitperiode, für die Lawrence so repräsentativ ist, die Frau dem Mann einen verzweifelten Kampf liefern muß. Seine Symbole taugen nicht mehr. Sie sind so schwach, so hohl, daß der Mann Gefahr läuft, die Rasse – *sich selbst* – auszulöschen. Die Polarität ist zunichte geworden. Homosexualität, Promiskuität, Junggesellentum, Rassenselbstmord. Die Frau rettet das Los der Rasse, indem sie ihrem eigenen sicheren Instinkt folgt.

Natürlich erwarten Frauen von den Männern Kinder! Sie wären sonderbare Frauen, wenn sie das nicht täten. Es geht nicht darum, Kinder gegen Männer auszuspielen, Kindheit gegen Erwachsensein. Lawrence stellt das falsch dar. Hier spricht wieder der Idealist, der Retter, der Heilige. All diese Gottsucher sind auf Zerstörung der Welt aus. Man darf nicht von der Frau geboren sein, sondern von Gott. Es stimmt durchaus, daß Frauen den biologischen Aspekt des Lebens überbetonen – das ist nach Lage der Dinge nur ihre Pflicht, ihre Aufgabe. Und am Manne ist es, das Geistige zu betonen – die Reife, das runde, volle Leben in der Reife. Aber das Mittel dazu heißt nicht Rechtfertigung der Sterilität. Ein umfassenderer Lebensbegriff schließt die Erkenntnis ein, daß die meisten Menschen geboren werden, um ein nutzloses Leben zu führen. Ein großer Geist ist ein männlicher Geist, ein fruchtbarer Geist, der – sei es zum Guten oder zum Schlechten – für den Fortgang des Lebens eintritt. Er schafft Glauben und Hoffnung, den Willen zum Leben.

Lawrence, im Strudel des Endes gefangen, versucht, sich gegen das Leben zu stemmen. Sein Horror davor ist so groß, daß er, geistig sensibel, wie er ist, jede Funktion des Lebens verdammt, außer der geistigen, der revolutionären, anarchischen. Und indem er das tut, wird er absurd. Er schreibt der Frau eine Zweckstrebigkeit zu, die sie höchstens unbewußt besitzt, indem sie einem natürlichen biologischen Trieb gehorcht. Er dramatisiert und romantisiert. Frauen halten zusammen, sagt er, und Männer üben aneinander Verrat. Das ist alles Stuß. Richtiger wäre es zu sagen, daß gerade Männer zusammenkleben und daß Frauen an den Männern kleben. Wenn es stimmte, daß Frauen zu einem gemeinsamen biologischen Zweck vereint sind, nämlich zur Rettung der menschlichen Rasse, dann wäre der Krieg schon längst abgeschafft. Frauen waren noch nie imstande, sich über die Grenzen von Rasse und Vorurteil hinweg zu vereinen, um ihre Kinder zu retten.

Wenn in einer verrotteten Zivilisation, die des natürlichen männlichen Schutzes beraubt ist, die Frauen gezwungen sind, um Gleichberechtigung zu kämpfen, um das Stimmrecht, das Recht auf Arbeit und so weiter, dann bemerkt man, wie sie, sobald sie ihre Zwecke erreicht haben, nur noch für den Fortbestand der Rasse kämpfen. Sowjetrußland macht Heirat und Scheidung so einfach wie möglich, aber die strenge Grundlage dieser neuen Ordnung sind die *Rechte der Kinder*. Kinder müssen aufgezogen, müssen unterrichtet, ernährt, gekleidet und untergebracht werden. Der Staat sorgt dafür. Und er tut das nur, weil Männer und Frauen als Individuen, als Ehemann und Ehefrau, versagt haben, ihr Teil zu leisten. Nur mit einem gewissen Ingrimm findet sich die Frau mit ihrer neuen Rolle in Rußland ab. Sie ist gar nicht so verdammt glücklich mit ihrem gegenwärtigen Status der Gleichheit. Es steht ihr jetzt frei, neben dem Mann in der Fabrik zu arbeiten. Es steht ihr auch frei, ein Gewehr zu schultern, wenn die Zeit dafür kommt. Und zur gleichen Zeit muß sie auch ihre Pflicht als Mutter erfüllen. Ziemlich hart für die Frau, diese neue Ordnung! Bei diesem Stand der Dinge ist sie nur eine Teilzeit-Frau. Der Mann hat es einfach so festgelegt, daß die Frau ihre natürlichen Anlagen zu opfern hat, damit das Schiff gerettet wird.

«Abermals der Krieg», das folgende Kapitel von *‹Aaron's Rod›* liest sich fast wie ein Gespräch, das Lawrence, der Autor, mit sich selbst führt. Da sagt Aaron: «Was soll's, du reibst dich die ganze Zeit an irgend etwas in deinem Innern . . . Du bist nicht mehr als ein Mann, der in einen Pub geht, um sich mit einem Drink etwas aufzumöbeln. Nur gibst du der Sache eine Menge von Namen . . . Was hast du denn mitbekommen, mehr als ich oder Jim Bricknell? Nur einen größeren Vorrat an Worten, so scheint es mir.» Und hier ist Lilly/Lawrence baff. Der ganze «Dialog» ist typisch für den introspektiven Hang des Künstlers, der sich immer zu rechtfertigen sucht, der das Leben nicht akzeptieren kann, wie es ist, sondern ihm seinen Willen aufzwingen will. Die Autorität, die er braucht, gibt die Welt dem Künstler nicht mehr – seit der Geniekult sich überschlagen hat. Zudem deutet sich hier das mächtige Verlangen des Künstlers nach *Erfahrung* an, nach Teilhabe am Leben. Er möchte, so ungleich mehr als der normale Mensch, sich ins Leben stürzen, es in sich hineinschlingen, aber das kann er, wie Aaron klarmacht, nur unter dem Vorwand, etwas ganz Erhabenes zu tun. Erfahrung an und für sich ist nicht genug.

Eine bewunderswert offene Darstellung seiner selbst gibt Lawrence in dem dann folgenden Gespräch. Kaustisch. Rückhaltlos. Da sagt Aaron: «Und du bist das Idol auf dem Berggipfel, dich selbst beweihräuchernd.» Worauf Lilly erwidert: «Du sprichst zu mir wie eine Frau, Aaron.» Das ist eine sonderbare Bemerkung, ohne jede Beziehung zum Vorhergegangenen. Aber in Lawrence' Kopf ist ständig die nagende Erinnerung an Friedas Sticheleien, die immer trafen, weil eine Frau die schwachen Stellen eines Mannes kennt.

Die Mission des Mannes! Das war bei Lawrence der schwache Punkt, seine Achillesferse. Der Künstler in ihm fühlte sich ständig verpflichtet, gegen die Frau zu kämpfen, um so seine hohe Bestimmung zu rechtfertigen. Im Grunde natürlich macht die Frau keinerlei Zugeständnisse an die hohe Bestimmung. Wenn sie sich scheinbar einverstanden zeigt, dann nur, um den Mann herabzuziehen und einzulullen, ihn in ihr Netz einzuspinnen. Die Frau wünscht sich Liebe, keine hohe Bestimmung. Die Frau, die einen Künstler heiratet, besitzt nur einen halben Mann – der Rest ist die hohe Bestimmung!

Lawrence' innerer Krieg geht noch weiter. «Die beiden Männer hatten ein nahezu unheimliches Verständnis füreinander – wie Brüder . . . Wie bei Brüdern war zwischen ihnen eine tiefe Feindseligkeit. Aber Feindseligkeit ist nicht Antipathie.» Der bemerkenswerte Absatz ist wie eine Kurzfassung seines ewigen Themas – der ewige Dualismus, der Krieg, die Gespaltenheit, für die es keine Lösung gibt, außer die anzuerkennen. Er will sagen, daß ein Aspekt des Ichs nicht besser ist als der andere, daß beide einander ergänzen, und das nur, weil sie antagonistisch sind. Nicht Antipathie . . . Feindschaft. Wenn wir diese Bemerkungen als Interpretation der Beziehung zwischen zwei Männern lesen, dann bekommen sie einen puerilen Beiklang, werden nahezu unverständlich. Es wäre dann lediglich ein schicksalhaftes Zusammentreffen – eine dramatische Episode, und eine billige dazu.

In dem gleichen Gespräch zwischen Aaron und Lilly erinnert letzterer Aaron an Josephine Fords Bemerkung – «Der Liebe kommt nichts anderes gleich . . . Männer haben einfach Angst, allein zu sein.» Und Aaron erwidert – «Na und?» Diese verquere Sprache von Aaron, die banalen Wendungen, die er an den kritischen, problematischen Stellen in die Erzählung einstreut, sind fabelhaft. Man spürt, daß Lawrence nur mit schlechtem Gewissen all diese belanglosen, beiläufigen Themen mit einem Mann wie Aaron zur Sprache bringt, der erklärtermaßen solchen Diskussionen so fernsteht, daß er sich nicht einmal in der noch so schlichten Terminologie von Lilly auskennt. Aber Lawrence steht unter dem schrecklichen Zwang, diese Probleme lösen zu müssen, und da er es ablehnt, den üblichen introspektiven Roman zu schreiben, steht er vor dem Problem, diese Fragen auf eine sehr heikle Art stellen und beantworten zu lassen. Um den Ernst dieser Frage abzumildern, braucht er seinen Humor, seine bittere schonungslose Selbstkritik (die gewöhnlich gegen Aaron gerichtet ist). Wir spüren, er schämt sich ein bißchen, sich selbst solche Fragen zu stellen. Und darum kann er sich (durch Aarons Mund) jegliche Freiheit der Rede nehmen, kann nach Herzenslust mit seinem Sarkasmus, seiner Selbstverachtung prunken.

Es ist ein peinliches Schauspiel. Lawrence kennt sich durch und durch. Er verabscheut die edelste Seite seines Wesens. Doch zugleich liebt er sich auch. Diese Selbstliebe ist so stark, daß er unfähig ist, irgendeine Lebensbeziehung mit einem anderen menschlichen Wesen einzugehen. Er kann sich nur in andere projizieren, sich in anderen erkennen. Er blickt wirklich auf sich als auf einen Gott. Und schließlich, in seinen letzten Werken, transformiert er Gott, wie es Menschenart ist, in ein Abbild seiner selbst. Gerade darüber ist Murry so aufgebracht. Murry stellt es so dar, als hätte Lawrence Jesus entthronen müssen, um Lawrence als höchste Macht in der Welt einzusetzen. Murry will nicht erkennen, daß Jesus das gleiche getan hat, daß *alle* großen Religionsstifter es getan haben und weiter tun werden. Indem er Jesus verteidigt, leugnet er gerade die Kraft, die jenem die Macht gegeben hat, die er darstellt – nämlich seinen *schöpferischen Instinkt*. Murry will ihn nicht als einen Künstler sehen. Er will differenzieren, will einen feinen Unterschied zwischen Künstler und Gottesmann machen.

Dies wiederum bringt Lawrence in Wut. Denn Lawrence weiß, daß er ebensoviel Autorität, ebensoviel Göttlichkeit besitzt wie Jesus oder Buddha oder einer seiner Vorläufer. (Ein Thema, das Whitman glänzend in bezug auf die Bibel reflektiert.) Das ist ein erbitterter Streit um die Frage der Rechtfertigung. Und so wirft Lawrence, mitten in dieser Problematik, die «Frauenfrage» auf – «Männer haben einfach Angst, allein zu sein». Warum das? Weil er darauf hinweisen will, daß er in Wahrheit sich selbst genügt. Er hat keinen ernstlichen Konflikt mit der Liebe, mit der Frau. Er kämpft gegen das Abhängigsein. Und so kann er nur die fleischliche, sinnliche Liebe zugestehen, die Leidenschaft, die auf einem grundlegenden Antagonismus beruht – nicht die geistig sublimierte Liebe. Er sieht klar, daß die Menschen das Problem verfälscht haben. Und ich glaube, er hat recht. Jesus redet nicht von Liebe, sondern von Erlösung, und Erlösung ist etwas Persönliches, Individuelles, eine Sache des Menschen mit Gott, nicht mit seinem Bruder, mit der Gesellschaft oder mit der Frau.

So kommt denn Lawrence (durch den Mund von Lilly) zu dem

Schluß, daß Männer nur lieben aus Furcht vor dem Alleinsein, und daß Frauen lieben, weil es sie langweilt, wenn nicht irgend jemand die Geige spielt. Liebe als Zeitvertreib! Nur logisch nach Aarons vorherigen Bemerkungen über *ernste Anliegen* – «nur die Zeit vertreiben». Das ist die Hauptangst – der Gedanke, nur die Zeit zu vertreiben! Da er als Künstler die normale Freude am Leben, die Erfahrung um ihrer selbst willen, das vorbehaltlose Einverstandensein mit dem Leben, verschmäht, muß er, Lawrence, Dichter, Künstler und halber Mann, seine nahezu kriminelle Vergewaltigung seiner eigenen Natur rechtfertigen. Er muß um jeden Preis für sich ein Recht auf Leben begründen, so zu handeln, wie er es tut, und aus freier Entscheidung.

Folglich, wenn Lilly mit beißendem Spott zu Aaron sagt, daß er, Aaron, immer in der Welt vorankommen wird, weil er seine Flöte hat (das Penis-Symbol ist offensichtlich) und seinen Charme (Persönlichkeit), dann sagt Lilly/Lawrence in Wahrheit zu sich: weil es leichter für dich ist als für die meisten Männer, die keinen Charme, kein Talent, keine Kraft haben, um voranzukommen, mußt du es dir selbst erschweren, mußt dir deinen Weg *verdienen*, das heißt, etwas Hohes vollbringen, etwas, für das es sich lohnt, das die Welt gar nicht haben will, das sie verachtet. Auf diese Weise wirst du die Welt dazu bringen, dich für das zu nehmen, was du wirklich bist. Natürlich wußte Lawrence nicht, was er *wirklich* war. Er schrieb seine Bücher, um das herauszufinden.

Es ist alles köstlich verwickelt, übertrieben, verzwickt, und doch so nackt, so aufrichtig, daß es einer Enthüllung der Künstlerseele gleichkommt. Und doch ist dies eine Verschleierung, der ganze Sinn von *‹Aaron's Rod›*. Sagt Lilly: «Aarons Stab schlägt wieder aus.» Reizend gesagt. Als wollte er sagen, Lawrence wiederholt sich, er tut nie etwas anderes als er selbst zu sein – und diese ganze Musik, diese Sprache ist nur Sand in die Augen gestreut. *Ich* weiß das selbst – aber ich kann nicht dagegen an. So bin ich und so will ich sein. Und wenn er kurz darauf die «rosigen Spitzen» erwähnt, die an Moses' Stab sprossen, dann wissen wir, was das bedeutet – sein eigenes Blut, der Schmerz, die Qual, man selbst zu sein.

Es ist kein Zufall, daß hier Leo Frobenius hereingebracht wird: «Und kaum hatte er Aaron über der Lektüre der Fantasien eines gewissen Leo Frobenius vergessen, da mußte Aaron schon wieder hereinstürmen.» Eine besondere Anspielung. Frobenius, der den Mythos der Wiedergeburt so gut erklärt hat, den Mythos vom wandernden Helden, für den Lawrence selbst ein so gutes Beispiel abgibt. «Abgesehen von meinem Beruf – *nämlich Lügen zu schreiben* – sind Aaron und ich zwei identische Männlein in ein und demselben kleinen Boot», sagt Lilly an dieser Stelle. Wiederum interessant wegen der Wahl des Bildes – «zwei Männer in einem Boot» – das heißt, die alte Sonne und die neue Sonne, und der Unterschied zwischen den beiden liegt darin, daß die neue Sonne, die noch geboren werden muß, «Lügen schreibt», den Mythos der Welt aufrechterhält, den Mythos von Macht und Illusion. Und Frobenius ist auch weiter unten auf der Seite gegenwärtig: «Altafrika! und Atlantis! Seltsame, wunderliche Weisheit der Kabylen! Altes, altes dunkles Afrika, und die Welt vor der großen Flut!» Intuitiv und unbewußt, dieses Aufgreifen von der vorgeburtlichen Welt, prähistorisch, noch nicht bewußt, das Paradies des Mutterschoßes – da man von Sünde und Schuld noch nichts weiß. Noch ehe es eine Trennung gibt, einen Vorwärtsdrang ins verantwortliche Leben. Der ewige Künstlertraum von Anarchie, von Amoral, von Freiheit ohne Strafe. «Wie eifersüchtig Aaron da schien!» Ja, die Eifersucht des Massenmenschen, des gewöhnlichen Menschen, der dem Künstler die amoralischen, die verbrecherischen, die freien Instinkte neidet.

Und danach, nach Frobenius, nach dem Mythos und der Selbstbefragung kommt dies: «Er (Lilly) ging rasch die Villiers Street hinunter an den Fluß, um ihn schwärzlich zum Meer strömen zu sehen. Das hatte für ihn einen immerwährenden Reiz, wirkte unfehlbar beruhigend und gab ihm ein Gefühl von Freiheit. Er liebte das Nächtliche, den dunklen Regen, den Fluß und sogar den Schiffsverkehr darauf . . .» Er liebte das, weil es Bewegung, Richtung, Ziel, Stetigkeit, Geheimnis suggeriert. «Es war als wenn ein Fuchs sich vorsichtig in die arglose Herde schleicht.» Das ist es: behutsam, vorsichtig, voll bewußt – in ihrer Mitte, aber nicht zu ihnen gehörend – stiehlt er sich zwischen sie, um zu rauben, zu verschlingen. Der Künstler, der sich in den Lebensstrom fallen läßt, um sich daraus zu ernähren, teilzuhaben an dem gemeinen Erleben, um es neu zu erschaffen in Dichtung und Verklärung. Aber er tut das wie ein Dieb!

Dieser Künstler-und-Dieb ist vor allem ein Individualist. Das sehen wir in dem wunderbaren Gespräch zwischen Lilly und Aaron, das auf Captain Herbertsons schreckliche Erzählungen vom Krieg folgt. Da sagt Aaron:

«Es war ein Faktum – das kannst du nicht einfach abtun. Du kannst nicht über das Faktum hinweggehen, daß es geschehen ist.»

«Doch, das kannst du. Es ist nie geschehen. Es ist mir nie geschehen. Ebensowenig wie meine Träume je geschehen ... Es hat in der Sphäre der Automation stattgefunden, wie Träume auch. Aber der eigentliche Mann in dem Jedermann war gerade abwesend – schlafend – oder narkotisiert – leblos – traumverloren. Das ist es.»

«Das sag ihnen mal», sagte Aaron.

«Das tu ich. Aber es nützt nichts. Weil sie nicht mal jetzt aufwachen würden – vielleicht nie. Sie werden sich noch alle in ihrem Schlaf umbringen.»

Hier drückt Lawrence ingeniös meine Ansicht über den Krieg aus. Auch für mich ist er nicht Wirklichkeit geworden. Will sagen, ich habe über ihn ebenso gelesen, wie ich über ein Erdbeben in China gelesen hätte oder über die Zerstörung von Dörfern auf Sizilien bei einem Ausbruch des Ätna. Ich hatte nur insofern mit ihm zu tun, als ich der Einberufung zum Wehrdienst entgehen konnte. Kein Mann kann dazu gebracht werden, ein Verbrechen zu begehen, wenn er nicht will. Der Krieg wird, wenn überhaupt je, aussterben, sobald den Menschen nichts mehr daran liegt, in dieser Weise zu kämpfen. China hat als Nation, als Volk, als Gesamtheit von Einzelmenschen, die Idee seit Urzeiten aufgegeben. Auch gewisse Völker in der Südsee haben sich von ihr entfernt. Gewalttat, Verbrechen – ja, die sind permanent in der menschlichen Natur vorhanden. Aber mechanisches allgemeines Gemetzel – das mag gut und gern abgeschafft, ausgerottet werden. Man muß sich Gedanken machen oder alles laufen lassen. Und eben weil wir alles laufen lassen, werden wir uns, wie Lawrence prophezeit, in unserem Schlaf selbst umbringen.

Lilly faßt es drastisch zusammen: «Die Deutschen könnten meine Mutter erschossen haben oder mich oder wen sie wollten: ich wäre dafür nicht in den Krieg gezogen. Gern würde ich meinen Feind töten. Aber ein Rädchen in dieser ungeheuren, sittenwidrigen Maschinerie werden, die sie Krieg nennen, das würde ich nicht wollen, nein, nicht wenn ich zehn Tode stürbe und elf geschändete Mütter hätte. Aber gern würde ich meinen Feind töten, o ja, mehr als einen Feind. Aber nicht als Teil eines gemeinen, gewaltigen Mechanismus. Das niemals; nein, niemals.» All dies stimmt überein mit seiner Haltung in *‹Spiel des Unbewußten›* und in der Einführung zu dem «Fall Magnus». Es richtet sich gegen Krieg und auch gegen Pazifismus. Es ist ein Versuch, den Kampfgeist tagein tagaus wachzuhalten und so die aufgestauten, unbewußten Haßgefühle und Rechthabereien zu vermeiden, die zum Massenmorden führen, in dem das Individuum keine Wahl hat, auf nichts gerichtet ist – ohne Ziel, ohne Groll, ohne Hoffnung. Die Haltung der Chinesen in diesem Punkt war sehr vernünftig – wenn es nötig war, einem Eindringling Widerstand zu leisten, wurden Söldnerheere ausgehoben. Wie ein Soldat zu kämpfen, war unter der Würde eines denkfähigen Chinesen. Und ihre Geschichte zeigt auch, wie wenig es darauf ankam, wer gerade in ihr Land eindrang – China hat stets seine Gegner geschluckt, sie zu Chinesen gemacht. Nur die nichts zu verlieren haben, erheben ein Geschrei über Sicherheit. Wirkliche Macht braucht sich nicht durch brutale Gewalt zu manifestieren.

Und so fährt Lilly fort: «Alles was ich will ist, *mich* aus ihrem schrecklichen Haufen herauszuhalten, mich aus der Masse zu lösen. Die Masse ist für mich ein Alptraum, ein Nichts – fürchterlich, hilflos in einen Traum verstrickt . . . Keiner ist wach und er selbst.» Die Stellung des Künstlers. Das Kostbarste ist das eigene geheiligte Ich – *nicht* Vaterland, *nicht* Bruder und Schwester, *nicht* Menschheit. Genau die Stellung, die Christus einnahm, die jeder große Führer, Denker, Menschheitserlöser eingenommen hat. *Selbstverantwortlichkeit.* Raus aus der Masse. Raus aus dem Nichts, der Leere, dem Alptraum.

Als Aaron dem nicht zustimmen kann und Lilly ihm sagt, er solle sich am Morgen davonmachen, folgt diese großartige Passage, in der er so leidenschaftlich seinen Begriff von Freundschaft eng abgrenzt: «Ich gebe nicht vor, Freunde im gewöhnlichen Sinne zu haben. Nein, und ich habe auch keine Freunde, die nicht von Grund auf mit mir übereinstimmen. Ein Freund ist einer, der sich mit mir in den Fragen von Leben und Tod einig ist.» Wieder einmal, mit der ihm eigenen Leidenschaft, grenzt er sich ab gegen die bequeme, zweifelhafte, opportunistische, müßige, verlogene Art von Freundschaft, wie die Masse das Wort versteht. Eine noble Haltung, die uns heute etwas romantisch, altmodisch vorkommt, weil wir durch Gleichgültigkeit korrumpiert sind, weil wir pragmatisch und opportunistisch denken. Wir halten es mit Abstraktionen, Prinzipien, Schlagwörtern, Ideen und Idealen – nicht mit so etwas Konkretem wie Fleisch und Blut. Wir machen große Worte und bewirken nur wenig. Wir sind so flexibel, so elastisch, daß wir in jede beliebige Tonart einstimmen können. Und je abstrakter unsere Bindungen sind, desto leichter können wir uns aus der Verantwortung wegstehlen.

In einer Passage, die – meine ich – so fein, so einleuchtend und tiefgründig ist, wie nur je bei Lawrence, kommt Lilly auf Captain Herbertson und Konsorten zu sprechen: «Eine tapfere Ameise ist ein verdammt feiges Geschöpf ... Kein Lebensmut, immer nur Todesmut ... Wir wollen einfach der Welt, wie sie durch uns geworden ist, nicht ins Auge sehen und uns mit unseren Seelen, so wie sie sind, nicht abfinden und nicht die Verantwortung tragen. Wir werden nie weiterkommen, ehe wir nicht von Mann zu Mann Auge in Auge stehen und alles mit- und gegeneinander austragen, die alten Formen zerbrechen, aber uns nie unsern Stolz und unsern Lebensmut nehmen lassen.» Das ist die Antwort auf Löwenfels und Fraenkel, die vorgeben, Lawrence so sehr zu bewundern, die Gedichte und Elegien auf ihn schreiben und sich nur das herauspicken, was ihnen gefällt, was in ihre Philosophie paßt, aber dies hier haben sie nie gelernt – weil man es einfach nicht lernen kann. Dies kann nur von Mann zu Mann weitergereicht werden wie eine Fackel. Ja, Lawrence ist für sie ein alter Hut – wie für viele Leute, die behaupten, auf der Höhe der Zeit zu sein – sie haben Lawrence satt, er kann ihnen nichts mehr geben. Aber wenn es an den Richtigen kommt, dann hat Lawrence immer etwas zu geben, das lebenswichtig und von Dauer ist. Er steht außerhalb seiner Zeit. In einer Passage wie dieser bewegen wir uns von Gipfel zu Gipfel, und man sieht förmlich, wie Lawrence seinen Platz unter den wirklich Großen einnimmt. «Uns nie unseren Stolz und Lebensmut nehmen lassen.» Darüber hinaus gibt es nichts, was ein Mann dem anderen an Weisheit mitgeben kann.

Und da er sehr wohl wußte, wie seine besorgtesten, mutigsten und tiefsten Worte von der Welt aufgenommen würden, faßt Lawrence diese Vorausahnung folgendermaßen: «Er wußte sehr wohl, daß Lilly gewissermaßen an seine, Aarons, Seele appelliert hatte: *ein Ruf, dem er, Aaron, nicht zu folgen beabsichtigte* ... Er war sich nicht sicher, ob er sich seinem *weltfremden* Widersacher überlegen fühlte oder nicht. Eher überlegen, dachte er.»

Ad notam: «Sein weltfremder Widersacher!» Wie gut Lawrence wußte, was ihn erwartete! Daß er soweit Mensch war zu schreiben, wenn man ihn verletzte, gilt als sonderbar und inkonsequent. Komische Welt ...

Ein Mann ist nur insofern von Bedeutung, als er seine Zeit repräsentiert. Hiermit wird gleichwohl etwas Tieferes ausgesagt – daß seine Bedeutung nicht nur darin liegt, daß er seine Zeit repräsentiert, sondern einen unbekannten Aspekt von ihr, der sie mit der Zukunft verbindet. Als Person mag er mit seiner Zeit harmonieren oder kollidieren – das ist relativ unwichtig. Unwichtig, soweit es die Zeit betrifft, aber womöglich hinreichend wichtig für ihn selbst. Eine Studie über Lawrence, die sich auf seine Persönlichkeit beschränkt oder auf seine künstlerische Produktion, ist für uns nur von geringem Wert. Selbst wenn er der bedeutendste Mann seiner Generation gewesen wäre, dürften wir das sagen. Das ganze fundamentale Interesse an Lawrence zielt auf seine Erscheinung als Typ und auf die eher dunkle Verwandtschaft seines Typs mit der Epoche. In manchem von uns erzeugt er das Gefühl, daß sein Erscheinen zu einem bestimmten Zeitpunkt in unserer Geschichte ungleich bedeutsamer ist, als allgemein vermutet. Es ist verhältnismäßig leicht, seine Vorläufer zurückzuverfolgen, ihn in die Hierarchie schöpferischer Gestalten einzuordnen, und danach ist es auch leicht, seine außergewöhnliche Macht über Menschen zu erklären.

Ebenso ist es verhältnismäßig leicht, unsere Epoche zu früheren Perioden in Beziehung zu setzen und uns, wenn auch nur annähernd, zu erklären, warum es einem Mann wie Lawrence versagt war, festen Fuß zu fassen wie seine Vorgänger. Der Zweifel und das Unbehagen in unserer Betrachtung dieser Problematik erhebt sich vor allem mit dem Verdacht, daß mit Lawrence in dem vertrauten Typus, der vertrauten Situation, ein neues unbekanntes Element auftaucht, und daß er vielleicht mit unserem Schicksal auf eine andere Weise verbunden ist, als wir annehmen. Offenbar denke ich jetzt nicht an jene, die ihren Frieden mit ihm gemacht und ihn sicher eingeordnet haben; noch denke ich an jene, die, von seinen Wahrheiten geblendet, sich sklavisch mit ihm identifiziert haben und es dabei belassen. Ich denke eher an jene, denen, nachdem sie Lawrence entdeckt haben, klar wird, daß er ein Ferment in ihnen hinterlassen hat und daß dieses Ferment sie jetzt an eine völlig neue Welt bindet, an eine völlig neue Art zu leben – kurz: an eine lebenswerte Zukunft. Dieses Ferment, dieser Samen oder Keim, der immer wieder von den großen Mystikern gelegt oder vielleicht von einem auf den anderen übertragen wird, ist eine stete Quelle wildester Hoffnungen und schmerzlichster Verzweiflungen. Die bloße Vorstellung, daß es ihn gibt, führt zu den tiefsten Antagonismen zwischen Mensch und Mensch. Zwangsläufig tut sich eine Kluft auf, die nicht nur ganze Menschenmassen, sondern auch ganze Epochen verschlingt. Diese Vision taucht immer dann auf, wenn wir drauf und dran sind, in den Abgrund zu stürzen. Ein rasender Tanz am Rande des Abgrunds, und dann Nacht. Die Mystiker ragen empor wie Haltesignale, die der Zugführer indessen nicht beachten kann, weil die Geschwindigkeit des Zuges außer Kontrolle geraten ist. In diesem Moment zwischen Warnung und Vernichtung erreicht das Leben seinen Kulminationspunkt. Der Augenblick zwischen dem Bewußtwerden des Endes und dem wirklichen Ende vergeht wie ein Schwindelanfall.

Der Zusammenhang zwischen dem ersten Auftreten des Mystikers und der schieren Vernichtung ist zwar erkannt worden, aber in vollem Umfang erst durch die nachfolgenden Mystiker. Wenn eine ganze Welt ihrer Zerstörung entgegengeht, wenn es nicht mehr möglich ist, die Bremsen zu ziehen, dann sollte man sich die Frage stellen: Was geschah mit dem Mystiker, dem Mann, der die Gefahr signalisierte? Warum ist nicht auch er umgekommen, oder vielleicht doch? Indem ich das Bild von Zugführer, Bahn und Signal benutze, übersetze ich lediglich die üblichen Worte für Schicksal, Welt oder Kultur, und ihre Symbole. Schicksal, wenn auf die gesamte Menschenwelt, Mann und Frau, angewendet, wäre bedeutungslos – es sei denn, wir meinen damit den augenfälligen Sachverhalt von Geburt und Tod. Noch ist die Welt nicht zunichte geworden und wird es, was uns betrifft, nie werden. Dennoch impliziert diese Analogie die Idee eines Gegensatzes von allgemeinem und individuellem Schicksal, von Schicksal und Gegenschicksal oder Fatum und Antifatum. Es liegt ein sehr wichtiger Unterschied in dieser Parallele vom Tod einer ganzen Menschenordnung und dem Überleben einiger weniger, vielleicht nur eines einzelnen.

Was eigentlich stirbt und *was* überlebt, ist nicht ein Individuum oder eine ganze Menschenklasse, sondern eine Idee, für die sie stehen, eine Idee, die allmählich mehr und mehr in enger Verbindung mit der Urkraft des Lebens gesehen wird und die vielleicht, in der Sprache der Mystiker, *Leben an sich* ist. Eine Idee, daß das Leben, während es nach außen hin weitergeht, vielleicht nicht Leben, sondern Tod ist. Scheinbares Leben, scheinbarer Tod. Das *Scheinbare* ist in Wahrheit alles, was für uns lebenswichtig ist und uns beschäftigt. Da wir selbst, ohne zu wissen wodurch, den scharfen Gegensatz zwischen wahrem Leben und scheinbarem Leben, wahrem Tod und scheinbarem Tod geschaffen haben, wollen wir nicht spitzfindig über die Bedeutung von *scheinbar* streiten. Wir alle wissen, wenn wir darauf gestoßen werden, was mit diesem von Menschen geschaffenen Widerstreit gemeint ist. Wir wissen es, weil wir uns für unseren Gebrauch eine Wirklichkeit geschaffen haben, die uns als Kriterium dient. Es ist eine taugliche, menschliche Wirklichkeit, eine psychologische Wirklichkeit, die in Zeiten einer äußersten Krise niemals in Frage gestellt wird. Daß wir auf dieser Wirklichkeit ruhig einschlafen können, so tun, als gäbe es sie gar nicht, als verstünde sie sich von selbst. Es ist schließlich doch ein geschaffenes Phänomen. Es erfordert nicht nur Wissen, sondern auch Wollen. Zu seinem höchsten Glanz kommt es in etwas, das jenseits von Wissen und Wollen ist, nämlich im Glauben. Glaube, in letzter Ausdeutung, ist nur die höchste Bestätigung des Instinkts zum Leben. Er geht mit Schicksal einher und dagegen an. Beides gleichzeitig. Er nährt sich sozusagen von beidem, von Leben und von Tod. In beidem sieht er die zwei Aspekte von etwas jenseits davon, eine Kraft, die man nicht kennen und nicht beschreiben kann, und dieser Kraft jenseits von allem leistet er blind Gehorsam.

Jedes Wesen, sagt Lawrence, das sein volles Sein erreicht, sein *lebendiges* Selbst, wird zu etwas Einmaligem, Unvergleichlichem. Es hat seinen Platz in der vierten Dimension, dem Himmel des Daseins, und dort ist es vollkommen, jedem Vergleich entrückt. Und wieder sagt er: «Himmel ist stets gegenwärtig. Nichts einmal Vollbrachtes geht verloren. Schöpfung geht ewig weiter, um die vollendete Offenbarung zu bekräftigen. Aber die Fackel der Offenbarung selbst wird stets weitergereicht. Und das allein ist wichtig.»

Die Zeiten sind immer aus den Fugen; Krieg und Revolution sind immer im Anzuge. Und das schöpferische Individuum ist noch konträrer zu den Zeiten als der gewöhnliche Mann. Krieg oder Revolution sind ihm nicht genug. Jedes Zeitalter bildet sich ein, die vorangegangene Epoche sei herrlicher gewesen, habe mehr Schwung, mehr Leben gehabt. Doch in den historischen Epochen, die wir für die besten halten, stellen wir fest, daß in ihnen die begabtesten Individuen tyrannisch verfolgt waren und daß die große Masse elend und unterdrückt gelebt hat. Wenn wir Trost aus der Vergangenheit schöpfen sollten, könnten wir ebensogut Selbstmord begehen.

Im Ringen um eine Lösung der Konfliktsituation, in die das Leben uns bringt, bieten sich gewöhnlich zwei Auswege an –

entweder ein Versuch, die Welt, das heißt ihre äußere Verfassung zu verändern, oder der Versuch, uns selbst, das heißt unsere innere Struktur zu verändern. Bei dem schöpferischen Individuum nimmt die Lösung des Konflikts eine andere Form an: es schafft sich eine nur vorgestellte Zwischenwelt, die es nach seinen Bedürfnissen gestaltet. Dafür gibt es drei Lösungsmöglichkeiten: die soziale, die religiöse und die künstlerische. In allen dreien drückt sich ein Ungleichgewicht zwischen dem Individuum und seiner Welt aus. Es sind eigentlich keine Lösungen, und oft sind es nicht einmal Auswege. In jedem Fall verbindet sich damit die demütigende Bitterkeit des Opfers: der Künstler opfert sich für seine Kunst auf, der Revolutionär für die Nachwelt, der Heilige für Gott. Auf allen dreien lastet ein gewisses Schuldgefühl, weil sie das Leben selbst einem Ideal aufgeopfert haben. Und der Mann, der sich noch schuldiger fühlen muß als diese drei, ist der Mann, der sich selbst dem Leben aufgeopfert hat, das heißt der Mann, der von einem Konflikt nichts wissen will und nur seine animalischen Triebe auslebt. Es geht vielleicht zu weit zu sagen, daß es solche Menschen gegeben hat – wir wissen vielleicht nur von einigen wenigen, und die haben wir schon immer als Monster betrachtet. Aber es hat Zeiten gegeben, in denen Menschen für die Art zu leben anfälliger waren, als man allgemein annimmt. Manche haben sogar gedacht, das seien goldene Zeiten gewesen. Nicht jedoch die Menschen, die in ihnen gelebt haben!

Selbst wenn man ein Zeitalter unter dem ihm immanenten Gesichtspunkt betrachtet, kann man die Schlange erkennen, die die Eingeweide verzehrt, den Wurm, der das innerste Leben wegnagt. Die Beziehung des lebenden Organismus zu einem verborgenen Lebenszentrum hat immer einen Beigeschmack von Tod und Sterben. Die Empfindung eines Volkes von Seele oder des einzelnen Menschen von seiner Seele basiert auf dem Gefühl von ewiger Dauer und Unsterblichkeit. Das kommt aus dem Wissen vom Erschaffensein, daß einmal Erschaffenes unvergänglich ist. Das besagt nicht, daß etwas gegeben, geschenkt wurde, sondern daß etwas *errungen* worden ist. Und gleichzeitig erhebt sich das gegenteilige Gefühl, daß einmal Erschaffenes, einmal Gewonnenes, untergehen wird, wenn man den Kampf aufgibt. Der Wunsch zu hegen, zu halten, was man besitzt, entspringt dem Wissen, daß es einem über den Kopf wächst. Entweder blickt man zurück in die Vergangenheit, um sich dessen, was zu entgleiten droht, stärker zu versichern, oder man blickt voraus in die Zukunft in der Hoffnung, es neu zu schaffen und entschiedener in Besitz zu nehmen. Die Gegenwart gilt immer als etwas, das stetig abnimmt. Die Gegenwart wird geringschätzig betrachtet oder nur als Stützpunkt gegenüber der Vergangenheit oder vor der Zukunft.

Dennoch spielt sich alles in der Gegenwart ab. Es gibt nie etwas anderes als die Gegenwart. Vergangen bezeichnet etwas, das verloren ist; die Zukunft etwas, das noch nicht erreicht ist. Warum ignorieren oder verachten wir die Gegenwart? Woher unser Verlangen, an einem anderen Ort, in einer anderen Zeit zu leben, woher unser Streben, anders zu werden, als wir sind? Liegt es daran, daß wir nicht erkennen, daß hier und jetzt der Himmel ist? Der Mystiker sagt: Himmel ist *hier* und *jetzt*. Und dieses Wissen ist seine Richtschnur. Mit dem Mystiker wird der Konflikt durchbrochen. Er beläßt die Welt genau so, wie er sie vorfindet: er würde keinen Grashalm verändern. Er akzeptiert die Welt, seine Zeit, seine Mitmenschen, sich selbst. Er errichtet ein ganz neues Gleichgewicht, das ihm Ruhe verspricht und ihm erlaubt, er selbst zu sein und die Dinge so zu lassen, wie sie sind. Alles dient ihm als Nahrung: Schmerz, Leiden, Freude, Weisheit, Unwissenheit, Krieg, Frieden, Vergangenheit, Zukunft und Gegenwart, alles, *alles*. Er befindet sich durch ein Wunder im ruhenden Mittelpunkt des Universums, in völligem Einverständnis, in völligem Gleichgewicht. Er hegt keine Illusionen über die Welt und keine Illusionen über den Menschen. Er blickt, blind und klar zugleich, aus dem inneren Auge der Welt, aus dem wirklichen Konnexus von Zeit und Geschehen. Er ist eins mit der Zeit und eins mit dem Geschehen.

Welches Wunder, so fragt ihr, befähigt ihn dazu? Einfach sein Eintritt in das Königreich des Himmels, jenes Königreich, das in euch ist, wie die Bibel sagt. Er tritt in ein anderes Reich, in eine andere Dimension, nur durch lebendige Anschauung. Er will nichts, das über seine Begriffe geht. Er will nichts begreifen, er macht es sich zu eigen. *Sein Selbst.* Und wenn ihm das gelingt, besitzt er die Welt. Ihr könnt ihn belächeln, ihn leugnen, ihn verfolgen, ihn kreuzigen, aber ihm *nicht wegnehmen, was er besitzt*. Er hat sich ein einmaliges und dauerndes Leben außerhalb von Raum und Zeit geschaffen, eine transzendentale Existenz jenseits von Raum und Zeit. Er steht für die Lebenskraft in ihrer vollsten Blüte; in ihm zeichnen sich die großen Konjunktionen ab. Er ist das lebende Symbol für jenes neue Rad des Lebens, auf das stets gehofft und das stets verneint wird. Er ist das Symbol des Lebens, weil er sich am höchsten mit dem Leben identifiziert hat.

Natürlich hat es den Mann, auf den diese Beschreibung zuträfe, nie gegeben. Aber die legendären Gestalten, die der Mensch sich geschaffen hat, entsprechen diesen Umrissen. Es gibt einen bestimmten Menschentyp, der unserer Vorstellung entspricht; man könnte auch sagen, unsere Vorstellung hat sich diesen Typ geschaffen. Und was erschüfe unsere Vorstellung nicht? Ist die Welt um uns herum nicht ein Produkt unserer Vorstellung? Und wir selbst, sind wir nicht Produkte unserer eigenen Vorstellungen? Nehmen wir doch eine Beschreibung der Welt oder eine Beschreibung unserer selbst – entspräche sie nicht jeder möglichen Vorstellung? Wenn wir uns jetzt hinsetzen, um die Geschichte des gestrigen Tages aufzuschreiben, nein, nicht einmal des gestrigen Tages, sondern der letzten fünf Minuten, würden dann auch nur zwei dieser Geschichten einander gleich sein? Und doch wollen wir alle die Welt erkennen, uns selbst erkennen, die letzten fünf Minuten erkennen. Selbst dann erkennen wir die Wirklichkeit nur legendär. Oder sagen wir lieber, wir erkennen nur den Keim der Wahrheit.

Wenn wir von der fiktiven, imaginativen Welt des Künstlers sprechen, meinen wir dann eine unwirkliche Welt? Wurde je etwas als im geringsten unwirklich geschaffen? Hat es je etwas anderes als Wirklichkeit gegeben? Kommt uns diese fiktive, imaginierte Welt des Künstlers nicht *wirklicher* vor – wirklicher als was? – wirklicher als die Wirklichkeit? Seien wir nicht albern. Was sich in der gewöhnlichen Umgangssprache Wirklichkeit nennt, ist einfach das imaginative Bild von etwas ganz und gar Nicht-Imaginativem. Wirklichkeit gibt es immer, wie einen Ozean, in dem wir schwimmen, und nur manche sind fähig, sich in größeren Tiefen aufzuhalten. Der Künstler schafft nichts, außer neuen Beziehungspunkten. Er schwimmt mehr umher, forscht tiefer und hat folglich eine andere Sicht.

Wenn ein Mann in seiner Art zu sehen zu sehr von seinen Mitmenschen abweicht, ist er gefürchtet und dann gehaßt. Dies gilt für einen Napoleon, einen Christus, einen Tamerlan, einen Caligula, einen Irren, einen Gangster oder einen Künstler. Sehen ist nicht etwas Statisches. Wie man die Dinge sieht, dementsprechend handelt man. Imagination, die auch ein Sehen ist, ist immer der Vater der Tat. Es wäre besser, sagt der einfache Mann auf der Straße, Auge in Auge zu sehen. Jedenfalls sicherer. Aber der Mensch ist machtlos, sein Sehvermögen anzupassen. Selbst wenn er eine Brille aufsetzt, ändert er nicht seine Art zu sehen. Die Brille mag ihm helfen, sich der Welt anzupassen, der betreffenden Schicht, in der er jeweils schwimmt, aber sobald er seine Brille abnimmt, sieht er auf die gleiche Art wie zuvor. Sehen ist unveränderlich: es verdankt sich dem feinsten, dem kostbarsten Organ des menschlichen Körpers. Wenn der Leib erlahmt, verfällt auch das Sehen. Jedermann sieht die Welt mit seinen Augen, und für jeden einzelnen ist die Welt anders. Jeder Mensch baut sich eine Wirklichkeit auf, die für ihn die Welt ist und die auch *wirklich* die Welt ist. Er erschafft sie für sich, kraft seines Sehvermögens.

Wann immer der Name von D. H. Lawrence fällt, erhebt sich unweigerlich eine Diskussion über ‹*Söhne und Liebhaber*› und ‹*Lady Chatterley*› und ihre relativen Vorzüge; diese beiden Werke, von denen das eine für den jugendlichen Lawrence steht, das andere für den gereiften Mann, werden immer gegenübergestellt, als seien sie beispielhaft für antagonistische Elemente in seiner Natur. Diejenigen, die das erste Werk bevorzugen, betrachten seine späteren Werke als ein Nachlassen im Gedanklichen und Kreativen und nicht nur das, sondern als eine zunehmende Entartung, die mit ‹*Lady Chatterley*› ihren Tiefpunkt erreicht. Von denen, die das Spätwerk bewundern, sehen nur wenige darin einen Schritt zu künstlerischer Vollendung, beharren aber darauf, in ihm das Werk zu sehen, in dem die schöpferische Kraft des Mannes ihren bedeutendsten Ausdruck gefunden habe.

Oberflächlich betrachtet, besteht eine tiefe Kluft zwischen den beiden Werken, aber sie ist nicht tiefer, sondern nur charakteristisch für den Übergang von Jugend zu Reife; in den Werken eines jeden schöpferischen Individuums gibt es – und sollte es – diesen Unterschied geben, der manchmal so ausgeprägt ist, daß die frühen und die späten Werke kaum noch durch etwas anderes als den Namen des Autors verbunden sind. Bestenfalls können wir in den frühen Werken eines Künstlers Keime des künftigen Mannes entdecken, und das nicht so sehr durch seine individuelle Ausdrucksweise als an dem Durchschimmern der Einflüsse, die auf ihn gewirkt haben. Die Ursprünge des Mannes und die Keime künftigen Konflikts liegen in den Jugendwerken klar zutage. Von da an beobachten wir das Ringen des Künstlers, sich von den widersprüchlichen Elementen seines Seins zu befreien, die Vorrangigkeit gewisser Werte festzulegen, die ihm in irgendeiner Lebenskrise – dem Gelangen zu künstlerischer Reife – bewußt geworden sind, und andere Werte, die ihm während seiner Inkubationsperiode ungeheuer wichtig vorkamen, zurückzuweisen. Im Falle eines großen Künstlers, etwa bei Goethe, ist der ganze Konflikt und die ganze Entwicklung auf ein einziges lebenslanges Werk zusammengedrängt. Das Werk steht für das Leben des Mannes, und wenn es vollendet ist, stirbt er. Proust ist ein anderes Beispiel dafür.

Im Falle von Lawrence kommen uns erhebliche Zweifel, daß er über *‹Lady Chatterley›* noch weit hätte hinausgelangen können. Das eingeschränkte Leben, das er führte, die freiwillige Isolation von allen anregenden Kunstströmungen, sein ganz aufs Persönliche eingeengtes Blickfeld – das alles führte zu einem unvermeidlichen Absterben an den Wurzeln.

Hätte er weiter in der Art von *‹Söhne und Liebhaber›* gearbeitet, wäre er zweifellos ein populärer Künstler geworden, einer von der Sorte, die die angelsächsische Welt voller Stolz ihr eigen genannt hätte. Sein hochpoetisches Naturgefühl, das so viele englische Dichter mit ihm teilten und das für *‹Söhne und Liebhaber›* charakteristisch ist, kommt bei Lawrence aus der breiten, zwingenden Macht der Tradition; es ist durchzogen von jenem eigentümlichen Todesgefühl, das für alle Naturdichter so bezeichnend ist.

Lawrence entwand sich diesem jugendlichen Einssein mit der Natur, um einen größeren Tod zu sterben. Unter dem Zauberbaum der Idee ließ er es zu, daß eine ganze Welt von Vergangenheit mit ihm zu Grabe ging; er tötete den Dichter in sich ab, um der Evangelist einer neuen Lebensordnung zu werden. Er strebte danach, sich und die Welt an einen größeren Kosmos anzuschließen. Nach *‹Söhne und Liebhaber›* erscheint er am Horizont seiner unbekannten Welt als ein Erzengel mit einem glitzernden Schwert. Seine Zunge wird scharf, seine Worte sind Bitterkeit; wie alle Menschheitserlöser wird auch er von Haß erfüllt. Er sucht wild nach Symbolen der Zerstörung; er duldet keine anderen Lösungen als seine eigene.

Als Denker mag er wirr sein, als Künstler die beklagenswertesten Mängel aufweisen, als Mann ein Versager sein, aber als Zuchtrute und Rächer schreitet er vorwärts – mit erschreckender Zielstrebigkeit.

3
Das Universum des Todes

Im Fall von Lawrence sehe ich einen Mann, der darum kämpft, aus dem Mutterleib freizukommen, darum kämpft, lebend geboren zu werden, sich selbst, seine Persönlichkeit auszudrücken – der aber nie diese Persönlichkeit klar erkannte, weil ihm keine glatte Geburt vergönnt war. Dieser vorgeburtliche Kampf ist in hohem Grade interessant: er symbolisiert des Menschen ewige Teilhabe an seinem Ursprung. Obwohl die Lawrence-Persönlichkeit nie zur Gänze geboren wurde, ist sie auf geheimnisvolle Weise lebendig und anziehend. Wir haben da ein ständiges Gestoße und Gezische im Mutterleib, wie ein Kampf zwischen zwei Kobras in einem Glaskäfig, die sich am Ende gegenseitig erdrosseln.

Der Unterschied an Kaliber zwischen Lawrence und seinen Zeitgenossen ist gewaltig. Wir brauchen nur an Männer wie Proust, Joyce, Pound und Eliot, die hervorragendsten Gestalten unserer Zeit, zu denken, um diesen Unterschied qualitativ zu bestimmen. Im Falle von Pound zum Beispiel haben wir einen Künstler, der von der Nabelschnur erdrosselt worden ist. Er ist vollkommen geboren – das heißt, *totgeboren*! Keine Probleme, keine Konflikte, ausgenommen solche technischer Art. Für ihn heißt lebendig zu werden, sein Leben im Uterus nachzuholen. Seine Dichtungen sind die Spatenarbeit des kultivierten Einzelnen, der unter der Kruste der Zivilisation lebendig begraben ist. Ein Dichter, der nach den wahren Quellen gräbt, obskure Dinge ausgräbt – Relikte, Fossilien, der vergessene Namen ans Licht zieht, der *über* befruchtenden Geist nur redet, aber unfähig ist, Hand an ihn zu legen, nur mit seinem grandiosen Wortschwall, ähnlich jenem Schwall, mit dem der Fötus einst ernährt wurde, den aber jeder lebende Uterus ausstößt, wenn das Kind geboren ist. In Pound haben wir einen Fall von Nicht-Person oder Nochnicht-Person – das erinnerungsfähige ego, Geburt und Tod im

Mutterleib. Ein interessantes Phänomen als solches, aber ohne jeden Wert, kein Beitrag zum Leben.

«Jede Seele hat Religion», sagt Spengler. «Das ist nur ein anderes Wort für ihr Dasein. Alle lebendigen Formen, in denen sie sich ausspricht, alle Künste, Lehren, Bräuche, alle metaphysischen und mathematischen Formenwelten, jedes Ornament, jede Säule, jeder Vers, jede Idee ist im Tiefsten religiös und muß es sein. Von nun an kann sie es nicht mehr sein. Das Wesen aller Kultur ist Religion; folglich ist das Wesen aller Zivilisation Irreligion. Auch das sind zwei Worte für ein und dieselbe Erscheinung.»

«Dies Erlöschen der lebendigen inneren Religiosität», sagte Spengler weiter, «das allmählich auch den unbedeutendsten Zug des Daseins gestaltet und erfüllt, ist es, was im historischen Weltbild als die Wendung der Kultur zur Zivilisation erscheint, als das Klimakterium der Kultur, wie ich es früher nannte, als die Zeitwende, wo die seelische Fruchtbarkeit einer Art von Menschen für immer erschöpft ist und die Konstruktion an Stelle der Zeugung tritt. Faßt man das Wort Unfruchtbarkeit in seiner ganzen ursprünglichen Schwere, so bezeichnet es das volle Schicksal des weltstädtischen Gehirnmenschen, und es gehört zum Bedeutsamsten der geschichtlichen Symbolik, daß diese Wendung sich nicht nur im Erlöschen der großen Kunst, der gesellschaftlichen Formen, der großen Denksysteme, des großen Stils überhaupt, sondern auch ganz körperlich in der Kinderlosigkeit und dem Rassetod der zivilisierten, vom Lande abgelösten Schichten ausspricht, eine Erscheinung, die in der römischen und chinesischen Kaiserzeit viel bemerkt und beklagt, aber notwendigerweise nicht gemildert worden ist.»

Nachdem das große *Klimakterium* erreicht war, brauchte es fast ein Jahrhundert, um diese Lehre in ihrer ganzen Bedeutung zu verbreiten – durch die voneinander unabhängigen Forschungen von Petrie und Spengler. Aber Nietzsche hatte das alles schon in seinem frühen Werk *‹Die Geburt der Tragödie›* vorausgeahnt. In einer Nachbemerkung zu diesem Buch schreibt Nietzsche: «Ich fügte Hoffnung hinzu, wo es nichts zu hoffen gab.» Das ist ein herrliches Echo zu jener tiefen Verzweiflung, die das Werk all der großen Geister des neunzehnten Jahrhunderts durchzieht, eines Jahrhunderts von Verrückten, von Renegaten, Bilderstürmern, Mystikern, und diese tiefe Verzweiflung strafte den billigen oberflächlichen Optimismus Lügen, der in jenem Jahrhundert vorherrschte und der sich auf die Wahnidee der naturwissenschaftlich orientierten Geister stützte.

Mittlerweile ist völlig klar, daß wir in das Endstadium der Arteriosklerose eingetreten sind, mit all der Anarchie und dem Chaos, das in der Politik vorherrscht und das schicksalhaft darauf hindeutet, daß sich ein Alptraum des biologischen Lebens anbahnt, ein neues dunkles Zeitalter, wo die Seele des Menschen wie ein Saatkorn in der Erde liegt, jenen paar Fuß Erde, die unsere Geschichte darstellt, und das, gedüngt mit den Relikten der Vergangenheit, mit jenem reichen Kompost toter Dinge, wiederum zu neuen Formen aufsprießen wird. In geistiger Hinsicht sind wir in das Reich der Neurose eingetreten, wo alles, was man bis dahin als Seelensubstanz ansah, jetzt wissenschaftlich untersucht und nach Maßgabe der Pathologie klassifiziert wird, so daß die ganze Geschichte der Therapie der Geisteskrankheiten sich wie ein kaum verhülltes Eingeständnis vom Verfall der Seele ausnimmt. Das Aufkommen der Psychoanalyse zum Beispiel ist nur ein Symptom dafür, daß wir, ohne es zu wissen, auf dem besten Wege sind, den Tod, der über uns ist, zu akzeptieren, wobei der Stress der Alltagswirklichkeit nichts weiter ist als eine wissenschaftliche Umdeutung der Schicksalsidee.

Somit mag klargeworden sein, daß die Zersetzung des ego nur ein Teil jener allgemeineren, weiter fortschreitenden Zersetzung ist. Diejenigen, die wie Keyserling versuchen, die ständig drohende Möglichkeit eines Bruchs mit dem kurzen historischen Zyklus, in den der Mensch eingespannt ist, aufzuzeigen, geben uns im Grunde kaum mehr Hoffnung als Spengler. Es ist genau das Problem der *psychologischen Reife* des Menschen, das seine ganze historisch bezeugte Vergangenheit durchzieht. Es ist diese weit vorausliegende Zukunft des Menschen, welche die Mystiker und Retter der Menschheit wieder und wieder beschrieben haben, die weiter und weiter zurückweicht, die in Perioden äußerster Verzweiflung flüchtig erschaut, aber niemals erreicht wird. Es ist, recht eigentlich, ein Wissen, das der Mensch sich nie zu eigen macht. Nach der Natur der Dinge scheint es fast so, als wäre es Menschenschicksal, auf ein Wissen zuzuleben, das jenseits seines Begriffsvermögens liegt. *Mehr noch* – daß der Wunsch, dieses Ziel zu erreichen, vielleicht eine weit größere Bedrohung darstellt als das Verharren in Religion und Idealismus.

Diese kommende «Ära des Heiligen Geistes» ist eine imaginäre, unhistorische Epoche, die der Künstler im Manne geschaffen hat, als er am Rande angelangt war. In dem Moment, da Lawrence von einer neuen Ordnung der Dinge träumte und als Spengler deren Unmöglichkeit dekretierte, legte Proust letzte Hand an das Grab der Kunst, in dem er sich selbst begrub. Es war derselbe Moment, da Joyce durch den Mund von Stephen Dedalus erklärte: «Geschichte ist der Alptraum, aus dem ich zu erwachen versuche!» In diesen drei großen Künstlern unserer Zeit haben wir das ganze symbolische Drama von Tod, Auflösung und Wiedergeburt: Proust, der sich selbst im Mutterschoß begrub, ein Symbol schizophrener Regression; Joyce, der mittels seiner nachtdunklen Sprache den zersetzenden Kräften der Natur Raum gab; Lawrence, der durch sein Symbol des Phönix die Macht der Auferstehung proklamierte, des ewigen Lebens, und der weder die Vergangenheit noch die Zukunft, weder den Menschen noch Gott noch die Kunst anbetete, sondern sein Gesicht unerschrocken der Sonne zuwandte, der Quelle aller Hoffnung und Erleuchtung, dem einzigen Lebenssymbol, das von vielen gläubig angebetet werden mag.

Dies ist die Periode, in welcher der dynamische Atheismus der Weltstädte seinem religiösen Verlangen durch den Mystizismus der fortschrittlichen Geister Ausdruck gibt. Diese Periode, in der zwangsläufig alle Werte eine Umwertung erfahren, in der alle Hervorbringungen der Kunst, ohne jeden Zweifel, kraftlos und verlogen sind. Kunst, die so an ihr Ende kommt (von der Körperform bis zur Psychologisierung), lebt, wenn überhaupt, nur noch in der Erinnerung an das Vergangene. Hier liegt die große Bedeutung der von Proust so hoch gepriesenen Metapher: die Wiederfindung des Vergangenen durch die ZEIT. Und Joyce gibt durch seine Zerstörung der Sprache (dieses Hauptsymbol) unserem innersten Verlangen Ausdruck – mit der ganzen kulturellen Entwicklung Schluß zu machen. Wir wollen Tod, den Tod von all und jedem, und wir haben uns nur gerade soviel Sprache (das heißt *Kommunikation*) bewahrt, um uns selbst die Grabrede zu halten.

Der Nachdruck, den die Psychologen auf die Rolle des Unbewußten (das Gegenstück zur Seele) legen, ist das Bemühen des menschlichen Intellekts, die künstlerische Entwicklung zu rechtfertigen. Wenn Proust sagt, daß wir das, was da ist (in unserem Innern), nur zu übertragen brauchen, enthüllt er das ganze Problem; das Schöpferische kann nicht mit einem Wort wie «übertragen» umschrieben werden. Das ist Defätismus, Kapitulation vor dem Schicksal. Die Betonung des Unbewußten (die in dem Werk von Proust, Joyce *und* Lawrence vorherrscht) enthüllt darüber hinaus die Tatsache, daß der Mensch in seinem nun erreichten Zustand ganz bewußt erkennt, daß er die Grenze erreicht hat und daß er, um die Quellen seiner Inspiration, die seherische Gabe der Sprache, die Magie der Primitiven wiederzuentdecken, sich wieder den dunklen, geheimen Regionen der Seele zuwenden muß. Aber da er nicht mehr fähig ist, die Dinge spirituell zu deuten, schafft er sich einen pseudowissenschaftlichen Jargon, um das Geheimnis zu erklären – die gängige Ideologie der Analyse.

Die Theorie des Unbewußten mit ihrem faustisch-dynamischen Kauderwelsch, ihrer großen Vorliebe für das Inzestuöse, ist die Ideologie einer sterbenden Rasse, deren Sprache und Semantik zu einem pseudo-religiös-wissenschaftlichen Fachidiom der Elektrodynamik verkommen ist. Die totale Beherrschung und Ausbeutung des Lebens durch die Wissenschaft, die von der Naturwissenschaft ausgeborgte Sprache der Seele, die Vergötterung des Nützlichkeitsprinzips, die Überbewertung der Arbeit, der emphatisch beschworene Weltfrieden, das Streben nach Selbsterkenntnis durch Kunst, die Reduktion jeder Kritik zu Analyse, der Künstler und sein Werk nur noch als Form und Krankheitssymptom betrachtet, die Betonung des Angepaßtseins, der Notwendigkeit, der Wirklichkeit ins Auge zu sehen, der Wunsch, unlösbare Probleme zu lösen, der Wunsch abzuleugnen, Problemen und Konflikten auszuweichen – all dies, zusammen mit der Rebellion der Nachkriegsschriftsteller, die mit Dada begann und im Surrealismus endete, all dies ist nur Ausdruck der fruchtlosen Anstrengung des Geistes, das zurückzuholen, was allein die Seele zu fassen vermag. Das große Forschen nach der Persönlichkeit ist nur Nachahmung oder Widerspiegelung jenes anderen Forschens in äußeren Bezirken – Paläontologie, Archäologie, Geologie. Am Ende wird das «Ich» nur noch in geologischen Begriffen vorgestellt und das großspurige Forschen nach dem Wesen der Personalität wird zu dem müßigen Studium fossiler Gehirnwindungen!

Denn genauso wie die Seele in der Megalopolis eingemauert ist, findet man die Personalität nur noch eingemauert im fossilen Gehirn. An Stelle der großen irrationalen Angst, die für das Menschenleben charakteristisch war und die zu erforschen der Künstler nie abgelassen hat, an Stelle jener Angst, die im Wesen jedes Ausdrucks von Kultur liegt, haben wir nun eine *Angst vor dem Leben* und sind damit im Reich der Neurose, an das wir uns allmählich mehr und mehr gewöhnen. Denn die Funktion des Psychiaters, der der Priester des heutigen Lebens ist, entwickelt sich mehr und mehr dahin – nämlich daß er, statt dem Menschen in dem verrückten System, unter dem wir leben, zum Verrücktwerden zu verhelfen, statt ihn zur Revolte zu ermutigen, zum Umsturz des Systems oder wenigstens zu einer Veränderung der äußeren Lebensumstände, mit all seinen Bemühungen eher dahin tendiert, den Menschen einem unmöglichen Zustand der Verhältnisse anzupassen. Mit dem Ergebnis, daß das, was einst als Krankheit angesehen wurde, jetzt zur Norm wird. Das Krankheitsbild wird so, durch die Ideologie des Psychiater-Priesters, zum Abbild der Wirklichkeit. Und so hat denn Kunst heute nur noch konpensierende, stellvertretende Funktion, ein Mittel des Eskapismus, um einen psychologischen Fachausdruck von heute zu gebrauchen. Und wahrhaftig, so ist es! Das Studium der Neurose – wobei der Künstler als Musterbeispiel des Neurotikers gilt – führt zu der Entdeckung des vorherrschenden *Inzestmotivs* oder des Verlangens nach Tod und Wiedergeburt. Bezeichnend! In diesem Zeitalter des Skeptizismus, so scheint es, kann es keinen Aspekt menschlicher Religiosität geben außer diesem negativen, diesem Zurückfluten zum Mutterleib, zum Ursprung, zum Uterus des Lebens. Mehr und mehr erscheint in der heutigen Sprache der Kunst die Frau wieder unter dem Symbol der Zerstörung.

Zugleich mit dieser wachsenden Lebensangst haben wir den zunehmenden Terror der Wirklichkeit, denn die Wirklichkeit nimmt jetzt die Gestalt des Todes an, und diesen Tod, zu dem er vorbestimmt ist, versucht der Mensch zu ignorieren. Und mit diesem Erschlaffen des Lebenswillens, das sich in allen möglichen Arten von Selbstmord ausdrückt, kommt es zu einem entsprechenden Verlust der Todesfurcht; mit der Verminderung dieses Drangs nach Unsterblichkeit oder seinem effektiven Schwächerwerden, beginnt sich allmählich zu zeigen, daß es für den Künstler überhaupt keine *raison d'être* mehr gibt. Auf langen Umwegen kommt er zu der Entdeckung des Ichs: ein Scheideweg, an dem er wählen kann, entweder eine neue Religion zu schaffen oder eine neue Personalität zu entwickeln.

Eben an diesem Punkt, dem kritischsten Punkt in unserer Geschichte, wenn wir haltmachen, reflektieren, kritisieren, abschätzen, wenn wir von außen gezwungen sind, all und jedes genetisch zu interpretieren, muß der eigentümliche Charakter unserer Seele die Wahl entscheiden. In allen Bereichen besteht eine einhellige Meinung, daß wir an ein Ende gekommen sind, den Bankrott der Seele, und daß nur noch vage, mystische Hoffnungen, Lügen, Illusionen, romantische Vorspiegelungen umherschwirren. Die Kraft des Willens, der dynamische Charakter unserer Kultur neigt dazu, die Illusion von Leben zu nähren – aber es ist offensichtlich, daß wir – ohne Seele, ohne Wurzeln, ohne Mythos – weder eine neue Religion schaffen noch eine neue Persönlichkeit entwickeln können. Die großen Persönlichkeiten liegen weit hinter uns. Und die Erforschung des Ichs, durch die man einen Anhaltspunkt, einen Ausweg aus der Sackgasse zu finden hofft, führt zu nichts, es sei denn zu einem Gefühl der Nichtigkeit.

Denn die Erforschung des Ichs ist das Eingeständnis, daß wir tot sind: es ist der Intellekt, der über die Seele triumphiert. Und die Toten können sich nicht selbst wiedererwecken – *sie können nur wiedererweckt werden*! Was groß in uns war, wird wieder zum Leben erweckt werden – später. Wir haben uns eben nur die Illusion erhalten, unvergänglich zu sein. Wenn wir die Seele des Westens studieren, kommen wir einhellig zu dem Urteil, daß es keine Entwicklung mehr gibt, allenfalls in Aufbau und Funktion unseres besonderen Organismus. Der totale Mißkredit des Idealismus, der ein Wesensmerkmal unserer ganzen Geschichte war, zeigt, daß unsere einzig mögliche Hoffnung in der Kultivierung des Wissens liegt, einer metaphysischen Haltung jenseits von Streben und Wollen, ein Superidealismus, durch den die Ideen aufs Leben bezogen werden, ein aktiver, mobiler, flexibler Idealismus, zu dem wir, wie es scheint, tatsächlich ganz und gar unfähig zu sein scheinen. Und wirklich, die bloße Konstitution unserer Mentalität scheint eine solche Möglichkeit auszuschließen; schon allein die Sprache, die wir führen – und wie wichtig ist Sprache! – ist gegen uns.

Obwohl die Chinesen sich als unendlich weiser als irgendein westliches Volk erwiesen haben, zeigt die Menschheitsgeschichte dennoch eins ganz klar – die Unfähigkeit des Menschen, Weisheit zu nutzen, der Weisheit entsprechend zu handeln. Das ist immer und überall den wenigen vorbehalten. Es kann nicht gelehrt werden. Aus Weisheit entspringt der tragische Sinn des Lebens, den die Griechen in ihrer Blütezeit besaßen. Aber es gibt kein Anzeichen, das die Ansicht bestätigen könnte, unser Schicksal liege in Richtung auf ein Mehr an Weisheit. Alles, in der Tat, führt zu dem entgegengesetzten Schluß. «Ich erweckte Hoffnungen», sagte Nietzsche, «wo es nichts zu hoffen gab!» Das scheint mir *die* tragischste Bemerkung zu sein, die je ein Mensch im Verlauf der Geschichte des Westens gemacht hat.

Soweit es sich um das schöpferische Individuum handelt, sind Leben und Tod gleichwertig: das ist nur eine Frage des Kontrapunkts. Von vitalem Interesse hingegen ist die Frage, wie und wo man auf das Leben trifft – oder den Tod. Leben kann tödlicher sein als Tod, und andererseits kann Tod den Weg zum Leben eröffnen. Es widerspricht dem Strom, in dem wir moribund dahintreiben, daß Lawrence fabelhaft lebendig erscheint. Proust und Joyce, versteht sich, sind eher repräsentativ: sie spiegeln die Zeiten wider. Bei ihnen ist nichts von Revolte: nur Ergebung, Selbstmord, und das um so schärfer, als es kreativen Quellen entspringt.

Indem wir also diese beiden Zeitgenossen von Lawrence näher betrachten, sehen wir nur zu klar, was da vorgeht. Bei Proust die Hochblüte des Psychologismus – Bekenntnis, Selbstanalyse, Lebens-Stopp, wobei aus der Kunst ein Akt der Rechtfertigung, die Kunst aber vom Leben getrennt wird, ein interner Konflikt, in dem der Künstler geopfert wird. Die große rückgewandte Kurve, rückgewandt zum Mutterschoß: Aufschub im Tode, lebendiger Tod, für die Zwecke der Sektion. Innehalten, um zu fragen, aber es erheben sich keine Fragen, weil die Fähigkeit dazu verkümmert ist. Ein Dienst an der Kunst um ihretwillen – nicht für den Menschen. Mit anderen Worten: Kunst als rettendes Mittel betrachtet, als eine Erlösung von allem Leiden, als Entschädigung für den Terror des Lebens. *Kunst ein Surrogat für Leben.* Die Literatur der Weltflucht, des Eskapismus, die Literatur einer Neurose, die so blendend ist, daß sie einen fast an der Wirkungskraft der Gesundheit zweifeln läßt. Es sei denn, man wirft einen Blick auf jene «Neurose der Gesundheit», die Nietzsche in der *‹Geburt der Tragödie›* besingt.

Bei Joyce können wir den Seelen-Verfall sogar noch genauer verfolgen, denn wenn man von Proust sagen kann, er habe der Kunst das Grabmal gesetzt, dann können wir bei Joyce den ganzen Vorgang der Zersetzung verfolgen. *‹Ulysses›* ist ein Päan auf den «late-city man», eine Todesmeditation, inspiriert durch das häßliche Grab, in dem die Seele des zivilisierten Menschen einbalsamiert ist. Die ganzen erstaunlich vielfältigen, subtilen Kunstmittel sind hier dazu benutzt, die tote Stadt zu verherrlichen. Die Story von ‹*Ulysses*› ist die Story von einem verlorenen Helden, der einen verlorenen Mythos wiedererzählt; frustriert und hoffnungslos wandert der janusköpfige Held durch das Labyrinth des verödeten Tempels; er sucht die heilige Stätte, aber findet sie nie. Die Mutter, die ihn trug, verfluchend und schmähend, sie als Hure vergottend, sich das Hirn mit müßigen Scherzrätseln zermarternd – das ist der moderne Ulysses. An den Rätseln entlang macht er seinen Weg, ein Held, der sich in der Menge verloren hat, ein abgelehnter und allgemein verachteter Poet, ein jammernder und fluchender Prophet, der seinen Leib mit Dung beschmiert, der seinen eigenen Kot betrachtet, der mit seiner Obszönität prunkt, verloren, verloren, ein zerbröselndes Gehirn, ein Seziermesser, das sich abmüht, die Seele zu rekonstruieren. Mit seinem Chaos und seiner Obszönität, seinen Obsessionen und Komplexen, seiner unablässigen, wahnwitzigen Gottsuche enthüllt Joyce nur die verzweifelte Lage des modernen Menschen, der in seinem Käfig aus Stahl und Beton um sich schlägt und sich schließlich eingestehen muß, daß es keinen Ausweg gibt.

In diesen beiden Exponenten der Moderne sehen wir den Hamlet-Faust-Mythos neu erblühen, jene unaustilgbare Natter in den Eingeweiden, die sich für die Griechen in der Ödipus-Sage und für die gesamte arische Rasse in der Sage von Prometheus darstellte. Bei Joyce ist nicht nur der vergilbte homerische Mythos zu Staub zermahlen, sondern auch der Hamlet-Mythos, der bei Shakespeare seinen erhabensten Ausdruck gefunden hatte, selbst dieser lebenswichtige Mythos, sage ich, ist zu Staub zerrieben. Bei Joyce sehen wir, wie der moderne Mensch nicht einmal mehr zum Zweifel fähig ist; Joyce gibt uns nur ein Scheinbild des Zweifels, nicht seine Substanz. Bei Proust haben wir eine höhere Einschätzung des Zweifels, der Unfähigkeit zum Handeln. Proust vermag es besser, den metaphysischen Aspekt der Dinge darzustellen, teils dank einer Tradition, die so fest in der mediterranen Kultur verankert ist, und zum anderen, weil sein schizoides Temperament ihn befähigt, die Entwicklung eines lebenswichtigen Problems vom Metaphysischen ins Psychologische objektiv zu sehen. Der Schritt von der Nervosität zum Wahnsinn, von einer tragischen Konfrontation mit dem Dualismus im Menschen zu einer pathologischen Persönlichkeitsspaltung, spiegelt sich im Übergang von Proust zu Joyce. Wo Proust sich in einer Art Starrkrampf über dem Leben in der Schwebe hält – abwägend, analysierend und nur manchmal zerfressen von dem Skeptizismus, dessen er sich bedient hat – da hat Joyce sich längst in den Abgrund gestürzt. Bei Proust werden immerhin noch Werte in Frage gestellt; bei Joyce werden alle Werte verneint. Bei Proust ist der schizophrene Aspekt seines Werkes nicht so sehr die Ursache als vielmehr das Ergebnis seiner Weltansicht. Bei Joyce gibt es keine Weltanschauung. Der Mensch kehrt in das primordiale Element zurück; er wird von einem kosmologischen Strom fortgespült. Teile von ihm mögen in irgendeiner fernen Zukunft an fremden Gestaden in exotischen Ländern angeschwemmt werden; aber der Mensch als Ganzes, das Ensemble aus Leben und Geist, zerfällt. In dieser Auflösung von Leib und Seele, in einer sozusagen zellularen Unsterblichkeit, bleibt Leben nur noch chemisch erhalten.

Proust mit seinem klassischen Rückzug aus dem Leben symbolisiert geradezu den modernen Künstler – der kranke Gigant, der sich in einer mit Kork ausgeschlagenen Zelle einschließt, um sein Gehirn auseinanderzunehmen. Er ist die Inkarnation jener letzten schicksalhaften Krankheit: der *Krankheit des Geistes*. Im *‹Ulysses›* gibt Joyce uns die totale Identifikation des Künstlers mit dem Grab, in dem er sich begräbt. Vom *‹Ulysses›* hat man gesagt, der Roman sei «so fest und dauerhaft wie eine Stadt». Nicht so sehr wie eine feste Stadt, scheint mir, sondern wie eine tote Weltstadt. Ebenso wie unter der hohlen Betriebsamkeit dieser Stadt eine erschreckende Lethargie und Monotonie sich ausbreitet, eine unüberwindliche Müdigkeit, so manifestieren sich im Werk von Proust und Joyce die gleichen Eigenschaften. Ein ständiges Überdehnen von Zeit und Raum, eine Unterwerfung unter das Trägheitsgesetz, um so gleichsam den fehlenden Drang nach Höherem wettzumachen oder zu kompensieren. Joyce nimmt sich Dublin mit seinen heruntergekommenen Typen vor; Proust wählt den Mikrokosmos des Faubourg Saint-Germain als Symbol einer toten Vergangenheit. Der eine strapaziert uns, indem er sein Ich über eine so riesige, künstliche Leinwand breitet; der andere dadurch, daß er sein daumennagelgroßes Fossil für jedes Sensorium weit über die Grenze sinnlicher Wahrnehmbarkeit hinaus vergrößert. Der eine benutzt die Stadt als ein Universum, der andere als Atom. Der Vorhang fällt nie. Und in den Kulissen drängt sich inzwischen die Welt der lebenden Männer und Frauen und strebt zur Bühne.

In diesen beiden epischen Werken ist alles gleich wichtig, von gleichem Wert, sei es spirituell oder materiell, organisch oder anorganisch, lebendig oder abstrakt. Was diese Werke enthalten und wie sie angeordnet sind, läßt an das Innere eines Ramschladens denken. Das Bemühen, Raum in Parallele zu setzen, ihn zu überwinden, die eigene Person im zeitlichen Ablauf zu fixieren – die bloße Natur dieses Unterfangens ist abschreckend. Der Geist schießt ins Kraut. Nur Sterilität, Onanie, Wortgeplänkel. Und je größer der geistige Horizont des Werks, desto fürchterlicher das Mißlingen!

Wie tröstlich sind, verglichen mit diesen toten Monden, die kleinen Werke, die wie strahlende Sterne hervorstechen! Rimbaud, zum Beispiel! Seine ‹*Illuminations*› wiegen ein ganzes Bücherbord von Proust, Joyce, Pound und Eliot auf. Gewiß, es gibt Zeiten, da ein Kolossalwerk uns Bewunderung abnötigt, wenn es, wie bei Bach oder Dante, nach einem inneren Plan angelegt ist, nach der organischen Mechanik des Glaubens. Hier nimmt das Kunstwerk die Form und die Dimension einer Kathedrale an, wahrhaftig ein Baum des Lebens. Aber bei unseren modernen Exponenten der zerebralen Kultur liegen die großen Monumente auf der Seite, sie dehnen sich gleich riesigen versteinerten Wäldern aus, und die Landschaft selbst wird zu einer *nature morte*.

Obwohl wir, wie Edmund Wilson sagt, «Dublin besitzen, hören, riechen und fühlen, darüber brüten, es uns vorstellen, es erinnern», ist das in einem tieferen Sinne überhaupt kein Besitzen: wir besitzen es nur in den toten Windungen des Gehirns. Als naturalistisches Gemälde spricht der ‹*Ulysses*› nur den Geruchssinn an: der feierliche Geruch einer Leichenhalle geht von ihm aus. Es ist nicht die Wirklichkeit der Natur um uns, noch weniger die Wirklichkeit unserer fünf Sinne. *Es ist die kranke Wirklichkeit des Geistes.* Wenn wir also überhaupt etwas von Dublin besitzen, so nur einen Schatten, der durch die Ausgrabungen von Troja oder Knossos wandelt; die historische Vergangenheit kommt nur in geologischen Schichten zum Vorschein.

Mit Bezug auf ‹*Work in Progress*› schreibt Louis Gillet, ein Bewunderer von Joyce: «Solcherart sind die Themen dieser sonderbaren Symphonie komponiert! Die Menschen sind, heute wie am Anfang der Welt, nur Spielzeuge für die Naturkräfte. Sie verwandeln ihre Eindrücke in Mythen, wobei sie Erinnerungsfragmente und Brocken der Wirklichkeit, die in ihrem Gedächtnis haften, einbeziehen. So gewinnt eine Legende Gestalt, eine Art von zeitloser Geschichte, die sich aus den Überresten jeglicher Historie zusammensetzt, etwas, das wir mit einem (von J. S. Bach entliehenen) Titel ‹Kantate für Alle Zeiten› nennen könnten.»

Ein nobler Klang in diesen Worten, aber absolut falsch. So werden keine Legenden gemacht! Die Männer, die fähig sind, eine «zeitlose Geschichte» zu schreiben, sind nicht die Männer, die Legenden erschaffen. Die beiden haben zeitlich und räumlich nichts miteinander gemein. Legende ist die formgewordene Seele, eine singende Seele, die nicht nur Hoffnung verheißt, sondern ein Versprechen und Erfüllung enthält. In «zeitloser Geschichte» hingegen haben wir eine öde Fläche, eine schlammige Ablagerung, einen grenzenlosen Pfuhl ohne Tiefe, ohne Licht und Schatten – ein Abgrund, in den die Seele geworfen und von ihm verschluckt wird. Dies bedeutet das Ende der großen Flugbahn: der Bandwurm der Geschichte verschlingt sich selbst. Wenn das Legende sein soll, dann eine Legende, die niemals überdauert und ganz gewiß niemals gesungen wird. Schon haben wir, fast mit ihrem Erscheinen zusammenfallend, als eine Folge von *‹Ulysses›* und *‹Work in Progress›* nichts als trockene Analysen, archäologische Grabungen, geologische Berichte, Laboratoriumsversuche mit dem Wort. Die Kommentatoren haben erst angefangen, über Joyce zu grübeln. Die Deutschen werden ihn fertigmachen! Sie werden Joyce genießbar machen, verstehbar, klar wie Shakespeare, besser als Joyce, besser als Shakespeare. Wartet nur! Die Mystagogen sind im Anmarsch!

Wie Gillet richtig bemerkt hat – *‹Work in Progress›* «stellt ein Panorama der Erinnerungsströme dar, der eitlen Wünsche und irrigen Impulse, die in unserer ungebunden dahindämmernden Seele umherschwärmen und den schwachen Ansatz zum Denken bilden». Aber wer interessiert sich schon für diese Sprache des nächtlichen Dunkels? *‹Ulysses›* war schon dunkel genug. Aber *‹Work in Progress›* . . .? Von Proust können wir wenigstens sagen, daß seine Kurzsichtigkeit dazu beitrug, sein Werk aufregend, anregend zu machen: es war, als sähe man die Welt mit den Augen eines Pferdes oder einer Fliege. Bei Joyce hingegen ist die deformierte Optik bedrückend, verkrüppelnd, gnomenhaft: es ist ein Defekt der Seele, keine künstlerische Absicht, nichts Metaphysisches. Joyce wird von Tag zu Tag blinder – blind von der Zirbeldrüse her. Leidenschaft ersetzt er durch Bücher, Männer und Frauen durch Flüsse und Bäume – oder Gespenster. Leben ist für Joyce, wie einer seiner Bewunderer sagt, eine bloße Tautologie. Genau! Hier haben wir den Schlüssel der ganzen Symbolik des Niedergangs. Und ob

Joyce nun an Geschichte interessiert ist oder nicht – er gehört historisch zu unserer Zeit, zu diesem Zeitalter, das allmählich ins Dunkel abgleitet. Joyce ist der blinde Milton unserer Tage. Doch während Milton den Satan glorifizierte, ergibt sich Joyce, infolge der Atrophie seines Blicks, lediglich den Mächten der Dunkelheit. Milton war ein Rebell, eine dämonische Kraft, eine Stimme, die sich Gehör verschaffte. Der blinde Milton, gleich dem tauben Beethoven, teilte sich nur um so machtvoller mit; das innere Auge, das innere Ohr stimmte sich auf den kosmischen Rhythmus ein. Joyce hingegen ist eine blinde und taube Seele: seine Stimme erklingt über einer Wüste, und ihr Widerhall ist nichts weiter als das Echo einer verlorenen Seele. Joyce ist die verlorene Seele dieser seelenlosen Welt; er ist nicht an Leben, Menschen und Taten interessiert, nicht an Geschichte, noch an Gott, sondern nur an dem toten Staub von Büchern. Er ist der Hohepriester der leblosen Literatur von heute. Er schreibt in Hieroglyphen, die nicht einmal seine Bewunderer und Schüler entziffern können. Er begräbt sich unter einem Obelisk, dessen Inschrift nie entschlüsselt werden wird.

Es ist interessant, in den Werken von Proust und Joyce, aber auch von Lawrence zu beobachten, wie das Milieu, aus dem sie stammten, sowohl die Wahl des Protagonisten bestimmte als auch die Art des Übels, gegen das sie kämpften. Joyce, der aus der Priesterkaste stammt, macht Bloom, seinen «Durchschnittsmenschen» oder Double, zum sublimen Objekt der Lächerlichkeit. Proust, der aus dem kultivierten Bürgertum kam, obwohl selbst nur am Rande der Gesellschaft lebend und von ihr «geduldet», macht Charlus, seine Hauptgestalt, auf bittere Weise lächerlich. Und Lawrence, der aus dem gewöhnlichen Volk kam, legt in den Typ Mellors, der in verschiedenen idealen Rollen, aber meist als Mann von der Scholle erscheint, seine Zukunftshoffnung – obwohl er ihn nicht minder unbarmherzig behandelt. Alle drei haben in der Person des Helden jene Eigenschaften verherrlicht, die ihnen selbst, wie sie spürten, im höchsten Grade mangelten.

Joyce, der von dem mittelalterlichen Gelehrten abstammte, mit Priesterblut in den Adern, verzehrt sich in seiner Unfähigkeit, an dem gewöhnlichen, alltäglichen Leben menschlicher Wesen teilzuhaben. Er erschafft Bloom, den Schatten von Odysseus, Bloom, den ewigen Juden, das Symbol der ausgestoßenen irischen Rasse, deren tragische Geschichte dem Herzen des Autors so nahegeht. In Bloom projiziert Joyce den Wanderer seiner inneren Rastlosigkeit, seines Ungenügens an der Welt. Er ist der Mann, der von der Welt mißverstanden und verachtet wird, von der Welt abgelehnt, weil er selbst die Welt ablehnte. Nicht so seltsam, wie es auf den ersten Blick erscheinen mag, ist es, daß Joyce auf der Suche nach einem Gegenstück zu Dedalus einen Juden wählte; instinktiv wählte er einen Typ, der schon immer seine Fähigkeit bewiesen hat, die Leidenschaften und Vorurteile der Welt zu erregen.

In seinem Dublin gab Joyce uns das Bild des Scholaren von der Welt, wie sie ist. Schmutziges Dublin! Schlimmer als London oder Paris. Die schlechteste aller möglichen Welten! In diesem schmutzigen Pfuhl der Welt, wie sie ist, haben wir Bloom, den Mann von der Straße, derb, sinnlich, wißbegierig, aber phantasielos – den gebildeten Einfaltspinsel, der von dem Abrakadabra des wissenschaftlichen Jargons gleichsam hypnotisiert ist. Molly Bloom, die Schlampe von Dublin, ist ein sogar noch besseres Beispiel für den gewöhnlichen Lauf der Dinge. Molly Bloom ist ein Archetypus des ewig Weiblichen. Sie ist die abgelehnte Mutter, die der Priesterseminarist in Joyce liquidieren mußte. Sie ist die leibhaftige Hure der Schöpfung. Im Vergleich damit ist Bloom eine komische Figur. Wie der gewöhnliche Mann ist er eine Medaille ohne Kehrseite. Und er ist, wie der gewöhnliche Mann, am drolligsten, wenn er zum Hahnrei gemacht wird. Das ist das beständigste, das urtypische Bild seiner selbst, das der Durchschnittsmann heute in dieser Welt der Frau behält, in der seine Rolle so unbedeutend ist.

Charlus hingegen ist eine kolossalische Gestalt, und Proust hat ihn in kolossalischer Manier behandelt. Als Symbol der absterbenden Welt der Kaste, der Ideale und Sitten wurde Charlus, ob bewußt oder nicht, aus der vordersten Front des Feindes gewählt. Proust selbst, wie wir wissen, stand außerhalb jener Welt, die er so minutiös beschrieben hat. Wie ein aufstrebender kleiner Jude kämpfte oder schlängelte er sich da hinein – und das mit schlimmen Folgen. Immer scheu, furchtsam, linkisch und verlegen. Eine Art zivilisierter Chaplin! Es ist bezeichnend, daß er diese Welt, zu der zu gehören er so heiß begehrte, am Ende verachtete. Hier wiederholt sich der ewige Kampf des Juden mit einer ihm fremden Welt. Ein ständiges Bemühen, Teil dieser feindlichen Welt zu werden und sie dann, wegen der Unfähigkeit zur Assimilation, abzulehnen oder zu zerstören. Aber wenn das für die Verhaltensweise des Juden typisch ist, so nicht minder typisch für die des Künstlers. Und als echter Künstler, der er war, durch und durch aufrichtig, wählte Proust zu seinem Helden das beste Exemplar jener fremden Welt, Charlus. Glich er sich nicht später zum Teil diesem Helden an in seinem unnatürlichen Bemühen, sich zu assimilieren? Denn Charlus, obwohl er als fiktive Person ein ebenso berühmtes Gegenstück in der Wirklichkeit hatte, war er doch ein Ebenbild des späteren Proust. Er ist in der Tat ein Abbild jener ganzen Welt der Ästheten, die sich jetzt unter dem Banner der Homosexualität vereinigt haben.

Die wundervolle Gestalt der Großmutter und der Mutter, die saubere, rührend moralische häusliche Atmosphäre, so durch und durch rein, so ganz und gar jüdisch, steht gegen die betörende, romantische, fremde Welt der Nichtjuden mit ihrer Attraktivität und ihrem Zerfall, die erst anziehend und dann zersetzend wirkt. Das steht in scharfem Gegensatz zu dem Milieu, dem Joyce entstammte. Wie Joyce, gestützt auf die katholische Kirche und ihre traditionellen Meister der Exegese, durch den unfruchtbaren Intellektualismus seiner Kaste verdorben wird, so wird bei Proust die strenge Atmosphäre des jüdischen Elternhauses infiziert von einer feindlichen Kultur, der am tiefsten eingewurzelten Kultur der westlichen Welt – dem französischen Hellenismus. Wir haben da ein Mißbehagen, ein Spannungsverhältnis, einen spirituellen Krieg, der, im Roman anklingend, sich durch sein ganzes Leben zieht. Proust war von der französischen Kultur nur oberflächlich berührt. Seine Kunst ist im höchsten Grade unfranzösisch. Wir brauchen nur an seine andächtige Verehrung für Ruskin zu denken. Ausgerechnet Ruskin!

Und indem er so den Niedergang seiner kleinen Welt beschreibt, diesen Mikrokosmos, der für ihn *die* Welt war, und die Auflösung seines Helden Charlus schildert, stellt Proust uns den Kollaps der äußeren und der inneren Welt vor Augen. Das Schlachtfeld der Liebe, die ganz normal mit Gilberte begann, wird ganz wie in der Welt von heute zu jener platten entpolarisierten Liebe, in der die Geschlechter sich verwischen, die Welt, in der Zweifel und Eifersucht, aus ihrer normalen Bahn geworfen, eine teuflische Rolle spielen. Während in der Welt von Joyce eine im ganzen normale Obszönität in eine schleimige, graugrüne Brühe überschwappt, in der alles Leben festklebt, brechen in Prousts Welt Laster, Perversion und Schwund des Sexus aus wie eine Pockenseuche, die alles zerfrißt.

In ihrer Analyse und Schilderung des Verfalls sind beide, Proust und Joyce, unerreicht, außer vielleicht durch Dostojewski und

Petronius. Sie sind objektiv in der Behandlung ihres Stoffes – in technischer Hinsicht klassisch, wenn auch im Innern romantisch. Sie sind Naturalisten, die die Welt so darstellen, wie sie sie vorfinden, und sie sagen nichts über die Ursachen und ziehen keinerlei Schlußfolgerungen aus ihren Befunden. Sie sind Feiglinge: Männer, die sich aus einer grausamen, fürchterlichen, abscheulichen Wirklichkeit in die KUNST flüchten. Nachdem er seinen letzten Band, mit dem bemerkenswerten Traktat über Kunst, geschrieben hat, zieht sich Proust auf sein Sterbebett zurück, um die Seiten über Albertine zu überarbeiten. Diese Episode ist der Kern und die Klimax seines großen Werkes. Sie bildet den Torbogen zu jenem Inferno, in das der reife Proust hinabstieg. Denn wenn Proust, während er sich immer tiefer in das Labyrinth zurückzog, einen Blick zurück auf jene Welt getan hätte, die er hinter sich ließ, müßte er in der Gestalt der Frau jenes Bild seiner selbst gesehen haben, in dem alles Leben sich widerspiegelt. Das war ein Bild, das ihn quälte, ein Bild, das ihn aus jedem Blickwinkel belog, weil er in eine Unterwelt eingetreten war, wo es nichts als nur verzerrte Schatten gab. Die Welt, die er verlassen hatte, war die maskuline Welt in ihrem Auflösungsprozeß. Mit Albertine als Schlüsselfigur, mit diesem einzigen Faden in der Hand, den er trotz allem Kummer und Leid des Wissens nicht losläßt, ertastet er sich seinen Weg zu den Nervenenden, durch eine weite unterirdische Welt erinnerter Empfindungen, wo er das Herz schlagen hört, ohne doch zu wissen, woher es kommt oder was es ist.

Man hat gesagt, ‹*Hamlet*› sei die Inkarnation des Zweifels und ‹*Othello*› die Inkarnation der Eifersucht, und das mag auch so sein, aber die Episode mit Albertine, geschaffen nach einem Intervall von mehreren Jahrhunderten des Niedergangs, scheint mir als dramaturgische Studie von Zweifel und Eifersucht so unendlich viel größer und komplexer als ‹*Hamlet*› oder ‹*Othello*› zu sein, daß die beiden Shakespeareschen Dramen im Vergleich dazu wie schwache Skizzen wirken, die erst später die Dimensionen großer Fresken annehmen sollten. Dieses ungeheure Beben von Zweifel und Eifersucht, das das Buch beherrscht, spiegelt nur jenen äußersten Kampf mit dem Schicksal wider, der die gesamte europäische Geschichte durchzieht. Heutzutage erleben wir Hamlets und Othellos zu Tausenden – solche Hamlets und Othellos, von denen Shakespeare sich nie hätte träumen lassen und über die er vor Stolz ins Schwitzen gekommen wäre, wenn er sich in seinem Grab umdrehen könnte.

Dieses Thema von Zweifel und Eifersucht, um nur seine hervorstechendsten Aspekte herauszugreifen, ist in Wahrheit nur der Widerschein eines viel größeren Themas, das in viel höherem Grade komplex und verzweigt ist und das in der Zeitspanne zwischen Shakespeare und Proust überhöht oder, wenn man so will, in den Schmutz gezogen wurde. Eifersucht ist das kleine Symbol jenes großen Kampfes mit dem Schicksal, der durch Zweifel offenbar wird. Wenn das Gift des Zweifels, der Innenschau, des Gewissens, des Idealismus überfließt in die Arena des Sexus, entwickelt es den fabelhaften Bazillus der Eifersucht, den es ganz gewiß immer geben wird, der aber in der Vergangenheit, als das Leben noch auf der Höhe war, im Zaum gehalten wurde und nur die ihm zukommende Rolle und Funktion erfüllte. Zweifel und Eifersucht sind jene Widerstände, an denen die Großen erstarken, auf denen sie ihre mächtigen Ordnungen errichten, ihre maskuline Welt. Wenn Zweifel und Eifersucht Amok laufen, dann weil der Leib zunichte gemacht worden ist, weil der Geist erschlafft und die Seele frei schwebt. Dann beginnen die Keime ihr Vernichtungswerk, und die Menschen wissen nicht mehr, ob sie Teufel oder Engel sind, noch ob die Frauen gemieden oder verehrt werden sollen, noch ob Homosexualität ein Fluch oder ein Segen ist. Abwechselnd zwischen den heftigsten Ausbrüchen von Grausamkeit und der widerstandslosen Ergebung haben wir Streit, Revolutionen, Holocausts – *wegen Kleinigkeiten oder wegen nichts*. Zum Beispiel der letzte Krieg.* Der Verlust der sexuellen Polarität ist Teil der allgemeineren Zersetzung, Reflex des Absterbens der Seele, und fällt zusammen mit dem Schwinden großer Männer, großer Taten, großer Streitfälle, großer Kriege.

Hierin liegt die große Bedeutung von Prousts epischem Werk, denn hier in der Albertine-Episode wird uns das Problem von Liebe und Eifersucht in gargantuesker Manier beschrieben, die Krankheit wird allumfassend, sie wendet sich gegen sich selbst durch die Inversion des Sexus. In den großen Shakespeareschen Dramen kündigte sich eine Krankheit nur an, die eben erst ihren unberechenbaren Lauf genommen hatte; zu Shakespeares Zeit hatte sie sich noch nicht in jede Schicht des Lebens eingefressen, sie taugte noch als Thema des heroischen Dramas. Da war der Mensch und da die Krankheit, und dieser Konflikt war Stoff für das Drama. Doch

* Gemeint ist der Erste Weltkrieg. (Anm. d. Übers.)

jetzt ist das Gift ins Blut getreten. Für solche wie wir, die vom Virus schon zerfressen sind, sind die großen dramatischen Themen von Shakespeare nur Schaumschlägerei und Pappkulissen. Ihr Eindruck ist gleich Null. Wir sind geimpft. Und eben bei Proust spüren wir den Niedergang des Heroischen, die Abwesenheit von Konflikt, die Selbstaufgabe, die Sache an sich.

Ich wiederhole: Wir haben heutzutage unter uns größere Hamlets, größere Othellos, als Shakespeare sich je hätte träumen lassen. Wir haben jetzt die reife Frucht aus der Saat, die die alten Meister gelegt haben. Gleich einem wunderbaren einzelligen Organismus, der einen endlosen Häutungsprozeß durchmacht, offenbaren diese Typen uns die ganze Vielfalt von Körperzellen, die sich früher einmal an die Herstellung von Blut, Knochen, Muskeln, Haaren, Zähnen und Nägeln machten. Jetzt haben wir das Monstrum von Blume, deren Wurzeln von dem christlichen Mythos gewässert wurden. Wir leben inmitten der Ruinen einer zusammenbrechenden Welt, inmitten der leeren Hülsen, die wegfaulen müssen, damit wieder Ton daraus werden kann.

Dieses furchtbare Bild der Welt-als-Krankheit, das Proust und Joyce uns geliefert haben, ist in Wahrheit weniger ein Bild als vielmehr eine mikroskopische Studie, die uns, da wir sie in Vergrößerung sehen, davor bewahrt, sie als unsere alltägliche Welt zu sehen, in der wir herumschwimmen. Ebenso wie die Psychoanalyse nicht hätte aufkommen können, bis die Gesellschaft krank genug für diese besondere Art von Therapie war, so hätten auch wir kein zuverlässiges Bild von unserer Zeit bekommen können, bis nicht in unserer Mitte Monstren aufgestanden wären, die so von der Krankheit gezeichnet sind, daß sich in ihren Werken die Krankheit selbst darstellt.

Bezugnehmend auf die üblen Geruchsqualitäten von Prousts Werk, fühlt sich Edmund Wilson, der amerikanische Kritiker, veranlaßt, die Authentizität der Erzählung zu bezweifeln. «Als Albertine ihn schließlich verläßt», schreibt er, «erstickt das emotionale Leben in dem Buch zunehmend an den infernalischen Dämpfen, die Charlus mitgebracht hat – bis dann ein so großer Prozentsatz der Charaktere sich tragisch, grausig, unwiderruflich als homosexuell erwiesen hat, daß die Geschichte uns zum erstenmal ein bißchen unglaubhaft erscheint.» Natürlich ist es unglaubhaft – von einem rein realistischen Standpunkt aus! Es ist unglaublich, wie alle authentischen Lebensbekenntnisse unglaublich, weil allzu wahr sind. Wir haben auf eine höhere Ebene von Realität hinübergewechselt. Nicht den Autor sollten wir dazu befragen, sondern das Leben. Der Baron de Charlus, wiederum wie Albertine, leuchtet als Gestalt hervor und zieht alle Aufmerksamkeit auf sich. Charlus ist Prousts vollendetste Schöpfung, sein «Held», sofern in seinem Werk von einem Helden die Rede sein kann. Wenn man das Verhalten des Barons oder das seiner Trabanten und Nachäffer *unglaubhaft* nennt, leugnet man die Gültigkeit von Prousts ganzem künstlerischen Aufbau. In die Figur von Charlus (die sich von vielen genau studierten Prototypen herleitet) hat Proust alles, was er über Perversion wußte, hineingebracht, und dieses Thema beherrscht – zu Recht – das ganze Werk. Wissen wir denn nicht, daß der ursprünglich für das Ganze vorgesehene Titel wie der des Eckpfeilers – *‹Sodom und Gomorrha›* – lauten sollte? Sodom und Gomorrha! Riecht das nicht ein bißchen nach Ruskin!

Auf jeden Fall läßt sich nicht bestreiten, daß Charlus sein großer Wurf ist. Wie Stavrogin für Dostojewski ist Charlus für Proust der höchste Prüfstein. Und ebenso wie bei Stavrogin bemerke man nur, wie die Gestalt von Charlus die Atmosphäre durchdringt und beherrscht, auch wenn er gar nicht auf der Szene ist, wie das Gift seines Wesens den anderen Charakteren seinen Virus einimpft, ebenso den anderen Szenen, den anderen Dramen, so daß die Atmosphäre vom Moment seines Auftritts oder sogar schon vorher mit seinen Giftgasen durchwirkt ist. Indem er Charlus analysierte, ihn lächerlich machte und anprangerte, ging es Proust, ebenso wie Dostojewski, nur darum, sich selbst bloßzustellen, vielleicht, sich selbst zu verstehen.

Wenn in *‹Die Gefangene›* Marcel und Albertine Dostojewski diskutieren und Marcel einige Mühe hat, auf Albertines Fragen eine befriedigende Antwort zu finden, dann frage ich mich, wie wenig Proust sich bewußt war, daß er mit der Schöpfung des Barons de Charlus ihr die Antwort gab, zu der er im Roman anscheinend nicht fähig war. Die Diskussion, wenn wir uns erinnern, zielte auf Dostojewskis Hang zur Beschreibung des Häßlichen, des Gemeinen, insbesondere seine Versessenheit auf das Thema des Verbrechens. Albertine hatte bemerkt, daß Verbrechen eine fixe Idee bei Dostojewski sei, und Marcel, nach dem Versuch, ein paar eher schwache Antworten hinsichtlich der vielstrebigen Natur des Genies zu finden, verläßt das Thema etwa in dem Sinne, daß *diese* Seite von

Dostojewski ihn wirklich interessiere, aber nichts darüber, daß er sich in Wahrheit außerstande sah, sie zu begreifen.

Was aber die Charakterzeichnung von Charlus betraf, so zeigte Proust sich nichtsdestoweniger fähig, hier ein Wunderwerk kreativer Imagination zu vollbringen. Charlus scheint so außerhalb von Prousts wirklicher Lebenserfahrung zu sein, daß man sich oft gefragt hat, woher er die Elemente für seine Schöpfung hatte. Woher? Aus seiner eigenen Seele! Dostojewski war kein Verbrecher, kein Mörder; Dostojewski hat nicht das Leben von Stavrogin gelebt. Aber Dostojewski war besessen von der *Idee* eines Stavrogin. Er mußte ihn erschaffen, um sein anderes Leben ausleben zu können, sein Leben als schaffender Künstler. Es besagt wenig, daß er im Laufe seiner mannigfaltigen Lebenserfahrungen einen Stavrogin gekannt haben mag. Und es besagt wenig, daß Proust die wirkliche Gestalt von Charlus vor Augen hatte. Die Originale, wofern nicht sogleich ad acta gelegt, wurden ganz gewiß von Grund auf umgemodelt, im Lichte der inneren Wahrheit, der inneren Vision umgeformt. Für beide, für Dostojewski und Proust, gab es einen Stavrogin, einen Charlus, der weitaus realer war als die Gestalten der Wirklichkeit. Für Dostojewski verband sich die Gestalt von Stavrogin mit der Suche nach Gott. Stavrogin war das Idealbild von ihm selbst, das Dostojewski eifersüchtig hütete. Mehr noch – Stavrogin war der Gott in ihm, das reinste Bildnis von Gott, das zu schaffen Dostojewski vergönnt war.

Zwischen Stavrogin und Charlus klafft indessen ein gewaltiger Abgrund. Es ist der Unterschied zwischen Dostojewski und Proust, oder, wenn man so will, der Unterschied zwischen dem Mann Gottes, dessen Held er selbst ist, und dem Mann der Moderne, für den nicht einmal Gott als Held in Betracht kommt. Dostojewskis gesamtes Werk ist von Konflikt geprägt, von *heroischem* Konflikt. In einem Essay über *Aristokratie* schreibt Lawrence: «Im Leben zu sein begründet eine Aristokratie, über die niemand hinausgelangen kann. Wer am stärksten lebt, im eigentlichen Sinne, ist König, ob die Menschen es zulassen oder nicht . . . Mehr Leben! Mehr *lebendiges* Leben! Nicht mehr heile Kohlköpfe oder sinnlose Menschenmassen . . . alle Schöpfung ist ein Beitrag, muß ein Beitrag sein zum Erreichen eines breiteren, lebendigeren Lebenszyklus. Das ist der Zweck des Lebendigseins. Derjenige, der der Sonne näherkommt, ist Führer, Aristokrat unter Aristokraten. Oder derjenige, der wie Dostojewski dem Mond unseres Nichtseins am nächsten kommt.»

Proust gab diesen Konflikt schon früh im Leben auf. Ebenso Joyce. Ihre Kunst beruht auf Unterwerfung, Ergebung in den trägen Strom. Das Absolute bleibt außerhalb ihrer Werke, es beherrscht sie, zerstört sie, ebenso wie Idealismus im Leben des Durchschnittsmenschen unterjocht und zerstört. Aber Dostojewski, der sich noch stärkeren Kräften der Vereitelung gegenübersah, macht sich stark für das Ringen mit dem Geheimnis; er zermartert sich für dieses Ziel. Und darum, wo immer es in seinen Werken zu Chaos und Aufruhr kommt, ist es ein fruchtbares Chaos, ein sinnvoller Aufruhr – positiv, vital, beseelt. Es ist die Aura des Jenseits, des Unerreichbaren, die ihren Glanz über seine Szenen und Charaktere wirft – kein totes, erschreckliches Dunkel. Es versteht sich, daß bei Proust und Joyce eine Dunkelheit anderer Art vorherrschend ist. Bei jenem treten wir in die zwielichtige Zone des Geistes ein, ein Bereich, der von blendenden Glanzlichtern durchschossen ist, aber stets diese luzide Blässe, die unerträgliche, quälende Luzidität des Geistes. Bei Joyce haben wir den nächtigen Geist, eine noch unglaublichere Verschwendung, blendender als bei Proust, als wären die letzten hemmenden Barrieren der Seele niedergewalzt. Aber dennoch, *Geist*!

Wenn auch bei Dostojewski der Geist immer da ist, immer aktiv und mächtig am Werk, so ist es dennoch ein Geist, der ständig gezügelt und den Anforderungen der Seele unterworfen ist. Er arbeitet, wie Geist arbeiten sollte – das heißt, als Triebwerk und nicht als zeugende Kraft. Bei Proust und Joyce gleicht der Geist einer Maschine, die von Menschenhand in Bewegung gesetzt und dann sich selbst überlassen wurde. Sie läuft andauernd weiter oder wird weiterlaufen, bis eine andere menschliche Hand sie anhält. Glaubt wohl irgendwer, daß für diese beiden der Tod etwas anderes als eine zufällige Unterbrechung sein könnte? Rein technisch ist einer von den beiden noch am Leben. Aber waren sie nicht beide schon tot, ehe sie überhaupt zu schreiben anfingen?

Gerade bei Joyce kann man jenes eigentümliche Versagen des modernen Künstlers beobachten – die Unfähigkeit, mit seinem Publikum Verbindung zu halten. Zugegeben, kein völlig neues Phänomen, aber ein sehr bezeichnendes. Begabt mit einer rabelaisschen Geschicklichkeit im Wörter-Erfinden, erbittert gegen die Vorherrschaft einer Kirche, mit der sein Intellekt nichts anfangen konnte, beunruhigt über den Mangel an Verständnis bei Verwandten und Freunden, besessen von dem elterlichen Vorbild, gegen das er vergebens rebelliert, sucht Joyce einen Ausweg, indem er sich aus einem sinnlosen Wortgemisch eine Festung baut. Seine Sprache ist eine wilde Selbstbefriedigung in vierzehn Idiomen. Es ist ein Derwischtanz an der Peripherie von Sinn und Verstand, ein Orgasmus nicht aus Blut und Samen, sondern aus der Schlacke des ausgeglühten Kraters des Geistes. Die Revolution des Wortes, die sein Werk bei seinen Schülern ausgelöst hat, ist die logische Folge dieses sterilen Totentanzes.

Wie Joyce die Nachtwelt durchforscht, seine Besessenheit von Mythos, Traum, Legende und allem, was im Unbewußten vorgeht, wie er dann eben dieses Instrument zerbricht und sich seine eigene Phantasiewelt schafft, das ist sehr verwandt mit Prousts Dilemma. Hyperintellektuell, wie sie beide sind, weisen sie jede Frage nach der Seele von sich, ja sind sogar skeptisch gegenüber der Wissenschaft selbst, obwohl sie in ihrem Werk, ohne es sich einzugestehen, sich dem Kausalprinzip verpflichtet fühlen, das ja der wahre Eckpfeiler der Naturwissenschaft ist. Proust, der sich einbildete, aus seinem Leben ein Buch, aus seinen Leiden eine Dichtung zu machen, offenbart eben durch seine mikroskopische und kaustische Analyse von Mensch und Gesellschaft die mißliche Lage des modernen Künstlers, für den es keinen Glauben, keinen Sinn, kein Leben mehr gibt. Sein Werk ist das triumphalste Monument der Desillusionierung, das je geschaffen wurde.

Die Ursache war seine eingestandene und mehrfach gerühmte Unfähigkeit, mit der Wirklichkeit zurechtzukommen – die ewige Klage des modernen Menschen. Tatsächlich war sein Leben ein lebender Tod, und eben darum interessiert uns sein Fall. Denn indem er sich seines Handicaps voll bewußt war, hat er uns einen Bericht von dem Zeitalter gegeben, in dem er sich eingeschlossen fand. Proust hat gesagt, die Idee des Todes habe ihn ebenso unaufhörlich begleitet wie die Idee seiner Identität. Dies geht, wie wir wissen, auf jenen Abend zurück, als, wie er selbst sagte, «ich bei meinen Eltern die erste Abdankung durchsetzte». Jener Abend, von dem «der Verfall meiner Gesundheit und meiner Willenskraft» datiert, datiert auch seinen Tod. Von da an ist er unfähig, in der Welt zu leben – die Welt zu akzeptieren. Von jenem Abend an ist er für die Welt gestorben, außer in jenen kurzen, sporadisch auftretenden Momenten, die nicht nur Lichtblicke in dem dichten Nebel seines Werkes sind, sondern die es recht eigentlich erst möglich gemacht haben. Durch ein Wunder, das heutzutage den Psychiatern geläufig ist, tat er den Schritt über die Schwelle des Todes hinaus. Sein Werk, wie sein Leben, war ein biologisches Kontinuum, von Zeit zu Zeit unterbrochen durch den belanglosen Zwischenfall des statistischen Todes.

Und so kann es nicht überraschen, daß, wie er da auf zwei ungleichen Bodenplatten stehend jene Sinneswahrheiten rekapituliert, die ihn mehrere Male im Laufe seines Lebens verstört haben, er mit einer Klarheit und Feinheit ohnegleichen darangeht, jene Gedanken zu entwickeln, die seine endgültigen und höchsten Ansichten über Leben und Kunst enthalten – herrliche Seiten, an eine verlorene Sache verschwendet. Wenn er da von den instinktiven Fähigkeiten des Künstlers spricht, seinem Zwang, der kleinen inneren Stimme zu gehorchen, Realismus zu meiden und nur einfach zu *übersetzen*, was da heraufbrandet und nach Ausdruck ringt, dann sehen wir mit erschreckender Deutlichkeit, daß für ihn, Proust, Leben nicht leben hieß, sondern lustvoll verweilen über versunkenen Schätzen, ein Leben der Rückschau; wir sehen, daß das, was ihm an Freude blieb, nur die Freude des Archäologen beim Entdecken der Relikte und Ruinen der Vergangenheit war, nur die Freude, über diesen begrabenen Schätzen zu grübeln und sich das Leben zu vergegenwärtigen, das einst diesen toten Dingen Form und Gestalt gegeben hatte. So traurig uns die Betrachtung dieser großartigen und noblen Passagen stimmt, so bewegend es ist zu sehen, wie hier aus Leiden und Krankheit ein großes Werk erwuchs, so ermutigend ist es zu sehen, daß mit eben diesen Passagen jener Schule des Realismus der Todesstoß versetzt wurde, die dann, sich totstellend, im Gewand der Psychologie wiederauferstand. Schließlich hatte Proust noch eine Anschauung vom Leben; sein Werk hat Sinn und Gehalt, seine Charaktere leben, wie sehr sie auch durch seine Labormethode der Sektion und Analyse entstellt zu sein scheinen. Proust war zuerst und vor allem ein Mensch des neunzehnten Jahrhunderts, mit all den Geschmacksneigungen, der Ideologie und dem Respekt vor den Mächten des Verstandes, die die Menschen jener Epoche beherrschten. Sein Werk erscheint uns jetzt wie die Leistung eines Mannes, der uns die absoluten Grenzen einer solchen Geistesverfassung gezeigt hat.

Der Zusammenbruch, der im Bereich der Malerei die Schule des Impressionismus hervorbrachte, ist auch in Prousts literarischer Methode deutlich sichtbar. Das Verfahren, erst einmal das Medium selbst zu prüfen, die äußere Welt einer mikroskopischen Analyse zu unterwerfen, wodurch eine ganz neue Perspektive entsteht und somit die Illusion einer neuen Welt – das hat sein Gegenstück in Prousts literarischer Technik. Des Realismus und Naturalismus überdrüssig, wie es auch die Maler waren, oder weil ihn das vorhandene Bild der Wirklichkeit nicht befriedigte, ihm *unreal* erschien (dank den Forschungen der Physiker), setzte Proust alles daran, durch eine komplizierte Brechung von Geschehnis und Charakter den psychologischen Realismus zu ersetzen. Seine Haltung koinzidiert mit dem Aufkommen der neuen analytischen Psychologie. Überall in jenen wahrhaft ekstatischen Passagen im letzten Band seines Werks – in den Ausführungen über die Funktion der Kunst und die Rolle des Künstlers – erreicht Proust schließlich eine Klarheit der Anschauung, die das Ende seiner eigenen Methode und die Geburt einer völlig neuen Art von Künstler ahnen läßt. Ebenso wie die Physiker bei ihrem Erforschen der materiellen Natur des Universums an den Rand eines neuen geheimnisvollen Bereichs stießen, so gelangte Proust, indem er seine analytischen Fähigkeiten bis zum äußersten trieb, an jene Grenze zwischen Traum und Wirklichkeit, die von nun an die Domäne des wahrhaft schöpferischen Künstlers sein wird.

Wenn wir zu Joyce kommen, der Proust in kurzem Abstand folgt, bemerken wir die Veränderung in der psychologischen Atmosphäre. Joyce, der uns in seinem Frühwerk eine romantische Konfession des «Ich» gibt, wechselt plötzlich in einen neuen Bereich hinüber. Obwohl die Leinwand, die Joyce gebraucht, an Fläche kleiner ist, gibt sie die Illusion größerer Weite als bei Proust; wir empfangen unsere Eindrücke nicht mehr durch die Nerven, und es gibt nicht mehr ein personelles Unterbewußtsein, das seine Bilder auswirft. Wenn wir *‹Ulysses›* lesen, haben wir den Eindruck, daß der Geist zu einem Tonbandgerät geworden ist: während wir uns mit dem Autor durch das große Labyrinth der City bewegen, werden wir einer doppelten Welt gewahr. Es ist ein fortwährender Alptraum, in dem der Geist des kranken Gelehrten Amok läuft.

Und ebenso wie Prousts Animosität sich gegen jene kleine Gesellschaftsschicht richtet, die ihm die kalte Schulter gezeigt hatte, so richtet sich bei Joyce die bittere Satire gegen die Welt der Spießer, für die er der ewige Feind bleibt. Joyce ist kein Realist und nicht einmal ein Psychologe; er macht keinen Versuch, Charaktere aufzubauen – nur lauter Karikaturen von Menschheit, *Typen*, die es ihm ermöglichen, seiner Satire, seinem Haß freien Lauf zu lassen, zu schmähen und zu verleumden. Denn im Grunde gibt es bei Joyce nur einen tiefen Haß gegen die Menschheit – den Haß des Gebildeten. Man merkt bei ihm die neurotische Angst, sich mit der Welt der Lebenden einzulassen, der Welt der Männer und Frauen, in der er machtlos und ohne Funktion ist. Er revoltiert nicht gegen Institutionen, sondern gegen das Menschengeschlecht. Der Mensch ist für ihn bedauernswert, lächerlich, grotesk. Und mehr noch sind es die Menschenideen – nicht weil er sie nicht verstünde, sondern weil sie für ihn keine Gültigkeit haben; es sind Ideen, die ihn an eine Welt binden würden, von der er sich geschieden hat. Er ist ein zu spät geborener, mittelalterlicher Geist: er hat die Neigungen des Einsiedlers, die Moral des Anachoreten, mit dem ganzen Selbstbefriedigungstrieb, den ein solches Leben nach sich zieht.

Als ein Romantiker, der das Leben realistisch anpacken wollte, als ein Idealist, dessen Ideale bankrott waren, sah er sich einem Dilemma gegenüber, das er nicht zu lösen vermochte. Es gab nur einen Ausweg – den Sprung in das unverbindliche Reich der Phantasie. Indem er das Gespinst seiner Träume verfertigte, entlud er zugleich das Gift, das sich in seinem Organismus angesammelt hatte. *‹Ulysses›* ist wie das Erbrochene eines zarten Kindes, das mit Süßigkeiten überfüttert wurde. «Das kam so reichlich, der lange zurückgehaltene Ausbruch war so heftig», schreibt Wyndham Lewis, «daß es für immer wie ein Laxativ ist, monumental wie eine Rekord-Diarrhöe.» Trotz der verwirrenden Fülle von Fakten, Erscheinungen und Begebenheiten gesondert, ist da kein Begriff von Leben, kein Bild des Lebens. Das ist weder organisch konzipiert, noch aus einem vitalen Lebensgefühl. Wir haben es mit dem Mechanismus des Geistes zu tun, der auf ein totes Abstraktum losgelassen ist, die *city*, die selbst ein Produkt von Abstraktionen ist.

Erst wenn wir diese unbestimmte, diffuse, amorphe City-Welt mit der enger begrenzten, aber fester gefügten und noch riechbaren, wenn auch völlig dekadenten Welt Prousts vergleichen, sehen wir den Wandel, den die Welt innerhalb nur weniger Jahre durchgemacht hat. Worüber die Menschen in jener künstlichen Welt des Faubourg St. Germain sprachen, das hat keine Ähnlichkeit mehr mit dem, was uns in den Straßen, Kneipen und Bordellen von Dublin als Unterhaltung angeboten wird. Jener Duft, der von den Seiten Prousts ausgeht, was ist er anders als der Duft einer sterbenden Welt, der letzte schwache Duft von Dingen, die nichts mehr bedeuten.

Wenn wir, via *‹Ulysses›*, Dublin durchstreifen und da die Flora und Fauna sehen, geschichtet im Kopf eines hochgebildeten, äußerst sensiblen Wesens, wie Joyce es war, dann merken wir, daß das Fehlen jeglichen Dufts, die Deodorisation, vom Tod herrührt. Was da zu leben und gehen, zu lieben, zu reden, zu trinken scheint, sind keine lebenden Menschen, sondern Gespenster. Es ist ein Drama der Auflösung und Verflüssigung; es ist nicht statisch wie in Prousts Fall. Es ist keine Analyse mehr möglich, weil der Organismus abgestorben ist. An Stelle der Untersuchung eines sterbenden, aber immer noch intakten Organismus, wie bei Proust, sehen wir uns darauf angewiesen, das Leben von Zellen zu untersuchen, verbrauchter Organe, kranker Membrane. Ein Studium in Ätiologie, wie es uns die Ägyptologen in ihren Post-mortems von Post-mortems vormachen; eine Beschreibung von Leben per Mumie. Die große homerische Gestalt des Ulysses, geschrumpft zu dem nichtssagenden Schatten mal von Bloom und mal von Dedalus, wandert durch die tote und einsame Welt der großen Stadt; die anämischen, entstellten und ausgetrockneten Reflexe von einstmals epischen Ereignissen, die Joyce angeblich in seinem berühmten ersten Entwurf geplant haben soll, bleiben nur leere Scheinbilder, sind Abglanz und Grabmal von Ideen, Begebenheiten, Menschen.

Wenn wir eines Tages die endgültige Interpretation des *‹Ulysses›* von den «Anatomikern der Seele» bekommen, werden wir die erstaunlichsten Offenbarungen über die Bedeutung dieses Werks haben. Dann werden wir wirklich den ganzen Sinn dieser «Rekord-Diarrhöe» begreifen. Vielleicht werden wir dann sehen, daß nicht Homer, sondern totales Scheitern dem Konzept, dem unsichtbaren Muster von Joyce' Werk zugrunde liegt.

Geschah es wissentlich oder unwissentlich, daß Joyce in dem berühmten Abschnitt aus Fragen und Antworten die Seelenlosigkeit des modernen Menschen aufdeckt, dieses armen Teufels, der zu einem Bündel von miesen Tricks reduziert ist, dieses enzyklopädischen Affen, der durch die erstaunlichste technische Wendigkeit glänzt? *Ist Joyce dieser Mann, der alle Stile nachzuahmen versteht – sogar des Lehrbuchs und der Enzyklopädie?* Diese Art von Humor, in dem auch Rabelais schwelgte, ist das Spezifikum, dessen sich der Intellektuelle bedient, um das Sittliche im Menschen zu besiegen: es ist die zersetzende Lösung, mittels der er eine ganze Welt von Sinn und Bedeutung zerstört. Bei den Dadaisten und den Surrealisten war diese starke Betonung des Humors eine ganz bewußte und absichtsvolle Haltung mit dem Ziel, die alten Ideologien zu zerbrechen. Wir sehen das gleiche Phänomen bei Swift und Cervantes.

Aber sehen wir nur den Unterschied zwischen dem Humor von Rabelais, mit dem der Autor des *‹Ulysses›* so oft zu Unrecht verglichen wird, und dem von Joyce. Und bemerken wir den Unterschied zwischen jenem furchterregenden Surrealisten Jonathan Swift und den schwächlichen Ikonoklasten, die sich heutzutage Surrealisten nennen! Rabelais' Humor war immer noch gesund, hatte mit den Verdauungsorganen zu tun und war von der Heiligen Flasche inspiriert. Wohingegen bei unseren Zeitgenossen alles im Kopf sitzt, oberhalb der Augen – eine lästerliche, hämische, gemeine, bösartige, humorlose Heiterkeit. Heutzutage lachen sie aus Wut und Verzweiflung. Humor? Wohl kaum. Eher ein reflexhaftes Muskelzwicken – mehr grausig als erheiternd . . . In jenen wundervollen Passagen, in denen Joyce seine reichen Exkrement-Phantasien mit seiner traurigen Heiterkeit verbindet, merkt man eine schmerzliche, wehmütige Unterströmung, die nach Hochehrwürden und Abgötterei riecht. Das erinnert nur zu sehr an jene mittelalterlichen Tölpel, die andächtig vor dem Papst knieten, um mit Jauche gesalbt zu werden.

In diesem selben Kapitel der Scherz- und Rätselfragen spürt man eine tiefe Verzweiflung, die Verzweiflung eines Mannes, der das Ganze dem letzten Mythos – der *Wissenschaft* überläßt. Entspricht diese Auflösung des ego, die im *‹Ulysses›* begonnen wurde und die jetzt in *‹Work in Progress›* bis an die äußerste Grenze getrieben wird, nicht getreulich der Auflösung der äußeren Welt? Und haben wir hier nicht den exemplarischen Fall jenes schon früher erwähnten Phänomens – *Schizophrenie*? Die Auflösung des Makrokosmos geht Hand in Hand mit der Auflösung der Seele. Bei Joyce geht die homerische Gestalt in ihr Gegenteil über: wir sehen sie aufgespalten in eine Vielheit von Charakteren, Helden, Legendengestalten, in Leiber, Arme, Beine, in Fluß, Baum, Fels und Tier. Immer tiefer arbeitet er sich hinunter in die Schichten des kollektiven Lebewesens, tastet suchend nach seiner verlorenen Seele, macht heroische Anstrengungen wie ein Wurm, in die Gebärmutter zurückzukehren. Was meinte Joyce, als er am Vorabend des *‹Ulysses›* durch Stephen Dedalus ausdrückte, er wolle «in der Schmiede (seiner) Seele das unerschaffene Gewissen (seiner) Rasse schmieden»? Als er ausrief – «Nein, Mutter. Laß mich sein und laß mich leben!» – war das ein Schrei einer gequälten Seele, die im Mutterleib eingesperrt ist? Dann jenes Bild zu Anfang des Buches mit der strahlenden Morgensonne, der Metapher von Nabel und Skrotum, gefolgt von der quälenden Szene mit der Mutter – überall und immer wieder das Mutterbild. «Ich liebe alles, was fließt», sagt er zu einem seiner Bewunderer, und in seinem neuen Buch gibt es Hunderte von Flüssen, einschließlich seines heimatlichen Liffey. Was für ein Durst! Was für ein Sich-Sehnen nach den Wassern des Lebens! Könnte er nur wieder an ein fernes Gestade geworfen werden, unter anderen Himmeln, anderen Gestirnen! Blinder Barde ... verlorene Seele ... ewiger Wanderer. Was für ein Sehnen, Tasten, Suchen nach einem allbarmherzigen Busen, nach dem Nachtdunkel, um darin seinen ruhelosen, fruchtlosen Geist zu bergen! Wie die Sonne selbst, die im Laufe eines Tages sich aus dem Meer erhebt und wieder verschwindet, so nimmt *‹Ulysses›* seinen kosmischen Punkt ein, mit einem Fluch auf- und mit einem Seufzer untergehend. Aber wie eine dem Heute gemäße Sonne wandert der gespaltene Held von *‹Ulysses›* nicht über die Wasser des Lebens und Todes, sondern durch die ewigen, monotonen, düsteren, traurigen Straßen der großen Stadt – schmutziges Dublin, die Kloake der Welt.

Wenn die *‹Odyssee›* ein Erinnern an große Taten war, dann ist *‹Ulysses›* ein Vergessen. Jener schmutzige, rastlose, nie endende Strom von Worten, in dem die Zwillings-Seele von Joyce mitgeschwemmt wird wie ein Klumpen Abfall durch die Abflußrohre, diese unglaubliche Sintflut aus Eiter und Exkrement, die sich durch das Buch wälzt und einen Ausgang sucht, staut sich am Ende, schwillt an wie die Flutwelle des Meeres und wischt diese ganze schattenhafte Welt hinweg, in der dieses schemenhafte Epos konzipiert wurde. Der vorletzte Teil des Buches, das Werk eines versierten Desperados, ist wie die Sprengung eines Schutzwalls. Der Wall, in der unbewußten Symbolik von Joyce, ist die letzte Barriere von Tradition und Kultur, die weichen muß, wenn der Mensch zu seinem Recht kommen soll. Jede idiotische Frage ist ein Bohrloch, das ein Verrückter gebohrt und mit Dynamit gefüllt hat; jede idiotische Antwort ist der Knall einer verheerenden Explosion. Joyce, der verrückte Pavian, gibt es hier dem geduldigen, ameisenhaften Fleiß des Menschen, der sich wie ein eiserner Ring toten Wissens um ihn gelegt hat.

Wenn der letzte Rest in die Luft geflogen ist, kommt die Flut. Der letzte Teil ist eine freie Fantasie, wie man sie bis dahin noch in keiner Literatur erlebt hat. Es ist eine Umschreibung der Sintflut – nur daß keine Arche darin vorkommt. Die träge Senkgrube des kulturellen Dramas, bei dem es wieder und wieder in der Weltstadt zu nichts kommt, dieses Drama, das sich in der großen Hure von Babylon personifiziert, hat sein Echo in der endlosen Träumerei von Molly Bloom, in deren Ohren nur noch die schwarzen Wasser des Todes gluckern. Als das Inbild des Weibes überdauert Molly Bloom in ihrer breiten Fülle. Neben ihr sind die anderen zu Pygmäen reduziert. Molly Bloom ist Wasser, Baum und Erde. Sie ist Mysterium. Sie ist die Allesverschlingende, der Ozean der Nacht, in dem der verlorene Held am Ende versinkt und mit ihm die Welt.

An Molly Bloom, wie sie da traumumfangen auf ihrem schmutzigen, schäbigen Bett liegt, ist etwas, das auf Urbilder zurückweist. Sie ist die Quintessenz der großen Weibhure von Babylon, das Gefäß alles Abscheulichen. In Ewigkeit widerstandslos dahintreibend, allumfassend, ist sie wie das Meer selbst. Wie das Meer ist sie empfangend, fruchtbar, gefräßig, unersättlich. Sie zeugt und sie zerstört; sie nährt und vernichtet. Mit Molly Bloom wird, namenlos, das Weib auf seine Urbedeutung zurückgeführt – als Uterus und Matrix des Lebens. Sie ist das Imago der Natur selbst, als Gegensatz zu der illusionären Welt, die der Mann, in seiner Unzulänglichkeit, vergebens zu verdrängen sucht. Und so werden, in einem letzten triumphalen Kraftakt, mit selbstmörderischer Lust, alle Fäden, die das ganze Buch hindurch ausgelegt waren, wieder zusammengenommen; der blasse Held im Diminutiv, zu einem Darmwurm reduziert und wie ein kitzelnder kleiner Phallus in den großen Leib des Weibchens versetzt, kehrt zurück in den Mutterleib der Natur, kahlgeschoren von allem bis auf das letzte Symbol. In dem langen Bogen der Rückschau, der da gezogen wird, haben wir die ganze Flugbahn des Menschen vom Unbekannten ins Unbekannte. Der Regenbogen der Geschichte verblaßt. Die große Auflösung ist vollendet. Nach jenem Schlußbild der träumenden Molly Bloom auf ihrem schmutzigen Bett können wir mit der Offenbarung des Johannes sagen – *Und es wird keine Verdammnis mehr geben!* Von nun an keine Sünde, keine Schuld, keine Angst, keine Unterdrückung, kein Verlangen, kein Trennungsschmerz. Das Ende ist erreicht – der Mensch kehrt zurück in den Mutterschoß.

Der Satz in meinem Kopf, der sich mir immer wieder aufdrängt, lautet: *Keine schöpferischen Männer in der Welt von heute! Nicht einer!* Keine Ozeane, in denen sich schwimmen ließe, wie Shakespeare und Dante. Binnenseen mag es geben, sogar große. Aber keine Ozeane! Nicht einmal einen großen Strom – einen Amazonas oder einen Mississippi! Und ganz gewiß keine neuen Ozeane. Auf der anderen Seite sehen wir große Kritiker sich hervortun – faszinierende Monstren, gräßliche Mißgeburten. Gleich jenen perversen Schlinggewächsen in den Tropen, die Sonne und Erde die Lebenskraft entziehen, Männer, die sich ganz der Untersuchung von Leben und Kunst hingeben. Kritiker, Biographen, Historiker, Philosophen, Psychoanalytiker, Statistiker. *Alles eins!*

Wenn ich die wahrhaft fürchterliche, entsetzliche, ungeheure Aktivität dieser Typen sehe, die Lust, mit der sie abschlachten und auffressen, dann wird mir klar, daß selbst solche «Gescheiterten» wie Rimbaud, Nietzsche, Dostojewski, van Gogh, Proust, Cézanne usw. nicht mehr hervorgebracht werden können. Noch als «Gescheiterten» ging von diesen Männern etwas Strahlendes aus! Sie versuchten wenigstens, etwas zu *vollbringen*. Sie versuchten wenigstens, etwas *auszusprechen*! In ihnen war der Same zu wahrer Größe angelegt. Während heute, in diesem Alptraum, wo Schmerz und Kampf und Schönheit sterilisiert sind, nicht einmal ein Samenkorn sich zur Geltung bringen kann. *Kein einziger MANN in der Welt von heute!* Nicht einer! Und die Welt braucht einen *Mann!*

In einer kürzlich erschienenen Studie über amerikanische Literatur prunkt Ludwig Lewisohn mit einer widerlichen, wohlinformierten Schaustellung von Eunuchen, Krüppeln und Pervertierten, die den Künsten in Amerika zur Zierde gereichten. Die beiden bedeutendsten Figuren, die Amerika hervorgebracht hat, Emerson und Whitman – der eine, laut Lewisohn ein Eunuch, der andere ein Homosexueller –, haben Amerika unbeeindruckt gelassen. Aber selbst diese «Krüppel» haben Dinge gesagt, die, wenn Amerika eine Seele gehabt hätte, zu einer echten geistigen Revolution hätten führen können. Doch der Same starb. Da war nicht einmal die Möglichkeit zu einem Keim. Die lange Nacht hatte sich schon herabgesenkt – die großen Werke waren Totgeburten. Und wenn es uns heute überhaupt noch gelingt, uns auszudrücken, dann nur in Fragmenten, nur als Fragmente. Wir sind unvollständig. Wir sind dabei, in ein langes Schweigen zu verfallen, um wiedergeboren, komplett wiedergeboren zu werden. Diejenigen, die sich angestrengt Gehör verschaffen wollen, sind vorzeitig geboren. *Monströse Frühgeburten!*

Ich sage: wir sind heute wie Maden, die im Körper einer Leiche gedeihen – wir tun uns gütlich an dem Leichnam des Lebens. Aber bald wird die Leiche aufgezehrt sein – und dann werden wir gezwungen sein, uns gegeneinander zu wenden, uns gegenseitig zu fressen. Und dann ist es zu Ende mit *unserem* Bandwurm von Geschichte!

Zumal wenn ich die Anstrengungen der Kritiker um mich heute sehe, habe ich das Gefühl, Maden bei ihrer Arbeit zu beobachten. Maden, die sich in den toten Leib des Lebens stehlen und dort gierig prassen. Ich sehe schon, wie sie sich gegeneinander wenden, noch nicht um zuzubeißen und zu lähmen, sondern nur so gegeneinander mit vorquellenden Augen und triefenden Mäulern. Im Begriff, einander zu zerreißen und zu verschlingen. Und so kann ich es auch verstehen, daß beispielsweise ein Kadaver wie Joyce, der noch nicht einmal erkaltet ist, ein Kadaver, in dem die Zellen virulent sind, diesen Würmern als ein besonders saftiger Happen erscheinen muß. Nicht nur, daß er noch warm ist und selbst im Tode noch sprießt, sondern sein Riesenformat reizt ihren Appetit. Denn mit jedem Tod wird ihre Welt größer; mit jedem neuen Leichnam, dessen sie sich bemächtigen, nimmt die Philosophie von Zeit und Raum an Größe und Wichtigkeit zu. Joyce ist einer der kürzlich verstorbenen Könige von Zeit und Raum, dicker als ein gewöhnlicher Leichnam und nahrhafter. Er verspricht ein eschatologisches Festmahl erster Güte. Hier können sich die Mikroben für Äonen bakteriologischen Lebens reichlich mästen.

All dies war schon bei Shakespeare vorausgeahnt, in dem kranken Gemüt eines kranken Hamlet. Mittlerweile sind alle Charaktere abgemurkst, und das Drama spielt sich zwischen den Würmern ab. Vier Jahrhunderte nach Shakespeare erscheint das große Genie der biologischen Welt, ein Hamlet, der verloren ist, ersoffen in dem Miasma von Zersetzung und allgemeinem Zweifel. Er liefert uns ein Werk von nur einer Dimension, ein erstaunliches, gewaltiges Stück Arbeit in der Fläche, ein Drama ohne Handlung bis auf die scherenartige Bewegung der Kinnladen, eine Dichtung mit peristaltischem Rhythmus, eine komplette Welt mit Register, Landkarten, Kurven, Fotos und Nachträgen, aber eine Welt ohne Licht oder Schatten, eine auf unfruchtbarem Boden errichtete Welt; so daß alles Genie, all die Anstrengung, alle Erfindungskraft, all das Graben und Schürfen, all die Metaphern, all das Erinnern und Sehnen und all das Umgraben nicht mehr wert sind als ein Häufchen Dünger. Eine Welt aus Kautschuk und Metall, ein Trümmerhaufen der Vergangenheit. Eine Welt, die nicht einmal eitert . . .

So viel ist schon über das Wiederaufleben des Seherischen gesagt worden, über eine mögliche Wiedergeburt der Kunst durch eine Anleihe bei dem Sauerteig des Unbewußten – und in alledem klingt etwas von Wahrheit auf, wäre es nicht zugleich unglücklicherweise die Totenglocke, die da läutet. Es stimmt, daß in dem großen Reservoir des Unbewußten das Material für Leben, für Kunst, für Glauben bereitliegt, Schicht auf Schicht Erfahrungen der menschlichen Rasse, ein untilgbares Protokoll über fünfhunderttausend oder mehr Jahre mit ihren Siegen und Niederlagen, ihren Sterbefällen und Wiedergeburten. Unermeßliche Schätze liegen da begraben – und wilde, unergründliche Hoffnungen. Und die da begrabenen *Hoffnungen* sind es, die vielleicht eines Tages die Geschichte Lügen strafen werden. Gerade die Instinkte, die da unterdrückt und blockiert sind, werden vielleicht unsere ameisenhafte Betriebsamkeit und unsere affenartige Mimikry außer Funktion setzen. Es mag noch tausend und aber tausend Jahre von Geschichte dauern – doch dann ein völliger Bruch, ein neues ungebundenes Leben jenseits unserer verrücktesten Träume. Gerade diese fanatisch aufbrandende Hoffnung, die sich wie eine Antiphone zur äußersten Verzweiflung erhebt, läßt sich in allen Wiederbelebungen des Orphischen feststellen, die letzten Endes nur Neuauflagen des Mystizismus sind.

Nur aus einem abgrundtiefen Widerwillen entwickelt sich heroischer Wahnsinn, und nicht einer der großen Mystiker der Vergangenheit war in dieser Weise inspiriert. Die Bewegung, die sich heute Surrealismus nennt, ist ein Widerspruch in sich: es gibt keinen Surrealismus, es gibt nur Surrealisten. Und um wen sich diese geschart haben, darüber kann es keine wirkliche Meinungsverschiedenheit geben. Sie waren die Wilden, die Fanatiker, die Unmöglichen, die mit ihrer Zeit aus dem Tritt geraten waren, die mit Schlagseite, die Kranken mit Visionen und Halluzinationen. Die seherischen Persönlichkeiten, ja! In ihrer Sprache war immer Traum und Wahn, vielleicht mehr Traum als Wahn.

Bei Swift und Rabelais zum Beispiel riecht man förmlich den «dithyrambischen Chor»; es ist jener Beiklang von sublimer Komödie, der uns die Illusion des Dämonischen gibt; in der Rückkehr zu vor-bewußten Bildern, zu der instinktiven magischen Quelle, zu dem sakralen Charakter des Lebens selbst, liegt das echte Bemühen des Menschen, die Ursymbole wiederherzustellen, die durch Kultur und besonders durch den «Sprach-Aspekt» von Kultur entstellt sind, da ja der ganze Prozeß der Sprache nur ein immer weiter Sich-entfernen von den Wurzeln ist. Es ist der Dämonismus, den Nietzsche beschreibt, wenn er von dem «metaphysischen Trost» spricht, «mit welchem uns jede wahre Tragödie entläßt – daß das Leben im Grunde der Dinge, trotz allem Wechsel der Erscheinungen unzerstörbar mächtig und lustvoll sei, dieser Trost erscheint in leibhaftiger Deutlichkeit als Satyrchor, als Chor der Naturwesen, die gleichsam hinter aller Zivilisation unvertilgbar leben und ... ewig dieselben bleiben».

In Proust ist nichts von Dämonie. Dieser Mann, der den Blick dafür hatte und den großen Wert von allem, was im Unbewußten vorgeht, erkannte, und der selbst durch Bild und Metapher die heroischen Mythen der Vergangenheit wiederbelebte – dieser Mann hat nie einen Satz gesprochen, der nicht verständlich, der nicht durch den Filter des Geistes gegangen war. Wie komplex, fließend, ephemer und klar er auch schrieb, Proust bleibt nichtsdestoweniger immer transparent; jene Dunkelheit des Gedankens, die allein aus dem Blut kommt, fehlt. Keine Geiß, kein Satyr in seiner Szenerie; er war ein *Marmor*faun, wenn überhaupt ein Faun. Wie bezeichnend ist sein Ausruf, wenn er sagte, daß Ruskin ihm ein wenig zu Kopf gestiegen sei. *Zu Kopf!* Niemals zum Solar plexus! Nie zum Sitz der Seele, zu Leber und Eingeweiden. Ruskin ... Archäologie ... Das Grabscheit eines Grabscheits.

Und dieser wilde Enthusiasmus, zu dem Proust nicht fähig war, zu dem sind wir heute noch weniger fähig. Die Künstler von heute haben kein echtes Feuer. Nur Neurotizismus. Intellekt erzeugt keine Verzückung. Höchstens Verzweiflung – oder Nerven. Kein Wunder, daß die Surrealisten die Schizophrenen und Paranoiker beneiden, den Mörder und den sexuell Entarteten. Es ist ein Neid, eine Sehnsucht, die sich auf Unzulänglichkeit gründet. Kein Wunder, daß sie gegen jene These des Aristoteles: *Kunst als Katharsis* revoltieren. Wenn sie durchaus zu Recht versuchen, das Verbrechen wieder einzuführen, dann ist das lediglich das Bemühen, die trüben Quellen des Handelns zu läutern. Aber der pathetische Aspekt hiervon, die Preisgabe sozusagen, ist der anerkanntermaßen *therapeutische* Wert des Verbrechens. Wie günstig auch immer von einem surrealistischen oder einem psychoanalytischen Standpunkt aus die steigende Tendenz des Verbrechens sein mag, Tatsache ist, daß die Menschen immer weniger verbrecherisch werden.

Verbrechen liegt in der Luft – aber ist nicht im Herzen. Wir leben inmitten von Verbrechen und sind dagegen immun geworden. Die großen Verbrechen werden im Herzen begangen, von denen, die reinen Herzens sind! Verglichen mit Tamerlan oder Al Capone war Christus ein Verbrecher reinsten Wassers. Verglichen mit Huxleys oder Faulkners Verbrechergeschichten, kommen uns die Großtaten, die Dostojewski berichtet, geradezu heilig vor. Jesus, Dostojewski, Villon, Napoleon – diese Männer brachten ihre verbrecherischen Instinkte unmittelbar zum Ausdruck. Aber all das irre Geschwätz der Surrealisten und all die Brutalitäten der amerikanischen Unterwelt sind nichts als die blasse, automatische Widerspiegelung eines Instinkts, der sich gegen sich selbst kehrt, der im Brachland wuchert.

Wenn uns noch gestern der Gedanke an Wahnsinn erschreckte, so erkennen wir ihn schon heute nicht mehr als solchen, oder aber wir betrachten ihn als rettenden Ausweg. Die typische Klage des Künstlers von heute ist, daß es ihm nicht mehr freisteht, wahnsinnig zu werden, ja daß er nicht einmal mehr die Möglichkeit dazu hat. Wie ähnlich ist die Sprache des Wahnsinns dem wiederaufgelebten orphischen Ton, dieser Traumsprache, die die Supermodernen vergeblich zu kultivieren versuchen! Das ist nicht Wahn, in dem dionysischen Sinn, sondern der Ausdruck von Frustrierung, eine Phantasmagorie von wünschen und sehnen, die völlig mit der toten Flora und Fauna der Psychiatrie durchsetzt ist. Ein Zwischenreich, ein Niemandsland, in dem nur der Alptraum der Zerstörung herrscht. Es gibt weder die Möglichkeit, auf den Tod zuzugehen, noch die Möglichkeit der Rückkehr, um den Kampf erneut aufzunehmen. Es gibt nur eine ewig währende Marter, in der die bebende Seele zerbrochen wird. In diesem Purgatorium, das schändlicher ist als Leben, schrecklicher als Tod, werden alle Symbole, in denen Lebenswerte verborgen liegen, zu Asche und Schlacke verbrannt.

Die Künstler, die dem Tode entgangen sind, die ihre Zeit überdauert haben, diese lebenden Gespenster, die wir heute sind – wir alle sehen uns außerstande, unsere Qual und Pein mitzuteilen. Früher machte der Künstler sich einfach kraft seines Wahnsinns verständlich. Vielleicht wurde er nicht «verstanden», aber, was besser ist, es war ihm möglich, durch Ansteckung zu wirken. Wo

Irrsinn die Norm ist, gibt es für den Künstler keine Kommunikation mehr. Er hat seine *raison d'être* verloren. Bestürzt versucht er darzulegen, daß dieser Irrsinn gar kein Irrsinn ist und der gesunde Verstand keine Gesundheit. Es gibt keine Möglichkeit, einen Schmerz auszudrücken, der schon den ganzen Organismus erfaßt hat, der sich schreiend von den Haarwurzeln bis zu den Nervenenden meldet.

Dieser völlige Zusammenbruch von Werten, dieses Chaos, diese Verwirrung zeigt sich besonders bei den großen Kritikern, die, jetzt weniger denn je, fähig sind, zwischen Stil, Form, Schule, Ismen usw. *und* den verschiedenen Arten von Irresein zu differenzieren. Die gewaltige Menge an Literatur zum Beispiel, die sich um den Namen Joyce gerankt hat, bezeugt die Kraftlosigkeit gerade der Geister, an die Joyce sich wendet. Joyce, der sich einer toten Sprache bedient, wird paradoxerweise als Lebensspender gefeiert. Dieser bemerkenswerte Mann, dessen Wirken sich nur mit dem einer mächtigen Einzelmikrobe vergleichen läßt, hat mehr als irgendeiner in unserer Zeit dazu getan, den Prozeß der Zersetzung zu beschleunigen. Der erstaunliche Reichtum seiner Sprache ist nicht ein Zeichen neuen Lebens, sondern manifestiert sich eher als ein Krebsgeschwür, das unsere Seelen zerstört. Es wuchert dermaßen virulent, daß der Leib unserer Literatur an keinem Punkt Widerstand leistet. Es gibt nicht einmal ein Anzeichen für das Auftauchen eines Antitoxins.

Dies ist nun nicht die Verzweiflung eines Unterlegenen, noch ist es die Sprache eines Sterbenden, der endgültig seine Illusionen verloren hat; es ist im Gegenteil die immer wiederholte Überzeugung, die ihn früh im Leben ergriffen hat und die sich wie ein Refrain durch alle seine Werke zieht. Es war der treibende Impuls seines Lebens – das Wissen und die Überzeugung von dem Tod, der uns verhängt ist.

Als Dichter beschwingt ihn die Idee, sie führt ihn, wie in *‹New Heaven and Earth›*, bis an die äußersten Grenzen des Vorstellungsvermögens; hier akzeptiert er die Idee des Todes und kommt, mit dem Blick des wahren Künstlers für dessen Sinn und Zweck, zu einer tiefgründigen orphischen Konzeption, eins mit großen Mystikern aller Zeiten und Orte. Aber es bleibt eine momentane Vision, eine momentane Weisheit, nach der er immer wieder greift und die er dann vergißt. In seinen luzidesten Augenblicken ist er der Prophet, der Seher, der Visionär; in seinen Augenblicken wildester Verzückung ist er wirklich ein Erlöser. Aber er kann die Rolle nicht durchhalten; er steigt von den Höhen, er verwirrt sich, er predigt, ächzt, jammert, lamentiert, seine Stimme wird hysterisch, überschlägt sich, krächzt. Eine sehr menschliche, zerbrechliche Stimme: die schmerzvolle Stimme eines Gekreuzigten. Es ist die Stimme eines Erlösers, der in tiefem Schmerz gegen die Hoffnungslosigkeit und den Zweifel ausruft: *Nicht Tod, sondern Leben! Immerwährendes Leben!*

OF AMERICA
22615 A
I 91222261
WASHINGTON, D.C.
ONE
DOLLAR
SERIES 1977

Liebe ist . . .

. . . allemal wichtiger als Geld – nach dieser Devise handelt nicht nur Lady Chatterley und nimmt damit alle Entbehrungen dieser Welt auf sich, auch D. H. Lawrence und Henry Miller hätten in ihren Pariser Nächten keine Sekunde gezögert, diesen Satz zu unterschreiben. Aber wenn man näher hinsieht, dann scheint das Geld schon beinahe die zweitwichtigste Rolle zu spielen. Und warum auch nicht, wo es doch das Überleben der Liebe und noch so manches andere so entscheidend erleichtern kann?

4
Auferstehung

Ich war ein Liebhaber, ich küßte die Frau, die ich liebte und, großer Gott, ich küßte zugleich mich selbst.

In den Romanen von Lawrence ist man nahezu bestürzt über den heftigen Antagonismus, den Haß auf die Frau, den er bekundet. Und man ist fast ebenso bestürzt über seine Suche nach einer vollkommeneren Beziehung zum Mann, die sich auf Liebe gründet, ohne doch homosexuell zu sein. Diejenigen, die seine Werke durch sein Leben, das heißt nach den Lehrmeinungen der modernen Psychologie, zu interpretieren versuchen, sagen, dieser Konflikt entspringe der Zwangsvorstellung des Mannes, seine Mutter zu lieben. Ödipus-Komplex! Die Fabel von ‹*Söhne und Liebhaber*› wird als eine Schilderung des unheilvollen Einflusses der Mutter betrachtet. Und so ist es! Aber das ist auch das Ende davon! Er kommt durch!

In ‹*Der weiße Pfau*› [‹*The White Peacock*›], wo er seinen Haß auf die Zivilisation, den «buntgefleckten Pilz der Fäulnis» bekundet, gilt sein Haß (symbolisch ausgedrückt) der Frau, dem Geierweibchen, das sein Nest beschmutzt – die echte Inkarnation der Zivilisation. Es ist die «Sünde des Idealismus», die ihm Schmerz und Leid einbringt. Zivilisation ist die Inthronisation und Verewigung dieses weiblichen Götzen (der *Magna Mater*), dieser falschen spirituellen Glorifizierung der Frau.

In ‹*Söhne und Liebhaber*› berichtet er von seiner Befreiung aus dem «Reich der Mütter» – er hat sein Bild noch vertieft durch die lebendige Vorstellung der finsteren, tyrannischen Rolle der Mutter, die er so leidenschaftlich liebte. Von nun an ist sein Bild (Symbol) der Welt der Schoß, der Mutterschoß, aus dem er entkommen ist, aber an den und in dem er die übrige Menschheit noch gebunden sieht, unfähig, geboren zu werden, geschweige denn, die Nabelschnur durchzuschneiden. Somit ist die Welt eine Welt von Form und Ideologie, und sie ist so alt, so geschwächt, daß die Wände des Uterus ausgetrocknet und die Muskeln unelastisch sind – so daß das

Kind nicht ausgestoßen werden kann. In *‹The Crown›* (wo er seine Ideen zu diesem Thema kondensiert und kristallisiert hat) stellt er daher unser Leben als etwas dar, das in dem abgestorbenen Mutterschoß weitergeht, und alle unsere Anstrengungen als vergeblich – ein doppelter Konflikt – zurück zu den Urmächten der Finsternis oder vorwärts zum Licht. Geborenwerden wird so zu einem schöpferischen Akt, einem Vollbringen, einer Erfüllung. Und dies kommt zustande allein durch die Vorstellung von der geheimnisvollen Natur der Geburt: ihrer tiefen Beziehung zum Tod.

‹Der Regenbogen› und *‹Liebende Frauen›* [*‹Women in Love›*] haben zum Thema die Beziehung zwischen Mann und Frau – wobei ersteres die zersetzenden Kräfte des moralischen Verfalls und letzteres die schöpferischen Kräfte aufzeigt. *Sexus und Tod* – das beherrschende Motiv. Lawrence sieht die Falschheit der gängigen Ideologie, der sexuellen Interpretation von Leben. Der «phallische Mystiker» ist der Mann, dessen Blick über diese rückschrittliche, zersetzende Konzeption hinausgeht. Er bringt das männliche, generative, geistige Prinzip wieder zur Geltung. Indem er das gängige «Spirituelle» bekämpft, besteht er auf dem Supremat des schöpferischen Instinkts, der immer prä-sexuell, parthenogenetisch ist.

Es ist seine Hoffnung, die Welt zu retten. Kunst ist nur ein Mittel, das ihn befähigt, seine Ideen zu verkünden. Er hatte gehofft, in Frieda seine Bestätigung zu finden. Aber Frieda ist durch und durch Frau, sie versteht nicht, kämpft gegen ihn, lähmt ihn. In Verzweiflung sucht er einen Mann, einen Freund, sucht Loyalität und Unterstützung. Murry, der Mann, dem er sich zuwandte, ist ebenso unfähig, ihn zu verstehen. Aus diesem Konflikt entsteht ein neues Buch – *‹Aaron's Rod›* – worin Lawrence die Notwendigkeit von Führerschaft und Autorität betont. Freundschaft ist nicht möglich, weil er keinen ihm Ebenbürtigen hat. Von nun an, mehr und mehr seines Wertes, seiner Überlegenheit bewußt, verlangt er nur noch nach *Schülern*. Und Murry, der für ihn die Inkarnation und der Inbegriff der inferioren, nichts verstehenden, ewig in der Gegenwart lebenden Menschheit ist, wird zum Symbol der ganzen Menschheit – der Judas-Typ – der auf Kompromisse baut. Sein Haß auf die Menschheit ist sein Haß auf Murry, der ihm die Gefolgschaft verweigert, der ihn betrügt. So in die Isolation getrieben, macht er sich zum Gott. Er vollzieht seine individuelle, ganz persönliche Einswerdung mit dem Kosmos.

Pauls Affäre mit Miriam, die in *‹Söhne und Liebhaber›* erzählt wird, enthüllt das Wissen von der großen Liebe seiner Mutter und deren Wirkung auf Lawrence. Miriam war nicht gänzlich daran schuld – und Paul wußte das –, aber teilweise doch, weil ihre Liebe nur die Mutterliebe widerspiegelte, gegen die er sich wehrte. Er ging zu Miriam, um davon loszukommen, aber Miriam war nicht fähig, ihn davon zu befreien. Den Wechsel von Liebe und Haß, den er gegen seine Mutter hegte, übertrug er auf Miriam, und später übertrug Lawrence ihn auf die ganze weiße Welt, die schon an der Quelle von diesem widerwärtigen Idealismus, dieser zähen Mutterliebe, vergiftet war.

In ‹*Virgin Youth*› schreibt er: «Dunkler, rötlicher Schaft, vergib mir! Ich bin hilflos an den Felsen der Jungfräulichkeit gekettet ... Deine ragende Feste stößt auf ein Nichts.» An der wirklichen Schwelle zur Sexualität sah er sich als Gefangenen des Lebens, als ein Opfer. Der Mann, der zwanzig Jahre später seinen Penis feierlich anreden und glorifizieren wird, begann damit, sich seiner Jungfräulichkeit, seiner Impotenz zu schämen. Er begriff von Anfang an, daß er gehemmt war, daß er keine vitale Beziehung zu der Welt der mit ihm lebenden Männer und Frauen herstellen konnte. Das ihn bedrängende Problem war, sich aus dem Gefängnis des Ichs zu befreien, einen Zugang zur Welt, zu anderen Menschen zu finden.

Erst mit dem Tod seiner Mutter fühlt er sich befreit. «Endlich bin ich ich-selbst!» ruft er aus. Der Schock vom Tod seiner Mutter führte zu einer Erleuchtung; er befähigte ihn, sein wahres Ich, seine Macht und Einzigartigkeit zu entdecken. Von diesem Punkt an zeichnet sich im Rang und Charakter seines Werks ein grundsätzlicher Wandel ab. Der frühere Lawrence scheint nun entschieden embryonal. Der frühere Lawrence gehört der Vergangenheit an, der kulturellen Welt, gegen die er nun so wütend Front machen würde.

Bis seine Mutter starb und ihn für den Kampf mit der Welt freigab, gab es für ihn kein Entkommen mittels sexueller Erfahrungen. Die Affäre mit Jessie, statt seine Kräfte freizusetzen, verkrüppelte ihn nur noch mehr, ließ ihn in Verzweiflung zurück. Obwohl der Tod seiner Mutter in gewissem Sinne etwas Befreiendes hatte, ließ er ihn auf ewig beschädigt zurück. Er hatte seine Befreiung nicht durch Schmerz und Kampf, auch nicht durch Verstandesklugheit erreicht – er war lediglich aus dem Gefängnis entlassen, in dem sie ihn ihr ganzes Leben lang eingesperrt hielt. Er tritt in die Welt als ein gespaltenes Wesen. Er ist gezeichnet von den Fesseln ihrer zwingenden Liebe. Diese Erkenntnis gibt ihm die motivierende Kraft für sein künftiges Verhalten, schafft die Spannung von Haß und Revolte gegen die Welt. Unfähig, sich als ganzer Mann der Welt zuzuwenden, fällt er über sie her, sie zu zerstören, jene Bedingung von Leben auszutilgen, die ihn zu dem gemacht hatte, was er war. Sein emotionales, gefühlsmäßiges Ich war an den Wurzeln beschädigt. Er fühlte, daß er sterilisiert, daß sein Gefühl abgestorben war. Er sah, daß die ganze Welt, Männer und Frauen, den gleichen Vernichtungsprozeß durchmachte, von Geburt an. Er sah, daß es unmöglich war, durch das Abenteuer des Sexus Befreiung, Ganzheit zu erreichen. Revolte! Nur Revolte!

Mir scheint, daß in ‹*Liebende Frauen*› ein engeres Thema aus ‹*Der Regenbogen*› erweitert ist. Dieser Roman erscheint nach dem Tod seiner Mutter und nach seiner Heirat mit Frieda. Frieda taucht hier zum erstenmal in seinen Romanen auf. Nachdem er die inzestuöse Bindung an die Mutter in ‹*Söhne und Liebhaber*› sozusagen zerbrochen hat, findet er durch die Ehe den zerstörerischen, zersetzenden Aspekt der idealisierenden Liebe mit Frieda, die tyrannische Macht der Frau, verbunden mit der wohltuenden Zernichtung ihres mächtigen Schoßes und mit ihrem Einschlag von Tod und Vergessen.

In ‹*Liebende Frauen*› stellt er sich den Tod und Verfall unseres gegenwärtigen Lebens vor. Er stellt sich gegen diese Welt des Todes, indem er auf Hermione alle hohlen, schlechten, tödlichen Eigenschaften überträgt, die er kennt. Das Ringen, zu einer Einheit mit sich zu kommen, der Kampf, den er mit seinem Ich austrägt, wird ins Allgemeine projiziert. Sein verkrüppeltes Ich, seine impotente Mannheit, stellt er durch die Lesbierin Hermione dar. Es ist der Ausdruck der fundamentalen Gespaltenheit seiner selbst, jenes Streits zwischen seiner maskulinen Natur – die sich schrittweise ins Geistige wendet – und seinem weiblichen Wesenszug – den schöpferisch zu nutzen er machtlos ist, weil er ihn auf die Frau überträgt, die er liebt. Seine Liebe zu seinem Weib, eine Liebe, die eine ständige Tortur für ihn ist, ist lediglich eine Selbstliebe. Aus der Frau als Person, als dem Objekt von Liebe, macht er, da er unfähig ist, sich daran hinzugeben, sich an sie zu hängen, eine Macht zum Bösen, die Teufelin, die seine spirituelle männliche Natur bekämpft.

Wenn er in dieser Periode die Verderbtheit der Welt beschreibt, sagt er von sich: «Ich verabscheue, was ich nach außen hin bin, ich *hasse* mich als ein menschliches Wesen.» Es ist die Verzweiflung eines Mannes, der sich nach einem vollen, einem freien Leben sehnt, die Verzweiflung eines Mannes, der erkennt, daß er auf immer an den Felsen des Idealismus gekettet ist. Mehr noch, die Erkenntnis, daß er, wenn er weiter seine Ketten trägt, nur eine Befreiung schafft, deren er selbst sich nie erfreuen wird. Seine starken Beschreibungen der großen Aasgeier und Hyänen sind in Wahrheit nur Beschreibungen seines unverbesserlichen, verzehrenden Ichs, das nagende Absolute, das sich in seine Eingeweide krallt. Es ist das Drama der stellvertretenden Freiheit, das alte prometheische Drama. Er will von der Welt gehaßt werden, sagt er, weil er den Gedanken, sie könnte ihn lieben, nicht ertragen kann. Es ist das Schuldgefühl, das den Mann befällt, der gegen die Götter zu kämpfen behauptet, aber vielleicht noch nicht gemerkt hat, daß er selbst ein Gott ist.

In ‹*Der Regenbogen*› kommt dieser Konflikt zwischen seinem Menschen-Ich und seinem Gottes-Ich zu einer Auflösung. Schon der Titel ist für seinen Willen bezeichnend, die beiden Extreme seines Dualismus zu überbrücken. Die mystische Einheit, die ihn ergriffen hat, die ihn befähigt, sich die beiden Hälften seiner selbst vorzustellen, wird das grundlegende Kriterium für alle seine künftigen Gabelungen. Von nun an sind alle seine Charaktere danach angelegt, ob sie im Besitz dieser wesentlichen Einheit sind oder nicht. «Nichts», sagt er, «kann mich jetzt noch aufhalten, nicht einmal ich selbst.»

Der Ausbruch des Krieges war ein nahezu tödlicher Schlag gegen diese neue Einheit. Der Krieg war eine Realität und ein entscheidender Test für den Idealisten, der Lawrence war. Für einen Mann dieses Typs mußte die Wirklichkeit des Krieges eine größere Bedeutsamkeit annehmen als die der politischen und wirtschaftlichen Interpretationen.

Anaïs Nin hat mit Recht darauf hingewiesen, daß Somers, aus ‹*Kangaroo*›, ein weiteres Selbstporträt von Lawrence ist, diesmal des Künstlers als «Teufel-Erschaffer», als einer Art menschlicher Bombe. Mit Lawrence' Worten: «Nun, also gut, ich *bin* schließlich eine Art menschlicher Bombe, im Innern schwarz, und geladen; ich hoffe, der Ort und die Stunde werden kommen, daß ich losgehe, daß ich explodiere mit einem Maximum an Verwüstung. Manche Menschen müssen eben Bomben sein, damit sie explodieren und Breschen in die Mauern reißen, die das Leben einschließen. Blinde, zerstörerische Bomben. So sei es denn.» Dies ist interessant, weil

‹*Kangaroo*› auch davon handelt, wie Lawrence in Cornwall vom Militär ausgeschlossen wurde: Lawrence, der sich als Retter der Menschheit fühlte, verallgemeinert dieses persönliche und ganz unwichtige Erlebnis (das im Vergleich mit anderen Formen von Tortur dieses teuflischen Krieges höchst lächerlich und absurd war); mit greifbaren Realitäten konfrontiert, kommt er wie alle Fanatiker, Heiligen und Propheten aus seiner erhabenen Isolierung herunter. Und dann wird er zum Rebell, Revolutionär und zum Verfechter der Gewalt.

Man vergißt oft, wieviel Gewalt in Jesus angelegt war – und immer aus geringfügigen Anlässen! Es gehört zum Wesen von Welterlösern, über Lappalien zu straucheln. Während der liberal denkende, ironische, realistische Weltmensch, gewohnt, die menschliche Natur in den ihr angemessenen Proportionen (nicht idealistisch oder allzu phantasievoll) zu sehen, solche belanglosen Vorfälle mit einem Achselzucken abtut, muß der *Heiland* (Lawrence, Jesus usw.) eine große Sache daraus machen. Aber das ist nicht der springende Punkt. Sondern diese Vorfälle werden weitgehend ins Symbolische erhöht. Das ist der eigentümliche Wesenszug solcher Geister: sie besitzen das Geschick, all und jedes so zu vergrößern, damit die Ereignisse und kleinen Zufälle sich ihren kosmischen Ideologien einfügen lassen.

In der Welt der Wirklichkeit alternieren sie zwischen *komischen* (absurden, pathetischen) Figuren und *tragischen* (erhabenen, heroischen) Figuren. Sie sind nie *einfach Menschen* – das heißt, *niemals wirklich*. Sie *sollten* immer verachtet, verfolgt, gequält und gemartert werden. Sie *müssen* es! Mit ihnen am Ruder wäre die Welt unerträglich. Der rechte Mann der Tat oder auch nur des Gedankens weiß, wie man sie nehmen muß. Pontius Pilatus (Murry, Bennett, Wells etc.) überantworten sie dem Pöbel. Was ist Wahrheit? fragen sie. Interessante Überlegung – unlösbar. Ein Daniel, der zu Verstand gekommen ist? Okay. Dann werde geurteilt! Der Konflikt ist immer zwischen dem Einen und den Vielen. Die Strafe für das Gottsein ist Entfremdung. Man sollte nicht das Privileg der Gottheit für sich fordern und zugleich verlangen, von den Leiden des Mißverstandenseins verschont zu bleiben. Die Götter sind dazu da, entthront zu werden, vernichtet zu werden. Gott kann nur fortbestehen, weil ER in jedem Menschen ist: ER ist jenes unmögliche Absolutum, das jeder Mensch sich erschafft, um seine große irrationale Todesfurcht zu verbergen. Was sich auf diese Illusion gründet, muß zerfallen und neu aufgebaut werden – somit haben wir nur Götter, die erscheinen und wieder verschwinden, *ad infinitum*.

«Die Mauern, die das Leben umschließen», sind also jene Mauern, die die Massen repräsentieren, die Mauern der Trägheit. Damit der Gott in Funktion sein, überhaupt existieren kann, muß es Anziehung und Abstoßung geben – es muß die Gewalt (Liebe und Haß) geben, um die Illusion zu nähren. Das ewige Leben, das Lawrence zu bewahren sucht, ist Lawrence' eigenes ewiges Leben – seine private Ewigkeit, sein Wertgefühl, von dem die Massen nichts wissen. Und der Krieg mit seiner Verneinung individueller Werte ist ein Schlag gegen sein göttliches Recht, seine Erwähltheit. Der Krieg unterstreicht seine Nichtigkeit, und eben darum muß Lawrence von Explodieren reden. Die große Explosion, die sich an der Front abspielt, ist für ihn nichts im Vergleich zu seiner persönlichen Explosion, die er erleben möchte. Der Krieg unterstützt die Vernichtung nur von Nationen, nur von Armeen, nur von ein paar Millionen Menschen. Er möchte wohl die ganze Welt unter Waffen haben, die einen gegen die anderen. Um *seiner selbst* willen! Diesen Wahn hat er mit allen Heiligen gemein – Buddha, Mohammed, Jesus. Keine Kompromisse. Kein anderer Gott außer *mir*! Ein perfekter «Fall»!

Somit war der Krieg ein grausamer Prüfstein für Lawrence. Er konnte ihn nicht als Realität sehen, nur als Alptraum. Es war für ihn lediglich ein anderer Aspekt, ein gewaltiger Aspekt, von Nichtigkeit und Tod, auf den für ihn Leben überhaupt und überall reduziert war. Im Weltkrieg sah er jenen «Alptraum von Wirklichkeit», den der Dichter ständig in unserem Alltagsleben in Friedenszeiten erblickt, jenen Alptraum, dessen Symbol die Maschine ist, einen Alptraum, der die individuelle Seele zerbrochen hat, der dem Mann nicht den Mut, aber den inständigen Wunsch eingibt, in den Krieg zu ziehen, nicht als Held, nicht um eines persönlichen, faßbaren Triumphs willen, sondern für ein allgemeines Blutbad, ein Verlöschen in der schizophrenen Regression, in der Rückkehr in den Mutterleib der Natur. Dieses Zurückkriechen in die Erde und dieses wieder von der Natur Absorbiertwerden nimmt dem Krieg seine alten Bedeutungen – Kampf, Sieg, Neubefruchtung durch Leid und Qual – und gibt ihm eine Bedeutung: Rettung vor dem Alptraum der Wirklichkeit, von der Maschine in den Selbsttod. In dieser Weise spricht Lawrence von all den Männern, die mit ihm zur Musterung in Reih und Glied stehen: «Sie sind alle so tapfer zu leiden, aber keiner tapfer genug, Leiden abzulehnen. Sie sind alle so edelmütig, Leiden und Verwundungen anzunehmen, aber kein einziger von ihnen erhebt Anspruch auf Glücklichsein. Ihre ganze Männlichkeit liegt darin, diesen Tod, diesen Verlust ihrer Integrität, ganz ruhig zu akzeptieren. Sie müssen ihren Kameraden beistehen: das ist das Motto.»

Sein Konflikt mit der Realität wird jetzt schärfer, ernster und gewinnt an Größe. Statt sich als Opfer eines Prozesses zu sehen, den anzuerkennen er sich weigert, entscheidet er sich lieber dafür, durch pure Willenskraft über das Leben Sieger zu sein. Er muß die *Fakten* zunichte machen. Er muß auf einer anderen Ebene überlegen sein. Als ihm das erst einmal klar ist und er sich als Werkzeug des Schicksals erkennt, werden ihm alle Probleme einsichtig, und er erlangt seine Befreiung als Künstler, seine geistige Freiheit. Und da macht er sich zum Retter des Menschen.

In diese Periode von ‹*Der Regenbogen*› und ‹*Liebende Frauen*› (während der er auch ‹*The Crown*› und ‹*Italienische Dämmerung*› schrieb) fällt Lawrence' eigene Vorstellung vom Heiligen Geist, von seiner Rolle und Mission im Leben. Endlich hält er die «Wahrheit» in Händen, die «Erleuchtung», die die Welt erretten wird! Dies bestätigen ganz klar die Briefe aus dieser Zeit an Asquith, Morrell, Garnett und andere. Von Catherine Carswell wissen wir tatsächlich, daß Lawrence nach ‹*Der Regenbogen*› nur noch ein weiteres Werk plante (‹*Liebende Frauen*›), um sich dann dem tätigen Leben in der Welt zu widmen, eine neue Welt zu schaffen.

Der Erlöser ist ein dualistischer Typus, der, außerstande seiner persönlichen Spaltung Herr zu werden, sich die Welt zu diesen Bedingungen einrichtet. Außerstande, sich selbst zu retten, versucht er, die Welt zu erretten. Der Erlöser-Typ ist ein im wesentlichen religiöser Mann, der einen ungewöhnlich starken weiblichen Einschlag in seinem Charakter hat, repräsentiert durch seine Geistigkeit. Der Heiland und der Künstler als Typ sind im Grunde ein und dasselbe, weshalb eben der prophetische und heilmachende Charakter des Künstlers immer wieder zu Bemerkungen und Diskussionen Anlaß gibt. Dieser Typ muß zwangsläufig seinen größten Konflikt auf dem Felde des Sexus austragen. Das Weib, gleich der Natur, ist für ihn das grausame Rätsel der Wirklichkeit, und die Wirklichkeit ist es ja, mit der sein religiöser Charakter ewig im

Streit liegt. Seine Kreativität wirkt auf die Wirklichkeit ein. Mit anderen Worten, seine anomale Mischung aus männlich und weiblich entspricht seinem anomalen Begriff von Wirklichkeit. Dieser Typus weiß zutiefst, daß das wesentliche Merkmal von Leben das Fließende ist – fließend, weil seine angespannte Kreativität für ihn obenan steht. Sein künstlerisches Ziel ist, seine Individualität neu zu schaffen. Seine Sprache geht immer darum, sich «mit dem Universum zu identifizieren», was im doppelten Sinne bezeichnend ist: einmal in dem Bemühen um Einheit, Absolutheit, und zweitens in dem Bestreben, sich als Universum, als Gott zu postulieren. Die ganze Evolution des Menschen ist ein einziges Bemühen, Göttlichkeit zu erlangen. Wenn der Sohn sich als Opfer darbietet, dann um eins mit dem Vater zu werden. Sohn und Vater sind in Wahrheit Mensch und Gott.

Die Frage nach Erfüllung ist die entscheidende Frage. In Lawrence' Entwicklung sehen wir den Drang nach Erfüllung, der für diesen Typus charakteristisch ist: zuerst ein Versuch zur Erfüllung durch Sex, was sich als Fehlschlag erweist; dann der Versuch durch Freundschaft, ebenfalls ein Fehlschlag. Immer isoliert. Die Fehlschläge offenbarten ihm das Erfordernis von Göttlichkeit, von Autorität. Durch den Versuch mit Freundschaft erfährt er, daß es ihm in Wirklichkeit gar nicht um einen Freund ging – was er wollte war, sich zu einem Führer aufschwingen. Er wünschte sich in seiner Rolle als Heilsbringer zu bestätigen. Die bloße Annahme einer solchen Rolle weist lediglich auf seine Entfremdung von der Menschheit, seinen außermenschlichen Charakter. Am Ende mußte er entweder Gott finden oder sich selbst zum Gott ernennen.

In ‹*Die gefiederte Schlange*› führt er seinen dunklen Gott in Gestalt von Quetzacoatl ein, der gefiederten Schlange, dem Symbol des ewigen Dualismus in der Natur des Mannes, ein Dualismus, den er zur Gottheit erhebt. Diese Art, seinen Dualismus zu bewältigen, macht das eigentliche Wesen des großen Schöpfertums aus. So bekommt das, was leicht in Wahnsinn ausarten kann, einen religiösen Anstrich. Und Lawrence bewegt sich am Rande des Wahnsinns.

Doch ehe Lawrence seinen Gott (seine Einheit) finden kann, muß er dem Menschen eine Seele geben. In Übereinstimmung mit seinem Zeitalter entdeckt er die Seele in den Vorgängen des Unbewußten. Er erkannte mit schonungsloser Strenge, daß er auf immer verkrüppelt war – als ein gespaltenes Wesen, als Leichnam geboren! In ‹*Liebende Frauen*› vergegenwärtigt er sich den Tod und die

Verderbnis des Lebens – des wirklichen seelischen Lebens, des religiös gerichteten Menschenlebens. Er stemmt sich gegen die Welt, wie sie ist – die Welt im Tode –, indem er auf Hermione alle sterilen, schlechten, todähnlichen Eigenschaften der Außenwelt überträgt. Bezeichnend, daß diese Kraft, dieses antagonistische Element in ihm, sich in der Frau verkörpern sollte – in einem lesbischen Typ von Frau. Woran die Welt leidet, das ist, anders ausgedrückt, ihr Verlust der Polarität. Natur und Geist – diese Gegensätze bedingen und erhalten das religiöse Element der menschlichen Natur. Zerbrecht sie und ihr habt Tod, Verderbnis, Sterilität. So sieht er schließlich die Welt als etwas Seelenloses.

Der Frau wird immer eine doppelte Rolle zugesprochen, als eine Kraft des Guten oder des Bösen. Je nach dem Seelenzustand, in welchem sich der Mann befindet, erscheint das Problem Frau immer zusammen mit der Frage nach der Seele. Die animalische Seite seiner Natur teilt er der Frau zu. Seine Maskulinität macht er zu seiner spirituellen Seite. In Wirklichkeit hat eben dieses starke feminine Element ihm seinen religiösen Einschlag gegeben. Und wir wissen von C. G. Jung über die *anima*, daß sein schöpferisches Genie das Ergebnis seiner anomalen Sexualität ist. Wenn er stur realistisch wäre, würde er das Bisexuelle in seiner Natur erkennen. Das zu tun, weigert er sich. Dieser Konflikt, ebenso wie all die anderen Konflikte, nährt sein Schöpfertum.

Seine vergebliche Suche nach einer befriedigenderen Beziehung zum Mann, als mit dem traditionellen Freundschaftsbegriff gemeint ist, hat ihren Grund in seinem Wunsch, Männern jenes feminine Element mitzuteilen, das so stark in ihm ist. Man hat darin irrtümlich eine homosexuelle Tendenz gesehen. Das ist es, wenn man sich dazu bekennt, aber weil es diesem Typus nicht liegt, seinen sexuellen Konflikt realistisch zu lösen, läuft dieses mystische Suchen nach einer Beziehung zum Manne auf das gleiche hinaus wie all seine anderen Versuche, eine Beziehung herzustellen – zur Frau, zum Universum, zu Gott. Das heißt, das innerste Wesen des Mystikers beruht auf der Anerkennung der dunklen und geheimnisvollen Natur seiner eigenen Person. Der Mystiker ist der Gegenpart zum Naturwissenschaftler. Daher der Widerstreit zwischen Religion und Atheismus. Der Mystiker möchte die Dunkelheiten erhalten wissen, der andere möchte sie wegdisputieren. Die Achse des Mystikers ist das Schisma. Er verherrlicht die Dualität, indem er sie zu der Polarität macht, die dem Leben seinen Sinn gibt. Den Konflikt, der sein eigenes Problem ist, erhebt er zu religiösen Proportionen. Der Psychologe will, daß der Mensch sich der Realität stellt und sie akzeptiert. Der religiöse Mensch macht aus der Realität etwas Dunkles, Geheimnisvolles und somit etwas, das unerreichbar, unerkennbar ist.

Er tut dies, weil er gerade den Konflikt, der ihm Leben und Schöpferkraft gibt, der Welt als der wahren und einzigen Wirklichkeit aufbürden will, wobei das Hauptgewicht auf den befruchtenden Wirkungen dieses Konflikts liegt, nicht auf seiner Lösung. Der Mann von Genie ist der, der nicht sich der Wirklichkeit, sondern die Wirklichkeit sich anpaßt. Somit ist es die Funktion des Künstlers, das Universum zum Mikrokosmos zu machen. Die beiden Prozesse, auf den Mikrokosmos und auf den Makrokosmos hin, gehen ewig weiter. Die ganze Kultur zielt darauf ab, den Strom, dem das Leben von Grund auf verhaftet ist, zum Stillstand zu bringen. Die Symbole von Kultur repräsentieren die Tendenz zum Makrokosmos. Nachdem er das Universum zur Anschauung gebracht, ihm eine Bedeutung gegeben hat, tendiert der Mensch dahin, es zu zerstören und wieder neu zu schaffen, wohingegen der Künstler den doppelten Aspekt des Schöpfers darstellt, indem er hervorbringt und zugleich zerstört. Aber das Wichtigste dabei ist das angestrengte Bemühen um eine neue Sinngebung, seine eigene Sinngebung.

Der Wert des Künstlers besteht darin, daß er es ablehnt, eine Lösung zu finden, und statt dessen die Grundprobleme neu aufwirft. Der leidenschaftliche, persönliche Einsatz gibt den Problemen neuen Nachdruck und erneuert unseren Impetus, unseren Sinn für Kampf und damit unser Lebensinteresse.

Wenn also der Künstler seine Welt schafft, ist es für ihn nur natürlich, die leeren Hülsen, die unbelebten, ausgelaugten Dinge zu nehmen und, indem er ihnen einen negativen, bösen Anstrich gibt, einen Begriff des Gegensatzes zu schaffen und den notwendigen Antagonismus herzustellen.

Und hier, scheint mir, verdient Lawrence in ‹*Aaron's Rod*› die höchste Anerkennung. Hier hat er es fertiggebracht, wie Dostojewski (dem er hierin sehr gleicht, weil er wie jener ein völlig gespaltenes Wesen ist) die beiden Hälften seiner selbst für uns zu objektivieren, sie in diabolischer Aufrichtigkeit vor uns hinzustellen. In der Person von Aaron Sisson stellt Lawrence alle jene Elemente wieder her, die Shakespeare dem Menschen in der Gestalt von Hamlet entzogen hatte. Hamlet ist der Mensch, dessen Wille durch das ego gelähmt ist. Aaron Sisson ist der Mensch, der sich Bewegungs- und Gedankenfreiheit schafft, indem er das kleine gebieterische ego wegleugnet. Aaron Sisson, anders als Lawrence, stellt sich nicht als ein Ideal hin, versucht nicht, die Menschen oder die Welt zu ändern. Aber er läßt auch nicht zu, daß andere ihn ändern! Aaron Sisson proklamiert in seiner Person seine Würde als einmaliges Wesen. Weder paßt er sich der Welt an, noch verlangt er, daß sie sich ihm anpaßt.

Solch ein Typ ist zweifellos ein Ideal, denn die Welt hat solch einen Menschen noch nie erlebt. Es ist das, was Lawrence selbst gern hätte sein wollen. Und dennoch scheint er in der Person von Lilly (wie ich schon sagte, seinem anderen, wahreren Ich) auf etwas jenseits dessen, was Aaron besitzt, hinzudeuten, und wirklich macht er aus seinem Gegenspieler eine heroische Macht, kraft seiner Fähigkeit, den Fallstricken und Verlockungen des Ideals zu widerstehen. Aaron ist ein loyaler, standhafter, liebender Freund, der Inbegriff von Menschlichkeit. Lilly ist loyal nur zu seinem Heiligen Geist, das heißt, zu seinem Gewissen. Was er von Aaron erwartet, ist Treue. Er möchte, daß er ihm gehorcht, seiner Führung vertraut. Hier wirkt das unmenschliche Prinzip, die vage, gleichgültige Liebe zur ganzen Menschheit, die es ablehnt, die menschlich mitfühlende Hand auszustrecken.

Bei Lawrence endet dieser stete Zug weg vom Menschlichen nicht mit einem bloßen Leugnen des Wertes der Freundschaft! Als er sich schließlich in jenes «stolze, einsame Ich» zurückgezogen, sich von Personen und Leuten freigemacht, aus seinem Bewußtsein die Herrschaft der Menschen verbannt hat, ist er fähig, über sie hinaus zu gelangen, und er geht mit einem neuen Gefühl von Ganzheit zu seinem schwarzen Gott, Quetzalcoatl. Aber auch sein dunkler Gott flößt Schrecken ein. Die Frau, Kate, gibt diesem Gefühl Ausdruck. Und so antwortet er vernichtend aufrichtig und konsequent durch den Mund von Cypriano: «Warum nicht? . . . Schrecken ist etwas Wirkliches. Warum nicht ein bißchen Schrecken, wie du sagst, zu all dem anderen? . . . Gewöhn dich daran, daß es ein bißchen Angst und ein bißchen Schrecken in deinem Leben geben muß.»

Für Lawrence ist dies eine Art von tapferem Echo zu seiner Ängstlichkeit, denn er ist der Mann, der wegen seiner großen Liebe zum Menschen, zum Leben, seinem großen Wunsch, teilzuhaben und nicht abseits und über andere gestellt zu werden, schließlich auch den ganzen Schrecken des Lebens akzeptieren muß. Gerade seine tiefe Zartheit macht ihn empfindlich gegen Schmerz, gegen Dummheit, gegen Apathie und Trägheit, gegen die Hinfälligkeit des Lebens, das er um sich herum sah. Er mußte schließlich erkennen, daß er lernen mußte, das, was er fürchtete, in sich aufzunehmen, und er tut das in der Gestalt von Quetzalcoatl, in dem alle Grausamkeit, Angst und Schrecken des Lebens personifiziert sind. Quetzalcoatl fordert Menschenopfer. Er schwimmt im Blut des Gemetzels. Und Lawrence, den die grausame Wirklichkeit des Krieges so entsetzt, so schwer getroffen hatte – «dies durfte nicht kommen, das war gemein, solange ich als Mensch lebe, darf das nicht sein, darf nicht sein!» –, dieser Lawrence kommt am Ende dahin, die reine Inkarnation der Grausamkeit in der Gestalt des dunklen Gottes zu umfassen. Er erkennt, daß sein ureigenes Menschen-Ich in der Grausamkeit dieses ewigen Tötens und Opferns verwurzelt ist. Die Ideale, die ihm überkommen waren, hatten ihn eine Zeitlang für seine wirkliche animalische Natur blind gemacht; sie hatten versucht, den Vorrang der einen Natur über die andere fest zu begründen. Jetzt, in der gefiederten Schlange, weist er diesem grausamen Element wieder seinen naturgegebenen Platz im menschlichen Wesen an. Er setzt es nicht nur wieder ein und rechtfertigt es, ja er erhebt es zu höchster Bedeutung, indem er es vergöttlicht. Hier kommt wieder seine idealistische Natur ins Spiel, jener Trieb zur Suche nach dem Absoluten, der ihn nie losläßt.

Überdies hat Lawrence hier, gleich Freud, der das Unbewußte aufschloß, um die unterdrückte animalische Natur des Menschen freizulegen, sein tiefstes Inneres durchforscht, um sein Seelenheil zu erreichen. Seine ganze dunkle Welt und sein dunkler Gott sind der dramatische und künstlerische Ausdruck der Libido und des Unbewußten, das wir durch Freud und seine Nachfolger kennengelernt haben. Aber während die Psychologen in ihren Theorien ein Universalmittel für die menschlichen Leiden zu finden dachten, wenn auch nicht ein Heilmittel durch Ausmerzung der Leiden, so doch wenigstens ein Heilmittel durch *Erklärung* ihrer Ursprünge, wobei sie sich darauf verließen, daß, wenn wir die Ursache von etwas kennen und zu benennen wissen, wir auch schon geheilt sind, lehnt Lawrence es gerade ab zu benennen, zu erklären, und will von der Gnade einer Erlösung, sei es durch Vergeistigung, sei es durch Aufgeben der Verantwortlichkeit, nichts wissen.

Lawrence, statt der religiösen Frage auszuweichen, bejaht sie ohne Einschränkung. Er ist bestrebt, den heiligen Charakter des Lebens wiederherzustellen, Gott wieder zu inthronisieren, Gott zum einzigen Thema zu machen. Indem er die menschliche Betriebsamkeit beobachtet, beschäftigt ihn allein die Frage: Wieviel von Gott ist darin? Er lehnt die Erklärungen des Psychologen ab, weil sie den Menschen des Gottes-Elements berauben würden. Das Trauma der Geburt, die Schocks der kindlichen Erfahrung – statt darin morbide Symptome zu sehen, Vernunfterklärungen der religiösen Deutungen menschlichen Verhaltens, die das göttliche Element zunichte machen – statt dessen beschwört er den Menschen, sich seinem Schicksal hinzugeben, seine Macht über das Schicksal durch die Hingabe an es zu bestätigen. Aus dem Kampf mit dem Oktopus des Lebens, dem Drachen einer degenerierten oder unvollkommenen Existenz, muß man diese zarte Blüte des Lebens gewinnen. Das ist der lebendige Einschlag bei Lawrence, der Instinkt, der ihn befähigte, seine Welt zu schaffen. Wenn er die Lebensweisheit der Ägypter, der Etrusker und der Griechen bewundert, so bewundert er in ihnen den schöpferischen Geist, der ihnen zwar erlaubt, die Schrecknis und Grausamkeit des Lebens zu akzeptieren, ihnen aber zugleich die Kraft gibt, dagegen anzugehen, ihr Schicksal zu bekämpfen. Der Kampf ist das Schöpferische im Leben. Unsterblichkeit ist eine Frage des Charakters. Unsterblichkeit, so würde er sagen, ist ein Nebenprodukt des Kampfes, nicht das, das man um seiner selbst willen erstreben sollte. Die Todesfurcht, die zugleich Lebensangst mit sich bringt, wird durch die Hingabe an das je eigene Schicksal überwunden, aber das ist keine passive, fatalistische Ergebung, es ist eher der unbedingte Akt des Gehorsams gegenüber den eigenen Instinkten, ganz gleich, wohin sie führen.

Lawrence hat keine Angst, wohin sie führen werden – selbst wenn es in die Vernichtung sein sollte. Die wirkliche Angst, der wirkliche Schrecken, so findet er, liegt in der gefrorenen Unsterblichkeit eines Lebens, das sich den Idealen verschrieben hat, ein Leben, das bei seinen Idealen Schutz sucht, das Leben der Schildkröte, deren Blut erstarrt ist, das Leben des zivilisierten Menschen, dessen innerster, heiliger Kern so eingezäunt und durch die Krusten toter Ideale geschützt ist, daß er die Ströme des Lebens nicht fühlen, nicht erwidern kann. Darum eben kann er, in ‹*The Crown*›, sagen: «Welcher einzelne Akt auch immer von irgendeinem Menschen jetzt, bei dieser Lage der Dinge, vollführt werden kann, ist ein Akt der Reduktion, der Auflösung.» Mit «Akt» meint er den Willensausdruck eines menschlichen Wesens, seine Instinkte. Er meint weiter, daß das tiefste unbewußte Verlangen des Einzelmenschen heute darauf aus ist, zu sterben. *Er muß einen Weg finden zu sterben.* Nur indem er seine animalische Natur wiederentdeckt, seinen Urinstinkten wieder Ausdruck verleiht, wird er das alte Wesen, das unter dem Rückenschild von Idealen verborgen war, zerstören können. Er muß nicht weiter seiner gräßlichen biologischen Unsterblichkeit anhängen. Er muß lernen, in seiner Verderbnis zu sterben, um alsdann wiedergeboren zu werden, sich eines neuen Geistes, eines neuen Leibes und eines neuen Lebens zu erfreuen!

Dieses Erlernen des Gehorsams gegenüber den tiefsten Instinkten ist durch und durch solipsistisch. In einem Brief an die Dame Luhan sagt er: «Ich glaube an faktische, geheiligte, gottgegebene Autorität: göttliches Recht natürlicher Könige: Ich glaube an das göttliche Recht natürlicher Aristokratie, die heilige Pflicht, unbestrittene Autorität auszuüben. Natürlich befinde ich mich in diametralem Gegensatz zu jedem Amerikaner, den ich treffe – und jedem sonst, außer Amerikanern. Gleichviel, das ist die Lage.» D. H. Lawrence, Inc. Er meint es so verdammt ehrlich und ernst, daß er gar nicht merkt, wie lächerlich diese Behauptungen klingen. «Unbestrittene Autorität auszuüben!» Dabei kann der arme Tropf nicht einmal erreichen, daß seine eigene Frau ihm gehorcht, außer indem er sie durch Drohungen einschüchtert, nörgelt und quengelt und sie ganz fertigmacht. (Wenn ich hier den Mann attackiere, dann beachte man bitte den wichtigen Unterschied zwischen der Richtigkeit und Gültigkeit seiner Ideen und seiner eigenen Unzulänglichkeit, sich seine Philosophie zu eigen zu machen und danach zu leben.)

Nein, Frieda, die Frau, hatte mit Recht etwas gegen dieses «überhebliche Geschwätz vom Tod», wie sie es nennt. Weil er es nie fertigbrachte, sie von seiner Haltung ihr gegenüber zu überzeugen, von dieser Macht, die doch, wie er meinte, den Männern zustand. Das war der springende Punkt! Frieda war der harte Felsbrocken der Realität, wo immer sonst ihre Grenzen liegen mochten. Und darum eben haben die Erlöser niemals Frauen! (Murry hat da ganz recht. Um den Erlöser zu spielen, muß man ein Eunuch sein! Man muß Gott heiraten, den Geist usw., weil die Frauen die Erlöser verraten, sie in ihrer inneren Schwäche, ihrem gespaltenen Ich, ihrer bisexuellen Veranlagung bloßstellen.) Frieda brach ihm regelrecht das Rückgrat. Indem er gegen Ende (wie in ‹*The Escaped Cock*›) zu einer Auferstehung im Fleische zurückkehrte, um eines Mannes Leben, in sexueller Hinsicht wie auch sonst, voll ausleben zu können, zollte Lawrence unwillkürlich und unwissentlich Frieda Tribut, den er ihr im Leben verweigert hatte. Ich sage dies nicht, um ihn zu kritisieren, sondern um die Grenzen dieses Typs, des Erlöser-Typs, aufzuzeigen.

Und da haben wir immer dieses Oszillieren zwischen der erhabenen, heroischen Gestalt und dem Chaplin. Wenn es der Gesellschaft gefällt, ihn als Feind anzuerkennen und ihn zu bekämpfen, ist er zu echtem Heroismus fähig. Aber die Gesellschaft nimmt selten irgendwie Notiz von ihm – sie weiß nicht, wogegen er kämpft. In dieser Weise reduziert das Zeitalter, weil es von einem würdigen Gegenspieler in seiner Mitte nichts wissen will, einen Mann wie Lawrence im wirklichen Leben zu einer pathetischen lächerlichen Figur, die mit dem Speer auf Windmühlen losgeht. Das Zeitalter würdigt ihn herab – nicht daß es einen Kampf scheute, aber es sieht in Lawrence keinen Anlaß für einen Kampf. Das ist die Ironie vom Kampf des Künstlers, seinem Kampf, der Welt seine Wirklichkeit aufzuprägen. Und das äußert sich ganz speziell in seiner Opposition zur Frau. Die Frau ist die sture Alltagswirklichkeit, gegen die er ständig aufbegehrt. Sie ist immer gegen seine Ideologie, gegen seine Bücher, gegen sein ganzes Verhalten. Sie findet es lächerlich, übertrieben, monomanisch.

Infolgedessen scheint es mir bezeichnend, daß gerade die Frauen, obwohl Lawrence mit all seiner Kraft versuchte, die Frau auf den ihr zukommenden Platz zu verweisen – eine höchst unmoderne Einstellung! – gerade sie sich für seine Verteidigung einsetzen. Sogar die unselige Dame Luhan, die es in ihrem Porträt von Lawrence fertiggebracht hat, uns ein noch lebhafteres Bild ihrer selbst zu geben, sogar diese geistige Falschmünzerin, sage ich, hat erkannt, was Lawrence vorschwebte: «Er war der SOHN – die zweite Person der Dreieinigkeit – aber (Gott helfe allen Frauen!) obwohl wir ihn unterzukriegen und zu besitzen suchten, wünschten wir uns insgeheim doch immer, daß er der VATER wäre! ... Alles verschwor sich gegen ihn. Die Frauen, die ihn liebten, schienen darauf aus zu sein, ihn zurückzuhalten, und das, obwohl gerade sie sein Gelingen am dringendsten brauchten.» Und wenn sie einmal nicht an sich denkt und sich über seine männliche Starrköpfigkeit ärgert, sagt sie: «Er ist von seinem widerspenstigen Leib umschlossen.»

Immerhin liebten sie ihn, diese Frauen – sie verehrten ihn und beteten ihn an. Und sie taten das nicht bloß, weil er sie mit seiner großen Zuversicht begeisterte oder weil er über sie hinausging in seine dunkle Zukünftigkeit, sie warfen sich ihm auch und vielleicht vor allem zu Füßen, weil er ihnen ihre eigene Hilfsbedürftigkeit vor Augen führte. Andererseits neigt gerade die männliche Welt, schmachvoll effeminiert, wie sie ist, eher dazu, Lawrence' Ideen zu mißtrauen und sie zu verachten. Die männliche Welt, eingelullt im Nest des Skorpions, zieht die phantastischsten Heilsrezepte der schlichten, nackten, schrecklichen Wahrheit vor, mit der Lawrence sie konfrontiert.

Warum ist das Ödipale so vorherrschend in Lawrence' Werk – und nicht nur bei Lawrence, sondern bei so vielen Männern des Geistes, zumal den modernen? Weil es das zentrale Thema im Konflikt des Künstlers mit dem Leben ist, das Grundmuster seines Ringens, sich zu befreien, sich zur Vaterrolle zu erheben – will sagen, die große religiöse Motivation des Lebens wiederherzustellen.

Indem er seinen Vater ablehnt, lehnte Lawrence sein eigenes Mann-Sein ab, seine menschlichen Grenzen und menschlichen Verantwortlichkeiten. Er wurde ein Opfer der Liebe seiner Mutter durch das Streben nach dem Ideal und das Scheitern und der Schrecken, als ihm das (gegen Ende von *‹Söhne und Liebhaber›*) klar wird, treibt ihn zur Revolte und dazu, sich mit seinem Haß gegen die Frau zu wenden, insbesondere gegen das Mutterbild. Als er von ihrer Tyrannei frei war, als er seine dunklen Götter (im Bild des Vaters) fand, fand er auch sich selbst – das innere Königreich des Himmels. Von da an verehrt er das, was er für sich allein hatte, nicht was er mit anderen gemein hat, ihre falschen Ideale. Die Suche nach Gott und Vatertum ist nur ein anderer Ausdruck für die Suche nach dem eigenen Selbst, dem eigenen Wert, der endgültigen, allumfassenden Autorität, dank der man keinem untertan ist. Das ist die Bedeutung von «über die Frau hinausgehen». Denn als Sohn und Liebender ist er an die Frau gebunden. Sie sind Wege zum Tod durch Sexus. Das andere ist Tod durch den Geist – Anerkennung der blinden treibenden Willenskraft im Manne, die ihn zu noch gefährlicheren trügerischeren Zielen führt.

Die Frau, sagt Lawrence, hat nicht den Mut, ihr hoffnungsloses

Bestehen auf Liebe und ihr ewiges Fordern von Liebe, ihre Forderung, geliebt zu werden, aufzugeben. Sie hat nicht die Seelengröße, ihre eigene Selbstgewißheit zu verlassen und an den Mann zu glauben, der an sich selbst und seine seelischen Aufschwünge glaubt – falls es überhaupt heute noch solche Männer gibt, was sehr zweifelhaft ist.

Lawrence war einer dieser Männer, er besaß jene ansteckende, magische Natur, jene männlich-geistige Macht (Symbol des Schöpferischen), die seit je die Frauen (so mächtig) zu der Gestalt des Christus hingezogen hat, trotz seiner offensichtlichen Geschlechtslosigkeit. Zweifellos in dem Gefühl, daß da Sexualität ist, aber konvertiert (oder sublimiert) zu einer höheren Macht. Die Erlöserhaltung gegenüber den Frauen – das heißt, indifferent gegen ihr Geschlecht – begünstigt bei der Frau die Entwicklung ihres eigenen «männlich-geistigen» Elements, das in jedem sexbetonten Zeitalter (besonders der Antike, aber auch Indien) unterdrückt worden ist. Mit anderen Worten, das tiefste Verlangen der Frau geht dahin, daß er sie die Überlegenheit seines Sehens und Wollens erkennen läßt. Sie weiß auch, daß das Beharren auf den bloß «biologischen» Kräften in ihr zum Tod führen wird, zur Auslöschung von Rasse und Kultur. Sie selbst ist nicht fähig, diese kulturelle Rolle zu übernehmen. Sie kann nur dazu helfen. Die Tragödie des Zusammenbruchs der «Antike» war die Hingabe an das weibliche Element, das heißt, an das «biologische» Prinzip.

Lawrence, wenn ich ihn richtig verstehe, will sagen, daß der Mann, indem er seine sexbedingte biologische Funktion erfüllt, der Frau nicht genügend Bedeutung beimißt. Obwohl sie, auf Grund der unerbittlichen Gesetze ihres Wesens, die biologische Funktion von ihm erwartet, braucht sie doch, ebenso wie er, die Illusion einer höheren Bestimmung. Der Bau einer männlichen Welt – alles dessen, was in dem Wort *Kultur* liegt – ist eine bare Notwendigkeit, *dem Mann durch die Frau auferlegt*, um eine Illusion aufrechtzuerhalten. In ihrem Innern ist die Frau weitgehend indifferent gegenüber dem Mann; sie toleriert ihn, um dadurch vielleicht in den Genuß eines höheren Lebens zu kommen. Im Grunde ist er nahezu entbehrlich. Sie hat ihn erschaffen, oder etwa nicht? Zumindest ist das der Mythos, den die vom Mann gemachte Naturwissenschaft uns vermacht hat. Wenn wir den Mythos von der sexuellen Evolution in seiner tiefsten Bedeutung erfassen, dann verstehen wir auch die Rolle der Frau, ihre Aktivität, ihr unablässiges Kriegführen und

Plündern – *und wir können das durchhalten*! Der ewige Kampf mit der Frau schärft unseren Widerstandsgeist, entwickelt unsere Kraft, erweitert das Spektrum unserer kulturellen Leistungen: durch sie und für sie errichten wir unsere großartigen Bauwerke, unsere Illusionen, unsere Mythen, unsere Legenden, Religionen, Philosophien.

Aber wenn diese Polarität zusammenbricht, wie es heute der Fall ist, wenn wir an Stelle der echten blutsmäßigen Polarität als Basis geschlechtlicher Vereinigung nur noch «Gefährtinnen» haben, «Frauen, die denken wie wir», dann Vorsicht! Lawrence schmäht, wie man bemerkt, gleichermaßen Mann und Frau. Er ist kein Misogyn. Und auch kein Misanthrop. «Das war die Welt der Mönche, die bleiche Dämmerung zwischen Nacht und Tag» – darüber zog er her und dagegen wehrte er sich mit Fäusten und Krallen. Die krankhafte, ideale Liebeswelt des entpolarisierten Sexus! Die auf eine Fusion der Geschlechter, statt auf Antagonismus gegründete Welt. Er hatte recht, wenn er sagte: «Nicht für eine Sekunde lassen sie (unsere Mütter) es zu, daß wir uns ihrer vermeintlichen Güte entziehen . . . Immer der *Wille*, der unbeugsame Wille, der Liebesanspruch, ideal und aus idealer Gesinnung. Immer dieser Stein, dieser Skorpion mütterlicher Nährung.»

Jenes christliche Liebesideal, jene geistige Perversion, die über dic animalische Natur des Mannes triumphiert hat, hat den körperlichen Verfall eingeleitet, der jetzt so peinlich sichtbar wird. Wir haben die Frau zu unseresgleichen gemacht, und jetzt sind wir von ihren Ideen indoktriniert, unser ganzer idealistischer Denkorganismus ist mit dem weiblichen Prinzip durchsetzt. Die Perversion des der Frau innewohnenden großen mütterlichen Instinkts, dieses einzigen grundlegenden und ewigen Bindeglieds zwischen den Geschlechtern, hat dazu geführt, daß die Frau ihre tieferliegende, feindliche, allgenügsame Rolle als Schöpferin hervorkehrt. Die Unfähigkeit des Mannes, das Joch der Windeln und Schürzenbänder abzuwerfen, hat ihm offenen Spott und Verachtung eingetragen wegen des Anteils der Frau, die in Wahrheit seine Rolle im Leben usurpiert hat. Die großen Führer von heute müssen, ehe sie einen entscheidenden Schritt tun, zuerst ihre Frauen oder Mätressen um Rat fragen. Ein Künstler, wie Proust, muß warten, bis seine Mutter stirbt, ehe er sich an die große Aufgabe seines Lebens machen kann. Joyce schleppt uns durch die langweiligsten Seiten seines Buches, um eine verschlissene Institution wie die katholische Kirche zu attackieren, die in Wahrheit seine Mutter ist. Die Mutter steht für Kirche und Frau und seelische Liebe. Das Ergebnis, im Falle Prousts, ist seine Liebe zu einem Invertierten; im Falle von Joyce ist es die Glorifizierung der ewigen Hure im Weib. Im Fall von Lawrence ist es die Suche nach einem mythischen Mann, der nicht pervertiert ist. Das Ödipale! Das Grundübel, die Krankheit, der Schmerz, die Qual, das Grauen, aus dem ihre Kunst entspringt.

«Ich möchte nicht, daß mein Schicksal oder die Vorsehung mich gut behandeln. Ich bin in erster Linie ein Kämpfer.» Dies schrieb Lawrence erst gegen Ende seines Lebens, aber schon am Beginn seiner Karriere hatte er gesagt: «Unsere unmittelbaren Vorläufer müssen wir hassen, um uns von ihrer Autorität zu befreien.»

Waren die Männer, denen er alles verdankte, die großen Geister, an denen er sich genährt und gestärkt hatte und die er nun abtun mußte, um sich seiner eigenen Macht und eigenen Sicht zu vergewissern, waren die nicht alle gleich ihm Männer, die auf die Quelle zurückgingen? Waren sie nicht alle von der gleichen Idee beflügelt, der Lawrence wieder und wieder Ausdruck gegeben hat – daß die Sonne an sich niemals steril werden noch die Erde verdorren wird? Waren sie alle nicht in ihrer Suche nach Gott, nach jenem inneren Schlüssel, der den Menschen fehlt, Opfer des Heiligen Geistes?

Wer *waren* nun seine Vorläufer? *Welchen* Männern gegenüber bekannte er wieder und wieder, ehe er sie später lächerlich machte und abtat, seine Verpflichtung? Jesus ganz gewiß, und Nietzsche und Whitman und Dostojewski. Alles Dichter des Lebens, Mystiker, die durch ihre Anklage der Zivilisation ganz wesentlich die Verlogenheit der Zivilisation gefördert haben.

Denn Lawrence war ein intellektueller Wilder. Ich setze ihn damit nicht so herab, wie das heute üblich ist, wenn ein echter Anarchist in unserer Mitte auftaucht. Nur die fortschrittlichsten Geister, nur die, die die Kraft des Lebens voll zur Blüte gebracht haben, nur die, die im höchsten Sinne *wahrnehmen*, sind imstande, den unmittelbaren Zusammenhang von Vergangenheit und Zukunft zu erkennen. «Man muß wissen, alles wissen, ehe man in das ‹Unbekannte› ‹transzendiert›», sagt Lawrence, indem er Dostojewski kritisiert.

Lawrence war gewaltig von Dostojewski beeinflußt. Von all seinen Vorläufern, Christus inbegriffen, fiel es ihm bei Dostojewski am schwersten, sich zu lösen, über ihn hinauszukommen, zu ‹transzendieren›. Lawrence hatte immer die Sonne als Quelle des Lebens angesehen und den Mond als Symbol des Nichtseins. Leben und Tod – wie ein Seefahrer hielt er sich stets diese beiden Pole vor Augen. «Derjenige, der näher an die Sonne kommt», sagt er, «ist Führer, Aristokrat unter Aristokraten. Oder derjenige, der wie Dostojewski dem Mond unseres Nichtseins am nächsten kommt.» Die Zwischenstufen kümmerten ihn nicht.

Den Menschen sah er als ein jahreszeitlich bedingtes Phänomen, ein Mond, der zu- und abnimmt, eine Saat, die aus dem Urdunkel hervorkommt, um wieder dorthin zurückzukehren. Leben, kurz, transitorisch, auf ewig fixiert zwischen den beiden Polen von Sein und Nichtsein. Ohne den Schlüssel, die Erleuchtung, kein Leben, sondern nur ein Opfer an die bloße Existenz. Unsterblichkeit deutete er als den vergeblichen Wunsch nach endlosem Weiterleben. Dieses lebende Totsein war für ihn das Purgatorium, in dem der Mensch sich unaufhörlich abquält. Mit Bezug auf Melville sagte er: «Er war für das Purgatorium geboren. Manche Seelen sind schicksalhaft für das Purgatorium bestimmt.» Dieses Purgatorium betrachtete er als das Dämmerlicht des Mutterleibes, nach dem der weiße Mann ewig hungert und aus dem er sich seine «ideale» Philosophie aufbaut, sein Himmel und Hölle, seine Erlösung und das Danach, seine Tretmühle von Schuld und Strafe.

Was Lawrence in Dostojewski, ja in all seinen Vorläufern, wenn auch bei Dostojewski besonders, entdeckte, war der Versuch, den Vorgang des Todes vorwegzunehmen. Um den Tod überschreiten zu können, muß man als erstes die Vorstellung von einem persönlichen, unsterblichen Ich aufgeben. Aber dies, so erkannte er, war unmöglich, solange die Menschen an einem absoluten Gott festhielten. Der Schlüssel zur Lösung, der nach seinem Gefühl den Menschen fehlte und den er unter anderem manchmal den Heiligen Geist nannte, war die außermenschliche, kosmische Ansicht vom Leben. Er betrachtete das Leben der Menschen um ihn als in einer Art ewiger Mutterleibdämmerung vergeudet und ihre Lebensenergien als vertan in einem aussichtslosen Kampf, die Mauern, die sie einschließen, zu durchbrechen. Diesen nie endenden Kampf, diesen Konflikt mit dem Ich, in dem Dostojewski etwas Göttliches sah, beschrieb Lawrence als einen Auflösungsprozeß, als ein Ringen im Geiste, das nur zur totalen Auflösung der Persönlichkeit führt, zur Anbetung des Geistes als Ding an sich, als Zweck und Ziel. Und doch erkannte er, daß Dostojewski mit diesem Kampf zur Erreichung der mondhaften Nicht-Existenz, wie er es nannte, eine große Epoche des Menschengeistes zu Ende geführt hat. Jedoch als Sonnenanbeter konnte Lawrence dieses Ringen nur als obszön, als in den Tod verliebte Perversion betrachten. «Warum sollen wir uns an einem paradiesischen Ideal festnageln?» sagte er. «Wir quälen damit nur uns selbst.» Man muß weiterkommen! Gauguin, Melville, Whitman, Dostojewski, Jesus, diese großen oder kleinen Flammen, sah er nur als Abtrünnige. Wir können nicht zurück, betonte er. «Es ist unser Schicksal in uns selbst.» Der Abtrünnige haßt das Leben an sich. Er will den Tod des Lebens.

Es ist mir immer sonderbar erschienen, wie rasch und bereitwillig die Weißen (wann immer die Rede auf China kommt) dieses Phänomen eines automatisch gelebten Totseins aufgreifen, über das Lawrence sich so beredt ausläßt. Wenn China erwähnt wird, wird mit einemmal alles klar. Wenn man einem weißen Mann hart genug zusetzt, wenn er schließlich die Überlegenheit des chinesischen Denkens, der chinesischen Kunst, der chinesischen Kultur zugibt, werden seine letzten Worte unweigerlich lauten – «Aber die Chinesen sind doch *tot*!» «Wohingegen . . .» möchte er gern hinzufügen – doch wir wissen schon, was er hinzufügen möchte.

Für uns ist China immer jenes imaginäre Reich des Nichtseins, dem wir auf wunderbare Weise entkommen sind. Wir bauen uns dieses nur vorgestellte Hindernis zweifellos, weil in Wahrheit China, alles Chinesische, das extreme Gegenteil von allem ist, was wir fühlen, denken, tun und glauben. Leben *dort* könnte, was uns betrifft, ebensogut ein Leben auf dem Mond sein. China, ich wiederhole es, scheint in der Tat die Antithese von allem zu sein, was wir als eine Menschenwelt ansehen.

Es gibt immer zweierlei China: das wirkliche, das zu verstehen wir uns nicht bemühen, noch uns überhaupt mit ihm einlassen *und* das imaginäre China, das wir uns bequemerweise als Strohpuppe zurechtmachen, damit wir sie umstoßen können, um so unserer kleinen Eitelkeit zu schmeicheln. Irgendwo zwischen diesen falschen Verabsolutierungen liegt das wirkliche Wesen Chinas. Irgendwo da liegt das *ewige* China, dessen Bild wir durch unsere verzerrten Linsen als einen unsterblichen Leichnam sehen, dem noch Haare und Nägel wachsen.

So sonderbar die Feststellung heute scheinen mag: Ziel des Lebens ist zu leben, und zu leben bedeutet gewahr werden, freudig, berauscht, heiter, göttlich *gewahr* werden. In diesem Zustand gottähnlichen Gewahrwerdens singt der Mensch; in diesem Reich wird die Welt zum Gedicht. Kein Warum und Wozu, keine Richtschnur, kein Ziel, kein Streben, keine Evolution. Gleich dem rätselhaften Chinesen genießt man verzückt das immer wechselnde Schauspiel kurzlebiger Phänomene. Dies ist der sublime, der amoralische Zustand des Künstlers, der nur für den Augenblick lebt, den visionären Moment äußerster, weitblickender Luzidität. Eine so klare, eisige Gesundheit, daß sie wie Irrsinn erscheint. Durch die gewaltige Kraft des Künstlers wird das statische, synthetische Ganze, das man die Welt nennt, zerstört. Der Künstler stellt uns ein vitales, singendes, in all seinen Teilen lebendiges Universum wieder her.

In seinen einzelnen Werken – und das gilt besonders für den dionysischen Typus – erscheint der Künstler fragmentarisch. Aber in jedem einzelnen Werk drückt sich seine momentane Ganzheit aus. Er lebt und stirbt in jedem einzelnen Werk. Seine Werke sind eine Abfolge von Geburten und Toden, eine spirituelle Progression, eine Beschleunigung, die das langsame, träge Leben-als-Tod oder Tod-als-Leben der großen Masse lächerlich macht. Durch seine unerschöpflichen Gestalten vergegenwärtigt er das unwandelbare Ich, durch seine Dichtung das ewige Wie und Woher der Dinge. Er ist gleich dem *ouroboros*, der Schlange, die sich in den Schwanz beißt. Er verschlingt sich selbst, und indem er das tut, vervollständigt er das Bild der Welt. Er ist der Kreis ohne Anfang oder Ende. Er ist ein ständiges, unaufhörliches Hungern, ein Begehren nach Einheit, nach Einzigkeit, nach Vollendung.

Dies ist der einzige spirituelle Antrieb, den er anerkennt. Um es anders auszudrücken: sein Ziel ist, es dem Mistkäfer gleichzutun, der sich im gleichen Maß und Rhythmus entleert, wie er in sich hineinfrißt. Er bahnt sich fressend seinen Weg in die Mistkugel, und das ist Leben in höchster Wonne. Der ganze Organismus singt vor Verdauung – einem Zustand von «Ausgeglichenheit» jenseits aller Beschreibung durch die Psychologen. Ihm scheint unser selbstgeschaffenes Elend einzig und allein von unserer Unfähigkeit herzurühren, uns der Nahrung, die wir eingenommen haben, wieder zu entledigen. Wir haben Verdauungsstörungen, und wir machen uns ein Bild von der Welt-als-Krankheit zurecht: Dies ist das spirituelle Bild der Welt. Das ursprüngliche und sehr reale Bauchweh indessen wird in eine Sprache von eingebildeten Leiden und Schmerzen transponiert, für die es kein Heilmittel außer dem Tod gibt. Was nicht voll und ganz erfahren – das heißt, eingenommen und wieder ausgeschieden ist –, schlägt sich als das Gift des Wissens nieder. «Sich-selbst-Erkennen» wird von höchster Wichtigkeit: ein falsches und endloses Bemühen, das sich im Kreise dreht.

Für den Künstler gibt es nichts als die Gegenwart, das ewige Hier und Jetzt, den unendlich sich dehnenden Moment, der Flamme und Gesang ist. Und wenn es ihm gelingt, dieses Kriterium leidenschaftlicher Erfahrung durchzusetzen (was Lawrence mit Gehorsam dem Heiligen Geist meinte), dann und nur dann beweist der Künstler sein Menschsein. Nur dann lebt er sein vorgegebenes Bild als MENSCH. Jedem Drang gehorchend – ohne Unterschied der Moral, Ethik, Gesetz und Brauch. Er öffnet sich allen Einflüssen – all und jedes nährt ihn. Alles gereicht ihm zum Nutzen, auch das, was er nicht versteht – ja das ganz besonders. Er durchlebt es in der Welt des Mistkäfers, in der unbegreiflichen Welt Chinas, der endgültigen Wirklichkeit.

Diese endgültige Wirklichkeit, zu deren Erkenntnis der Künstler in seinen Reifejahren gelangt, dieses China, das die Psychologen irgendwo zwischen dem Bewußten und dem Unbewußten ansiedeln, ist das symbolische Paradies des Uterus, jene vorgeburtliche Geborgenheit und Unsterblichkeit im Einssein mit der Natur, wovon er sich gewaltsam freimachen muß. Jedesmal wenn er im Geiste geboren wird, träumt er vom Unmöglichen, vom Wunderbaren; er träumt, daß er das Rad von Leben und Tod zerbrechen kann, das Ringen und Drama vermeiden, die Schmerzen und Leiden des Lebens aufheben kann. Sein Gedicht ist die Legende, unter der er sich begräbt, in der er über die Geheimnisse von Geburt und Tod berichtet – *seine* Wirklichkeit, *seine* Erfahrung. Er zieht sich in das Grabmal des Gedichts zurück, um so jene Unsterblichkeit zu erlangen, die ihm als physisches Wesen versagt ist.

China ist ein Sprung in die geistige Domäne dieser biologischen Gegebenheit des Nichtseins. Sein heißt von sterblicher Gestalt sein, unter den Bedingungen der Sterblichkeit zu existieren, zu ringen, sich zu entwickeln. Paradies ist, wie der Traum der Buddhisten, ein Nirwana, in dem es keine Persönlichkeit und somit auch keine Konflikte mehr gibt. Es ist der Ausdruck vom Wunsch des Menschen, über die Wirklichkeit, über die Gesetze des Werdens zu triumphieren. Des Künstlers Traum vom Unmöglichen, Wunderbaren, ist einfach die Folge seiner Unfähigkeit, sich in der Wirklichkeit einzurichten. Darum schafft er sich eine eigene Wirklichkeit – im Gedicht –, eine Wirklichkeit, die ihm angemessen ist, eine Wirklichkeit, in der er seine unbewußten Sehnsüchte, Wünsche und Träume ausleben kann. Das Gedicht ist der fleischgewordene Traum, in einem doppelten Sinne: als Kunstwerk und als Leben an sich, was wiederum ein Kunstwerk ist. Wenn der Mensch sich seiner Kräfte, seiner Rolle, seiner Bestimmung voll bewußt wird, ist er ein Künstler und gibt den Kampf mit der Wirklichkeit auf. *Er wird zu einem Verräter an der menschlichen Rasse.* Er erzeugt Krieg, weil er ständig aus dem Gleichschritt der übrigen Menschheit herausfällt. Er sitzt auf der Schwelle von seiner Mutter Schoß mit all seinen rassebedingten Erinnerungen und seinen inzestuösen Sehnsüchten und rührt sich nicht von der Stelle. Er durchlebt seinen Traum vom Paradies. Er setzt seine reale Lebenserfahrung in spirituelle Äquivalente um. Er verspottet das gewöhnliche Alphabet, das bestenfalls nur eine Grammatik des Denkens bietet, und bevorzugt das Symbol, die Metapher, das Ideograph. *Er schreibt Chinesisch.* Er erschafft eine unmögliche Welt mittels einer unverständlichen Sprache, eine Lüge, die die Menschen entzückt und fesselt. Nicht daß er zum Leben untüchtig wäre. Im Gegenteil, seine Lebensfreude ist so mächtig, so unersättlich, daß sie ihn zwingt, sich wieder und wieder zu töten. Er stirbt viele Male, um eine Unzahl von Leben leben zu können. Auf diese Weise nimmt er Rache am Leben und übt seine Macht über Menschen aus. Er erschafft die Legende seiner selbst, die Lüge, in der er sich zum Helden und Gott aufwirft, die Lüge, mit der er über das Leben siegt.

Ja, Lawrence war im Kern ein Verräter, denn er kannte keine Loyalität außer seiner inneren Flamme gegenüber. Zu anderen (besonders zu Murry) sagt er immer: «Glaubt nicht, daß ihr etwas für mich tut. Ich will das nicht. Kümmere dich um dich selbst. Entscheide für dich. Ich wünsche keinerlei Bündnis. Ich will nichts dergleichen.» Menschenwesen sind gewöhnlich ihren Idealen treu, nicht einander treu. Lawrence verachtet das Ideal und Vorstellungen davon. Er will nicht herrschen, sondern nur sein Leben leben. Dies ist, leider, ein Fluch – aber auch ein großer Vorzug. Er ist wütend über die Duldsamkeit, die Indifferenz der Menschen um ihn. Sie sind leidenschaftslos, haben keinen sicheren Sinn für Werte.

Sie beuten ihre Ideale zu selbstischen, persönlichen Zwecken aus, die sie vor sich selbst verhehlen. Der Mensch, sagt Lawrence, ist, anders als andere Geschöpfe, seinem Entwurf untreu, sich selbst untreu geworden. Er gehorcht nicht seinen menschlichen Instinkten – er verrät sie, er entwürdigt sie. Das bedeutet, daß die lebendige menschliche Persönlichkeit Verrat an der Menschheit üben muß und Treue nur gegenüber dem ihr innewohnenden Menschen kennt. Der Einzelmensch steht immer höher, ist immer größer als das abstrakte Kollektiv Gesellschaft, als dieses gespenstische Abstraktum, genannt der Mann auf der Straße, eine statistische Größe, die auf Null hinausläuft, die nicht zu fassen ist und nicht existiert. Es gibt keine Menschheit: nur Menschen. Das einzige Problem des Menschen ist Gott, nicht Menschheit, nicht Gesellschaft, nicht Solidarität noch irgend etwas sonst.

Das Gottesproblem! Ob man zu den Engeln hinauf- oder zu den Würmern hinabstrebt, ob man in nebelhaften Bahnen den Ruhmessitz des Ichs umkreist oder sich auf ewig an dem Kultur-Leichnam mästet.

Die Kunst wird zweifellos verschwinden mit diesem neuen Typus, der auf unseren Homo sapiens oder den Spätmenschen von 25 000 Jahren Dauer folgt. Der Auf- und Niedergang unserer großen Kulturen (unser bißchen Geschichte von tausend Jahren) dokumentiert das Scheitern des westlichen Menschen und seine wiederholten Bemühungen, in einen neuen Zyklus des Seins aufzusteigen. Diese Geschichte ist in der *Geschichte der Kunst* niedergelegt; unsere Geschichte ist nichts anderes als das, die Geschichte der Kunst, die Geschichte wechselnder Seelenkonzepte, von den Körperbemalungen der Primitiven bis hin zu dem Psychologismus von heute. Die nächste Ära wird, wie Lawrence sagt, die Ära des Heiligen Geistes sein. Zu mehreren Malen haben wir versucht, die Muschel aufzubrechen, um geboren zu werden, die Nabelschnur der Geschichte zu durchtrennen, womit wir dem Königreich der Tiere, aus dem wir hervorgegangen sind, unsere Anerkennung zollen. Gegen dieses Beherrschtsein von Angst (ausgedrückt in all unseren Totems und Tabus, die sich hinter der verlogenen, ideologischen Maske der Kultur verbergen) kämpfen wir an, um uns davon freizumachen. Seele/Gott/Unsterblichkeit. Ein circulus vitiosus, in dem wir gefangen sind. Die Entdeckung des Ichs bedeutet die Eliminierung dieser kristallisierten Angst. Rank (in ‹*The Artist's Fight With Art*›) sagt uns, daß die Kunst die irrationalen

Phänomene der Angst konserviert. Aber die schöpferische Persönlichkeit wird noch weitergehen und die Kunst selbst zerstören.

Der dionysische Typ, der Lawrence war, tritt nur auf, wenn die genetische Philosophie (Welt als Geschichte) erscheint und uns das Ende einer Kultur ankündigt. An eben diesem Punkt erscheint die Vision des Künstlers (als ein Anti-Schicksal, entstanden aus einem Anfall von Verzweiflung, aus einem tiefen Gefühl von Tod, aus der lebendigsten Vorstellung von «Form & Symbol», aus der höchsten individuellen Wahrheit) als streitbare Gegenkraft, als Herausforderung an den Schicksalsbegriff aus den kopflosen Gehirnen der Denker. Der Künstler artikuliert noch einmal, was die wenigen seltenen Geister seit je betont haben: die Möglichkeit des Wunders, das heißt: des «neuen» Menschen, des *wirklichen* Typs von Mensch, der dem Kultur-Zyklus der Geschichte ein Ende machen wird.

Er kann das, weil er das eigentliche Symbol und die Inkarnation des MENSCHEN-Baums, des Baums von Leben und Tod, ist. Er gibt dem Tod seinen hohen Sinn wieder: «Tod ist weder hier noch dort. Tod ist ein temporäres, relatives Faktum.» Andernfalls wäre die Kontinuität verloren; der Tod würde seinen Sinn verlieren. Das ist die höchste spirituelle Wahrheit; und sie ist fruchtbar, weil hier Leben und Tod als untrennbar erscheinen, rätselhafte Phänomene vom selben Stamm, dem *Individuum*. Indem er so seinen Platz buchstäblich im Herzen des Geheimnisses nimmt und es akzeptiert, nährt er beide Impulse – den des Lebens *und* des Todes –, denn beide sind zwingend, und der Versuch, den einen auf Kosten des anderen zu überwinden (wie es die Religion mit ihrer Betonung der «Unsterblichkeit» tut), bedeutet Zerstörung des Wunders vom Lebensbaum oder vom Menschen an sich. Darum eben spricht Lawrence von «Auferstehung». Das eben meint er, wenn er uns sagt, daß die Seelen der Toten fortdauern und in den Lebenden wohnen. Das ist seine Art von «Mystik».

Die offensichtlichen Widersprüche in Lawrence' Äußerungen zu diesem Thema erklären sich nur aus dem, was jene Dame Luhan seinen verräterischen Kern nennt und was Lawrence selbst als Aufrichtigkeit und Gehorsam gegenüber dem Heiligen Geist bezeichnet. Er spricht davon wie von einem heiligen Pakt, einer Treue zu seinem Mitmenschen bis in den Tod. In *‹Aaron's Rod›* sagt er: «Ich will keinen Freund haben, der nicht hinsichtlich von Leben und Tod mit mir eins ist», und wir wissen, daß ihm eine solche Beziehung nicht vergönnt war. All dies ist wie ein Echo der seit eh und je befremdlichen Worte Christi: «Ich komme mit einem Schwert, nicht Frieden, Vater gegen Sohn, Bruder gegen Schwester.» Dies bedeutet ganz offenbar, daß es eine Loyalität jenseits von Stamm, Familie, Blut und Vaterland gibt, die Loyalität eines Menschen zu seinem seelischen Ich, zu seinem wahren Wesen. Und da diese Loyalität sich nicht fixieren oder stabilisieren läßt, liegt in ihr stets der Keim zum Krieg. Sie gründet sich auf Fortentwicklung des Seins, Bewegung, auf den Lebensstrom selbst, auf Charakter als Schicksal. Doch ohne jeden Widerspruch bleibt noch die Möglichkeit einer beständigen loyalen Freundschaft (nicht der homosexuellen, aber ihr verwandt – sozusagen ihrer Vorform). Das ist die unausgesprochene Loyalität freier Geister, wahrer Anarchisten, die erkannt haben, daß Wachstum ohne gegenseitigen Neid, Rivalität und Haß möglich ist. Auf dieser Ebene sind die oberflächlichen Differenzen einander nur förderlich. Es ist ein freies Geben und Nehmen, aber es erfordert eine grundsätzliche Übereinstimmung, gegründet auf der gleichen Vorstellung der Natur des Ichs. Solche Menschen säen Zwietracht nur unter den dummen Geistesschwachen, die in dem Sumpf ewiger Anbetung des Symbols stecken. Für sie ist das Vorhandensein des «Freigeistes», des Anarchen, des Gesetzlosen – das heißt des schöpferischen Typs – schon an sich ein Mißklang. Sie wünschen sich den Weg geglättet, verstehbar, während der Anarchist ihnen zu zeigen versucht, daß man nur durch ständigen Wechsel, durch Kampf und Leid einen Weg bahnen kann, den wahren Mittelweg!

Natürlich konnte Lawrence, der für solch eine Idee kämpfte, der den Formen und Symbolen der Kultur den Krieg erklärte, keinen solchen Freund finden. Solche Männer sind zu selten in der Welt. Aber sie sind möglich, und sie erscheinen von Zeit zu Zeit immer wieder. Diese Vorboten sind die mehrmals lautgewordene Hoffnung, daß ein neuer Menschentypus erscheinen werde. Und wieder einmal würde das den Tod der Kunst bedeuten, das Erscheinen solch eines neuen Typus. Dann würde die eigentliche Kunst keine *raison d'être* mehr haben, nichts von Tyrannei und Versklavung, ein ewiges Wandeln im Geheimnis. Kein Bedürfnis nach Manifestationen, nach Konkretisierungen der abstrakten Ideen der Seele. Jeder einzelne wäre die Verkörperung des Mysteriums. Das Leben würde wieder seinen heiligen Charakter annehmen.

Es gibt noch einen anderen, oben schon angedeuteten Gedanken, nämlich daß einer der Gründe für das Unvermögen, Freunde zu finden und echte Beziehungen von Mann zu Mann zu haben, in unserer gegenwärtigen Auffassung liegt, daß die Freunde jeder im anderen das idealisierte Ich suchen, die fehlende Ergänzung zum eigenen Wesen. Dies liegt in gewissem Sinne daran, daß die meisten Menschen in ihrem Wesen gespalten sind, und darum auch ist es ein idealistisches und romantisches Sehnen und Schmachten (zumal in seiner reinsten Ausprägung, wie am Beispiel von David und Jonathan oder von Tennyson und Hallam). Folglich sehen wir am Künstler, in dem sich diese Gespaltenheit personifiziert, wie seine Freundschaft immer etwas von Tücke und Verrat hat, wie sie wechselt und schillert, vom großzügigsten Edelmut, von Ergebenheit und Aufopferung zum anderen Extrem von Haß, Mißgunst und so weiter (Nietzsche und Wagner zum Beispiel). Diese Beispiele lassen uns erkennen, daß der Künstler in Wahrheit in seinem Freund nur das Idealbild seiner selbst schätzt, im narzißtischen Sinne seiner gespaltenen Persönlichkeit, seines schizoiden Typus. So ist auch Prousts Verhalten klar, weil er homoerotisch veranlagt war. In *‹Aaron's Rod›* geht Lawrence, wie wir gesehen haben, als wahrer Künstler über die banale Murry-Lawrence-Affäre hinaus, weil sie, wie er frühzeitig spürte, zu einer Prüfung der wahren Wurzeln des Problems nicht taugte. Er stellte die beiden Hälften seines Wesens, diese beiden «Freunde» in ihrer ewigen Disharmonie einander gegenüber. Um für sich, so gut er damals konnte, die Unlösbarkeit dieses Problems zu ergründen (man bemerke, daß Proust dazu abschließend erklärte, daß wir einander niemals verstehen und darum niemals Freunde im wahren Sinne des Wortes sein könnten), sah Lawrence als seinen nächsten Schritt an, «Führer» der Menschen zu werden – das heißt, er würde ihnen zeigen müssen, wie sie zu leben, wie sie ihr Wesen zu ändern hätten, um Freundschaft möglich zu machen. Murry nun, wiederum angeregt von Lawrence' Vision (natürlich hält er *‹Aaron's Rod›* für das beste, über den wahren Lawrence aufschlußreichste aller seiner Werke) versucht, den Schüler, den ergebenen Gefolgsmann zu spielen. Aber Lawrence weiß, daß Murry niemals seine Weisheit verstehen wird, und so tut er ihn ab: «Runter mit diesem ganzen Judas-Jesus-Schleim!»

Und schließlich, in einem anderen, seinem letzten Brief an Murry, sagt er es wunderbar klar:

«Wenn ich der einzige Mann in Deinem Leben bin, dann nicht, weil ich ich-selbst bin, sondern nur weil ich dieses kleine Staubkorn an mir hatte, aus dem Du Deine Kristallkugel eines imaginären Menschen geformt hast. Wir kennen einer den anderen nicht – wenn Du nur wüßtest, wie wenig wir einander kennen! Und machen wir uns nichts vor! Mit ein bißchen Vortäuschung hatten wir ein paar vergnügliche Zeiten, in der Vergangenheit. Aber wir alle mußten ein bißchen vortäuschen – und keiner von uns konnte das durchhalten. Glaube mir, wir gehören verschiedenen Welten an, verschiedenen Bewußtseinsarten, Du und ich, und das Beste was wir tun können ist, jeden für sich zu lassen, auf immer und ewig. Wir sind zusammen ein Mißklang . . .

Also erwäge nicht, nach Mallorca zu kommen. Unser Treffen ist zu nichts gut – selbst als unsterbliche Geister werden wir jeder in einem anderen Hades weilen. Warum sich nicht damit abfinden.»

Er hat seinen Gipfel an Weisheit erreicht. Er hat sein wahres Wesen erkannt. Er ist über unseren Begriff von Freundschaft hinaus. Seine Freunde – mit denen er in der Auferstehung eins ist – sind nur die großen Geister, Vergangenheit und Zukunft.

5
Schicksal

> I was the God and the creation at once;
> creator, I looked at my creation;
> created, I looked at myself, the creator:
> it was a maniacal horror in the end.

Lawrence' Gedichte offenbaren seinen Mystizismus besser als alles andere, was er schrieb, und Passagen wie diese aus ‹*New Heaven and Earth*› zeigen, wie solipsistisch, wie Lawrence-bezogen dieser Mystizismus war:

> I was so weary of the world.
> I was so sick of it,
> everything was tainted with myself . . .

In ihrer Betrachtung dieser Stellen sagt uns Anaïs Nin etwas sehr Bezeichnendes über Lawrence als schöpferischen Typus: «Indem er dieses Alltagsleben lebt, seinen Geist in dem Geist der Welt und ihrem Betrieb aufgehen läßt, erkennt er, daß er zu einem untrennbaren Teil jener Welt geworden war. Solange er sich mit jener Welt identifizieren würde, war er für sie verantwortlich; alles war in ihm und er in allem. Er war ihr Schöpfer, bis er selbst etwas Neues erschaffen würde.»

Lawrence wußte, daß Kultur immer eine Angelegenheit der Massen, des Kollektivs ist. Man könnte sagen, sie repräsentiert die göttlichen Exkremente jener Zugvögel, die mit ihrem Flug der horizontalen zyklischen Bahn des organischen biologischen Lebens Spannung und Bedeutung geben. Kultur baut sich somit immer auf den «tödlichen Ekstasen» des kreativen Typus auf, der zur Kultur nur durch sein Sterben, nicht durch sein Leben beiträgt. (Darum auch kann Lawrence die Menschheit als vom Tod sich ernährend, als Leichnam verzehrend beschreiben, als verstrickt in eine Art von geistigem Kannibalismus.)

Leben ist der Werdensprozeß, die Zeit-Schicksal-Bewegung, im Flachen sozusagen, ein geradliniges Kontinuum oder eine Kreisbahn – das läuft auf dasselbe hinaus. Der schöpferische Typus, obzwar auch ein Opfer dieses Naturgesetzes, beweist, indem er lebt, die Unmöglichkeit, die Unlogik des Lebens. Sein Leben ist die Anti-Schicksals-Bewegung, die über den öden biologischen Kreislauf von Geburt und Werden hinausgeht. Mit diesem erahnten Seinsbegriff durchbricht er das Zeit-Kontinuum. Das ewig sich wiederholende zyklische Gesetz wirkt noch fort, aber nach seinem Auftreten in einer anderen Ebene. Er nämlich schafft die Achse für ein neues Leben.

Indem er das tut, verändert er zwar das Leben an sich, aber er bekundet auch seine Achtung vor dem Lebensprinzip. Und er zeigt, daß dieser wichtige Schritt nur getan, diese Achtung vor dem Lebensprinzip nur erreicht oder genährt werden kann, indem man davor flieht, indem man sich in den Abgrund stürzt, mit geschlossenen Augen, in der Hoffnung auf das Wunder.

Der individuelle Künstlertyp ist der schöpferische Typ *par excellence*. Er existiert sozusagen im leeren Raum, ohne die Stütze einer kollektiven Ideologie. Seine Beziehung zur Welt ist wesentlich und letztlich die von Mensch zu Idee. Er ist ein Gesetz, dem er selbst untersteht. Seine Funktion oder sein Zweck ist, für die Welt, die nach ihm kommen soll, eine Ideologie zu schaffen. Zur existierenden Ideologie hat er ebensowenig Beziehung wie zum Volksleben. Gerade seine eingeschworene, ewige Gegnerschaft gegen Sittengesetz und Ideologie flößt den noch unfertigen, künftigen Formen Leben ein. Er ist das Symbol des Krieges schlechthin: er klärt die Luft von Giften, von Miasmen, von verlogenen Wahnideen. Durch seine hartnäckige Opposition gegen alles, was existiert, befähigt er den Menschen, die nackte, visionäre Wirklichkeit des Künstlers wieder wahrzunehmen und so die lähmenden Formen zu zerstören, die das gesunde Wachstum der künftigen Lebenstriebe verhindern. Durch seine hartnäckige, fanatische Opposition gegen den Herdentrieb wird das Leben aus dem biologischen Sumpf befreit, von dem Giftpilz des lebendigen Todes, den ein nur kollektives Dasein hervorbringt.

Damit neue Formen entstehen können, eine neue Kultur ihren Anfang nehmen kann, muß der Künstler heutzutage verrückt werden, muß Halluzinationen haben. Er muß wieder zu einem Seher werden. Er kann und will den Tod der alten Formen nicht aufhalten, noch ihnen neues Leben einhauchen. Er stellt sich nicht gegen das Schicksal – den Zeitgeist –, denn er selbst ist die Inkarnation des Lebens in Bewegung.

An diesem Punkt kommt die rätselhafte Rolle von Lawrence zu einer Lösung. Mann des Schicksals? Anti-Schicksal? Aus der Spenglerschen Sicht, gegründet auf das Studium des Massenmenschen und der Formen, um die seine Welt kreist, ist Lawrence ein Anti-Fatum. Aber das ist nur der oberflächliche Aspekt. Denn der schöpferische Geist, auch wenn er Tod predigt, tut das voll Enthusiasmus, mit Glauben, mit Lebenshoffnung. Sein Pessimismus ist nur ein tieferer, ein unsichtbarer Optimismus. Es ist das Gegenteil von dem verlogenen, üblichen Optimismus, der sich auf Angst – Todesangst, Lebensangst – gründet und auf ein Sichabwenden von jener Wirklichkeit, die einem ins Gesicht starrt.

In einem anderen Sinne ist Lawrence eins mit dem Schicksal darin, daß er das Ende durch seine todbringende Macht beschleunigt. Gerade hier manifestiert sich der geheimnisvolle Doppelaspekt des Schöpfers ganz deutlich. Wie Shiva, der Zerstörer – ein zwiegeschlechtiger Gott – enthüllt er jetzt die weibliche Seite seiner Natur, indem er die Lebensinstinkte bewahrt, während er gleichzeitig die ganze Kraft seiner Männlichkeit in die Zerstörung der bestehenden Formen legt.

Dies führt uns zurück zu den wahren Wurzeln des Problems – zu dem in sich widersprüchlichen bisexuellen Charakter dieses sonderbaren Typus von Mann, der sich in der Rolle des Heilands fühlt. Wir sehen in ihm eine wahrhaft symbolische Gestalt, in der alle Manifestationen eines Weltproblems ihre Wurzel und ihren Ausdruck haben. Die gewaltigen Probleme, die weganalysiert, wegeskamotiert, diffus und unverständlich gemacht worden sind, werden wieder vereint in ihm, dem Einzelnen, der das ganze Weltproblem symbolisiert. Wie in einem jener peruanischen Schädel, die man im Museum sieht, ist hier der Makrokosmos auf greifbare, verständliche menschliche Proportionen reduziert, auf Maße, mit denen er wieder in den Uterus als den Ort seines Ursprungs paßt.

Der Künstler der Zukunft, von dem Lawrence ein Vorläufer ist, ein Primitiver wie Giotto, ist ein Typus, der an den Gelenkstellen der neuen Formen arbeitet. Sie werden in kurz aufblitzenden Schöpfungsakten erscheinen und wieder verschwinden. Sie werden in Eile ausgestanzt, während ihr schöpferischer Wert unbeachtet bleibt. Sie wirken gleichsam im Untergrund, unter den chthonischen Kräften, in den unbewußten Schichten des Lebens, wo die alten archaischen Formen begraben liegen, zerstreut und vergessen. Denen, die sich nur der alten Formen erinnern, werden sie verrückt erscheinen. Es wird keine Kommunikation geben. Und gerade hier, an diesem dunklen Strand der Nicht-Kommunikation, liegt die Hoffnung auf die Zukunft. Jetzt ist nicht der Zeitpunkt, von der Masse einen Glauben zu erwarten, den sie nicht aufbringen kann. Es ist zu früh. Was untergründig geschieht, in Stille und Geheimnis, wird nur von den wenigen seltenen Geistern begriffen werden, die kleine sorgsam behütete Lebensflamme, die von einem schöpferischen Geist zum anderen weitergereicht wird. Eine religiöse Mission. Hermeneutisch im höchsten Grade. Nicht für das profane Auge. Nur in der dunklen Unterwelt werden die Mysterien wieder exhumiert werden. Hier liegen die geheimen Kräfte der Auferstehung. Hier unter den dunklen Todesgöttern, die im Besitz der Macht, des Mysteriums, der Offenbarung sind.

Diese Formen *in statu nascendi,* mit ihren ersten groben Ausprägungen, werden in dem Chaos und Dunkel der Seele des Künstlers, geradezu im Mutterschoß der Rasse, geschmiedet. Hier wird alles, was ihm als lebendigem Wesen versagt war, die Unterdrückungen, mittels derer die kulturellen Symbole der Vergangenheit errichtet waren, werden wieder hervorgeholt. Seine völlige Abkehr von der gemeinen, äußeren, profanen Wirklichkeit der Masse ist seine Rettung und zugleich die Rettung der Kunst.

Bevor diese eben entstehenden Formen genügend Kraft sammeln können, um ihre Vitalität zu beweisen, um ihren vorbestimmten Zyklus von Wachstum und Verfall aufzunehmen, wird es zu einem Holocaust an Individuen kommen müssen. Diese Tode, diese individuellen Tode, bilden den Nährboden für die ideologische Blüte der Zukunft. Ein langwieriger Prozeß, ein dunkles Zeitalter. Oberflächlich betrachtet, scheint die Kunst tot zu sein. An der Oberfläche sieht es so aus, als ob die Kräfte der Allgemeinheit gesiegt hätten und das Leben wirklich nichts anderes wäre als ein Paradies der Arbeit und der Fortpflanzung. Aber das wird nur die Nacht sein, in der das Leben selbst brachliegt und Leben sich nur noch in der Natur ausdrückt.

Allmählich während der langen Nacht wird die Seele wieder zu sich selbst finden und die vielen werden wieder das Wunder des

Einzelseins erleben. Jener Glaube, der in den Massen wieder aufleben wird, spiegelt nur den Glauben wider, den Lawrence für so lebenswichtig hielt: den Glauben an einen selbst! Der Glaube des Individuums an sich, wenn jeder äußere Glaube fehlt. Wie in einem Funken wird eines Tages dieser zweierlei Glaube eins werden. Das wird der Augenblick sein, da die Masse wieder ein großes Individuum anerkennt und vergöttert, einen, der bereit ist, jenen noch unausgesprochenen Glauben, an dem die große Welt von Männern und Frauen so überreich ist, auf sich zu versammeln.

In der Zwischenzeit muß der Künstler buchstäblich den Gott spielen. Er muß vor sich selbst der Allmächtige sein. Er muß *sich selbst* dreingeben und nicht nur ein Kunstwerk liefern. Er muß sein ganzes Ich in sein Werk legen, so daß er, sowohl bildlich wie wirklich, verschlungen werden kann. Jede derartige Tötung, jeder schöpferische Tod, zum Wohle späterer Zeiten, wird dem ausgelaugten Boden gleichsam neue Lebenskraft zuführen. Es ist das alte Drama von Dionysos und den Mysterien, aber es spielt sich auf einer anderen Ebene ab. Mit anderen Worten, die Makrokosmologie ist an ihre Grenze gekommen, das Universum ist bis zur Unwirklichkeit überdehnt worden. Denn in dem Sichabwenden vom Kosmos, in der Separierung und Personalisierung unserer selbst, haben wir die Bedeutung des Makrokosmos ausgeschöpft. Sie ist leer. Jetzt vollzieht sich die entgegengesetzte Entwicklung. Der Kosmos muß schrumpfen, muß entleert werden, das Knochengerüst entfernt, der Schädel reduziert werden. (Hat nicht diese Entleerung des Makrokosmos schon stattgefunden und gibt sie uns nicht das Gefühl eines äußeren Zusammenbruchs?)

Die Welt muß wieder vermenschlicht werden. Wir müssen sie enger an uns ziehen, sie uns wieder einverleiben, um – mikrokosmisch – leben zu können. Wir müssen die Sünde der Entfremdung «wiedergutmachen». Wir müssen unser Schuldgefühl loswerden und wieder *religiös* werden. Denn wir haben den Gott, der der Kosmos ist, außerhalb des Kosmos gestellt. Und schließlich ist auch der Gott selbst verschwunden, und uns bleibt nur winziges, elendes, unbefriedigtes Ich, die leeren Symbole von . . . von was? Von Nichtigkeit. Was Lawrence also mit dem Ausdruck «religiös und gottlos» meinte, war das ganz reale, vitale Verzehren des Gott-im-Kosmos. Gott einverleiben. Uns jenes Leben einverleiben, das wir uns selbst verwehrt haben, dem wir einen Platz außerhalb gegeben haben, in einem falschen Himmel, einem falschen Hernach. *Leben jetzt und im Fleische! Jeden Wunsch ausführen!* Den tiefsten Instinkten, dem tiefsten Hunger nach dem lebendigen Geist freien Lauf lassen. Das ist unser Hunger. Nach der Flamme des Lebens. Nach einem sinnvollen Leben. Den Kosmos verzehren heißt, dem Leben Sinn geben – *Leben zurückgeben an Gott.* Nur so hat «Sein» einen Sinn. Schluß mit dem Streben, dem Werden. Nur Wurzel schlagen und verzehren. Der tiefen animalischen Natur gehorchen. Weil das «Spirituelle» erschöpft ist. Für Christus war es richtig, die spirituelle Seite des Lebens zu betonen; aber für uns, die wir das Leben in Sinn und Geist ausgelebt haben, bleiben nur noch die dunklen animalischen Kräfte des Lebens. Wir müssen wieder Fleisch ansetzen: wir bestehen nur noch aus Gemüt und Geist, sind nur noch Gespenster unseres wahren Ichs. Wie soll gekreuzigt werden, wenn es keinen lebendigen Leib zum Kreuzigen gibt? Wie kreuzigt man ein Gespenst?

Genau wie das Individuum, wenn es zur Reife gelangt, seine Reife dadurch beweist, daß es Verantwortung übernimmt, so ist auch der Künstler, sobald er seine wahre Natur, *seine vorbestimmte Rolle*, erkannt hat, genötigt, die Verantwortung der Führerschaft zu übernehmen. Er hat sich selbst mit Macht und Autorität ausgestattet, und er muß dementsprechend handeln. Er kann nichts tolerieren als nur die Gebote seines Gewissens. Indem er so sein Schicksal annimmt, übernimmt er auch die Verantwortung für die von ihm gezeugten Ideen. Und ebenso wie für jedes Individuum die Probleme, die ihm begegnen, für es einzigartig sind und bewältigt werden müssen, so müssen auch die je besonderen, im Künstler keimenden Ideen gelebt werden. Darum ist er gezwungen, tyrannisch zu herrschen, tyrannische Macht auszuüben. Letztlich ist kein Unterschied zwischen König, Held, Heiligem oder Künstler. Die große Masse muß ausgenutzt werden, um dem im künstlerischen Instinkt wurzelnden Machttrieb Genüge zu tun. Der König wirkt direkt auf sein Menschenmaterial ein; der Heilige indirekt, durch religiöse Symbole. Der Künstler wirkt subtiler als jeder andere auf die Masse ein, weil er alle Urelemente, aus denen diese Archetypen gebildet sind, in sich vereinigt. Im Grunde ist er der tyrannischste von allen schöpferischen Typen. Er hat absolut nichts mit der Menschheit gemein, außer ihr seinen Willen aufzuzwingen, sie schöpferisch auszunutzen. Und daraus eben erklärt sich die gleichzeitige Mischung oder der Wechsel von Haß und Verehrung, die er einflößt. Es ist das Zeichen seiner tiefen Entfremdung von der Menschheit.

Dies ist die Crux von Lawrence' Schwierigkeiten als Mann, als Freund, als Mensch. Sein und Nichtsein! Magnus so zu helfen, als ob er ihn loswerden wolle. Magnus ist ein ärgerlicher Fall von Ablehnung der Wirklichkeit. Er ist, was der Stein für die Berkeley-Idealisten war. Gegen die Magnusse rutscht einem leicht die Hand aus, wenn man ein Retter der Menschheit sein will. So hilft er ihm denn auf unmenschliche Art, er könnte ihn ebensogut abmurksen. Der Magnus-Typ erwartet Sympathie, Brüderlichkeit, Verständnis. Aber der Heiland, der darauf aus ist, für seine Nachkommenschaft, die künftige Menschheit, zu sorgen, hat recht wenig Zeit für die Magnusse dieser Welt. Und er ist nicht unmenschlich genug, ihn brutal umzubringen. Oder nicht *menschlich* genug! Menschenart ist es, zu helfen oder zu verweigern, aber nicht, zu helfen und zugleich zu verweigern. Lawrence gab Magnus einen Stein statt Brot. Er tötete Magnus, und eben aus diesem Grund schrieb er das, was er selbst für eins seiner schönsten Prosastücke hielt. Mit Schuldbewußtsein! Er opferte Magnus, wie der Künstler noch stets einen jeden opfert um seiner Kunst willen. Magnus ist das Menschenopfer in dem Grundstein des neuen Tempels der Liebe, den Lawrence errichten wollte.

Der Heiland ist der schizophrene Typus *par excellence*. Unfähig, mit seiner inneren Gespaltenheit fertig zu werden, richtet er die Welt nach diesen Bedingungen ein. Unfähig, sich selbst zu retten, versucht er die Welt zu retten. In diesem Typus von Mann gibt es immer einen ungewöhnlichen femininen Einschlag. Im Künstler wirkt diese feminine Seite wie ein Hefeteig, der es der maskulinen, schöpferischen Seite ermöglicht, ihre fruchtbaren Quellen zu erneuern. Aber bei dem religiösen Typus wird diese bewußt verleugnete und unterdrückte feminine Natur zum Symbol oder Abbild der äußeren Wirklichkeit, von der das Individuum sich geschieden hat. Das Weib wird absichtlich als ein Rätsel hingestellt, und darum gemieden. Das gleiche Schema haben wir bei den Bewußtseinsvorgängen: der ganze Bereich der Wirklichkeit, den der Mensch mit seinem Verstand zu erforschen, zu erklären, zu verstehen bemüht ist, wird ebenso weggeleugnet, damit das Nichtwissen glorifiziert werden kann.

Indem er die alte Kulturwelt mit den Mächten des Tages – den apollinischen – gleichsetzt, versucht er sie zu zerstören, indem er vor ihr die Gegenwelt der Nacht, der Instinkte, der Intuition errichtet. In seiner Sprache identifiziert er sich immer mit dem Universum – in dem Bemühen, sich selbst als Universum, als Gott zu postulieren. Je mysteriöser er sich selbst wird, um so mysteriöser wird das neue Leben, das er einzuführen versucht. Das Problem des Vollbringens, des Einklangs mit dem inneren Trieb, wird zum allerwichtigsten. Im Fall von Lawrence haben wir das Bemühen, zur Vollendung zu gelangen, erst durch Sexus, was mißlingt; dann durch Freundschaft, was ebenfalls mißlingt. Ganz gleich, welchen Weg er einschlägt, er ist am Ende nur auf sich angewiesen, in völliger Isolierung. Da es ihm nicht liegt, verrückt zu werden, bleibt nur ein Schluß übrig, auf den diese Fehlschläge hindeuten können: die Selbstermächtigung.

Dies ist die wahre Bedeutung der Szene in ‹*Aaron's Rod*›, wo Lilly Aarons Unterleib mit Öl einsalbt. Der Heiland salbt sich selbst, ernennt sich selbst zum Erretter, da es jetzt keine Freunde, keine Schüler, keine Apostel mehr gibt, die ihn unterstützen und seine Autorität sanktionieren könnten. Er fühlt sich nicht nur entschieden im Recht, sondern im höchsten Grade gerechtfertigt. Als selbsternannter Retter will er seine Mission erfüllen, indem er die Welt regeneriert. Seine Entfremdung vom Menschen ist jetzt so vollständig, daß seine Selbstentdeckung als Gott unvermeidlich ist. Das ganze Drama läuft jetzt darauf hinaus, daß sich sein innerer Rückhalt verbraucht, während er ihn gleichzeitig verherrlicht.

Hin und wieder, wenn er dieses vergeblichen prometheischen Ringens müde ist, drückt er seine Sehnsucht aus, wieder menschlich zu sein und am Lebenskampf teilzuhaben. «Ich möchte etwas mit lebenden Menschen vollbringen, irgend etwas irgendwie, während ich auf Erden bin. Ich schreibe, aber ich schreibe für mich allein. Und ich lebe allein. Ohne irgendeinen Zusammenhang, wie auch immer, mit der übrigen Menschheit.» In ‹*Kangaroo*› äußert sich Lawrence so durch den Mund von Somers. Hier läßt er sich, schon um sein Schicksal wissend, dazu herbei, das Problem des Führertums zu testen. In ‹*Der Marienkäfer*› taucht es wieder auf, in den Worten von Dionys (!): «Als Mensch, der seinem Wesen nach Aristokrat ist, habe ich die heilige Pflicht, die Lebensschicksale anderer in meinen Händen zu halten ...» Aber hier stellt er sich als eine besondere Art von Aristokrat dar, als Aristokrat der Aristokraten, das heißt, der Aristokrat des Geistes, Dionyos, Erretter der

Menschheit. In ‹*Kangaroo*› ist es eine mehr menschliche Führerschaft, die eines Menschen unter Menschen, die eines großen politischen Führers. Indessen merkt er bald genug, daß äußerliche Kräfte, soziale und politische Gruppierungen nicht seine Sache sind. Er hat weder genug Vertrauen in sich selbst, noch in die Menschen, um die Cäsar-Rolle durchzuhalten. Er merkte, daß er zu einer anderen Kategorie gehört, zu den geistigen Führern der Welt.

Doch gerade hier weicht Lawrence von dem Grundtypus, von dem er stammt, ab. Anstatt ein Christus, ein Buddha, ein Mohammed zu werden, entscheidet er sich dafür, als *Künstler* hervorzutreten. Und mehr noch: eben hier, wo er so gröblich mißverstanden worden ist, zeigt sich seine hohe Weisheit. Er ist im Begriff, die Welt zu führen, aber nur indirekt, als der potentielle Künstler-Typ, der das Geheimnis des Lebens enthüllt und dadurch ein neues seltsames Element zu Tage fördert. Er, Lawrence, wußte, daß es der Künstler im Menschen war, der alle die Religionen geschaffen hatte, daß der Künstler auch Gott geschaffen hatte. Und er wußte auch, daß es in einer Zeit der Irreligiosität, des totalen Bankrotts der Seele, sinnlos war, auf dem religiösen Element zu bestehen. Statt dessen wendet er sich der dunklen animalischen Seite seines Wesens, den obszönen natürlichen Quellen des Lebens zu, um das dionysische Element wieder zur Geltung zu bringen, das ja seit je die wechselseitige Durchdringung von Geist und Natur versinnbildlicht hat: «Meine große Religion ist ein Glaube an das Blut, das Fleisch, als welche dem Intellekt an Weisheit überlegen sind. Wir können mit unserem Verstand irren. Aber was unser Blut fühlt und glaubt und sagt, ist immer wahr. Der Intellekt ist nur Zaum und Zügel. Was kümmert mich das Wissen. Alles was ich will ist, auf mein Blut zu hören.»

Damit haben wir die Inthronisierung des dunklen Gottes, Quetzalcoatl, der gefiederten Schlange, eine Symbol-Synthese des Widerstreits im menschlichen Geist, der seine Göttlichkeit durch die Betonung seiner animalischen Natur erweist. Er war sich darüber klar, daß hier ein Widerspruch lag, der nur durch Überschreitung gelöst werden kann, und das heißt durch Vereinigung der beiden Gegensätze. Hier, in einem mystischen Symbol, erweist sich Lawrence am Ende als eminent menschlich – in der Glorifizierung des Konflikts, in dem der Mensch immerdar verwurzelt ist. Da es keine endgültige Lösung für das gespaltene Wesen, den Menschen, gibt, bleibt nur übrig, den Konflikt selbst zu vergöttlichen. So wird der Heilige Geist, der die wahre Essenz des Schöpferischen darstellt, zugleich Sitz des Bewußtseins, Richtschnur und Gesetz.

Auf diese Weise war Lawrence, durch seine Distanz zum Leben, imstande, eine Welt zu erschaffen. Indem er sich zum Heiland ernennt, kann er auf seine eigene Verderbtheit den Finger legen. Gewiß ist der Heiland der schlechteste aller Menschen, da ja er alle Keime der Verderbnis in sich trägt; er ist der Verderbnis geopfert, damit andere leben können, ein neues Leben haben; durch den Heiland, indem er die Verantwortung für die Menschheit übernimmt, ist die Welt imstande, sich von der schrecklichen, niederdrückenden Bürde von Schuld und Sünde zu befreien. Erst wenn es gelungen ist, den Heiland umzubringen, werden wir frei von der Last der Schuld, können wir uns wieder als neue Menschen bewegen, und frei zwischen Gut und Böse entscheiden, können anbeten und religiös am Leben teilhaben und seinen heiligen Aspekt begreifen.

Indessen war Lawrence, wie ich schon angedeutet habe, so weise, sich nicht öffentlich zu seiner Heilandsrolle zu bekennen. Eine bloße Wiederholung der Christus-Rolle hätte bedeutet, sich geringer als Christus zu machen, zweitrangig zu sein. Für Lawrence mußten die zweitausend Jahre zwischen ihm und Christus als eine Niederlage des Geistes abgetan sein. Nicht daß er, wie manche andere, versagt hätte, Christus zu verstehen. Er hatte, wie schon Nietzsche, das Gefühl, über Christus hinaus zu sein. Für ihn, Lawrence, war Christus nicht vergebens gestorben; für die große Mehrheit der Menschen aber wohl. Christus war gekommen, die Menschen frei zu machen, aber er hinterließ sie schlimmer in Ketten als je zuvor. Lawrence respektierte die Macht und Schönheit einer tragischen Gestalt wie Christus, eines Lebens, das den langen Schatten von zweitausend Jahren werfen und immer noch gegenwärtig sein konnte; sich selbst betrachtete er als ein Produkt jener Kultur, die man über dem Leichnam und Geist eines ahnungslosen Juden errichtet hatte. «Es hat 2000 Jahre gewährt», sagte er, «der Frühling und Sommer unserer Ära. Alsdann, wie wird der Winter sein? . . . Fast ist es besser, tot zu sein, als diesem schrecklichen Prozeß beizuwohnen, der uns schließlich dem Vergessen anheimfallen läßt, wie die Blätter von den Bäumen . . . Mein Leben ist hier zu Ende. Ich gehe dahin wie ein Saatkorn, das auf neuen Boden fällt . . . Wirklich, ich kann's nicht ertragen; die Vergangenheit, die Vergangenheit, die fallende, untergehende, zerkrümelnde Vergangenheit, so groß, so herrlich.»

Wie jeder wahre Künstler machte er sich stark, den tödlichen kulturellen Niedergang zu bekämpfen. Wie Nietzsche, greift er zum Hammer und zerschmettert erbarmungslos die alten Symbole, die Ikonen, den toten Buchstaben des Gesetzes. Er bringt eine neue Wirklichkeit zum Vorschein, die geheimnisvolle, schöpferische Wirklichkeit des Künstlers, die im Widerstreit ihre Wurzeln hat. Er nimmt seinen Platz im fluktuierenden Leben, bei den psychologischen Quellen der Aktion. Er betont die befruchtenden Aspekte dieses ewigen Konflikts im Menschen, nicht seine Lösung. Es gibt Möglichkeiten des Entkommens, aber keine Lösungen. Man kann den Konflikt lösen – indem man handelt. Aus der Sicht des großen Künstlers liegt die ganze kulturelle Entwicklung in dem Bemühen der unverständigen, geistlosen Massen, den Strom des Lebens aufzuhalten und selbstgefällig oder ehrfürchtig vor den leeren Symbolen zu sitzen. Der Künstler ist der, der zugleich erschafft und zerstört. Sein Ziel ist es, den Aktionen der Menschen eine Bedeutsamkeit zu geben, an der es ihrem Handeln, an sich und von sich aus, fehlt. Statt die Probleme des Lebens zu lösen, macht er sie wieder aktuell, aber aktuell in ihrer fundamentalen Bedeutung. Er zerhackt das Gedanken-Brimborium, das die Probleme verstopft, die Mißverständnisse, die ihnen anhaften. Nur der Kampf an sich tritt schließlich offen hervor, und nur er wird verherrlicht.

Alle Geschichte ist der Bericht von dem hervorstechenden Versagen des Menschen, sein Schicksal zu durchkreuzen, mit anderen Worten: der Bericht über die wenigen Männer des Schicksals, die, indem sie sich zu ihrer symbolischen Rolle bekannten, Geschichte machten. All die Lügen und Ausflüchte, an denen der Mensch sich genährt hat – mit einem Wort: die *Zivilisation* –, sind die Früchte des schöpferischen Künstlers. Gerade die kreative Seite im Menschen hat ihn nicht in jenes unbewußte Einssein mit dem Leben zurückfallen lassen, das für die animalische Welt, der er entfloh, charakteristisch ist. Wie der Mensch die Stufen seiner physischen Entwicklung im embryonalen Stadium nachvollzieht, so wiederholt er nach seiner Ausstoßung aus dem Mutterleib, während seiner Entwicklung vom Kind zum alten Mann, die geistige Evolution der Rasse. In der Person des Künstlers wiederholt sich die ganze historische Evolution des Menschen. Sein Werk ist eine großartige Metapher, es enthüllt durch Bild und Symbol den ganzen Zyklus der kulturellen Entwicklung, durch die der Mensch von primitiver Vitalität zu seiner kraftlosen zivilisierten Existenz gelangt ist.

Wenn wir die Wurzeln der Entwicklung des Künstlers zurückverfolgen, entdecken wir in seinem Wesen die verschiedenen Inkarnationen oder Aspekte des Helden, der zu sein der Mensch sich immer vorgestellt hat – König, Krieger, Heiliger, Magier, Priester. Es ist ein langer Prozeß, reich an Umwegen. Es geht allein um die Überwindung der Angst. Die Frage «warum» führt zu der Frage «woher» und dann «wie». Entrinnen ist der tiefste Wunsch. Dem Tod entrinnen, dem namenlosen Schrecken entrinnen. Und das Mittel, dem Tod zu entkommen, heißt: dem Leben entfliehen. Das hat der Künstler noch stets durch seine Schöpfungen bewiesen. Durch das Hineinleben in seine Kunst nimmt er als seine Welt ein Zwischenreich in Anspruch, in dem er allmächtig ist, eine Welt, die er beherrscht und regiert. Dieses Zwischenreich der Kunst, diese Welt, in der er sich als Held bewegt, ist nur zu verwirklichen aus dem tiefsten Gefühl der Enttäuschung. Sie entsteht paradoxerweise aus einem Mangel an Kraft, aus einem Gefühl von Ohnmacht gegenüber dem Schicksal.

Dies also ist der Regenbogen, die Brücke, die der Künstler über den klaffenden Abgrund der Wirklichkeit schlägt. Der strahlende Glanz des Regenbogens, das Versprechen, das er enthält, ist die Widerspiegelung seines Glaubens an ewiges Leben, seines Glaubens an dauernden Frühling, an fortwährende Jugend, Virilität und Kraft. All seine Fehlschläge sind nur der Reflex seiner allzumenschlichen Zusammenstöße mit der erbarmungslosen Wirklichkeit, ausgelöst vor allem durch den dynamischen Anprall eines Willens, der auf Zerstörung aus ist. Weil er mit jedem Scheitern an der Wirklichkeit noch stärker auf seine schöpferischen Illusionen zurückgeworfen wird. Seine ganze Kunst ist die pathetische heldenhafte Anstrengung, seine menschliche Niederlage zu leugnen. In seiner Kunst macht er sich einen Triumph zurecht, der, weil er weder einen Sieg über das Leben noch über den Tod bedeutet, irreal ist. Es ist ein Triumph über eine imaginäre Welt, die er sich selbst erschaffen hat. Das Drama spielt sich ganz auf der Ebene der Idee ab. Sein Krieg mit der Wirklichkeit ist nur ein Abbild des Krieges in seinem Innern.

Indem er dem Künstler Kontur gibt, reduziert er seine menschliche Gestalt auf unbedeutende Proportionen. Er bemüht sich, die Erfahrung auszuschöpfen, nicht zum Leben, sondern für sein

Werk. Schließlich führt gerade die Auswechslung der Realität, die er sich erhoffte, das Heil, das er hier und jetzt predigte, die persönliche, individuelle Hoffnung auf Auferstehung, zu ihrer Umwandlung in die universelle und spirituelle Wirklichkeit seiner Kunst-Ideologie. Das Drama, das er als (dionysischer) Typ spielen will, ist wirklich und ewig geworden. Als Gott-Mensch gegen die Welt scheitert er. Aber sein Beispiel und sein Werk dauern fort, und darin, wie in einer nachgeholten Schicksalsfügung, liegt sein Triumph.

Um seinen Zweck zu erfüllen, ist der Künstler gezwungen, sich vom Leben zurückzuziehen, indem er von der Erfahrung nur soweit Gebrauch macht, daß der Eindruck des wirklichen Kampfes entsteht. Wenn er sich dafür entscheidet zu leben, macht er sein eigenstes Wesen zunichte. Er darf nur stellvertretend leben. Nur so ist er imstande, die ungeheuerliche Rolle des unzählige Male wiederholten Lebens und Sterbens zu spielen, entsprechend dem Ausmaß seiner Lebenskapazität.

Ludwig Lewisohn gibt dem amerikanischen Künstler den ungemein oberflächlichen Rat, zu Hause zu bleiben und dort seine Schlachten zu gewinnen. Für ihn sind Melville, James und Konsorten neurotische Schwächlinge, die der Wirklichkeit nicht ins Auge sehen, den Unsinn nicht gelassen ertragen konnten. Aber es ist das besondere Schicksal, das eigentliche Lebensmodell dieser nur sporadisch auftretenden Typen, in Acht und Bann zu geraten und sich anderswohin zu begeben. Dieser Ödipus/Ulysses-Mythos gehört zu unserem blutmäßigen Erbe. So hat denn auch Lawrence in der Erkenntnis, daß es ihm bestimmt war, in wilder Pilgerfahrt über die Erde zu hetzen, zugleich diese Reise verabscheut, fühlte sich elend, wollte lieber bei seinen eigenen Leuten sein und bekannte sich zu seinem unausrottbaren Engländertum. Und wie er dieses Lebensmuster verstand – das ist grandios: «Menschen sind frei, wenn sie in einem intakten Heimatland leben, nicht wenn sie ausbrechen und umherstreunen. Menschen sind frei, wenn sie der tiefinneren Stimme eines religiösen Glaubens gehorchen ... Menschen sind frei, wenn sie zu einer lebendigen, organischen, *gläubigen* Gemeinschaft gehören und aktiv im Erfüllen eines noch unerfüllten, vielleicht unerkannten Zweckes sind. Nicht wenn sie sich in irgendeinen wilden Westen davonmachen ... Menschen sind am freiesten, wenn sie sich der Freiheit am wenigsten bewußt sind. Der Aufschrei ist nur ein Kettenrasseln, war es immer schon. Menschen sind nicht frei, wenn sie tun, was ihnen gerade gefällt . . . Menschen sind nur frei, wenn sie tun, was ihr innerstes Selbst will.»

Das läßt sich nun mal nicht ändern. *Fatum*. So antwortet Murry auf das In-die-Wüste-Gehen, das Einsiedlersein, den Rückzug vom Leben, die Selbst-Kastrierung, das Heiligsein. Das ist der springende Punkt: der Heiland-Typus *ist* gezwungen, sich vom Leben, das heißt, von der Qual der Erfahrung zurückzuziehen, um den Inkubationsprozeß zu ermöglichen, in sich selbst Wurzel zu schlagen, sich selbst zu entdecken, sich anzukündigen, sich auf den nächsten Schritt in dem Kampf, auf Martyrium und Kreuzigung, vorzubereiten. Er geht weg, um Vertrauen zu sich selbst zu schöpfen, aber sein Weggehen ist nicht das Ende. Das Ende ist, zurückzukommen und die Welt offen herauszufordern! Wenn er in der Welt bliebe und sich ihr zu ihren Bedingungen ergäbe, würde das gewiß seine Vernichtung bedeuten.

Es ist sinnlos, diesen Typus als Schwächlinge, Neurotiker, Heilige oder Heilande zu etikettieren. (Ich selbst mache mich dessen schuldig!) Besser, sie als Typus anzuerkennen und sie eher zu beneiden, als sie herabzusetzen und zu bemitleiden, denn sie sind die Privilegierten der Erde und sind ganz und gar mit der größten aller Erfahrungen beschäftigt. Sie laufen nicht wie Feiglinge vor dem Leben davon; sie ziehen sich von der Front zurück, um ihre Kräfte zu sammeln, und dabei nehmen sie viel Weisheit in sich auf, weiten ihren Gesichtskreis, unterwerfen ihre Ideen einer Probe, erreichen andere Ebenen, ungewohnte Tiefen der Erfahrung. Man beachte auch, daß sie produktiv sind. Produktive Neurotiker, wenn man so will, aber lauter ungewöhnliche Männer mit gewaltiger Leistung, großer Vitalität, Energie, Willenskraft, diese Leute wie Melville, James, Gauguin und Lawrence. Sie sind nicht gelähmt durch den Kampf. Sie gingen als Sieger hervor. Sie sind Schöpfer. Rimbaud, Aragon – das sind die typischen Feiglinge und Verräter, die keinen Erfindungsgeist, keinen Mut mehr haben, keine Willenskraft, keinen schöpferischen Impetus – sie liefern sich schmachvoll dem Leben aus.

Alles Sehnen nach der Ferne, nach Abenteuer, nach Unerforschtem beruht auf dem Wunsch nach einem erfüllteren Leben. Es ist ein Protest gegen die Flachheit und Leerheit der gewohnten schalen Routine oder deren Eingeständnis. Doch während die wirklichen

Lebensabenteurer hinausgehen, um ein neues Leben zu suchen, Leben im vollsten Sinne zu erfahren, geht der Neurotiker-Heiland-Typ in die Wüste – einsam, fern vom Menschen –, um seine Seele auszuforschen, um jene Erfahrung zu vertiefen, von der er schon gekostet hat, die vielleicht dürftig ist, aber für ihn zuviel. Er leidet an der Erfahrung! Er geht fort, um sich für einen neuen Kampf mit dem Leben zu wappnen – um es zu besiegen! Meistens, in der Wildnis, bestraft er sich selbst (für seine prometheische Schuld der Entfremdung von der Menschheit), fastet und betet. Alles nur, um jeglichen verdächtigen Wunsch des Fleisches nach irdischen Erlebnissen zu unterdrücken. Gewöhnlich kehrt er mit seiner «Heilsbotschaft» aus der Wüste zurück, bereit, den Menschen zu retten und auch, um selbst geopfert zu werden. Die dionysische Rolle. Lawrence konnte und wollte das nicht! Denn seine Botschaft lautete: «Alle Erfahrung voll auskosten.»

Lawrence fuhr rund um die Welt und sah nur, was er sehen wollte, das heißt, im Sinne des aus seinem Land vertriebenen Propheten, der sich auf seinen Wanderungen nur seine eigene abnorme Ansicht von den Dingen bestätigt. Das ist die klassische Attitüde des Heiland-Typus. Denn nach seinem (sogenannten) «Kontakt mit der Welt» wird er gereifter zurückkehren, mehr von seinen eigenen Wahrheiten überzeugt, fester entschlossen, die Welt zu besiegen und ihre Werte umzustürzen. Lawrence muß gewußt haben, daß es ihm *nicht* bestimmt war, die Welt zu kennen. Er zog sich auf sein Inneres zurück, isolierte sich mehr und mehr, um schließlich, umgeben von einer kleinen Gruppe von Schülern, aus der Wildnis zurückzukehren.

Anders ausgedrückt: seine Reisen enthüllten jene angeborene Einsamkeit, jene harte Unnachgiebigkeit, jene insulare Verfassung, jene Überheblichkeit – moralisch, kritisch, intolerant, richterlich, starr –, lauter so ausgeprägte Wesenszüge der Nordmänner, der Angelsachsen, die sie zu so schlechten, widerwärtigen, überall unbeliebten Touristen machen, die, wo sie auch hinkommen, ihr Gift verbreiten. Bemerkenswert, daß Lawrence, erst als er in Ceylon war, sein «Engländertum» entdeckte. «Englisch» zum Zähneausbeißen. Von harter Konsistenz – unwandelbar, unnachgiebig, unbeugsam.

Auch bezeichnend für Lawrence' «*voyage autour du monde*» ist, daß sein starkes Interesse nicht den jetzt lebenden Völkern gilt, sondern ihrer begrabenen Vergangenheit, Ruinen, Brauchtum, Überreste ihrer Vorfahren. Und die beiden toten Rassen, die ihn am stärksten anzogen, waren die Etrusker und die Indianer (vor allem Azteken und Mayas). Für die Chinesen interessierte er sich seltsamerweise kaum, obwohl er an Eunice Tietjens anerkennend über sie schrieb und auch in ‹*Apokalypse*› den «großen grünen Drachen» der Mandarine erwähnt. Doch offenbar mochte er die weise Vernunft-Philosophie der Chinesen nicht. Er liebte die Ägypter, weil sie ein ausgeprägtes Gefühl vom Tod und eine hohe *symbolische* Kultur hatten. Gegenüber den Griechen war er offenbar indifferent. Aber die Etrusker und die Indianer – ja! Ihre Roheit, ihre Lebendigkeit, ihre Grausamkeit, ihre dunkle, leidenschaftliche, geheimnisvolle Kraft. Anti-mechanistisch, anti-wissenschaftlich, anti-logisch.

Und doch, was für ein Kommentar über Menschen, Tiere, Pflanzen, Bräuche, Völker, Kontinente, Rassen, Religionen, Moralbegriffe! Übereilte Urteile, ja. Falsche Eindrücke, ja. Aber stets leidenschaftlich vertretene Meinung aus erster Hand, nichts Abgeleitetes. Alles nach seinen Wertvorstellungen beurteilt, und welche anderen Wertvorstellungen könnten wichtiger sein? Andernfalls könnte man ebensogut zu Hause am Kamin im Sessel sitzen, ein Buch lesen und alles aus zweiter Hand kennenlernen. Die Welt bildet sich ihre Meinung über die Dinge immer aus zweiter Hand. Die Welt hat unrecht! Zumindest reiste Lawrence anders als der Tourist. Er hat sich seine Ernüchterung sauer verdient. «Vielleicht ist es mir bestimmt, die Welt zu kennen», sagte er. Wie wahr! Der Künstler ist der heldenhafte Wanderer. Das eigentliche Thema des Ödipus-Mythos ist das Bemühen, seinem Schicksal zu entrinnen, dieses Weglaufen vor dem Horror des eigenen Zwiespalts.

Lawrence der MANN, der heldische Wanderer, der Prototyp des Genies auf der Flucht. Ich bin hier versucht, in Cinemascope, in Momentaufnahmen, in immer größeren Schrifttypen, in immer lauterem Ton seine Bemerkungen herauszustellen, mit denen er Leute, Ideen, Religionen, Zivilisationen, ganze Epochen, ganze Kontinente abtut mit dem Aufschrei: «Wir leben nicht! Nirgends ein Anzeichen von Leben!» Das MANN/GOTT/GENIE, der SCHÖPFER/ZERSTÖRER, der, ermattet von seiner Reise auf seinem «Heimweg» murmelt: «Du bist ja nur hinter dem einen her.»

Denn in seinen menschlichen Augenblicken sehnt sich der Künstler nach Erfüllung durch das Weib – das heißt, wie Lawrence sagt, nach *einer* Art von Erfüllung. Und in ‹*Lady Chatterley*› ist es der sehr menschliche Lawrence, das ewig Männliche, das da wieder erscheint, nachdem, wie Murry sagt, achtzehn Jahre verstrichen sind. Mellors und Annable sind im Grunde dasselbe Wesen, das menschlich Menschliche, das Lawrence niemals ganz gewesen ist, faktisch niemals sein konnte. Aber wenn, nach achtzehn Jahren des Umherreisens und Sich-Abmühens, nach geistigem Suchen und seelischem Ringen, der menschliche Lawrence wieder zum Vorschein kam, wieviel an Weisheit, Einsicht und Zartheit gehört dazu! Der Antagonismus besteht immer noch – Mann und Weib endlos im Krieg miteinander, in schönster Übereinstimmung mit der tiefen Feindschaft, die zwischen den beiden Geschlechtern herrscht. Aber Mellors ist weit gereifter als Annable. Die achtzehn Jahre waren angefüllt mit den verschiedenartigsten Erfahrungen. Lawrence, in der Person von Mellors, hat dem ewigen Männchen das ideelle Grabgewand des unmöglichen Liebhabers und Gatten abgestreift. *John Thomas and Lady Jane!* So ein anderer Titel, den er (auf Vorschlag der sittlich entrüsteten Juliet Huxley) dem Buch hatte geben wollen. Penis und Vagina! Oder er würde es *Tenderness* genannt haben, wegen der wahren Zärtlichkeit, die dem Wort *Liebe* den üblen Beigeschmack nehmen würde, denn sie würde für Mann und Weib den Primat ihrer Rolle wiederherstellen. Ein auf Liebe gegründetes Einssein, das zugleich Krieg ist und somit für eine ständige geistige Erneuerung sorgt; ein Glaube, der auf der Anerkennung dieses eingewurzelten Antagonismus beruht, so daß der Mann weiter in sein Jenseits gehen konnte, an sein kreatives Geschäft, an dem die Frau teilnehmen durfte, wodurch sich der Widerstreit ihrer getrennten Welten in der Harmonie des Schöpferischen auflöste. Diese Art von Erfüllung schwebte Lawrence vor, und er verwirklichte sie, durch seine Kunst, als die mögliche Bestimmung für Mann und Frau schlechthin als irdische Geschöpfe, für die so auch der ewige sexuelle Konflikt seine Bedeutung erhält.

Lawrence hatte wie Jesus – wie auch Dostojewski – ein starkes Gefühl für den vorbestimmten, schicksalhaften Charakter des Lebens. Er lebte im Zeichen einer unmittelbar bevorstehenden neuen Ära. Er hatte nicht den historischen Sinn eines Goethe oder eines Napoleon. Ich weiß nicht, mit welchem Wort man genau seine

Haltung beschreiben könnte. «Kosmisch» kommt dem vielleicht am nächsten, obwohl bei denen, die heute den Terminus gebrauchen, darin kaum etwas von der Bedeutung liegt, die Lawrence ihm gab.

Mit Bezug auf die Kulte und Aberglauben, die in der Periode der Auflösung der Antiken Welt vorherrschten, beschreibt er in *‹Apokalypse›*, wie die Herrschaft der Himmlischen wieder über die Menschen kam, stärker als je zuvor, mit einer Macht des Aberglaubens, die jeden religiösen Kultus übertraf. «Horoskop war die große Mode. Schicksal. Glück, Vorbestimmung, Charakter – alles hing von den Sternen ab . . . Ihre Herrschaft wurde schließlich zu einer Art von Wahnvorstellung, gegen die sowohl die Christen wie die Neuplatoniker Front machten.»

Wie der Mensch seit Urzeiten, so war auch Lawrence von dem prächtigen Anblick der Sterne tief beeindruckt. Seine Werke sind wahrhaft kosmologische Dichtung, wenn wir sie einmal unter diesem Gesichtspunkt betrachten wollen. «Wenn ich moderne Menschen sich beklagen höre, sie seien einsam», sagt er, «dann weiß ich, was geschehen ist. Sie haben den Kosmos verloren – es ist nichts Menschliches oder Persönliches, was uns mangelt. Was uns fehlt ist kosmisches Leben, die Sonne in uns und der Mond in uns.» Er beschreibt, wie «zur Zeit des Johannes auf Patmos Menschen, zumal gebildete Menschen, den Kosmos schon nahezu verloren hatten. Die Sonne, der Mond, die Planeten, statt zur Gemeinschaft zu gehören, mitten unter uns, und die Lebensspender, die Strahlenden, die Erhabenen zu sein, waren schon in eine Art von Starrheit gefallen; sie waren die willkürlichen, nahezu mechanischen Ingenieure des Schicksals. Zur Zeit von Jesus hatten die Menschen aus dem Himmel einen Mechanismus des Schicksals gemacht, ein Gefängnis». «Erst jetzt», fügt er hinzu, «gelangen wir aus dem Bereich der Fische in ein neues astrologisches Zeichen und in ein neues Zeitalter.»

Seltsam zu beobachten, wie ein erneuerter Schicksalsbegriff und ein neues Interesse für kosmologische Fragen aus dem Chaos unserer modernen, wissenschaftsgläubigen Welt hervorgegangen sind. Als im Jahr 1781 Sir William Herschel für die Welt den Planeten Uranus entdeckte (nach Meinung der Astrologen das beherrschende Zeichen unseres Übergangszeitalters), da erschien gleichzeitig am Horizont der Geschichte jene einzigartige Schicksalsgestalt, Napoleon. Mit dem Ende der napoleonischen Ära hielt die neue Welt Einzug. Von da an bekommt das Wort «Schicksal» eine neue gewichtige Bedeutung. Hundert Jahre nach Napoleon, nach der organischen, zyklischen Lebenskonzeption, die der Darwinschen, der Goetheschen zuwiderlief, wird Schicksal für uns zu einem festen Begriff durch das gewaltige Werk von Spengler, das den bezeichnenden Titel *‹Der Untergang des Abendlandes›* trägt. Indem er die Welt-als-Geschichte sieht, entwirft Spengler eine Morphologie der Kulturen mit dem Ziel, die «Schicksalsidee» als Gegensatz zum vorherrschenden «Kausalprinzip» zur Geltung zu bringen. Obwohl er sich der wissenschaftlichen Methoden bedient, diskreditiert Spengler die Wissenschaft und lehnt sie ab. Spengler ist der logische Schluß einer Entwicklung, die von Goethe begonnen und von Nietzsche erweitert worden war.

«Wir nehmen», sagt Spengler, «die *Geschichte der Philosophie* als letztes ernsthaftes Thema der Philosophie an . . . In diesem Buche liegt der Versuch vor, diese ‹unphilosophische Philosophie› der Zukunft – es würde die letzte Westeuropas sein – zu skizzieren. Der Skeptizismus ist Ausdruck einer reinen Zivilisation; er zersetzt das Weltbild der voraufgegangenen Kultur. Hier erfolgt die Auflösung aller älteren Probleme ins Genetische.» «Es gibt keine ewigen Wahrheiten», sagt er. «Jede Philosophie ist ein Ausdruck ihrer und nur ihrer Zeit . . . Der Unterschied liegt nicht zwischen unsterblichen und vergänglichen Lehren, sondern zwischen Lehren, welche eine Zeitlang oder niemals lebendig sind . . . Das Wesentliche ist, was für ein Mensch in ihnen Gestalt gewinnt . . . Allein die Notwendigkeit für das Leben entscheidet über den Rang einer Lehre.»

Und so kann er schließen: «Meine Philosophie selbst würde demnach Ausdruck und Spiegelung *nur* der abendländischen Seele in deren heutigem, zivilisierten Stadium sein, womit ihr Gehalt als Weltanschauung, ihre praktische Tragweite und ihr Geltungsbereich bestimmt sind.»

Spenglers «genetische» Philosophie, seine Welt-als-Geschichte, so sehr sie auch diskutiert und in Frage gestellt werden mag, ist, wie wir wissen, keine isolierte, einmalige Ansicht der Welt. Sie ist ohne Zweifel schon hie und da in Endzeit-Perioden vertreten worden. Gerade die Beachtung, die diesem Riesenwerk zuteil wurde, sein «populärer» Erfolg, ist nur das Symptom seiner Zeitgemäßheit. Havelock Ellis hat darauf hingewiesen, daß ungefähr zur gleichen Zeit noch eine andere Morphologie der Geschichte, die Spengler unbekannt war, entworfen und ausgearbeitet worden war. Er bezieht sich auf die *‹Revelations of Civilisation›* von Petrie, dem Ägyptologen, dessen Buch drei Jahre vor dem Weltkrieg erschienen war. Ebenso wie Spengler, erkennt auch Petrie den «intermittierenden» Charakter von Kultur; auch er unterscheidet die acht großen Kulturen mit einer durchschnittlichen Dauer – für die Zivilisationsphase – von etwa 1330 Jahren. Auch er ist der Ansicht, daß *unsere* Kultur ihre Klimax um das Jahr 1800 gehabt hat. Und auch er hält es für möglich, daß unsere Kultur nur noch ein paar weitere Jahrhunderte dauert, um schließlich von einer anderen unverbrauchten Rasse abgelöst zu werden, mit einem neuen Zyklus, der synkretistisch bei den Elementen der alten Kultur ansetzt.

Bei Erwähnung von Spenglers Pamphlet *‹Pessimismus?›* bemerkt Havelock Ellis sehr mit Recht, daß solch ein Standpunkt überhaupt nicht als «pessimistisch» zu gelten habe, sondern als Ausdruck von «Vollendung» – ein Wort, das seltsam an Lawrence erinnert, ja eins seiner Schlüsselworte ist. Dabei ist es interessant festzustellen, daß trotz des kurzen zeitlichen Abstands zwischen dem Erscheinen von Petries Buch und Spenglers Buch – eben die Zeitspanne des Krieges, so kurz sie sein mag, dazu gereicht hat, daß die Idee haften blieb. Heute ist Spenglers Sprache in unser Denken eingegangen – ebenso wie der psychoanalytische Jargon zu unserem geistigen Haushalt gehört. Es kommt nicht darauf an, ob diese Ansichten «wahr» oder «richtig» sind, sie sind ein für allemal als Teil des Bildes akzeptiert. Sie durchdringen und formen unser Weltbild und wenden sich nicht an das «Bewußtsein» oder die «Intelligenz» des Menschen, sondern an eine tiefere, unergründliche Schicht seines Wesens.

Möglicherweise ist es der großen Faustischen Kultur, die sich jetzt im Stadium der Arterienverkalkung befindet, vergönnt, glanzvoller, kastastrophenträchtiger zu verlöschen als jede bisher bekannte Kultur. Das beherrschende Charakteristikum dieses Zeitalters ist, wie die Psychoanalytiker mit Fleiß klargemacht haben, die Angst – *Lebensangst*. Angst ist der Eckpfeiler des endzeitlichen Gebäudes der Neurose, das wir als Schauplatz des letzten Dramas errichtet haben. Und Angst ist, wie wir wissen, immer Angst vor dem eigenen Selbst. Sie ist immer unerklärbar und unlogisch. Aber es gibt sie, wie es den Sinn für Schicksal gibt. Gerade die Angst auszusterben bringt uns zum Aussterben. Die äußere Schicksalhaftigkeit ist nur die Kristallisation des inneren Gefühls von Verzweiflung, von Scheitern, von Leere.

Die Welt, die Kopernikus uns auftat, führt Einstein zu Ende mit der phantastischen Zahl von 35 000 000 Sonnensystemen, wobei die unermeßliche Länge der Achse dieses unglaublichen Systems aus Systemen dem vierhundertsiebzigmillionenfachen Abstand der Erde von der Sonne entspricht. Gleichzeitig mit dem Zusammenbruch dieses Schwindels meldet sich nun dieser freche kleine Skeptiker, Lawrence, der etwa mit dem Vorstellungsvermögen eines Kepler das Ganze über den Haufen wirft. Lawrence bemüht sich mit aller Kraft, an Stelle des von der Wissenschaft erarbeiteten Mythos einen mehr schöpferischen, mehr poetischen, mehr menschlichen Mythos wiederherzustellen, wo die Ideen wieder aufs Leben bezogen sind und nicht bloß auf tote Fakten.

In ‹*Art and Artist*›, hat Otto Rank auf die enge Verbindung zwischen der Idee des Schicksals und der Idee des Todes hingewiesen. Der Mensch, sagt er, hat ursprünglich die Himmel befragt, um da sein Schicksal abzulesen und es – natürlich – zu durchkreuzen. Doch was er dabei entdeckte, so betont Rank, war nicht sein Schicksal, sondern die Wissenschaft der Astronomie. Dieses Bild des Multiversums ist jetzt an seine Grenzen gelangt, wie auch das entsprechende Bild des atomaren Multiversums. Was zur Zeit der Chaldäer oder schon früher als körperliche Darstellung begann, mit der ganzen traumhaften Gewißheit von einer organischen Entwicklung (gemäß der Lehre von den Tierkreiszeichen), das zerbricht schließlich an dem alten Fels der Realität. Nachdem die bewußten, logischen Operationen sich erschöpft haben, wird die Hypothese einer neuen Realität aufgestellt, wobei die Seele oder die Psyche oder der «Verstand» ins Unbewußte verlegt wird. Immer noch versucht der Mensch sein Schicksal zu lesen (und es zu durchkreuzen), aber jetzt blickt er nach innen, zurück durch alle die Schichten von Traum und Mythos, durch all die unzähligen Phasen des geologischen «Ich».

Diese beiden Pseudowissenschaften – Astrologie und Psychoanalyse – bilden die äußersten Pole einer ständig sich wandelnden Ansicht von Wirklichkeit, die das Weltbild des Menschen formt und ewig rätselhaft bleiben muß. Zwischen diesen poetischen Endpunkten der Wahrnehmung, zwischen diesen beiden poetischen Visionen liegen die wechselnden kulturellen Formen, die an der Oberfläche der Menschengeschichte erscheinen und wieder verschwinden. Eine dieser Formen oder Mythen hat jetzt den Sättigungsgrad erreicht: der Mythos der Naturwissenschaft. Die Welt spürt undeutlich, aber mit Bestimmtheit, daß alles in einem Stadium des Übergangs ist. Der Zusammenbruch der Welt ist der Zusammenbruch des Mythos.

Der Pendelausschlag hat seine größte Weite erreicht. Mit dem Wechsel der Gezeiten schwimmen wir zurück, um den psychologischen Abgrund zu überfluten, die tiefen winterlichen Sümpfe, in denen die leeren Symbole der Vergangenheit versunken sind. Mit der Begeisterung von Pionieren und Entdeckern bringen wir die Flora und Fauna der künftigen Welt ans Licht, einer Welt, die von uns als Geistern bewohnt sein wird. Um diese toten Formen wieder zu beleben, ihnen Sinn und Wert zu geben, bedarf es zwingend eines religiösen Gefühls. Keine neue «Kultur» entsteht von selbst ohne das Ursymbol – Seele. Was wir zur Zeit haben, selbst in seinen hoffnungsvollsten Aspekten, hat nicht die geringste Ähnlichkeit mit religiösem Geist. Unser Gemütszustand gleicht mehr dem der griechisch-römischen Verfallszeit, als die Todesahnung auf ihr lag und die Völker jener großen Kultur hilflos, verzweifelt, den seichtesten Kulten, Glaubensmeinungen, Lehren, Philosophien erlagen – allem, was einen Aufschub des Unvermeidlichen versprach. Aus einem solchen bazillenverseuchten Ideen-Eintopf entstand die regenerative Lehre des Christentums. Damals wie heute waren die Schlüsselworte Halluzination, Traum, Mysterium, Auferstehung. Rimbaud hielt Einzug auf dem Rücken des Modernismus und schäumte: Halluzination, Traum, Mysterium. *Alles in Stücke hauen!* Auch das ist ein echtes Gefühl von Schicksal. Es ist unser Schicksal.

Man hat die Astrologie oft als den Versuch erklärt, in seinem eigenen Schicksal lesen und es lenken zu können. Aber derjenige, der das Leben als vorherbestimmt und unwiderruflich schicksalsgebunden betrachtet, hat (laut Spengler) gar nicht den Wunsch, über sein Schicksal zu bestimmen oder es zu verändern. Der Mann des Schicksals fühlt sich eins mit dem Schicksal. Solche Menschen brauchen weder die Sterne noch Gott. Sie empfinden sich ebenso als Teil des Universums wie die Sterne selbst, und sie gerieren sich als Götter. Sie stehen jenseits menschlicher Gesetze, menschlicher Verhaltensregeln. Napoleon hat es in jenen denkwürdigen Worten unmittelbar vor dem Rußlandfeldzug mit aller Schärfe ausgesprochen: «Ich fühle mich zu einem Ziel getrieben, das ich nicht kenne. Sobald ich es erreicht haben werde und sobald ich entbehrlich sein werde, genügt ein Atom, um mich zu zerschmettern. Doch bis dahin können alle Armeen der Menschheit nichts gegen mich ausrichten.» Das sind die Worte eines Mannes, der Schicksal *war*, Schicksal *machte*, wie wir sagen. Man kontrastiere diese innere Gewißheit mit den unbedachten Winkelzügen unserer Führer von heute, ganz gleich, auf welchem Feld sie ihre Aktionen entfalten. Man kontrastiere es zum Beispiel mit dem schwächlichen Mystizismus von C. G. Jung, einem der neueren Champions des Unbewußten.

Jenseits der Phänomene menschlichen Handelns sind unberechenbare Kräfte am Werk. Das große Ziel von Astrologie und Psychoanalyse ist zu erforschen, wie weit die Wirkung dieser Kräfte reicht und wie groß sie ist. Motiviert ist dieser Forschungsdrang durch die Erkenntnis des Lebens als Kampf – ob nun der Kriegsschauplatz nach außen in die Sterne verlegt wird oder nach innen in die unbekannten Regionen des Unbewußten, das ist relativ und zweitrangig. Ein Gefühl mystischer Verbundenheit mit dem Universum, ein religiöses Wissen – darauf allein kommt es an. Beide Ansichten gründen sich auf jene ältere, einsichtigere Lebensanschauung, die Lawrence verkündete. «Frühe Wissenschaft», sagt er, «ist eine Quelle der reinsten und ältesten Religion.»

«Die eigentliche alte Welt kannte weder Religion noch Gott. Als die Menschen noch in enger physischer Gemeinschaft lebten ... einer alten Stammesgemeinschaft, von der das Individuum sich kaum je absonderte, da lebte der Stamm noch sozusagen Brust-an-Brust mit dem Kosmos, in Hautnähe mit dem Kosmos, und der ganze Kosmos war in Fleisch und Blut mit dem Menschen verbunden; da konnte sich keine Gottesvorstellung durchsetzen. Erst als das Individuum sich isoliert fühlte, sich seiner selbst bewußt wurde und sich dadurch vereinzelte, und erst als es, mythologisch gesprochen, vom Baum der Erkenntnis statt vom Baum des Lebens aß, konnte es zu einer Gottesvorstellung kommen, die sich zwischen den Menschen und den Kosmos schob. Die allerältesten Vorstellungen des Menschen sind rein religiös, und es gibt keine Annahme von irgendeiner Art von Gott oder Göttern. Gott und Götter treten erst auf, als der Mensch in ein Gefühl von Vereinzelung und Einsamkeit ‹gefallen› war ... Weit hinter all den Schöpfungsmythen liegt die überwältigende Idee, daß der Kosmos immer da war, daß er nicht irgendeinen Anfang gehabt haben kann, weil es ihn immer schon gab und immer geben würde. Einen Gott, der den Anstoß gab, konnte es für ihn nicht geben, weil er selbst ganz und gar Gott und göttlich, weil er der Ursprung von allem war.»

Hiernach sollte klar sein, daß dies das gerade Gegenteil des wissenschaftlichen Denkens ist mit seiner wahnwitzigen Idee des Obsiegens über die Natur und über die geheimnisvolle Macht des Universums. Die Unzulänglichkeit beispielsweise der Astrologie und der Analyse liegt gerade darin, daß sie dem forschenden wissenschaftlichen Geist so ergeben sind. Der kreative, der poetische Aspekt, den die Naturwissenschaft mit allen Künsten gemeinsam hat, wird von dem praktischen Nützlichkeitsdenken erdrückt. Das Bestreben, die Naturkräfte praktischen Zwecken zu unterwerfen, statt sie nur in der Vorstellung, auf metaphysische, interesselose Weise zu befragen, hat zu einem leeren *Wissen* von der Natur geführt und nicht zu *Weisheit* vom Leben. Leben und Tod verlieren ihre Bedeutung, ihre Polarität. An Stelle des Dramas haben wir eine leere Tretmühle, das tägliche Pensum, die Eintönigkeit, das Einerlei, die nichtige, willenlose, ziel- und richtungslose Existenz der Menschheit von heute. Das Streben nach Unsterblichkeit, das der modernen Seele abhanden gekommen ist, verdankt sich allein dem Umstand, daß der Mensch es hier und jetzt zu Unsterblichkeit gebracht hat. Der Tod, statt etwas ganz anderes zu sein, wird dem Leben angeähnelt. Leben und Tod sind zu einem untrennbaren Gemisch verschmolzen.

Die größte Sehnsucht in der Seele des modernen Menschen ist die nach dem Tod – fähig zu sein zu sterben! Fähig einer sauberen Geburt und eines sauberen Todes; ein separates, individuelles Leben und einen ebensolchen Tod. Sein wiedererwachtes Interesse für die alten Wissenschaften, die «Pseudo-Wissenschaften», deutet auf seinen Wunsch, an einem individuellen Schicksal teilzuhaben – *individuell und kosmisch*. Was immer es sei – sogar verrückt zu werden – scheint ihm lieber zu sein als diese Massenträgheit, diese Behinderung und Lähmung durch die Masse, Massenleben und Massentod. Diesen Pseudo-Tod, in den wir uns eingesponnen fühlen, kann man nur mit dem Pseudo-Tod des Geborenwerdens vergleichen, diesem traumatischen Erlebnis, wenn der Fötus durch geheimnisvolle Kräfte aus der Wesenlosigkeit des Mutterleibs befreit wird. Ein symbolischer Vorgang, worin der Mensch, ein biologisches Phänomen, als geschichtliches Wesen, als Individuum in Erscheinung tritt.

Vom Samen zur Blüte und wieder zurück zum Samen. Ein Drama aus Bewegung, Wechsel, Kampf, Wachstum und Verfall. Zwischen den beiden magnetischen Polen, den Fixpunkten von

Geburt und Tod, fließt der geheimnisvolle Strom, der Lebensstrom. Die Stärke der Polarität zwischen diesen beiden Fixpunkten richtet sich nach dem religiösen Indikator, das heißt, dem Sinn für das Mysterium. Wenn der Strom stark und ungehemmt fließt, wird das Individuum eins mit dem Leben, mit dem Schicksal. Dann ist der innigste Wunsch nicht, dem Kampf, dem Drama zu entgehen, sondern es anzunehmen, ob gut oder schlecht. Tod ist nicht schmerzvoller zu erdulden als das Leben. Der wahre Einzelmensch befragt nicht die Sterne, um sich eine bessere «Konstellation» zu sichern, um das unsichtbare Muster zu verändern, sondern er befragt sein Schicksal und heißt es willkommen! So betrachtet, gewinnen die Konjunktionen der Planeten, wie sie auf seinem Lebensplan erscheinen, etwas, das man als «poetische Gerechtigkeit» definieren könnte. Das Leben wird durchgespielt und nicht als Gegenwirkung erlitten. Das Ereignis wird durchgestanden – nicht aufgeschoben, abgetrieben oder heruntergemacht. Tod kommt als ein Ereignis unter vielen. Er ist weder eine Schlappe noch überhaupt eine Schande. Aber das Leben kann schändlich sein, schmachvoll für die Seele, wie Lawrence gesagt hat, aber der Tod ist niemals eine Schmach. *Leben kann eine Schmach sein, wenn es auf den Tod hin gelebt wird*, wie wir es heute tun. Eben das hat er gemeint.

Wenn wir das Leben historisch-zeitlich-schicksalhaft auffassen, bemerken wir die fatale Wiederkehr von Typenmenschen, Typensituationen, typischen Krankheiten, typischen Handlungen, typischen Ideen, typischen Problemen, die die melodische Struktur unserer wechselnden kulturellen Formen und Symbole ausmachen, die Architektonik der Idee. Keine Idee wird je ganz in die Tat umgesetzt, kein Ideal wird je ganz verwirklicht, kein Schicksal je ganz ausgelebt. Kein magnum opus ist je vollständig. Immer ist da eine Aura des Unvollendeten, ein nachgelassenes Potential, in dem sich jeder neue schöpferische Geist einnistet. Es gibt niemals vollendete Lebenswerke noch wirklich ausgelebtes Leben. Und doch kann das Fragmentarische, das verfrüht Geborene von höchstem Rang, grandios – *ausreichend* – sein, wenn nur die Integration da ist, wenn man darin die ungelenken Hieroglyphen des Lebens, das heißt der Kunst, entziffern, wenn man in der mikrokosmischen Kraftanstrengung den makrokosmischen Plan entdecken kann. Denn der rotierende, zyklische Zeitfaktor, der die Menschen alle Zeitalter hindurch fasziniert hat, der unserem Denken so angeboren, so eingewurzelt ist, hat seinen Ursprung in den höchst primitiven, grundlegenden Lebensaspekten – Erde, Sonne, Mond, die vier Himmelsrichtungen, die Jahreszeiten.

Schon dem Menschen der Frühzeit stellt sich das Leben als eine Problemsituation dar, in der Form eines geschlossenen Kreises. Leben scheint verschlossen, ohne Hoffnung, ein Verhängnis. Und so bleibt es im Grunde. Aus jeder scheinbaren Sackgasse wird der Mensch durch den Zeitablauf in einen anderen Kreis versetzt, auf eine andere Ebene mit anderen Problemen, die sich wiederum als undurchschaubar und unlösbar erweisen. Es gibt niemals irgendeine Lösung für ein Problem – außer durch die Zeit. Man bewegt sich einfach weiter oder aufwärts oder abwärts auf eine andere Ebene, in ein anderes Tierkreiszeichen, zu anderen Schwärmen, Konstellationen, Einflußzonen, Agglomeraten, Klimaten, Erdstrichen. In jeder dieser Situationen gibt es ein kosmisches Arrangement, eine Wetterlage (gewöhnlich schlecht), die so oder so geladen ist und auf das Individuum definitiv einwirkt. Und immer gibt es dabei einen enervierenden Fixpunkt, einen magnetischen Stern, der in verschiedenen Zeiten anders gedeutet und anders bezeichnet wird.

Immer gibt es die beiden Phänomene: Typisierung und Periodizität. Es ist die Geschichte der Erde selbst (wenigstens so, wie wir sie uns vorstellen), eines Planeten mit dem geheimnisvollen Zeichen (Leben), der auf seiner Bahn anderen Spannungsfeldern begegnet, die angeblich von der gleichen Art sind, die aber wechseln, während die Erde und das ganze Universum mit ihr sich ständig neuen Sternenräumen zubewegen. Raum–Bewegung–Zeit. Und das Zeitelement entscheidet über den Charakter einer jeden Situation und der Leben, die mit ihr verbunden sind – der Leben von Individuen, von Tieren, Sternen, Sonnen und Konstellationen. Der siderische Zeitbegriff ist die Konstante, wie Licht das Absolutum in der Physik ist. Wir nehmen diese Vorstellung als gegeben hin, prüfen sie nicht mehr nach, denn sie ist relativ gesichert. Sie mag für zehntausend Jahre reichen oder für zehn Millionen Jahre – oder sie mag morgen zerrinnen. Unser Begriff von historischem Schicksal ist lediglich das Gegenstück zu unserem naturwissenschaftlichen Bild planetarischer Fügungen. Es ist ein «Gegen-Konzept». Wir planen, wir beschreiben Ordnungen, wir können sogar genaue Voraussagen machen – alles innerhalb eines engen theoretischen Rahmens, der lange Zeit halten kann, so lange wie unsere Geschichte –, aber wo das aufhört, ist schlimmstes Chaos, und die Prognose ist stets: schicksalhafte Katastrophe.

Ein Künstler, in dem Schaffensprozeß seiner Werke, was lediglich eine historische Dokumentation seiner wechselnden Probleme ist, enthüllt dieses kosmische Muster, diese fixe Idee. Er ist darum und infolgedessen keineswegs ein Magier, Astrologe, Naturwissenschaftler oder ein Philosoph, Moralist oder gar Psychologe. Der prophetische und musikalische Aspekt von des Dichters Leben und Welt kommt vielmehr aus seiner fließenden Wahrnehmung der wirklichen Natur wechselnder Phänomene. Er steht außerhalb aller Denksysteme – im tiefsten Innern einer permanenten kosmischen Ordnung oder Planung. Darum eben singt er, weil Musik die Essenz dieses Einsseins mit der Realität ist, dieses Lebens abseits von Bild und Idee. Und darum eben ist er prophetisch: er hat seinen Finger an dem kosmischen Puls, der ewig schlägt. Und er ist anarchisch, weil alle niederen Ordnungen untergehen müssen, um für die größere, nie gesehene, nie gekannte Ordnung Platz zu machen. Darum singt er nur vom Leben, wie die Dinge ihm erscheinen oder sind. Er bewegt sich mit den Sphären, verschwindend und sich wandelnd, doch ewig gleich. Er ist immer nur um eine Stufe vom Scharlatan, vom Verbrecher, vom Wahnsinn entfernt. Sobald er seine visionäre Kraft, sein Eingestimmtsein, verliert, fällt er unter eine dieser abnormen Kategorien. Seine Schwäche liegt darin, daß er gern die anziehenderen, die leichteren, die menschlicheren Rollen eines Marktschreiers, Mörders, Erlösers, spielen möchte. Ihm immer auf den Fersen, im Warten auf diese menschliche Schwächeanwandlung, ist der Mob. Der Mob ist immer zur Stelle, um zu kreuzigen, vom Leichnam zu essen und so in den Besitz von Geheimnis und Macht zu gelangen.

Im gleichen Sinne wie Christus gehörte auch Lawrence zur Zukunft. («Lawrence war die Zukunft; soweit von Zukunft in unserer Zeit die Rede sein kann», sagt Murry.) Aus der Sicht eines Spengler (falls es eine solche Philosophie zur Zeit Christi gegeben hätte), wäre es unsere Sache gewesen, uns ins Schicksal zu ergeben, aus unseren dahinschwindenden Tagen das Beste zu machen. Aber die, die von Christus erleuchtet waren, weigerten sich, ein trostloses Leben zu akzeptieren. Es ist wahr: die alten Formen starben – wie ein Spengler es vorausgesagt haben würde. Wahr auch, daß die Lehre Christi durch Menschen nie verwirklicht wurde.

Und die Menschen wurden nicht erlöst, noch kamen sie in den Genuß des ewigen Lebens. Nein, das Ergebnis des Erscheinens von Christus war die Einführung einer neuen Lebensart, gegründet auf einen allgemeinen Kompromiß, eine synkretistische Moral, synkretistische Philosophie, synkretistische Religion, die den gängigen Sitten angepaßt war. Das Kollektiv ist gegen Ideen immun; es bewegt sich nur in und mit dem Sittengesetz, immer in der ewigen, elenden Gegenwart, den winterlichen Sümpfen, wo das Leben gefroren ist, bis eine Umwälzung eintritt und die gängigen Sitten und Bräuche durch neue eines Eroberers ersetzt werden. Die Entstehung der gotischen Welt aus der Antike ist die Geschichte der allmählichen Adaptierung von Christus' Mysterienkult und Lehre durch niedere, primitive Rassen, die die römische Welt besiegt hatten. Der Erfolg des Christentums als Religion ist eine Illusion; es handelt sich um den Aufstieg und Erfolg einer neuen Kultur rund um den Eckstein der christlichen Formen und Symbole. Das Überleben des Christentums war ein reiner Zufall; es hätte ebensogut ein anderer Glaube sein können; es war nur zufällig vorhanden, als die Barbaren zur Macht kamen, und die übernahmen es unbesehen.

Die wirkliche Botschaft Christi, die Botschaft, für die sein Leben beispielhaft war, ist nur von ganz wenigen verstanden und angenommen worden. Selbst Nietzsche, der das «Christentum» verachtete, mußte zugeben, daß man keine klare Vorstellung von seiner Philosophie anstreben könne, ohne die Erfahrung der christlichen Lehren gemacht zu haben. Und Lawrence sagt praktisch das gleiche. Er stellt seine Philosophie über die Christi, als die zeitgemäßere, wahrere und somit wertvollere. Die Lehren der Entsagung, so meint er, sind für die Aristokraten des Geistes – stets nur für Einzelne: Plato, Jesus, Mohammed, Buddha, D. H. Lawrence.

So nennt auch Spengler, wo er von der kommenden «Zweiten Religiosität» spricht, sie eine «synkretistische» Religion. Es wäre ein Irrtum anzunehmen, daß wir uns auf eine orientalische Religiosität zubewegen werden, wie etwa dem Buddhismus, der gottlos ist, rein intellektualistisch und ganz auf die Psychologie des Ichs konzentriert, eine Religion von hohem Alter. Wir haben unseren Buddhismus schon im «Sozialismus» – im Spenglerschen Sinne des Wortes – die Verfassung, in der das Individuum in der Allgemeinheit untergeht, das Leben nur noch ökonomisch-ethisch ist, der Idealismus der Biologie, der Geist der Statistik.

Lawrence seinerseits spricht in der aufrichtigen Sprache des schöpferischen Geistes von der Wiederherstellung eines Kosmos, «gottlos und fromm» in des Wortes schlichtester Bedeutung. In diesem Sinne stellt er sich einen neuen echten Frühling vor. Soll Hoffnung wecken wer kann! Solch eine Aussicht auf «einen neuen Himmel und eine neue Erde», auf eine Wandlung der Personalität, steht ganz im Einklang mit der Spenglerschen Idee vom Tod unserer Kultur und all ihrer Ausprägungen. Sozialismus ist keine Hoffnung, er ist das dicke Ende, wo der Mensch der Maschine ausgeliefert ist.

In diesem Sinne ist Lawrence' Rolle gerechtfertigt: er figuriert ganz realistisch als der sterbende Gott, aus dessen Vernichtung Fruchtbarkeit erwächst, wenn er einverleibt wird. Sein Leben ist das notwendige Opfer im Kampf gegen die alten Formen und Traditionen. Seine «Wahrheiten» können nur mit seinem Tod ans Licht kommen – durch buchstäbliche Einverleibung. «Was wir wollen, ist eine Erfüllung, eine Vollendung.» Wobei er mit *wir* meinte, was *er* wollte. Das Leben, das ihm selbst versagt war, gibt er anderen. Um als absoluter Gott herrschen zu können, muß er selbst aufgezehrt werden; sonst ist er eine Bedrohung, eine böse Kraft, weil er ein allzu wirklicher, allzu psychologischer Gott ist.

Lawrence also, in seiner dionysischen Rolle, verwirklicht das Geheimnis. Er spendet Tod, wie der Magier es tat. Seine Lehre – Fruchtbarkeit, Lebenskraft – breitet sich durch Ansteckung aus, durch Einverleibung des Gastgebers. Durch seine gottähnlichen Kräfte dem Menschen entfremdet (Prometheus, der den Göttern das Feuer stahl, das Feuer als zivilisierender Faktor), sühnt er seine Schuld und Sünde durch den Opfertod, um die alte Bindung an den Kosmos wiederherzustellen. Aus ihm spricht das göttliche Selbst, das ihm das Aufbrechen der großen Erkenntnis gewährt hat. Es ist das Schuldgefühl aus der Einsicht, daß er sich zum Teil Gott gleichgemacht und zum anderen Teil menschlich, allzu menschlich geblieben ist. Wenn er, wiederholt in seinen Schriften, sich gegen das «allzu Persönliche» wendet, dann sollte für uns klar sein, daß er mit «persönlich» nicht das ego im psychologischen Sinne von C. G. Jung meint, sondern die «persona» oder Maske. Wonach er unablässig sucht, ist das wahre Selbst, jene zentrale Kraftquelle des Handelns, die er den Heiligen Geist genannt hat und die, wie wir jetzt vielleicht erkennen, dem geheimnisvollen, unerforschlichen Teil des Selbst entspricht, aus dem die Götter geboren werden.

Wiederherstellung mit dem Kosmos kommt so zu der Bedeutung «Wiederherstellung der Göttlichkeit des Menschen», seines gottlosen, religiösen Ichs, denn es gibt nichts außer Gott oder dieser schöpferischen Kraft. Folglich kann er auch nicht die wissenschaftliche Hypothese der Entwicklung lebender Organismen von einer niederen zu einer höheren Form mitmachen. Er kann nur von einer «Entfaltung» ausgehen – Leben, das sich in Myriaden von Formen gleichzeitig manifestiert, nicht mit der Absicht, etwas anderes, davon Verschiedenes zu werden, sondern weiter zu blühen in der Glorie seiner Einmaligkeit, *mehr und mehr zu sein*, was es ist.

Folglich klingt bei ihm auch die antike Vorstellung wieder an, daß es nicht so etwas wie «Schöpung» gibt, kein «Abgetrenntsein», kein Gott contra Weltidee. Der Kosmos war immer da, ist und wird sein. Nur, *wir* haben uns abgesondert. Und indem wir uns abgesondert haben, haben wir diese übertriebenen Vorstellungen vom «Ich» entwickelt, von der «Persönlichkeit» und von Gott, was nur eine anthropomorphe Projektion des «Ichs» ist.

Dieses kleine persönliche ego, das heute unser ein und alles ist, hat wiederum seine Entsprechung in Lowenfels' Theorie von dem Einen und den Vielen oder der statistischen Eins und dem schöpferischen *Einen*. In der «Elegie» spricht Lowenfels von «Lawrence (dem Dichter), dem schöpferischen Einen *und* der nicht-schöpferischen Masse, die ihn dazu macht». Damit meint er zweifellos das Rätsel des Erscheinens einer schöpferischen Persönlichkeit, geboren aus einer unfruchtbaren Zeit. «Konkrete Wirklichkeit kontra Vision, Traum.» Hier verwirrt es sich. Es gibt alle Arten von Wirklichkeit, aber sie ist niemals «konkret». Es handelt sich um Lawrence' Wirklichkeit gegenüber der «toten» Wirklichkeit der großen Masse. Mit anderen Worten: eine schöpferische Wirklichkeit gegenüber einer «Als-ob-Wirklichkeit», in der die kollektive Herde dahintreibt wie in einem Traum. Solch ein Mensch lebt immer auf die Zukunft hin, ist Teil der Zukunft, weil er recht eigentlich der Kamm der wogenden Bewegung ist. Die konkrete Wirklichkeit der Herde ist die statische Gegenwart, das Wellental oder die Mulde der großen Woge. Der Traum, die Vision des Künstlers ist seitdem tausendmal wirklicher als die sogenannte unmittelbare, greifbare Wirklichkeit. Weit entfernt, in dem üblichen, abwertenden Sinne des Worts ein Träumer zu sein, ist der

Künstler der Eine, der hellwach ist, der weiß, was die Stunde geschlagen hat, nur daß es, wie Lowenfels sagt, sich nicht um «Uhrzeit» handelt. Es ist *wirkliche* Zeit . . . Schicksal . . . Richtung.

Es stimmt nicht immer, wie Aldington meint, daß «die Leute . . . sonderbar abgeneigt sind, das Genie eines lebenden Künstlers zuzugeben. Sie haben eine so geringe Meinung von sich, daß sie nicht glauben können, einer der Götter wandle unter ihnen, ein Genie lebe in *ihrer* Zeit. Sie fühlen sich von der Überlegenheit beleidigt und versuchen, es zu ignorieren oder zu zermalmen». Das trifft erst jetzt zu, da der Geniekult, die Religion des Individualismus, nahezu an ihr Ende gekommen ist. Die Ehrfurcht wandelt sich in Haß. Natürlich ist es das gleiche Gefühl der Absonderung, aber das Ideal ist entthront. Jetzt erst fühlen sich die Leute durch die Überlegenheit beleidigt; der Abstand zu den Lenins, Mussolinis, Hitlers, ist ihnen zu groß; das ist nur ihr Ideal, weil es vorstellbar, greifbar ist. Sie haben das Genie auf die niedere Ebene ihres Begriffsvermögens heruntergeholt: nur kleine vertraute Gottheiten, die ihnen etwas bedeuten können!

In diesem Zusammenhang gibt Mrs. Luhan uns eine wunderbare Erläuterung zum Genie von Lawrence: «Wenn irgend jemand Sie fragt, Jeffers, warum er starb, dann sagen Sie ihm, daß sein Kampf ihn auszehrte. Und doch bilde ich mir manchmal ein, daß er sich überwand. Daß er sich, wie er mir schrieb, gewandelt habe. Und ich bilde mir auch ein, daß er, als ihm schließlich dieser Wandel seiner selbst gelang, er mehr in dieser Welt auszurichten gehabt hätte, aber das blieb ihm erspart.» Und ihre Analyse von Lawrence in dem unmittelbar vorhergehenden Abschnitt ist ebenso glänzend:

«Er war und er war nicht; er hatte es und er hatte es nicht! Er war immer doppelt – zwiegespalten. Er war immer zwei! Er war am Zweiten des Monats geboren und er starb am Zweiten des Monats. Er war der Sohn – der zweite in der Trinität –, aber obwohl wir (Gott helfe allen Frauen!) ihn zu überwältigen und zu besitzen versuchten, so wünschten wir uns doch ihn insgeheim als den Vater! Und, der Arme, bei seinem Kampf ging es immer um diese Doppelrolle. Gezeugt als Sohn, war es ihm bestimmt, sich zur Vaterschaft zu erheben. Ich denke mir, daß er dazu auf der Erde war. Unablässig erstrebte er für sich die schwierige und einsame Vaterrolle, und ebensooft fiel er zurück unter den Schutzschirm des Geliebten Sohnes. Alles hatte sich gegen ihn verschworen.»

Das ist das Bild, das ich von Lawrence geben möchte: das

tragische Bild dieses letzten Mannes von Genie, dieses letzten auf sich gestellten Rebellen, dieses einsamen Geistes, der darauf bestand, das Wort zu haben. Eben darum will man heute nichts mehr von ihm wissen. Er wartet auf ein anderes Zeitalter, ein Zeitalter, in dem es wieder Menschen gibt.

6
Der heilige Leib

Die Welt wird sich an Lawrence, fürchte ich, nur durch ‹*Lady Chatterley*› erinnern, und wie könnte man Lawrence nur durch dieses bitter entstellte, prachtvoll herausfordernde Seelenbekenntnis kennenlernen? Er offenbart sich partiell in allen seinen Werken, und ‹*Lady Chatterley*› ist eins seiner extremsten Selbstbekenntnisse. Die phallische Mystik! Ja, reichlich phallisch, aber wo ist da die Mystik? Für die, die ihn kennen und verstehen, ist sie durchaus vorhanden, aber mehr implizit in dem Werk als offen zutage liegend. Der Prophet, der sich alle seine Werke hindurch tyrannisch, gleichnishaft und symbolhaft ausgedrückt hat, der flammende Erzengel, der sich durch seinen Blick für den heiligen Aspekt des Lebens in Raserei und Ekstase hineinsteigert, dieser Mann, der den Propheten gleicht, die mit Kot bedeckt durch das Alte Testament stelzten, verzweifelt schließlich daran, sich verständlich zu machen: da ihm kein anderer Weg bleibt, seine Botschaft zu verdeutlichen, greift er zum groben augenfälligsten Mittel, indem er für die Menge ein Mirakelspiel aufführt – uns ein Genitalien-Bankett gibt. ‹*Lady Chatterley*› ist ebensowenig die Substanz von Lawrence' Evangelium wie die Brote und Fische, die Christus an die Menge austeilte; es ist nur das äußere Zeugnis unbekannter Mächte.

Das Buch ist obszön, und es gibt keine Rechtfertigung dafür. Weil es keine braucht. Und die Wunder von Jesus sind obszön, weil es auch für sie keine Rechtfertigung gibt. Leben ist obszön und wunderbar, und ebensowenig läßt sich Leben irgendwie rechtfertigen. Die große Masse akzeptiert weder Leben noch Obszönität noch Wunder; das Heilige ist tabu, nein, unbegreiflich für die Menge.

Obszönität ist rein und entspringt aus der überschäumenden, exzessiven Vitalität, aus Harmonie, Einmütigkeit, Verbundenheit mit der Natur, indifferent gegen Gott, aber von jener gesunden Art, die Gott ein oder zwei Stufen herunterholt, um ihn besser vernehmen zu können. Obszönität ist ein göttliches Vorrecht des Menschen und sollte stets unbekümmert, unbedacht angewandt werden, ohne Skrupel oder Gewissensbisse, ohne religiöse oder ästhetische Rechtfertigung. Wenn der Leib geheiligt wird, kommt die Obszönität zu ihrem Recht. Reinheit der Rede ist ebenso unsinnig wie Reinheit des Handelns – so etwas gibt es nicht. Obszönität wird verpönt, wenn der Leib entwürdigt wird, wenn man zuläßt, daß die Seele die eigentliche Funktion des Körpers usurpiert.

Obszönität nimmt, prächtig und schrecklich zugleich, bei allen primitiven Völkern einen breiten und gewichtigen Raum ein; sie hat in die Sprache der Seele Eingang gefunden, sie hat teil an den großzügigen, freien, spontanen Gesten des Lebens, dem schrecklichen Aspekt des Lebens, ist im Bunde mit dem Schicksal, der Natur, dem unterschwelligen Leben der Rasse. Der Wilde ist nicht geisteskrank. Der Wilde bewahrt sich seinen Sinn für Ehrfurcht, Wunder, Geheimnis, seinen Tatendurst, sein Recht auf die Verhaltensweise des Tiers, das er ja auch ist; in diesem Sinne fürchtet er sich nicht vor Worten. Seine Scheu vor Worten und Dingen ist von höherer Art, ist schrecklicher, begründeter, ist Teil jener Scheu, die sich in der Kunst ausdrückt, aus der alles an kulturellen Formen und Symbolen entspringt.

Wenn man in ‹*Lady Chatterley*› noch einen weiteren Fall von Scheitern bei Lawrence sehen kann, so nur wegen der Unreinheit und Kompromißhaftigkeit des Romans. Und damit meine ich: nur insofern es obszön ist, ist es großartig; in seiner Obszönität liegt seine große Reinheit, seine wunderbare, heilige Eigenart. Der Rest, dieses Geschwafel, dieses baumwollne Zeug, in das seine Visionen oft eingepackt sind, ist das tote Gewicht der Masse, der Humus verwesender Leichen, die er nicht recht hatte loswerden können.

Aus dem gleichen Grund würde ich, wenn ich über ‹*Lady Chatterley*› schreibe, gern alle obszönen Lieblingsausdrücke von Lawrence gebrauchen und noch ein paar mehr. Ich würde dem Verleger mitteilen, daß er, wenn er sie nicht drucken will, den Raum für die anstößigen Wörter freilassen möge. Aber ich würde das Kapitel nicht redigieren, noch entschärfen oder kastrieren. Ich würde auf einem Anhang zu diesem Kapitel bestehen, worin ich durch c . . . (ein four-letter-word für das, was so oder so jedes weibliche Wesen besitzt) seine Bedeutung entschlüsseln und zugleich durch diese plumpe, lächerliche Umschreibung zeigen würde, wie kindisch es ist, Zensur auszuüben, wie man (indem man das Wort selbst nicht benutzt) dem Gesetz Genüge tun kann und dennoch den starken Gehalt der Stelle bloßlegt: nein, mehr noch, daß man durch bewußtes, absichtliches Vermeiden des direkten Ausdrucks nur die Lüsternheit erregt und vergrößert, womit das Gesetz *ad absurdum* geführt ist. Auch meine ich, daß die Veröffentlichung einer gereinigten Ausgabe von *‹Lady Chatterley›* in Amerika (durch die Einverständniserklärung von Frieda) ein Verrat erster Ordnung an Lawrence ist. Nein, Lawrence gebührt das Vorrecht, daß seine Obszönität anerkannt und sanktioniert wird – wie es im Fall der Bibel und anderer Klassiker geschieht. Denn Lawrence selbst, in Übereinstimmung mit der hohen Weisheit der gelehrten Richter, die dieses Gesetz gegen die Obszönität aufgestellt haben, sagte in seinem Vorwort zu *‹Spiel des Unbewußten›*: «Ich wende mich mit meinen Büchern nicht an die Allgemeinheit von Lesern.»

Dennoch ist zu bedauern, daß Lawrence je *über* Obszönität geschrieben hat, denn dadurch hat er zeitweise alles, was er geschaffen hat, annulliert. Lawrence war furchtbar sensibel und furchtbar ängstlich. Er suchte seine Gewaltsamkeit zu rechtfertigen, wegzudisputieren, statt sie als Faktum, als Phänomen zu belassen. Gewalt ist ihre eigene Rechtfertigung, eine klare Sache, eine der klarsten Sachen im Leben. Und Obszönität ist nur eine der vielen Formen von Gewalt. Sie ist der Ausdruck des Ungenügens am Symbol, die Explosion, die eintritt, sobald die Spannung zwischen gegensätzlichen Kräften nicht mehr die Erhaltung des Bildes ermöglicht. Und von allen Symbolen, die der Mensch geschaffen hat, um sein Universum erträglich – das heißt begreiflich, sinnvoll – zu machen, sind die Sexualsymbole am wenigsten sicher; denn in dem Rätsel des Sexus kommt der Mensch dem Vorgenuß des Todes am nächsten. Die große Furcht vor dem endgültigen Nichts, das Ausweichen vor dem Tod, die Überlistung des Schicksals, dieses dauernde, übermächtige und allgegenwärtige Phänomen der Angst, auf dem er seine ganze Kultur aufgebaut hat, erweist sich als falsch in der Konfrontation mit dem Sexus. Sexus ist das große januskӧpfige Symbol von Leben und Tod. Es ist niemals das eine oder das andere; es ist immer beides zugleich. Hier kommt die große Lebenslüge zum Vorschein; der Widerspruch, der sich nicht auflösen kann.

Nichtsdestoweniger kommt Lawrence gerade in *‹Lady Chatterley›* dem ganzen Mann am nächsten, dem Mann, der in der Welt leben kann und sie so nimmt, wie sie ist. Und neben dem gewöhnlichen bitteren, anklägerischen Humor, den er weiter behält, findet sich eine andere Art von Humor: derber, toleranter, verständnisvoller. Näher an Rabelais und den großen «medicis» – der Erdenmann. Obwohl sein Bild des Weibes (Bertha Coutts / Frieda) noch verheerender ist als das von Lady Cristabel (in *‹Der weiße Pfau›*), drückt sich seine Obszönität nicht so sehr in seiner Anti-Haltung aus als in einer gereiften, erdnahen Bejahung und der Freude am Weibe, als *Weib schlechthin.* Seine Obszönität gewinnt entschieden Anmut und wird ganz einmalig, für die Welt jedoch noch abstoßender, weil sie so absichtslos, so frei von Spott und Satire ist. Sie ist nackt, offen amoralisch.

Hier offenbart er die eine Art von Erfüllung (durch Sex), über die er in *‹Spiel des Unbewußten›* geschrieben hat. (Ihn beschäftigt jetzt nicht die andere und wichtigere Art – nämlich das dringende Anliegen der Seele zu erfüllen usw.) Hier sind Mann und Weib bis auf ihre animalische Grundlage bloßgelegt – völlig unerzogen, naturhaft, amoralisch, ohne Ritterlichkeit, Romantik, Idealismus. Es ist ein echter Fall von jener «Zärtlichkeit», an der ihm so gelegen ist. Er schrieb an Brett darüber und nannte es eine «kleine wärmende Flamme», eine «wirklich allumfassende Güte». Er will zeigen, daß mit dem Wegfall des falschen geistigen Anspruchs (der abwechselnden Verherrlichung und Erniedrigung der Frau) eine warme, ehrliche Beziehung entsteht, gegründet auf Antagonismus, auf den Unterschied in Rolle und Funktion, aber sympathetisch und lebenskräftig.

Bei einer kritischen Betrachtung von *‹Lady Chatterley›* findet Murry daran nichts von irgendwelchem Wert, *weil* Lawrence nur versuche, einen Triumph seiner unterlegenen Männlichkeit zu imaginieren. Er lehnt das Werk wegen seiner pathologischen Grundlage ab. Aber wenn dieses zarte Buch, wie manche glauben, adäquat beschreibt, was sexuelle Erfüllung bedeuten kann, dann zählt allein die Lebendigkeit dieser Schöpfung, die Vollkommenheit dieser Leistung und nicht die Tatsache, daß das Leben selbst versagt hat, dem Autor irgendeine Erfüllung dieser Art zu gewähren.

Das Buch ist geradezu ein postumes Kapitel zu dem Leben von Christus, und Christus könnte es geschrieben haben, wenn ihm vergönnt gewesen wäre, sein Leben als Mann zu leben, wenn er sich nicht als Heiland und Erlöser der Menschheit kastriert hätte. Wenn Christus ein Pint und zwei Hoden vergönnt gewesen wären. Wenn Christus damit hätte umhergehen können, welche Unmenge von

Leiden wäre ihm erspart geblieben. Die bloße Erwähnung dieses lebenswichtigen Teils der Anatomie im Zusammenhang mit Christus wird vielen einen Schauer über den Rücken jagen. Ihn einen *Mann* zu nennen, ist die größte Blasphemie! Doch später in ‹*Der Mann, der starb*› tut Lawrence genau dies: er läßt Christus (*in Person*) auferstehen und läßt es ihn als irdischer Mann mit seinem Weib durchleben. Es ist wichtig, daran zu erinnern, daß er zuvor diese vollkommene Vereinigung droben im Himmel geschildert hatte, in «the Morning Star» von ‹*Die gefiederte Schlange*›. Dies ist nur ein weiteres Beispiel dessen, was ehrlich und unbewußt im Künstler vorgeht, der in Verfolg seiner eigenen Entwicklung alle Entwicklungsphasen der Rasse rekapituliert.

In ‹*Lady Chatterley*› glorifiziert er, als ein ausgesprochen geistiger Mensch, der seine animalische Natur, indem er sie anerkennt, überwunden hat, den Meister Iste und Lady Brown. Er will seine animalische Natur nicht verleugnen. Darum auch versieht er den Christus in ‹*Der Mann, der starb*› mit den männlichen Attributen. Christus ist hier ein richtiger Mann, nicht mehr ein Idealist, ein kastrierter Erlöser. Dieser neue Mann ist einer, der sich seine Ganzheit, sein Menschsein verdient hat, indem er die ganze kulturelle Flugbahn geschafft hat, von der Erde durch die Himmel und zur Erde zurück. Nachdem er himmlisch war, vermenschlicht er sich wieder. Der Leib als Fundament! Endlich der heilige Leib in seiner ganzen Harmonie und Bedeutung.

Wenn wir überdies jetzt auf unser früheres Bild vom Menschen als einem geheimnisvollen Phänomen, als heiligem Baum von Leben und Tod zurückkommen, und wenn wir uns zudem diesen Baum als Sinnbild nicht nur des einzelnen Menschen, sondern eines ganzen Volkes, einer ganzen Kultur vorstellen, dann können wir allmählich den innigen Zusammenhang zwischen dem Auftreten des dionysischen Künstler-Typs und dem Begriff des heiligen Leibes verstehen. Wenn Spengler Nietzsche als «Moralkritiker *und* Moralprediger» kritisiert – indem er betont, daß beides unvereinbar ist, daß der Denker jenseits von Gut (allem Guten) und Böse (allem Bösen) stehen muß –, dann scheint mir, daß diese Kritik, mag sie auch treffend und richtig sein, eine ungleich wichtigere Wahrheit zutage fördert: daß nämlich der Denker das Opfer des Denkens ist, daß gerade der Denker einem System zuliebe eine Synthese herstellt. Der Denker, so scheint Spengler zu sagen, muß die Idee höher stellen als alles andere.

Aber wenn Nietzsche etwas war, dann vor allem Künstler. «Kunst», so proklamierte er mit Nachdruck, «ist die höchste Aufgabe und die eigentlich metaphysische Tätigkeit dieses Lebens.» Mit anderen Worten, der Künstler nährt das Leben, indem er Ideen zum Leben in Beziehung setzt, indem er seine vorgestellte, fiktive Welt greifbar und wirklich macht. An dem äußersten erreichbaren Punkt des Denkens, wenn der Mensch den Gipfel seiner geistigen Expansion, sozusagen des *reinen Denkens* erreicht hat, entwickelt sich mit Notwendigkeit der apollinische Typus des Künstlers, dem die Gefahr droht, auf immer in seinem kontemplativen Traum steckenzubleiben. Wenn der Mensch nicht im Spiegel seiner eigenen Schöpfung einschlafen soll, kommt ein Punkt, wo die Ideen wieder der Ignoranz anheimgegeben werden müssen. Andernfalls droht, wie Nietzsche nachdrücklich feststellt, die Lähmung des Willens.

Indem wir weiter an dem Bild des Menschen als Lebens- und Todesbaum festhalten, begreifen wir vielleicht besser, wie der Lebensinstinkt, der den Menschen treibt, sich im Ausdruck seiner Form- und Symbolwelt, seiner Ideologie, immer mehr zu steigern, ihn schließlich dazu bringt, die rein menschlichen, verhältnismäßig grundlegenden Aspekte seines Daseins zu überblicken – seine animalische Natur, seinen eigentlichen Menschenleib. Der Mensch schießt am Stamm des Lebens empor, um sich dort in einer geistigen Blüte auszubreiten. Aus einem unbedeutenden Mikrokosmos, der sich erst kürzlich von der animalischen Welt abgetrennt hat, breitet er sich schließlich über das Himmelsgewölbe in Form des großen *Anthropos*, des mythischen Menschen des Tierkreises. Gerade in diesem Prozeß, sich von der animalischen Welt abzusetzen, zu der er nach wie vor gehört, verliert er mehr und mehr den Blick für sein ursprünglichstes Menschsein. Erst an den äußersten Grenzen des Schöpferischen, wenn seine Formenwelt keine weitere architektonische Dimension zuläßt, beginnt er plötzlich, sich seiner «Begrenztheit» bewußt zu werden. Und ebendann überkommt ihn die Furcht. Ebendann bekommt er sozusagen einen Vorgeschmack des Todes.

Damit verwandeln sich die Lebensinstinkte in Todesinstinkte. Was zuvor ganz und gar Libido zu sein schien, unendlicher Schöpfungsdrang, das enthält, wie man jetzt sieht, ein anderes Prinzip – die Einbeziehung des Todesinstinkts. Erst auf dem Gipfel seiner schöpferischen Expansion wird der Mensch wahrhaft vermenschlicht. Jetzt fühlt er die tiefen Wurzeln seines Wesens, in der Erde. Verwurzelt. Der Supremat, der Ruhm und die Herrlichkeit des Leibes offenbaren sich endlich in voller Kraft. Erst jetzt nimmt der Leib seinen geheiligten Charakter an, seine eigentliche Rolle. Die dreifache Teilung von Leib, Geist und Seele wird zu einer Einheit, einer heiligen Trinität. Und zugleich die Erkenntnis, daß ein Aspekt unserer Natur nicht über einen anderen erhöht werden kann, es sei denn auf Kosten des einen oder anderen.

Wenn dieser fundamentale, wurzelhafte, heilige Charakter des Leibes erkannt ist, erreicht die sogenannte Lebensweisheit ihren Höhepunkt. In den höchsten Zweigen des Lebensbaumes welkt das Denken dahin. Die grandiose spirituelle Blüte, kraft der der Mensch sich zu gottähnlichen Proportionen erhoben und so den Kontakt mit der Wirklichkeit verloren hat – denn er selbst *war* Wirklichkeit, dieses große spirituelle Aufblühen der Idee verwandelt sich jetzt in Nichtwissen, das sich als das Mysterium des *soma* manifestiert. Das Denken geht wieder hinter den religiösen Stamm, der es gestützt hat, zurück, gräbt sich in die eigentlichen Wurzeln des Seins und entdeckt wieder das Rätsel, das Mysterium des Leibes, entdeckt die Verwandtschaft zwischen Stern, Tier, Ozean, Mensch, Blüte und Himmel. Wieder einmal erkennt man, daß der Stamm des Baumes, die eigentliche Säule des Lebens, der religiöse Glaube, die Einsicht in die eigene baumähnliche Natur ist, und nicht das sehnsüchtige Streben nach einer anderen Wesensform. Gerade diese Annahme der eigenen Wesensgesetze, Gesetz und Form des je eigenen Wesens, dient der Erhaltung des vitalen Lebensinstinkts, selbst noch im Tode. In dem rauschhaften Aufschwung war der «individuelle» Aspekt des je eigenen Seins entscheidend, war die fixe Idee. Aber auf dem Gipfel, wenn die Grenzen erspürt und erkannt sind, entfaltet sich die großartige Perspektive, und man erkennt die Ähnlichkeit der ringsum lebenden Wesen, die Wechselbeziehung aller Formen und Gesetze des Seins, die organische Verwandtschaft, die Ganzheit, die Einheit des Lebens.

Und so muß der ausgeprägteste schöpferische Typus – der Typ des individuellen Künstlers –, der am höchsten und mit der größten Vielfalt des Ausdrucks emporgestiegen war, so daß er fast «göttlich» erschien –, muß dieser schöpferische Typus jetzt, um die in ihm liegenden Grundelemente der Schöpfung zu erhalten, die Lehre von der Individualität oder sein Besessensein davon umwandeln in eine allgemeine, kollektive Ideologie. Das ist die eigentliche Bedeutung der exemplarischen Meisterschaft, der großen religiösen Gestalten, die das menschliche Leben von Anfang an beherrscht haben. Gerade ihre Isolierung, in den Himmeln des Denkens, führt zu ihrem Tod. Noch an dem höchsten Punkt ihres Blühens haben sie lediglich ihr allgemeines Menschentum, ihr angeborenes, eingewurzeltes, unentrinnbares Menschsein bewußt gemacht.

Mit Bezug auf das Bedürfnis des Mannes nach einem Lebenszweck jenseits der Frau sagt Lawrence in ‹*Spiel des Unbewußten*›: «Wenn Sex sowohl der Ausgangspunkt als auch das Ziel ist, dann wird Sex wie die bodenlose Höhle: unersättlich. Er verlangt am Ende das Abscheiden im Tod, der einzigen Möglichkeit jenseits von Sex ... Wenn Sex beides ist, Ausgangspunkt und Zielpunkt, dann bleibt nur Tod übrig.»

Nun ist aber dieses Thema von Liebe und Tod, vom Streben über die Frau hinaus auf ein Zukünftiges, das Thema nahezu jeder modernen Tragödie. Es ist ein mächtiges, gewaltiges Thema, der wahre Angelpunkt des ganzen Problems unserer Welt im verengten Blick, wie ein Nabel auf der Leibesoberfläche heute und jetzt. Je tiefer wir in diesen Nabel eindringen, desto feiner, desto verzweigter und erstaunlicher, desto dunkler und rätselvoller offenbaren sich die darunterliegenden Probleme. Im Eingehen auf diesen Nabel, der außen am Leib und oberhalb des Geschlechtsorgans seinen Platz hat, der das Kind mit dem Elternteil verbindet, das Symbol eines einst gemeinsamen Lebens in Stille und Dunkelheit, ein langer Prozeß, der auf uranfänglich Vergangenes zurückweist, im Eingehen auf diese geschlossene Wunde verfolgen wir ontogenetisch die ganze historische Entwicklung unserer Probleme als geschlechtliche Wesen – Probleme älteren Datums als die historischen und religiösen Probleme, dieses große häßliche Wundmal, das bei Freud der Schlüssel der ganzen (jeweils modifizierten) Problematik ist und das Problem des Hungers (oder des individuellen Überlebens) abweist und es zurückführt auf das Rassenproblem biologischen Überlebens, das größte aller Probleme überhaupt. Das ganze religiöse Problem, die Frage von Seele und Schicksal, von Gott usw., nimmt seine wahre Gestalt an und erzeugt all die Rückwirkungen auf das uranfängliche Überlebensproblem: *Sex*.

Wenn Lawrence mit der mehrdeutigen Wendung vom «Übersie-Hinausgehen» von der Notwendigkeit für die Frau, an ein übergeordnetes Ziel des Mannes zu glauben, spricht, so will er damit sagen: daß der Mann, der katabolische Wirkungsfaktor, in sich unzureichend, nur einen Wert schaffen, eine Existenzberechtigung haben kann, indem er seine biologische Funktion erfüllt, die Frau befruchtet, und Befruchtung der Frau, im weiteren Sinne, bedeutet die Errichtung einer maskulinen Welt – Kunst, Religion, Architektur, *Zivilisation* – um die *Illusion seiner Unentbehrlichkeit aufrechtzuerhalten*. Die Frau weiß in ihrem Innersten, daß er entbehrlich ist; sie läßt ihn nur gelten; sie hat ihn de facto *erschaffen*, um selbst ein erfüllteres Leben zu haben. Ihre Rolle eines bisexuellen Wesens, allgenügend, befruchtend und erschaffend, war zu begrenzt, wenn auch überaus befriedigend.

Wenn wir diesen naturwissenschaftlichen Entwicklungsmythos in seinem tiefsten Sinn erfassen, gelangen wir zu einem hohen Verständnis der Rolle der Frau, ihrer Aktivität, ihres Kampfes und Unterliegens, und wir können es hinnehmen. Das heißt, wenn wir uns je das Bild von Shiva, dem Schöpfer-und-Zerstörer (ganze Mythen und Pantheons solcher Gottheiten hat es früher gegeben und gibt es noch jetzt in unserem Unterbewußtsein), wenn wir uns dieses Bild vorhalten, dann verstärkt der ewige Kampf mit dem Weib unseren Widerstand, entwickelt unsere Kraft, erweitert das Ausmaß unserer kulturellen Bestrebungen. Durch sie (und für sie) errichten wir unsere großartigen Gebäude, unsere Illusionen, unsere Mythen, Legenden, Philosophien, Religionen.

Lawrence mit seinem tiefen Wissen von diesen Zusammenhängen hat uns einen unschätzbaren Dienst erwiesen, indem er das primäre Symbol der Frau wiederherstellte: der Feind! Dies verstand man natürlich in allen Zeitaltern, und vielleicht noch tiefer und gründlicher in der Vergangenheit, in den maskulinen Perioden. Zum Beispiel klingt in der ganzen Geschichte um das Haus des Atreus dieser damals entscheidende Konflikt an, als die maskuline griechische Welt in ihren Eingeweiden die Schlange entdeckte, die diese Welt zerstören würde – nicht gerade das Phantom der Homosexualität, aber den Dämon des Inzestkults, der an den innersten Kern des Fortlebens rührte, womit die stolzeste Rasse sich gegen sich selbst kehrte, in sich brütend und laut nach frischem Blut von außen verlangend, um sich daran zu nähren. Inzest, Infantilismus, Narzißmus, Selbstliebe zum großen Ich und ihre Projektion in Philosophie, in Logik, in Skulptur. Dies führte zu der in sich geschlossenen, harmonischen, statischen, vordergründigen Welt der Griechen, im Gegensatz zu der dynamischen, räumlichen, selbstbewußten Welt späterer Zeiten.

Lawrence' großer Exkurs über die Magie des Sexus in ‹*Spiel des Unbewußten*›, auf den ich schon oben Bezug nahm, hat eine tiefe Bedeutung, die – so fürchte ich – bei der Würdigung seines Denkens leicht übersehen wurde. Nicht einmal Lawrence selbst, so scheint mir, hat das tief genug, mit allen Implikationen, verstanden. Aber er legte den Finger darauf, und wie ein Magnetiseur (auch mit dessen begrenztem Intellekt) erkannte er instinktiv, nur aus dem Drang seines schweren Blutes, die Bedeutung, die ganze Tragweite des Aspekts. Da er überdies nicht dazu veranlagt war oder die Kenntnisse hatte, an die Dinge aus breiter Sicht, historisch und biologisch heranzugehen, entwickelte er voller Ungeduld (und auch, um seinen Schülern neue Impulse zu geben, obwohl er wußte, daß es eine alte Lektion war) seine ihm eigentümliche Sprache, seine eigene dunkle Terminologie. Er tat das auch, um dem schädlichen (psychologischen und historischen) Einfluß derer zu begegnen, die die intellektuelle Szene beherrschten, denn sie waren gekünstelt, falsch, oberflächlich, wissenschaftlich.

Nebenbei sollten wir die Anfänge des Christentums in Betracht ziehen und Keyserlings Idee von Jesus als dem männlichen Symbol und von der Welt, die in Nacht versank und jahrhundertelang in weiblicher Passivität dalag, zu ihrer Befruchtung auf diesen einen Mann, diese eine Idee angewiesen. Die Frucht ging nicht richtig auf, sondern brachte die monströse Mißgeburt hervor, die wir als die moderne, christliche Welt kennen. Wenn wir uns erinnern, daß Jesus nichts mit dem Weibe zu schaffen hatte, wie er sich gegen seine Mutter wandte, wie er ehelos lebte, wie Paulus mit seinem groben, aber durchdringenden Verstand die Verachtung für das Weib aufbrachte, die die frühchristliche Kirche beherrschte, wie die Liebe (die Jesus predigte) mit ihrer Blütezeit bis zur Epoche des Rittertums warten mußte, als sie natürlich schon entstellt, entweiht, entwürdigt war, gegen sich selbst gekehrt durch lange körperliche Verweigerung, dann verstehen wir viele Widersprüchlichkeiten im Aufstieg des Christentums.

Das antike maskuline Prinzip war zerbrochen, ausgelaugt; es war eine Notwendigkeit für den Mann (nicht für die Frau), seine Seele wiederaufzurichten, wieder einen nährenden Glauben zu finden. Da alles in seiner Welt in die Binsen gegangen war (seine Kultur, seine Kunst usw.), bedurfte es einer machtvollen Idee und eines starken Antagonismus (Ambivalenz) zum Wiederaufbau. Die Doktrin der Liebe, die die Outcasts, die Armen, Erniedrigten und Enterbten an ihr Herz genommen hatten, hielt sie aufrecht, beförderte Aktivierung von Glauben, aber unter dieser Doktrin der Liebe lag die gewichtigere, ernstere, fürchterlichere Doktrin (das grundwichtige maskuline Prinzip) des *Krieges*, die Erlösung des Menschen, die Suche nach dem Königreich des Himmels hienieden (was wiederum die Anspannung des instinktiven Bewußtseins, der individuellen Seele, des Blutes bedeutete).

Die individuelle Seele war es, die mit dem Zusammenbruch der antiken Welt untergegangen war; natürlich sahen die Menschen nur die Ruinen, sahen nur die offenen Wunden, deuteten die Grausamkeiten, die eiternden Stellen an dem Körper als Ursache des Todes; sie waren nicht fähig zu erkennen, daß die eiternden Stellen von der inneren Krankheit herrührten. *Sie konnten es nicht erkennen!* (Ebensowenig wie wir heute die Dinge richtig sehen können – all unsere falschen Doktrinen, falschen Theorien in jedem Bereich von Fühlen und Denken.) Und diese Liebe, die Jesus predigte und die so eifrig befolgt wurde – sah man nicht, wie weit sie über jede gewöhnliche Liebe hinausging und daß es eine grausame Liebe war, die die Frau völlig außer Betracht ließ?

Hier haben wir das, worauf Lawrence versteckt hindeutete, was er nicht direkt ausgesprochen hat: die Notwendigkeit einer Liebe zwischen Mann und Mann, eine Männerliebe (die überhaupt nichts mit Homosexualität zu tun hat), eine Polarität zwischen Männern, die auch die Ambivalenz von Krieg mit umfaßt, von Krieg, der Haß, Grausamkeit und Tod bedeuten kann, und von Krieg, der – wenn nur ausgesprochen – notwendig die Idee kühner, kompromißloser Liebe heraufführt, der Überzeugungstreue um jeden Preis, des endgültigen Triumphs der Liebe im Tode, worin der Sinn der Kreuzigung liegt, einer Idee, die der Mensch wieder und wieder in seinen Mythen und Legenden gefeiert hat. In diesem Krieg aus Liebe und Haß geht es einzig und allein um das Überleben des Mannes, der männlichen Welt, der männlichen Seele. Der Krieg mit der Frau ist ein Seitenthema, denn der Mann kann und will diesen Krieg nicht in seinem wahren Licht sehen; er ist zu gräßlich, zu vernichtend für seinen Stolz, sein männliches Gewissen und Bewußtsein.

Des Mannes wundervolle Welt der Moralbegriffe und Religionen, der Regeln von Ehre, Recht und Gerechtigkeit, oder der Kunst, ist auf Kosten der Frau errichtet worden, ihr zum Trotz, in dem ständigen, angestrengten Bemühen, die Illusion von der notwendigen Funktion des Mannes im Plan der Dinge aufrechtzuerhalten, was die Frau, ohne ein Wort zu sagen, durch ihre bloße Gegenwart, ja durch ihre Liebe negiert. Denn die Frau ist amoralisch, entzivilisierend, die Frau ist Lethargie und Nacht, die Frau ist Zerstörung in jenem tieferen Sinne, daß jede Schöpfung auch Zerstörung ist.

Was ist des Mannes Kampf, Gott einzusetzen, das Absolute zu postulieren, im Grunde anderes als das Eingeständnis seines vergeblichen, verzweifelten, heftigen Bestrebens, die Frau ins Unrecht zu setzen, zu beweisen, daß es etwas Beständiges, eine letzte Grenze, eine letzte Instanz gibt. Die Welt der Frau ist ihrem Wesen nach ein Fließen, wie in der Natur, ein Leben und Sterben, Geburt und Tod, eine Metamorphose. Und ist die große Angst des Mannes nicht die Urangst, von der Frau besiegt zu werden?

Indem nun Lawrence der Frau wieder ihren primären Symbolwert zuspricht, zollt er ihr den höchsten Tribut, während er sich zugleich ihr entfremdet, und so kommt es, daß diese Welt von heute, zutiefst feminin, den Ideen von Lawrence mißtraut oder sie verachtet. Die Welt stirbt in träger Ergebenheit dahin, im Nest des Skorpions in Schlaf gelullt, und sie will sich auf die unmöglichste Art von der schlichten nackten Wahrheit kurieren, von der schrecklichen Wahrheit, mit der Lawrence sie konfrontiert. Man höre seine Worte: «Das große Ziel schöpferischen oder konstruktiven Tuns oder des heroischen siegreichen Kampfes muß stets das Ziel des wachen Ichs sein. Aber die bloße Möglichkeit eines solchen Ziels ergibt sich aus dem lebendigen Dynamismus des seiner selbst bewußten Blutes. Und das Blut eines Individuums erneuert sich nur in einem vollendeten sexuellen Kreislauf.»

Gewichtige Worte. Tiefe Worte. Ist meine Interpretation seiner Sprache richtig? Ist dieses Ziel des wachen Ichs nicht die maskuline Rolle (als große Sonne und Befruchter, der sich für die Quelle und den Ursprung, für die erste Ursache usw. hält)? Und ist sein Kampf nicht der verzweifelte Kampf männlicher Selbsterhaltung? Und wird dieses Ich sich seines Zieles nicht am tiefsten bewußt im sexuellen Liebeskampf? Schmeckt es nicht nach Tod und Triumph in der geschlechtlichen Vereinigung?

Ach, des Mannes Coitus, wieviel Ironie, was für ein Hohn und was für eine Komik liegt letztlich darin – der Mann, der auf der Frau liegt, sie beherrscht, sie unterjocht, der große Kampfhahn, der starke Herr und Gebieter der Welt. Er triumphiert grausam, wenn er in sie eindringt und sie gefügig macht, aber es ist der kurze Triumph von ein oder zwei Augenblicken, gerade soviel, daß die Natur ihr Werk tun, ihre Wut auslassen kann; und die Frau unterwirft sich, tut das so bereitwillig (was allein ihn schon mißtrauisch machen sollte), unterwirft sich so leicht (und nicht gerade ihm, sondern jedem beliebigen . . . die große Hure, die sie ist), denn sie erfüllt damit *ihre* Bestimmung. In jener kurzen Zeit der Schwangerschaft, wenn sie an ihn geheftet ist wie eine Krankheit (wenn sie einander faktisch anekeln, was zuzugeben die Männer nicht den Mut haben), dann erleidet sie ihre wirkliche Schmach (und der Mann, der Esel, hat versucht, diesen Zustand zu verherrlichen, nicht um ihret-, sondern um seinetwillen, natürlich). Sobald indessen das Kind geboren ist, ist sie fertig mit dem Mann; soweit es sie angeht, als Frau, ist er erledigt, kann abtreten.

Daraus folgt, daß Lawrence unserer Welt bitter nottut, besonders der lateinischen Welt, die sich in ihrer Haltung zum Sex, zur Frau, so sicher fühlt. Als Sproß einer angelsächsischen Welt, in der alle Werte ins Gegenteil verkehrt waren, gelangte Lawrence an den harten Kern seiner Philosophie; daraus erklärt sich sowohl der Enthusiasmus, mit dem er dort aufgenommen wurde, wie auch der Antagonismus; doch man beachte die französische Haltung, von vorgeblicher Gleichgültigkeit, von Spott und Verachtung, wie für ein Wunderkind, das versucht hat, sie aus ihrer süßen Lethargie aufzuschrecken. Nein, die Franzosen brauchen nicht aufgebracht und aufgerüttelt zu werden, wie es die empfindlicheren unter ihnen tatsächlich waren. Denn Lawrence attackiert in erster Linie das französische Bollwerk, wo der Kampf schon aufgegeben ist, wo im Hinblick auf die Frau eine große Indifferenz herrscht, wo die Frau zum Spielzeug wird, zum Amusement, die Ehefrau, die mitmacht und den Gatten herausputzt, und der Gatte, der respektvoll, doch nicht allzu ernst zuhört und die Rolle des «Freundes» heuchelt. (Meistens sind das Vernunftehen, denn in den Kulissen warten schon geduldig die Mätressen, die für die sexuellen Orgien sorgen werden.) Alles ist Verfall, Abstumpfung, Trägheit, Kompromiß, ein glücklicher Kompromiß, das wohl, und besser für die Nerven als das angelsächsische Duell, das im Dunkeln ausgefochten wird und wobei keine Seite weiß, wofür sie kämpft. Ja, die Franzosen brauchen Lawrence, weil Lawrence die Franzosen kannte. In *«Introduction to these Paintings»*, beklagt er zunächst die angelsächsische Einstellung zum Körper und fährt dann fort: «Und in Frankreich? In Frankreich war es mehr oder weniger dasselbe, aber mit einem Unterschied. Die Franzosen, die mehr rational eingestellt sind, befanden, daß der Körper seinen Platz habe, aber daß er der Ratio unterworfen sein müsse. Der Franzose von heute besitzt den vernünftigsten und rationalsten Körper, der sich denken läßt. Sein Begriff von Sex ist von Grund auf hygienisch. Ein gewisses Maß von Geschlechtsverkehr wird Ihnen guttun. *Ça fait du bien au corps!*, das sagt alles über die physische Seite der Idee, die sich ein Franzose von Liebe, Ehe, Nahrung, Sport und allem übrigen macht.»

Inzwischen haben wir als Ergebnis der von den Angelsachsen vorgenommenen totalen Umwertung, daß die Frau als «Pendant» erscheint, des Mannes «Partnerin», des Mannes «Gefährtin» und so weiter. Wie lächerlich ist es doch, der Frau zuzuhören! Gewiß, wir widmen ihr Aufmerksamkeit, weil wir mit ihren Ideen vollgestopft sind; unser ganzer Vorrat von Ideen ist von dem weiblichen Prinzip durchsetzt. Sie schreit nach Beachtung, gesellschaftlich, politisch, auf jedem Feld, einschließlich der Künste, weil sie faktisch unsere Welt auffrißt, sie sich einverleibt wie die schwarze Witwe, die ihr Opfer lähmt, um es dann bei lebendigem Leibe auszusaugen, oder die mitten im Geschlechtsakt zu essen beginnt. Und diese devote Attitüde der Frau heute, die Inbrunst, mit der sie ihre Sache vertritt – wie gleicht sie der heuchlerischen, todbringenden Haltung der Gottesanbeterin! Aber die Frau sieht das nicht, noch der Mann.

Dies nun ist wiederum höchst aufschlußreich. Es hat zu tun mit der Perversion des Mutterinstinkts in der Frau, dem unsichtbaren Strang, der den Mann auf ewig mit der Frau verbindet und der, wenn er sich nicht in der richtigen Weise manifestiert, die tiefere, feindselige, allbeherrschende Rolle der Frau zum Vorschein bringt, sich offen in Spott und Verachtung ausdrückt und die Rolle des Mannes im Leben usurpiert, sofern dieser nicht das Joch der Windeln und Schürzenzipfel abstreift, das Grundübel im Fall von Joyce, Proust und Lawrence. Dieser Schmerz, mit dem sie nie zurechtkamen, erklärt die Richtung, die Tendenz ihres Werks (oder den Sinn, der sich in ihrem Werk ausdrückt), eine Krankheit, die ihnen erlaubte, durch Verzerrung der Wirklichkeit die Natur unserer sexuellen Übel besser zu verstehen. (Im Falle von Alexander und Napoleon könnte man argumentieren, diese Krankheit habe sie zur

Eroberung der Welt befähigt!) In der Geschichte aller wahnsinnigen Cäsaren und Zaren, der Pharaonen und Kaiser, haben wir diesen Hintergrund von Mutterherrschaft, von Inzest, von Vater- und Muttermord, von verkrüppelten Männern, die die Welt erobern, aber von ihren Frauen zum Hahnrei gemacht werden.

Mit dem Auftreten der streitbaren Frau im neunzehnten Jahrhundert kamen dann auch die Damen von Ibsen und Strindberg, wobei ersterer uns die sozialen, letzterer die biologischen Verwicklungen des Problems vorführte. Strindberg steht da wie ein wahnsinniger Dämon, der Mann, der über diesen Verhältnissen verrückt wird und aus diesem Wahn heraus sein ganzes Werk schafft. Strindbergs Wert liegt darin, daß er uns in der *‹Beichte eines Toren›*, im *‹Vater›*, in *‹Inferno›* wieder die Augen für die tiefe Bedeutung des Kampfes geöffnet hat; aber Strindberg blieb ein Weiberfeind, wohingegen Lawrence (vielleicht durch seinen latenten weiblichen Einschlag) zu einem höheren oder tieferen Verstehen gelangte. Sein Vorwurf richtet sich gleichermaßen gegen Mann und Frau; er besteht immer wieder auf der Notwendigkeit für beide, ihr Geschlecht stärker zu betonen, auf Polarität zu bestehen, um so die sexuelle Wechselbeziehung zu verstärken, die allein all die anderen Kräfte zu erneuern und zu beleben vermag, jene größeren Kräfte, die für die Entwicklung des ganzen Daseins notwendig sind, um den Leerlauf der gegenwärtigen Auflösung zu stoppen.

Wie schwierig, wie nahezu hoffnungslos ist die Situation, die er mit jenem schrecklichen Satz umreißt: «Wenn es heutzutage überhaupt noch solche Männer gibt!» Wie kann die Frau, so fragt er, von diesem gräßlichen, obszönen Liebesbegehren, dieser Skorpion-Falle, die sie gebaut hat, ablassen, wenn die Männer nicht an sich glauben? Es ist ein circulus vitiosus, an dem der eine ebenso schuld ist wie der andere – und der wirkliche Grund liegt tiefer als der vordergründige Geschlechterkampf, als der er heute verstanden wird. Der wirkliche Grund kommt aus der schlimmen Saat des christlichen Ideals, das einst seinen Wert hatte und uns nährte, aber das schließlich, wie es mit allen Idealen geht, sich erschöpft hat. Das Ideal der Liebe, so sagt er immer wieder, muß sein wie ein Schrei aus tiefer Qual. Damit plädiert er nicht für die fleischliche, sinnliche Liebe, für Sex an sich (was verheerend ist), sondern dafür, die Grenzen, die lähmenden Wirkungen *aller* Ideale zu verstehen – die «mittelbare, indirekte Ausdrucksweise», um Keyserlings Worte zu gebrauchen. Es ist das Bemühen, das Hauptgewicht vom Abstrakten und Äußeren weg und wieder nach innen ins Zentrum zu legen, so daß all unsere Taten und Äußerungen von unserem Innern ausgehen, von der individuellen Seele, der letzten persönlichen Instanz. Das Königreich des Himmels liegt in uns selbst.

In diesem Zusammenhang ist der Unterschied zwischen Lawrence' und Joyce' Haltung gegenüber der Frau aufschlußreich. Joyce mit all seinem Schmutz und Abscheu, seinem Gedränge, Geheimnis und Wortschwall, ist im Haß immer noch an die Frau gebunden. Seine Haltung ist die primitiv-christliche, die auf die fleischliche, sexuelle Rolle der Frau setzte, um so das geistige, zeugende männliche Prinzip zu erhöhen. Das Weib die Hure, Quelle allen Übels, Verführerin der naturhaften Unschuld des Mannes und so weiter. Dies gibt den Joyceschen Beschreibungen der Frau (besonders in dem Porträt der Molly Bloom) ihren sinnlichen Reiz, ihre Lüsternheit und Obszönität, weil dem ein furchtbares, übermächtiges Begehren zugrunde liegt. Sein Haß auf seine Mutter, auf ihren Einfluß und den Einfluß der Kirche, ist das Eingeständnis der Niederlage durch die Frau. Lawrence dagegen hat sich wirklich emanzipiert. Er nimmt seinen Platz über und jenseits des sexuellen Aspekts der Religion. Und so errichtet er, nachdem er sich aus seiner inzestuösen Bindung befreit hat, einen dunklen, grausamen, mysteriösen und primitiven, männlichen Gott (Quetzalcoatl, der nur eine der Manifestationen ist) und kann so wieder in eine sexuelle Beziehung zur Frau treten mit der ganzen Kraft ungehemmter Leidenschaft, animalisch und fleischlich. Weil er, nicht nur durch die Frau, sondern durch alle Dinge, die er erkennt, das ewige Geheimnis der Dinge entdecken will. Er sucht nicht Erlösung *in* der Liebe, sondern *durch* Liebe.

Die Franzosen nun, indem sie Lawrence als ein obszönes Biest oder als einen unreifen Geist oder als einen verrückten Angelsachsen abstempeln, enthüllen (wie ich schon dargelegt habe) nur ihre eigene Begrenztheit. (Man bemerke auch, wie anders die Spanier ihn einschätzen – sie haben einen mehr mittelalterlichen Begriff von der Frau; die Franzosen repräsentieren den Hellenismus der Verfallszeit.) In Frankreich, wo man sich krampfhaft bemüht, die griechische Lebensanschauung zu bewahren, hat die Frau sich dieser Tendenz, dieser Richtung auf Tradition gefügt; in ihrer besten Ausprägung gleicht die französische Frau der griechischen Kurtisane, Freundin und Partnerin des Philosophen – die einzige Art von Frau, die der griechische Mann respektierte. Doch faktisch, in der großen Mehrheit der Fälle, spielt sie die triviale, unbedeutende Rolle der Frau in der griechischen und römischen Verfallszeit; sie wird nicht einmal als Mutter höher geachtet, wie noch in der Frühzeit von Sparta und dem Rom des Tarquinius. Das heißt, es ist ihr nicht gelungen, weiter ihre individuelle Rolle zu spielen, sie ist von der maskulinen Welt der Antike erobert und bezwungen worden.

In Amerika, wo es nie einen starken kulturellen Trend, eine Tradition, eine feste Lebensanschauung gegeben hat, wo alles im Fluß und in Auflösung begriffen ist, hat die Frau genau die entgegengesetzte Rolle gespielt, hat über die Welt des Mannes triumphiert. Beide Haltungen sind schief und haben, wie wir sehen, ihre Nachteile mit sich gebracht. In Spanien und Italien hält sich noch der grimmige Antagonismus zwischen den Geschlechtern (man bemerke die Verachtung der Frau für den Mann und umgekehrt in ‹*Italienische Dämmerung*›; aber hier ist die männliche Haltung und auch die weibliche, blind und instinktiv, kein Bewußtsein von der zu spielenden Rolle und ihrer Bedeutung. Der hauptsächliche Antagonismus muß an die Öffentlichkeit gezerrt werden, um sozusagen im Oberstübchen verstanden zu werden.

Der Franzose weiß, daß mit der Frau, die so denkt wie wir, keine Blutsverwandtschaft besteht. Er erlaubt der Frau höchstens, sich einzubilden, daß sie ihm geistig ebenbürtig ist – er ist es müde, gegen sie zu kämpfen. Aber in Sowjetrußland, wo die Frau der «Kamerad» und dem Manne gleichgestellt ist, wo die Ehe als Institution zerbrochen ist (wie auch in Japan, wo die Scheidung so leichtgemacht ist), da sehen wir den Triumph des Liebesideals, sehen Mann und Frau wie zwei Ochsen ins Joch gespannt, um den hohen Rang der «Philosophie der Arbeit» zu illustrieren. Die Kinder sind Nebenprodukte, die man zur hygienischen Aufzucht in den staatlichen Kindergarten gibt (eine Art anonymer Inkubation), und elterliche Liebe ist auf ein Minimum geschrumpft, Erziehung wird zu einer Sache des Staates in wahrhaft großem Stil. Dies alles ist wie ein Echo oder Abbild der aztekischen Zivilisation, ein paternalistischer Sozialismus mit strengen Rangordnungen und Kasten, mit Produktion als höchstem Ziel und Religion als blutige Hekatombe von Opfern. Die Opfer in Rußland sind ebenso blutig, aber nicht so offenkundig – *alles* wird dem einen Ziel geopfert: Kommunismus, das Ideal!

Hier, wo die Blutsverwandtschaft zerbrochen ist, wo die Frau ebenso denkt wie der Mann, handelt wie der Mann, haben wir die Quintessenz des spirituellen Zerfalls. Sowjetrußland ist irreligiös (was fabelhaft wäre, ginge es nur darum, ein Hemmnis wie die katholische Kirche zu beseitigen), aber es handelt sich um viel mehr als das: die Übernahme all der wissenschaftlichen Glaubenssätze (ohne die dahinterliegenden Mythen), die Vollendung des Materialismus, der durch eine irrige Ansicht von wissenschaftlicher Forschung (die seitdem gründlich veraltet ist) im neunzehnten Jahrhundert aufkam. Rußland ist, mit anderen Worten, was es immer schon war – der Anachronismus in der Geschichte. Gerade weil es unfertig war, ungeformt, ohne Tradition, barbarisch, kraftvoll, konnte es eine «falsche» Idee aufgreifen; die Revolution mag ihren Ausgang vom Volke genommen haben, von seinem Leid und seiner Erniedrigung, aber die Form, die Richtung der Revolution wurde von einer Gruppe von «Intellektuellen» bestimmt: es ist die Folge der naturwissenschaftlichen, atheistischen, materialistischen Lehren von Darwin, Marx, Huxley und anderen.

Mit Lawrence jedoch, der auch aus dem Milieu dieses neunzehnten Jahrhunderts kommt, haben wir einen Mann, der, gleich Nietzsche, wenn auch nicht von so hoher Warte, allen Nachdruck auf den Menschen legt, Erlösung durch das Ich, durch die Schöpfung einer höheren, fanatischen, utopischen Idee, die nichtsdestoweniger mit der Weisheit der besten Geister, die wir kennen, im Einklang steht. Daher die Überschrift dieses Kapitels, «Der heilige Leib», weil die Erlösung eben nicht vom Geist allein, noch von der Religion oder einem Ideal, noch von einer Verbesserung der ökonomischen Verhältnisse oder dem Bildungswesen kommen wird. Ich möchte das, was man bei Lawrence seinen «sexuellen Mystizismus» nennt, herausstellen als das Bemühen, der Sexualität ihren kosmischen Charakter wiederzugeben.

Unglücklicherweise hatte Lawrence nicht genug Stehvermögen, um seine Ideen rigoros zu entwickeln. Aber es gibt einen «makrokosmischen» Einschlag in seinem Werk, der sehr wichtig ist. Sein Bemühen, mit dem *Idealismus*, mit dem Moralpredigen, mit Demokratie, fertig zu sein, führte ihn zurück auf den Körper, den unzerstörbaren Mikrokosmos, in dessen Projektion sich für uns die Welt darstellt. In der Rolle des Bilderstürmers leistet er den von uns geforderten Dienst, die wir gehalten sind, das unvermeidliche Debakel zu beschleunigen. Die Revolte, die er an jeder Front des Lebens in Gang setzte, ist eine ganz und gar geistige Revolte, die einzige, für die zu kämpfen sich heute lohnt. Ihr gegenüber sind die kindischen Revolten, die jetzt überall in der Welt im Gange sind, lächerliche Almosen. Und diese politisch-ökonomische Revolte erscheint jetzt als gefährlich, nicht weil sie die alte Ordnung zerstört, sondern weil sie vielleicht für eine Weile das Rad des Schicksals aufhält; sie mag eine kurze, kurzlebige Renaissance (die pragmatische Kulmination des christlichen Denkens) hervorbringen und damit falsche Hoffnungen erwecken.

Denn wenn da ein solches erbärmliches *contre-temps* entsteht, wird es keine humanistische Wiederbelebung sein, die wertvolle Persönlichkeiten hervorbringt wie die frühere Renaissance, sondern ein kollektives Aufleben, mit der Ideologie auf dem niedrigsten gemeinsamen Nenner, dem Durchschnittsmenschen, mit Arbeit als einzigem Daseinszweck, alles Menschliche aus Altersgründen pensioniert und Muße nur ein Zuspätkommen. Daß es keine erfolgversprechende menschliche Revolution geben kann, ehe nicht der Mensch ein Bewußtsein seiner heiligen Individualität gewinnt – und das ist, nach allen Anzeichen, unwahrscheinlich, denn um sich zu emanzipieren, müßte er auf alles verzichten, was ihm heute notwendig und wertvoll erscheint – das liegt auf der Hand. Aber daß Lawrence den Finger auf dieses Dilemma gelegt, daß er die Krankheit diagnostiziert und das einzige, wenn auch utopische, Heilmittel aufgezeigt hat, ist ebenso klar. Somit ist sein Werk für uns überaus wichtig, ganz abgesehen von seinem ästhetischen Wert.

«Lawrence», schreibt Luhan, «schimpfte über das Tanzen. Er nannte es ein unanständiges Po-Wackeln.» Aber er konnte sehr wohl tanzen, mit den Indianern, und er sprach vom Tanzen im Zusammenhang mit der Gründung einer neuen Kolonie, die einen zentralen Zugang zum Leben finden würde. An dieser Haltung zeigt sich wieder seine große Unterscheidung zwischen «Sexualität», die er haßte, und einer Sinnlichkeit, wurzelnd in einem primitiven Begriff der Verbundenheit mit dem Universum, mit Frau, mit Mann. Sinnlichkeit, das sind die animalischen Instinkte, die er wieder entwickeln wollte; Sexualität, die falsche kulturelle Attitüde, die er ausmerzen wollte, weil sie eine beschränkte Interpretation von Leben ist.

Und hierin muß man auch den großen Unterschied sehen zwischen Lawrence' Kult des Körpers und der modernen Vorliebe für Leibesübung, Sport – «Neuhumanismus», wie es genannt wird:

«Wenn gegenwärtig, über dem Mischmasch von Modernismus, etwas in der Luft liegt, dann das Gefühl von Flucht und Ausweg aus dem Zusammenbruch der Persönlichkeit. Ein Ausweg ist der menschliche Körper ... Man könnte fast sagen, daß hier eine Wiederentdeckung des Körpers stattfindet und die Formulierung eines neuen, mystischen «Humanismus» mit dem Körper als Mittelpunkt. Ein Fluchtweg ist die Sinnlichkeit, aber nicht die altbekannte Sinnlichkeit – eher die reine, verfeinerte Sinnlichkeit des Sportlers, des Mannes, der *mit* seinem Körper siegt ... In alledem mag man eine Spiegelung jenes Tätigkeitsdranges sehen, den der verspürt, der gerade einen Krieg hinter sich hat: den Drang zur Betätigung, um sich noch als lebendig zu empfinden ... Der Endzweck dabei ist, daß der physische Mensch wieder zum Leben erweckt werden muß, indem man diesem mechanisierten Universum, in dem wir leben, wieder einen Sinn gibt. Der Körper bedeutet Tätigsein, und Tätigsein ist eine Zuflucht, vielleicht die befriedigendste, die es gibt, und eben diese Zuflucht ist es, die der ‹neue Humanismus› sucht.»

Gewiß wird der scharfsinnige Leser von Lawrence bald erkennen, daß dieser «Herkules-Kult» wenig mit der Bedeutung zu tun hat, die Lawrence dem Physischen beimißt. Der Körper als Zuflucht, ja; vielleicht sogar als Ausflucht, doch stets zur Rettung der Seele. Der Schlüssel zum Universum war für ihn immer die spontan lebende Seele. Nicht lediglich die Einbeziehung der Person war sein Ziel, nicht einfach eine Wiederbelebung der griechischen Körperkultur, noch die Schaffung einer Rasse von guten Menschen, sondern eine mystische Vereinigung mit dem Universum. Und der Körper war nur ein Mittel, diesen Kontakt zu erneuern, das Symbol einer verlorenen Einheit. Die ganz alte Theorie des Makrokosmos inspirierte ihn, denn durch sie bewahrte er sich den wachen Sinn für die Einheit, die er wiederherstellen wollte.

Er vertrat nicht eine «feine und geläuterte» Sinnlichkeit (was immer damit gemeint sein soll), sondern eine durch und durch heidnische Verherrlichung der Instinkte; nicht den Körper fürchtete er, sondern den Geist, das Hochgericht über die Instinkte. Mit diesem Bild von des Menschen immerwährender Verbundenheit mit dem Universum vor Augen, entwarf er seine eigene Kosmogonie, seine Psychologie, seine Physiologie. Es ist ein ganz und gar mystischer Leib, und er bringt seine eigene Moral mit, von der dieses Zeitalter nichts annehmen, ja nicht einmal begreifen kann. Wir sind beherrscht und besessen von all den alten Ideologien – religiösen, sozialen, ethischen –, sind durchtränkt und pervertiert von dem wissenschaftlichen Jargon, den zu kritisieren (geschweige denn abzulehnen) wir nicht mehr den Mut oder Willen haben.

«Lawrence' ganze Philosophie war tief beeinflußt von der Idee des mystischen Leibes», schreibt Frederick Carter:

«Nachdem er erst einmal in das Thema des Leibes und dessen Relation zum wahrhaften Menschen eingestiegen war und überzeugt, daß dort seine ganzen Kräfte schliefen oder verborgen lägen und aktiviert werden müßten, war späterhin und vielleicht immer diese Vorstellung das Leitmotiv seiner Methode der Beschäftigung mit der Psychologie. Hier bekam er einen ersten Eindruck von jener ungemein simplen, uralten Idee vom Menschen als Mikrokosmos und als Modell des Universums ... Diese Idee von der im Menschen angelegten Herrscherrolle, diese Vision vom Einzelmenschen als Mikrokosmos, der das Modell des Universums in sich trüge, faszinierte ihn im höchsten Maße. Ein Mensch, in dessen Innern all die Wunder der Sterne flammten, geboren von den Sternen und beheimatet in der ganzen weiten Welt von ihrem Mittelpunkt bis zu den äußersten Fernen – das war das Muster und Symbol, das er aus ganzem Herzen guthieß.»

Dieses mystische Element in Lawrence' Schriften – da hat Carter ganz recht – kann nicht nachdrücklich genug betont werden. Gerade dieses Element macht sein Werk so sonderbar anziehend, so eindringlich. Auf eine Art, die nur der Mystiker ganz würdigen kann, strebt Lawrence danach, die innere und äußere Ansicht von der Welt zu einer einzig gültigen, lebendigen psychologischen Realität zu verschmelzen. In jenem Buch, das so viele seiner Leser betroffen gemacht hat – *‹Die gefiederte Schlange›* –, sehen wir, mit welcher leidenschaftlichen, schöpferischen Energie Lawrence den alten Mythos der Schlange neu zur Geltung gebracht hat.

In *‹Apokalypse›*, wo er des längeren über den Mythos der Schlange schreibt und wo er zum letztenmal seine mystische Ansicht vom Universum darlegt, schließt er: «Was wir wollen ist, unsere falschen, unorganischen Verflechtungen zerstören, besonders die, die mit Geld zu tun haben, und die lebendigen, organischen Verbindungen wiederherstellen, mit dem Kosmos, der Sonne und Erde, mit der Menschheit, mit Nation und Familie. Beginnen wir mit der Sonne, und das übrige wird sich nach und nach von selbst ergeben.» Da ist nichts, was für die, die Lawrence' Art zu denken kennen, nicht vertraut wäre; höchstens eine gewisse Trivialität in seiner Bezugnahme auf die Wichtigkeit des *Geldes*. Aber die wichtigste, die wirklich kryptische Zeile ist die letzte: «Beginnen wir mit der Sonne, und das übrige wird sich nach und nach von selbst ergeben.» Von allem Anfang an hatte er, als Evangelium der neuen Ordnung, die Sonne hervorgehoben: sie ist für ihn das Alpha und Omega.

Dieser gebieterische Drang in ihm, das zeugende Prinzip, das die Sonne für die älteren maskulinen Kulturen symbolisierte, wiederherzustellen, kam aus seiner Erkenntnis und Furcht der verweichlichten Natur unserer Zivilisation. Den Zerfall, den er überall konstatierte, spürte er am schärfsten im Bereich des Sexus. Er sah alles grau und opak werden – typisch Lawrencesche Adjektive. Er sah die Gefahr, daß die Flamme verlöschen, das Feuer herunterbrennen und alle Farbe aus dem Leben schwinden würde. Den gängigen Mythos der Sonne als Quelle des Lebens, unseres zeitlichen, planetarischen Lebens, wollte er nicht gelten lassen, weil er den Gedanken, daß dem Leben möglicherweise ein Ende gesetzt wäre, nicht ertragen konnte. Sein glühender Wunsch nach Leben ist so stark, daß er das Universum anthropomorph sieht; er will nicht nur nicht zugeben, daß irgendwelche toten Planeten existieren, sondern er will nicht einmal zugeben, daß die Quelle unseres Lebens auf Erden die Sonne ist.

Die uns von der Naturwissenschaft mundgerecht gemachte Vorstellung, daß das Leben auf der Erde, alle Formen von Leben eines Tages ausgelöscht sein werden, wenn die Feuer der Sonne verlöschen, diese Vorstellung war ein Anathema für Lawrence. Und so kehrt er den Prozeß um. Wir, die Lebenden, so behauptet er, geben der Sonne und den Sternen Leben. Über den Ursprung des Lebens – woher kommen wir, wohin gehen wir? – gab er zu, nichts zu wissen. Er ließ das auf sich beruhen, ebenso wie Laotse die Idee von Gott, Seele und Unsterblichkeit auf sich beruhen ließ. Für diese Probleme gibt es keine Lösung, sagt er wieder und wieder. Er kannte nur diese eine Sache, Leben genannt, dessen Innerstes Geheimnis ist – stets sich erneuerndes Leben, eine ewige Flamme, eine unverlöschliche Quelle. Und wenn der Intellekt das leugnen wollte, so würde er sagen, dann stimmt mit dem Intellekt etwas nicht, dann muß der Intellekt dem Blut weichen. Der Geist des Menschen, so stellt er nachdrücklich fest, hat all die Schlingen und Fallgruben geschaffen. Der Geist des Menschen leugne die Lebensinstinkte ab.

Der ganze Vorgang bei Lawrence ist, wie ich schon sagte, eine Mikrokosmisierung des Universums. Der Mensch muß sich den Kosmos wieder einverleiben. Dann muß der Prozeß der Extroversion stattfinden. Nachdem der Mensch den Kosmos heruntergeschlungen hat, muß er ihn wieder ausspeien. Er muß vom Überwältigtsein zum Überwältigen kommen. Das bloße Staubkügelchen, das sporadische, rätselhafte Phänomen *Mensch*, ein bloßer Zufall in einer unerklärlichen Kette von Ursache und Wirkung, muß sich über sein Begriffsvermögen erheben. Der Geist, der imstande ist, Leben auf solche Begriffe zu reduzieren, muß entmachtet werden. Der Geist, der das Leben auf solche unbedeutenden Proportionen reduziert hat, hat schließlich auch, in der Vergangenheit, das Leben zu fabelhaften Proportionen erhoben. Leben steigt und fällt im Thermometer des Geistes.

Lawrence fixiert sich permanent in dieser Quecksilbersäule des Geistes. Es ist ein Vakuum, aber das scheint er nicht zu bemerken. Er registriert neue Grade oder bildet sich das nur ein, aber die waren im vorhinein festgelegt. Der ganze Korpus des Denkens ist an den Körper gebunden – da gibt es kein Entrinnen. Der Geist mag die phantastischsten Gedanken äußern, aber der Körper ist verankert, und alle Formen des Denkens liegen in ihm beschlossen. Große Überraschungen mag es geben, aber es findet immer ein Ausgleich statt. Und so wird Lawrence, wenn er seinem Sinn oder seinem Geist oder seiner Seele oder wie immer er es zu nennen beliebt, freie Bahn gibt, wird er wieder zurückgeworfen; er mag die ganze Flugbahn menschlicher Sehnsüchte umfassen, wie es ja ein Künstler gewöhnlich in seinem Werk tut, aber letztlich wird er zurückgeworfen. Er wird zurückverwiesen auf das mystische Fundament des Körpers, und so erfährt er den Zerfall aller Dinge.

Während der Renaissance schien es tatsächlich, als wäre der Körper wieder zu seinem Recht gekommen – aber dieses Wiederaufleben diente nur dazu, die Seele zu nähren und zu erhalten. Die breite Erneuerung der Sprache, zeitlich mit der Renaissance zusammenfallend, wurde von den großen Neuschöpfern jener Zeit hervorgebracht, um dem sich wandelnden Bild von der Seele Ausdruck zu geben. Im Fall von Rabelais kann man sagen, daß der gewaltige Schwung seiner Sprache wie eine Sturmflut durch die Seele seines Volkes fuhr: in ihr ist nicht nur die Lust am Leben, sondern auch die Lust am Tode. Der Tod war immer noch bedrohlich nahe, und sein Sieg wurde gefeiert. Noch im Tode spendete Rabelais' Sprache Lust, Mut, Weisheit – während in unserem modernen Gespenst des Rabelais, James Joyce, nicht einmal Hoffnung zu finden ist. Das Lebensgefühl, so würden wir sagen, schäumte über, aber dieses Lebensgefühl basierte auf einem Todesgefühl.

Bei Shakespeare ist es schon herabgemindert, wie Lawrence mit Recht betont hat. Dieses Krebsgeschwür in der Seele des Menschen, des westlichen Menschen, dieses Gift des Zweifels, das ihn seit Shakespeare mehr und mehr befällt, entsprang tief in der Seele des westlichen Menschen – in dem Hamlet-Faust-Antagonismus. Die starke Dynamik der Faustischen Seele hat ihr Gegenstück im Hamlet-Mythos. Der starke Wille trägt den Keim seiner eigenen Zerstörung in sich: *Zweifel*. Gewiß erscheint dieses Gift in jeder Zivilisation, wenn sie auf ihr Ende, ihren Tod zugeht, aber der besondere westliche Skeptizismus ist von einer besonders heimtückischen, gefährlichen Art. Er meldet sich in dem ungestümen Temperament eines Shakespeare, mitten in der Blüte und Kraft der Renaissance, gerade in dem Augenblick, da die westliche Seele über das Schicksal gesiegt zu haben meint. Der große, aufstrebende Faustische Geist, der neue Welten eröffnet hatte, der trunken war von neuen Horizonten und diese Trunkenheit in Rabelais feierte, dieser selbe Geist taucht im Lauf weniger Generationen mit dem fürchterlichsten Makel seiner Krankheit wieder auf: *‹Hamlet›*.

Proust hat dieses Krebsgeschwür in unseren Seelen bloßgelegt durch seine grandiose Darstellung des «Albertine»-Themas, durch sein vollständiges *exposé* der Seele des Invertierten, worin Zweifel und Eifersucht zusammen verblüffende Proportionen annehmen. Lawrence berührt diesen Punkt im Zusammenhang mit Cézanne, wenn er in *‹Introduction to these Paintings›*, wo er von der Unfähigkeit der Engländer spricht, mehr als nur einige wenige Maler hervorzubringen, und zu dem Schluß kommt, der Fehler liege in der englischen Lebenseinstellung. Sie sind von Angst gelähmt, sagt er. *Angst wovor?* «Es ist eine alte Angst, die sich zur Zeit der Renaissance in die englische Seele gefressen hat. Nichts konnte reizender und unbeschwerter sein als Chaucer. Aber schon Shakespeare ist von Angst angekränkelt, Angst vor den Folgen. Das ist das seltsame Phänomen der englischen Renaissance: diese mystische Furcht vor den Folgen, den Folgen jeglicher Aktion . . .» Er spricht dann weiter von dem Unterschied zwischen dem Ödipus-Mythos und der Hamlet-Legende. «Orest ist vom Schicksal verfolgt und von den Eumeniden in den Wahnsinn getrieben. Aber Hamlet ist überwältigt von dem Erschrecken über die physische Beziehung zu seiner Mutter, die ihn mit ähnlichem Erschrecken vor Ophelia zurückweichen läßt und auch vor seinem Vater, obwohl er nur ein Geist ist. Er ist entsetzt bei dem bloßen Gedanken an physischen Kontakt, als wäre das ein unsäglicher Schandfleck.»

Die Ursache von alledem führt Lawrence auf die Syphilis zurück: «Das Auftreten der Syphilis mitten unter uns war ein fürchterlicher Schlag für unser Sexualleben. Danach war die echte, natürliche Unschuld von Chaucer unmöglich.» Er fügt hinzu, jemand sollte einmal eine gründliche Studie über die Wirkungen der «Lustseuche» auf die Gemüter und Gefühle der verschiedenen europäischen Nationen in elisabethanischer Zeit vorlegen. Damit kommen wir allmählich auf sein ewiges Thema zurück – daß wir Angst vor unseren Instinkten, Angst vor unseren intuitiven Regungen haben: «Jetzt kennen wir einander nur noch als ideale oder soziale oder politische Wesenheiten, ohne Fleisch, blutlos und kalt, wie die Geschöpfe bei Bernard Shaw. Innerlich sind wir tot füreinander, wir sind alle erkaltet.» Wir fürchten uns vor all und jedem, außer vor Ideen, sagt er, Ideen, die keine Bakterien enthalten können!

Ich zitiere diesen charakteristischen Passus des Lawrenceschen Dogmas, weil er, so sehr man ihn auch belächeln mag, dennoch (ebenso wie seine kühnsten Gedankenflüge) ein aufreizendes Körnchen Wahrheit enthält. Die Untersuchungen, die er sich so sehr wünschte, waren längst mehr als reichlich gemacht, ehe er überhaupt seine Gedanken darüber zu Papier brachte. Nicht nur die Syphilis war erforscht, sondern die ganze Flora und Fauna der Krankheiten, die zwischen dem vierzehnten und dem siebzehnten Jahrhundert Europa heimgesucht haben. Und ein wirkliches Verständnis der Renaissance ist nicht möglich ohne ein intensives Studium der Phänomene von Tod und Krankheit, aus denen sie hervorgegangen war. Aber Lawrence erfaßte einen wesentlichen Punkt, als er die Hamlet-Legende als einen Schlag gegen die Zeugungsfunktion des Leibes deutete. Wenn also Lawrence das Hamlet-Thema aufgreift, dann um es seinem Denkschema einzufügen, um es, wie jedes andere Thema auch, fest an den Konnex seines kosmologischen Schemas zu binden. Hamlet führte einen Schlag gegen das Universum, nicht nur gegen den Menschen. Hamlet *ist*

Syphilis, geistige Syphilis. Hamlet als Krankheit ist ein Schlag gegen das Blut, gegen die Blut-Bewußtheit, der Lawrence solche Bedeutung gegeben hat. Man kann gut verstehen, daß für Lawrence die Syphilis nicht eine beliebige Krankheit oder gar eine besonders ungewöhnliche Krankheit war; es war für ihn eine tödliche Krankheit, die erst auftreten konnte, als der Körper strikt verneint und verachtet worden war.

Wir könnten uns wohl fragen, ob sich in jenen Seuchen, die Europa vom vierzehnten bis zum siebzehnten Jahrhundert verheerten, nicht nach außen hin jener Kampf manifestierte, der schon die Seele des westlichen Menschen zu zerstören begann. Der Mensch des Mittelalters war noch ein integriertes Wesen; aber um die Zeit der Renaissance ist die große Dreiheit von Leib, Geist und Seele schon zerfallen. Die Reformation ist der endgültige Ausdruck jener völligen Auflösung der heiligen Trinität. Von der Reformation an gibt es die immer größer werdende Trennung von Seele und Geist, die Erhöhung des letzteren über die erstere, gipfelnd heute in dem völligen Bankrott des Geistes und der Lähmung der Instinkte – was alles im Mittelalter seinen Anfang genommen hatte.

Nach den Kreuzzügen kam der Schwarze Tod. Auf die Entdeckung Amerikas folgte die Syphilis. In zeitlichem Zusammenhang mit diesen Rückschlägen schwindet die Bedeutung des Lebens, der Körper welkt dahin, die Seele verfällt. Im sprachlichen Überschwang von Lawrence drückt sich die Freude des Körpers aus, der seine Seele zurückgewinnt – oder versucht, sie zurückzugewinnen, denn Lawrence wußte, daß das im Grunde unmöglich war. Er war mit der weißen Syphilis in seinen Adern geboren; sein Werk ist davon durchtränkt. Und wenn er sich in eine Wut und Leidenschaft steigert, wenn er in einem bakteriologischen Gemisch aus Traum und Wahn explodiert, dann um dieses Gift loszuwerden, den Virus in jeden lebenden Organismus, jeden scheinlebendigen Organismus zu schicken, damit er uns von dem weißen Tod befreien möge. Wie in den alten Zeiten, als der Schwarze Tod üppig blühte und die verrücktesten Heilmittel im Schwange waren, empfiehlt er zuweilen, man solle sich am frühen Morgen mit leerem Magen über eine Latrine stellen und den Gestank inhalieren. Ihr sterbt nicht schnell genug! schreit er. Er sah die Welt voll von Tod – aber einem zellularen, biologischen Tod. Er wollte einen Tod an allen Fronten, einen vitalen und spirituellen Tod: zuerst der Körper, dann der Geist, und jetzt die Seele. Sterbt wenigstens im

Ganzen! bittet er uns. Sterbt gänzlich aus, damit eine neue Menschenrasse geboren werden kann!

Um noch einmal auf Murry zurückzukommen, der sagt, daß das Opfer das Ein-und-alles der Existenz ist, die Grundbedingung der Existenz. «Der Mensch stirbt in seiner Personalität, um im Unpersönlichen aufzuerstehen.» Das klingt fast wie die lautere Wahrheit, aber Murry geht nicht weit genug. Wenn wir statt Opfer der Personalität «Aufgabe des Ichs» sagen, verstehen wir die dionysische Rolle von Lawrence, die totale Hingabe. Will sagen, eine Erfüllung. Was der Mensch will, ist die Erfüllung seiner tiefsten Sehnsüchte, sagt Lawrence immer wieder. Nicht Opfer, wie Jesus es vollbrachte. Es stimmt, daß das ganze Drama sich um das Thema des Opfers dreht, aber es kommt darauf an, wie man es interpretiert, die Art und Weise von Opfer, seine wahre Bedeutung.

Lawrence war sich bewußt, daß er mit dem Opfer seines Lebens seinen kostbarsten Besitz geopfert hatte. Es war der vollste Ausdruck seines ganzen Wesens. Seine Doktrin, daß wir *die Existenz dem Sein opfern* müßten (nicht dem «Leben», wohlgemerkt), konfrontiert uns mit einem hoffnungslosen Konflikt, dem wir nie entkommen können. Murry unterscheidet nicht zwischen dem Opfer, das Lawrence durch seine Kunst brachte, und der Lebensanschauung des Menschen Lawrence. Er nimmt ihn wörtlich, wie er auch Jesus wörtlich nimmt. Er findet selbst nicht aus dem Konflikt heraus. Er nimmt lediglich Partei: Jesus gegen Lawrence. Und er verfehlt sie beide. Denn im Grunde sind sie der gleiche fundamentale Typus. Lawrence betet das Menschliche, das Leben an; Jesus betet das Göttliche an. Beide sind außermenschlich oder übermenschlich. Beide sind sich erschreckend ihrer Menschlichkeit bewußt – das ist ihr schwacher Punkt, ihre Gespaltenheit. Jesus leugnet das Fleisch, Lawrence akzeptiert es, verherrlicht es. Lawrence ist der logische Gipfel, die Apotheose von zweitausend Jahren christlichen Idealismus, der jetzt in sein Gegenteil verkehrt ist. Wenn wir nun nicht mehr danach streben, Jesus gleich zu werden, wenn wir das Übel dieses Strebens erkannt haben, entdecken wir, daß wir in Wahrheit das sind, was zu sein wir erstrebt haben.

Die alleinige Unabhängigkeit des Geistes anzuerkennen, wie Murry es tut, heißt, die Welt unter einen Schatten stellen. Dies ist ein lebender Tod, ständig in Traum und Hoffnung, ein zweckloser Kampf zwischen den antagonistischen Elementen in unserem Wesen. Es ist die spirituelle Vorherrschaft, gegen die Lawrence ankämpfte, weil wir, wie er sagte, davon genug gehabt hätten; das Christentum hat seinen Zweck erreicht; der Mensch ist vergeistigt worden; er welkt an der Spitze des Baumes dahin. Man muß ihn daran erinnern, daß er ein Baum ist, nicht nur Blätter und Zweige. Lawrence gibt der Verzweiflung jener Zeitalter Ausdruck, in denen man das Gefühl von einer Kreuzigung des Menschen durch den Geist hatte. Solange wir nicht dieser Hegemonie von Sinn und Geist den Todesstoß versetzen können, solange wir nicht diesen Kopf abschlagen können, der außer jeder Proportion zum übrigen Körper geraten ist, werden wir unsere menschliche Rolle nicht wieder aufnehmen können, werden nie wieder als vollkommene menschliche Wesen im Fleische leben können.

Somit hatte Lawrence recht, als er in seiner Einleitung zu ‹*Spiel des Unbewußten*› sagte, daß Freud etwas Gutes vollbracht habe: er gab uns ein Bewußtsein unserer animalischen Natur, unseres Körpers, den wir unterdrückt haben. Denn nur so haben wir die Chance, wieder mit dem Universum in Beziehung zu kommen, durch die dunklen Götter, die darin wohnen. Und der Analytiker ist zu loben, der dies zum Ziel hat: dem Patienten die wahre Natur des Ichs, der Personalität, zu enthüllen – der Analytiker, der seinem Patienten ein wirkliches Gravitätszentrum gibt, eine vitale und konkrete Achse, um die er *mit* der Welt rotieren kann, an Stelle jener kleinen, egoistischen Achse, um die er sich auf einem toten Nullpunkt von Sein herumbewegt hat. Die andere Art von Analytiker, jener der Absolution und Seelenrettung anbietet, der das kleine ego füttert, ist ein widerlicher Schwindler.

Zumal da hatte Lawrence recht, als er als Antwort auf Huxleys wissenschaftliche Beweise von Evolution die Hand auf seinen Solarplexus legte und sagte: «Ich fühle es nicht *hier*.» Was für eine schlichte, sprechende Geste! Als legte er die Hand auf seine Seele!

Sein ganzes Leben hindurch betonte Lawrence nachdrücklich das instinktive Leben, Blut-Bewußtheit, den Solar plexus. Er war selbst ein Mann des Geistes, ein Super-Christus, für den er sich hielt. Er verstand das übermächtige Bedürfnis des modernen Menschen, die Einstellung der Alten zum Körper wiederzufinden. In ‹*Apokalypse*›, wie auch in seinem Essay über Cézanne, enthüllt er den degenerativen Prozeß, der mit dem Christentum einsetzte. Er tobt gegen die judaische Weltanschauung, gegen die Idee der persönlichen Unsterblichkeit, gegen die sokratische Selbsterkenntnis, gegen die skeptische Haltung der Wissenschaft, gegen das Wissen an sich, gegen Bildung. Er hat das Gefühl der frühen Griechen für den Körper, den frühgriechischen Begriff von Eros. Er interessiert sich für die Astrologie der Antike, weil sie einen kosmischen Begriff von Leben vermittelt, ein makrokosmisches Modell des Universums. Nur auf diese Weise kann Leben Sinn und Bedeutung erlangen.

In gewissem Sinne hat Lawrence in einer kurzen Lebensspanne den langen Kampf um menschliche Freiheit, den die Griechen in ihrer Blütezeit verherrlichten, noch einmal gekämpft. Er wußte, daß das Ringen des Menschen darum geht, als Gott zu leben, und daß er erst nach Erreichung dieses Ziels wahrhaft menschlich werden könnte.

Wenn ich von dem chaplinesken Charakter seines Lebens gesprochen habe, so verdankt sich der einzig und allein der Tatsache, daß es für eine «neue» oder «werdende» Persönlichkeit in dieser Welt des Als-ob, dieser sittlichen Welt, keinen Spielraum zur freien Entfaltung gibt. Ein fanatischer Mensch wirkt entweder verrückt oder lächerlich. Die Würde und die Beredtheit von Lawrence' Gebärden liegt in seinen Werken. Es kommt einem anomal und grotesk vor, daß der Sohn eines Kumpels in Cornwall christliche Hymnen anstimmen und bei den Navajos in Ziegenleder und mit Glöckchen behängt deren Tänze mittanzen sollte. Aber so verrückt letzteres auch scheinen mag, es kommt auf die Geste an, die darin liegt. Er hat uns selbst gesagt, daß es sich dabei nicht um ein Zurückgehen auf Früheres handelte, sondern daß man sich gleichsam retrospektiv zurückneigen konnte, sozusagen in einer weiter ausschwingenden Lebenskurve.

Das deutet natürlich auf die Kluft zwischen der Haltung von Lawrence und der zeitgenössischen Einstellung der Weißen gegenüber den Indianern, die zwischen Haß und Bewunderung schwankt, die aus Schuldgefühl den Indianer absondert und isoliert, während man ihm gleichzeitig Land bewilligt usw. Das führt zu dem Stand der Dinge, bei dem viele Indianer unter weißer «Herrschaft» es paradoxerweise besser haben als unsere weißen Brüder! Lawrence hegte für den Indianer keine falsche Bewunderung, kein Schuldgefühl, keine Sentimentalität. Er ging zu ihnen, nicht zu Luhan, um von ihnen etwas über das Leben zu lernen, durch ihre Lebenserfahrung, nicht durch Ethnologie!

Wie Jesus dachte er daran, eine «neue Welt» zu errichten (etwa wie die Brook Farm der Transcendentalisten) hier auf Erden – in

Florida, Mexiko, im Westen, in den Anden, in Australien, sogar in Kanada. Wiederum ist er der Künstler, der seinen Ideen konkrete Gestalt geben will. Als Heiland und Erlöser spielt er eine zwiefache Rolle. Seine Vision macht ihm seine Gotthaftigkeit und die Notwendigkeit des Selbstopfers bewußt; sein Menschsein läßt ihn wünschen, auf seine Rolle zu verzichten und im Hier-und-Jetzt zu leben. Hätte er wohl je den Romantiker in sich überwunden, wie Goethe? Vielleicht gibt es darauf keine Antwort; sein Leben war zu kurz. Wir haben keine Vorstellung, wozu er sich, hätte er länger gelebt, noch entwickelt hätte.

7
Philosophie

Es scheint, daß eine Würdigung von Lawrence immer halb auf einen Widerstreit hinausläuft. Der Grund dafür ist vielleicht, daß gerade er Konflikte am besten auszudrücken verstand. Sein erster Essay nannte sich *‹The Crown›*; aber trotz der *‹Gefiederten Schlange›* ist sein Thema nicht eigentlich die Krone, der Preis, sondern die Antagonisten, die um ihn kämpfen, der Löwe und das Einhorn, eine immer wiederkehrende Metapher für seinen eigenen Kampf, zunächst, um überhaupt zu sein, und dann, sich selbst zu erkennen. Ein angestrengtes Bemühen, durch Leben lernen, *zu sein*, und durch Leben lernen, *zu erkennen*; das eben erfährt man aus seiner Autobiographie.

Der Dualismus oder Antagonismus in ihm gibt uns den Schlüssel für seinen Umgang mit Symbolen. Man sehe nur die immer wiederkehrenden Ausdrücke, sie entschlüsseln seinen inneren Konflikt, indem sie das Gegenteil von dem ausdrücken, was er ist, was er zu sein bestrebt war. Zum Beispiel:

«Die dunklen Götter»	ein Mann des Lichts, ein Mann des Geistes, ein Intellektueller.
«Das Absolute»	ein Mensch im Zwiespalt, auf der Suche nach Einheit; einer, der die Relativität der Dinge gesehen hat, die Duldsamkeit der Indifferenz, wie Spengler es von dem «zivilisierten» Menschen sagt, und der davon tief getroffen ist.
«Über die Frau hinaus»	einer, der grausam an sie gekettet ist, durch seine bisexuelle Erlöser-Natur, durch Ödipus-Komplex.

«Verderbtheit und Tod»	einer, der frei vom Bösen ist, frei von zersetzenden Eigenschaften, einer, der Fluß und Bewegung ist, nicht den Wintersümpfen des lebenden Todes verhaftet, sondern vital lebendig, eine Blüte von Dasein.
«Dunkle Gewalt»	einer von höher gearteter Potenz, spirituell und überhaupt.
«Außermenschliche, außerpersönliche Anspannung»	weil er allzu menschlich und ein allzu persönliches Individuum ist.

Seine Wahl des dunklen Gottes, Quetzalcoatl, Vogel-Schlange, ist bezeichnend. Selbst in seiner Wahl des Gottes hält er an der Dualität fest – er löst sein Problem, indem er die widerstreitenden Elemente versöhnt. Und dieser Zwittergott in seinen beiden Aspekten ist das Symbol für die Seele. Er gelangt zu seinem höchsten Symbol durch eine Rückwendung auf die Tierwelt. Er will die Definition des Gottes im substantiellen Bild mit seiner Betonung von Instinkt und Gefühl. Man betrachte die Schlange, hervorgegangen aus dem ursprünglichen Seelen-Wurm, der den Leichnam verlassen hat, sie steht für das Wissen von der Erde, eine Kreatur, die an die Erde gekettet ist, gezwungen, ständig auf dem Bauch über die Erdoberfläche zu kriechen, und ihre Weisheit kommt aus dem Kontakt mit dem Bauch, aus dem Gefühl der Berührung, an dem es uns nach Lawrence' Meinung empfindlich mangelt. Denn er beklagt die Verarmung unseres Tastsinns.

Dieses Wissen, das von der Erde stammt, ist das *einzige* Wissen überhaupt – es bezeichnet die ewigen Grenzen, die dem hochfliegenden, forschenden Menschengeist entgegenstehen. Es bewahrt das Körpergefühl, das Gefühl vom Ursprung. Darin bekundet sich auch die für Sinneseindrücke empfängliche Natur des Menschen, die Annahme und Wertschätzung des Lebens durch den geheiligten Leib. Erneuerung durch die Erde, durch Lebensinstinkte, durch Abwerfen der alten Haut, durch ständige Metamorphose, durch das Wissen aus Erfahrung, durch den Kontakt mit greifbaren Dingen, mit Wirklichkeiten. Die ganze allegorische Bedeutung der

Schlange, das Gefühl von Sünde, vom Bösen, ist grandios und höchst aufschlußreich.

Der Vogel repräsentiert die höchste Metamorphose der Seelenvorstellung unter allen spirituellen Symbolen, die von Lebewesen verehrt werden. Der Vogel, gleich dem Wurm, erhebt sich von dem toten Körper, und im Sinne der Evolution entwickelt sich der Vogel aus der Schlange. Hier sollten wir in Parenthese bemerken, daß der Übergang von der Erde zum Himmel, wie er in der makrokosmischen Vorstellung des primitiven Menschen vorkommt, ein unvermittelter Sprung von der Erde zu den Sternen ist – der lange, gewundene Weg zurück zur Erde, wiederum durch den Menschen. Der Vogel dient zum Brückenschlag in das Jenseitige, das große, spirituelle Anliegen des Menschen.

Das sind die beiden vorherrschenden Züge in Lawrence' Natur: dicht, dicht am Boden, Wissen vom Körper her, Kontakt, Verwandtschaft, grausiges Wissen oder Wahrheit von der Wirklichkeit. Die Schlange, die wir am meisten fürchten – höchst bösartig, tödlich. Verrat. Falsche Verräterin. Zerstörerin der Unschuld. Und dann der Vogel, der das Streben des Menschen nach Unsterblichkeit, nach Dingen außerhalb seiner Reichweite, befriedigt, das Feine, das Ätherische, das Göttliche. So löst er durch ein Absolutum, das die dualistischen Elemente seines Wesens zusammenschließt, die Gespaltenheit seiner Natur. Alle Absoluta erweisen sich in der Analyse als relativ, als Vereinigung unvereinbarer Dinge. Gerade sein Dualismus, seine innere Uneinigkeit, bringt ihn dazu, das Gegenteil zu postulieren: Einheit.

Doch in der Rolle dessen, der Einheit stiften will (was gegen seine wahre Natur, die wahre Natur des Menschen, geht – ein Postulat von etwas, das er nicht ist, aber immer sein möchte), zahlt er die Strafe, leidet an seinem Schuldbewußtsein, fühlt sich verfolgt durch die andere Seite seines Wesens, die er auf Kosten und zum Ruhme der einen Seite verleugnet hat. Sein Schuldgefühl führt zum Ausdruck seines Verbrechens, nämlich daß er sein Double – das geleugnete alter ego – eingesetzt hat um eines metaphysischen Triumphes willen. Darum auch steht, wenn der Mensch im höchsten Grade religiös ist, dem Gott, den er sich geschaffen hat, eine starke satanische Macht feindlich gegenüber. Und Satan ist immer viel wirklicher, überzeugender, weil er aus dem Schuldgefühl hervorgeht. Daher ist das Problem des Bösen für die großen, frommen Charaktere höchst verwirrend, grausam und rätselhaft. Je stärker das Gott-Element, desto stärker auch das menschliche Element (wie bei Dostojewski), und das ist so, weil die Gott-Ähnlichkeit des Menschen sich in seinem Narzißmus widerspiegelt.

Lawrence verweilt bei dieser Frage, arglos oder unbewußt, als er der Dame Luhan zur Frage des Ichs die Antwort gibt: «Wenn Sie endgültig Meister Ihrer selbst sind, sind Sie nichts . . .» Er weiß, daß die Liebe zum Ich die Auflösung des ego mit sich bringt. Er kommt diesem Wahnsinn, dieser Schizophrenie, so gefährlich nahe, daß er nur mit einer herkulischen Anstrengung zu einer Lösung gelangt – mit seinem dunklen Gott, Quetzalcoatl. Indem er seine gläubige Zuversicht auf die herrscherliche Instanz eines Gottes überträgt, entbindet er sich von der Verantwortung und von dem gläubigen Vertrauen, um das er implizit seine Mitmenschen gebeten hatte, als er sich zum Künstler, das heißt zum Gott ernannte. Sein ganzes Werk hindurch ist dieses Schuldgefühl fürchterlich, und es kommt zu diesem quälenden Verfolgungswahn, der in solchen Fällen so oft zum Wahnsinn führt: «Wir können uns auf unser stolzes, einsames Ich zurückziehen» – und da verfaulen!

Je größer das Gefühl von Geheimnis, desto größer die Dunkelheit im Werk des Künstlers. Dostojewski und Lawrence sind darin ziemlich gleich – nur, bei Dostojewski ist es ein Ringen auf religiöser Ebene, und alles ist eine Frage der Seele; bei Lawrence, der später kam, einem Vertreter des seelenlosen, zivilisierten Menschen, ist es ein Kampf oder das Problem des Menschlich-Animalischen. Dostojewski verherrlicht den Geist, und Lawrence die animalische Natur – beide ringen mit Gott –, denn man kann das Göttliche erreichen, indem man sich tief durch die dunklen, unbewußten Schichten gräbt, oder man gelangt dahin, indem man das Bewußtsein bis an die äußerste Grenze des Schwindens ausdehnt. In beiden haben wir den Konflikt von gleicher Intensität, den dionysischen Konflikt, die gleiche Selbstaufopferung im Werk, die Frage von des Menschen Rettung und Freiheit von Sünde und Übel durch Erlösung, Wiederaufleben in einer anderen besseren Welt der Ganzheit, der endlichen Vereinigung mit dem Universum.

Die Trance des Mystikers und der halluzinatorische Zustand des Schizophrenen sind nahezu gleich. Beides sind Zustände des Wahnsinns. Während es aber beim Mystiker momentan und verjüngend wirkt, ist es beim Geisteskranken von Dauer und mörderisch, was es auch beim Mystiker bei längerer Dauer wäre. Und wirklich hat Dostojewski oft genug erklärt, daß der Moment der Ekstase unerträglich ist, daß er für das ganze Leben eines Menschen reicht, daß er überwältigende Freude und Klarheit schenkt! Und auch Proust hat das wundervoll bezeugt, wenn er die verschiedenen Offenbarungen beschreibt, die ihm zuteil wurden.

Das mag genügen, um den Mystizismus als einen Defekt zu beschreiben, als eine Variante des Wahnsinns, eine Zerrüttung des Nervensystems, die zu völligem Wahnsinn führen kann oder zum Gipfel der Religiosität. Wichtig dabei ist, daß es sich um eine besondere Art von Geisteskrankheit handelt, daß der Mystiker oder Epileptiker oder Neurotiker oder Schizophrene, wenn er davon ergriffen ist, völlig auseinanderbricht: der Riß hat ihn so völlig gespalten, daß sein ego sich auflöst und er mit dem Universum eins wird.

Wenn der Mystiker an Leib und Seele intakt ist, wirkt seine ekstatische Religiosität als eine sanft anhaltende und heilsame Macht. Die widerstreitenden Kräfte in ihm sind in schönem Gleichgewicht, und die Spannung zwischen diesen gegensätzlichen Hälften seiner Natur verschafft ihm das Gefühl und den Genuß des Mysteriums. Der wahrhaft religiöse Geist in einem Menschen ist nur möglich, wenn er ungebrochen und seine Seele jung ist – das heißt, wenn er richtig polarisiert ist. Dann ist alles Leben gleichsam geheiligt. Mit dem Alter, sei es des Individuums, der Kultur oder Rasse, stirbt das religiöse Gefühl ab – es wird zum wirklichen Ende des Lebens hin verzweifelt wiederbelebt als Zuflucht und Ausflucht, wenn alle anderen Lösungen versagen. Das ist nicht die animierende Kraft seines Lebens gewesen. Die Weisheit des Alters bedingt die Fähigkeit, die Wirklichkeit zu akzeptieren, das heißt, das Wissen von einer todbringenden, persönlichen und individuellen Auslöschung. Da sucht man nicht mehr, die fundamentale Grausamkeit und Schrecklichkeit des Lebens zu verschleiern, weil man zum Weiterkämpfen zu erschöpft ist. Das ist nicht so sehr die Annahme des Schicksals, als die *Unterwerfung*.

In der Jugend (Spengler sagt «nur Jugend hat eine Zukunft ... *Schicksal ist immer jung*») nimmt man Schicksal hin *wegen* seines Schreckens. Der Schrecken wirkt anregend. Darum auch erinnert uns Nietzsche, daß der «tragische Sinn» nur bei den jugendlichen Griechen aufkam, daß er eine *Neurose von Gesundheit* war, nicht Pessimismus, sondern ein freudiges Ja zum Leben! Im Alter werden die Symbole, die die Jugend inspirierten, wegdisputiert. Das Alter sieht hinter die Illusionen – zu erschöpft, um noch je die letzten

Wahrheiten zu leugnen. Es hat, mit Kummer, gelernt, daß die Grundprobleme des Lebens unlösbar sind. Es lernt, sich dem Leid und der Zwietracht anzupassen. Dieses Sich-Anpassen ist zugleich, natürlich, die Annäherung an den Tod.

Umgekehrt ist die Fähigkeit, immer neue, immer mehr Symbole aufzurichten, das Zeichen von Vitalität. Ein Volk, eine Rasse, eine Kultur, ein Individuum, stirbt nur, wenn die Fähigkeit zur Schaffung von Illusionen erschöpft ist. Das Interesse an Geschichte ist das Interesse an unserem eigenen Sterben. Geschichte offenbart uns das Fortschreiten von einer Gruppe trügerischer Symbole zu einer anderen. Sie enthüllt das Drama, das heißt den Lebenskampf, mit jeweils einem nährenden Traum und einer Illusion als Mittelpunkt. Das alles verdirbt und negiert die Geschichte durch Erklärung, durch genetische Berichte, durch Evolutionstheorien, durch Probleme der Relativität, Gesichtspunkte, Perspektiven. Ihr Standort ist außerhalb und abseits vom reinen Strom der Bewegung, der Leben ist, und sie untersucht diese Dinge kalt und überlegen, skeptisch, ungläubig und auch *bedauernd.* Für das Alter ist der letzte Mythos oder das letzte Symbol, das standhält, die Wissenschaft. Wissenschaft ist die Zuversicht des Geistes, an Stelle der Zuversicht der Seele. Sie erklärt uns den Tod aller Dinge. Als Trost bietet sie uns Weisheit an, eine Bürde für den leidgeprüften Menschen. Freude ist ausgelöscht. Begeisterung ebenso. Alle Instinkte sind pervertiert, und nur ganz am Ende wird klar, daß die tiefe Sehnsucht im Menschen, die ihn befähigt hat, mit seinem Wissen zu leben, auf Vernichtung, auf Tod aus ist. Alles dies ist so klar, so offensichtlich in unseren Tagen, wo die Wissenschaft sich daran macht, alle Hoffnungen zu zerstören, alle Illusionen, alle Mythen, jede religiöse Inbrunst, alles Geheiligte in ihrer theoretischen Domäne zu zerstören, und sie in der praktischen, angewandten Sphäre die Maschinen endgültiger physischer Vernichtung erfindet. Der Schritt vom Glauben zum Wissen ist der vom Leben zum Tod. Das ist Geschichte.

Ebenso wie die Doppelheit das Schuldbewußtsein des Künstlers heimsucht, so sucht das Unbewußte, das Unerkennbare, Geheimnisvolle, das Reservoir des instinktiven, animalischen Lebens den modernen, überbewußten Menschen heim. Es ist sein Satan in Gestalt der Maschine, deren gehorsamer Sklave er geworden ist. Es ist sein böser Geist, sein alter ego, sein *Doppelgänger*, sein Zerstörer. Wo der religiöse Mensch an der Sünde litt, da leidet der Atheist am

Wahnsinn. Darum auch gleicht der Exorzismus, die Dämonologie der modernen wissenschaftlichen Psychologie so stark jenem mittelalterlichen Humbug. Das Drama von Gut und Böse, das sich einst in der Seele abspielte, spielt sich jetzt im Kopf ab. Das Unbewußte, das der Sitz des Bösen ist, übt jetzt seine Rache an dem bewußten Geist. Die Absolutheit des Geistes ist besiegt von den negativen Kräften der unterdrückten Seele, die wieder an die Oberfläche drängen. Da gibt es keinen Konflikt mehr zwischen der animalischen Natur und dem Göttlichen, weil man nichts mehr von einer Seele weiß, die diesem Dualismus seine ganze Schärfe geben würde. Der Geist ist erhaben, absolut, und ist zwiespältig – und die Geschichte dieser immer größer werdenden Spaltung. Das verherrlichte Ich fällt zusehends auseinander. Das Unbewußte wird ihm zum Verhängnis.

Lawrence' Gottsuche ist dieser Versuch, an die Quelle des Lebens, an den wahren Ursprung zu gelangen, und es macht keinen großen Unterschied, ob Gott nun eine gefiederte Schlange oder eine Idee sei; für Lawrence mußte es wohl eher das dunkle Tiergeschöpf sein, da ja das Lebensgefäß von allem Geistig-Geistlichen entleert war. Als er in ‹*Der Regenbogen*› den geistigen Kräften im Menschen Tribut zollen mußte, gesteht er schon durch die bildlichen Wendungen, die er gebraucht, das mächtige dynamische Prinzip, das sich in der Religion symbolisiert, obwohl es die Tyrannei des Geistes sei, die sich in der Kathedrale verkörpert. Er sieht in der Kathedrale jenen Absolutismus, der die Menschheit wie eine große Flut mit sich zieht; er sieht auch den Niedergang, wie die Menschheit von der Flut weitergetragen, umschlossen und überschwemmt wird, wie sie sich dessen bewußt wird und Widerstand leistet: «Diese listigen kleinen Fratzen (der Wasserspeier), die an der Kathedrale hervorgucken, als wüßten sie es besser. Diese kleinen Teufel, die dem Menschen seine Illusion heimzahlten, wußten sehr wohl, daß die Kathedrale nicht absolut ist . . . Abseits von dem erhebenden Impuls in Richtung auf den Altar, hatten diese kleinen Fratzen eigene Willens- und Wissensimpulse, die der Strömung zuwiderliefen . . .»

Das ist die Ansicht von Anna, der Frau, über die Kathedrale, der Frau, die in der Wirklichkeit des Fleisches in der Erde verankert ist, die die Fügung und Paarung steinerner Bögen in dem düsteren Jenseits der spirituellen Welt des Mannes als etwas Schwächendes, Lebenzerstörendes betrachtet. Durch die Frau führt Lawrence die

Kräfte der Erde vor, die Weisheit der Schlange, der Zerstörerin der göttlichen Unschuld und Jugend. Es ist die Frau, die sich durch ihr tiefes Verwurzeltsein in der Natur jenem idealistischen Trieb zur Abtötung des Fleisches entgegenstellt, der sich in dem ewig fragenden Geist des Mannes, in Gestalt der Kathedrale, symbolisiert. In den schlauen, schelmischen Gesichtern, die aus dem großartigen Gewoge der Kathedrale herauslugen, erblickt sie den gesonderten Willen, das Einzelwissen, den menschlichen, individuellen Trotz gegen die Tyrannei des Abstrakten und Absoluten. Sie ahnt, daß das Geheimnis jenes großen gemeinschaftlichen Opfers, das die Errichtung der Kathedralen ermöglicht hat, in der bedeutsamen Leistung des bescheidenen Handwerkers liegt, der nicht der große Architekt oder der einem höheren Impuls gehorchende Künstler ist, sondern ein winziger Mikrokosmos, der die imposante Fassade mit dem schmückenden Beiwerk seines ganz persönlichen Wollens versieht und der seiner Religiosität durch obszöne Formen, durch Schaffung dieser Chimären, dieser Selbstdarstellungen, Ausdruck gibt.

Der Gott, der in dieser großartigen Kathedrale mit ihren bunt leuchtenden Fenstern und emporschießenden Bögen versinnbildlicht wird, dieser Gott ist etwas in uns, das auf dem großen menschlichen Strom mitschwimmt, und es sind wir, die Lächerlichen, Verachteten, Niedrigen, die in dem steinernen Leib der Kathedrale Unsterblichkeit erlangen müssen. Wir haben sie errichtet, und wir beten sie an, und wir können sie zerstören, wenn es uns paßt. Sie ist nicht absolut. Wir haben sie in dauerhaftem Stein geformt als Zeugnis der Beständigkeit des Geistes in uns, aber wir werden nicht ganz von der Flut verschlungen; wir werden ewig herausschauen, mit durchtriebenen, unverbesserlich menschlichen Gesichtern, um den ewigen Menschengeist zu verspotten, um ihn an das zu erinnern, was er, obwohl gerade dies ihm zum Ruhme gereicht, gern ignorieren möchte.

Etwas hiervon deutet Lawrence an, wenn er in seinem Gedicht auf die toskanischen Zypressen der Etrusker gedenkt und sagt:

They are dead, with all their vices,
And all that is left
Is the shadowy monomania of some cypresses
And tombs.

Die *shadowy monomania*! Als wollte er uns das tief einprägen, diesen ewigen Drang nach dem Absoluten, der das Leben mit

Denkmälern, Trauerweiden, Totengedenken und Grabmälern übersät hat. Und er drückt dies in seiner extremsten Form aus, wenn er, als wollte er diesen Geist, den er selbst so tief verkörperte, besonders herausstellen, seinen Haß gegen das Absolute auf die Aasfresser, den Geier und die Hyäne, überträgt: «Die Aasvögel, diese Aristokraten, die in ferner Höhe auf den sterilen Felsen des alten Absoluten hocken, die widerwärtigen Köpfe hart und klein, gleichsam steinern verknotet und in sich verkrampft.» Dies gehört zu den aufschlußreichsten Stellen von allem, was Lawrence geschrieben hat, ein Selbstporträt so schlagend und erschreckend, wie es die obszönen Fratzen an der Kathedrale für die Frau waren. «Der Geier kann die lebende Welt weder sehen noch hören, er ist ein einziges Starren, das nach Aas ausspäht, eine einzige Gier und nichts sonst.» Unleugbar ist dies Lawrence selbst, der Mann, der noch in der Umarmung die Frau durch jenes undurchdringliche, steinern Absolute, in sich Verkrampfte erschreckt. Das steinerne Selbst, jenseits des ego, unmenschlich, unbeugsam, zupackend und verschlingend, das Frau, Sex, Freundschaft, Treue zunichte macht. Das steinerne Auge, zu jenem einzigen Blick erstarrt, dem nach Aasbeute suchenden Blick. Immer Verdorbenes witternd, auf jenem Fels des Absoluten hockend, Aristokrat unter den Vögeln, in luftiger Höhe, über der eigenen Nichtigkeit brütend, denn jenseits dessen ist nichts. Und auch wie die Hyäne, die für die lebendige Welt nahezu blind und taub ist. Taub und blind gegenüber dem menschlichen Strom, der tosenden roten Flut des Lebens, für immer auf den kahlen Felsen des Ichs gebannt: der göttliche Menschengeist auf der Suche nach der eigenen Fäulnis.

Indessen versucht er schließlich die antagonistischen Elemente (Vogel-Weib, Schlange-Mann) zu vereinigen. Er begreift in der Frau die biologische Grausamkeit des unerbittlichen Rasse-Triebs, die bloße Fortdauer der Spezies; ihre sich selbst genügende Erdenweisheit; ihr Bauch- und Schoß-Kontakt mit dem Leben. Astrologisch gehört Lawrence zu Feuer und Luft: daher seine instinktive Wahl des *Phönix*, des einzigen unter allen Vögeln, der aus dem Feuer, aus der Asche des Lebens in die freie Luft aufsteigt. Seine Komplementär-Natur, die ihm fehlte, die er wiederum instinktiv in dem allzu festen Fleisch einer Frieda suchte, war Wasser und Erde; er brauchte das weibliche Fluidum, weil er selbst in der Gefahr der Fixierung auf die obere Schicht der «Ideen» war, und er brauchte ihre tiefe Erdverbundenheit, um sich brüderlich mit Mann und

Frau vereinen zu können, wie er es so gut mit Vogel und Tier und Blume verstand. Seine Betonung des Außermenschlichen, um so an die Quintessenz der Menschennatur heranzukommen – was ist das anderes als der Umweg des Feuer-und-Luft-Menschen, der durch den Geist zu den Dingen gelangen muß, durch die Maske der Ideologie. Er suchte den Kern der Dinge – nicht die Phänomene. Das ist reine Erkenntnistheorie. So im Bilde des Vogels befriedigt er das rastlose Suchen, das Fliegen, die Ungreifbarkeit, das Gegenmittel gegen seine intellektuelle Entrücktheit und Distanz.

Lawrence' ganzes Leben war ein Kampf, und seine Philosophie des Lebens basiert auf einem kämpferischen Gefühl. Dies ist die dionysische Ansicht von Wahrheit, die man nicht durch den Intellekt lernt, sondern durch Leiden und Erfahrung. An Stelle der Absoluta, die uns von abstrakten Denkern aufgenötigt werden, bietet er ein relatives Absolutum an, das sich auf diese Vorstellung von ewigem Widerstreit gründet. Weisheit, wie er sie sieht, heißt, diesen Zustand ewigen Widerstreits zu akzeptieren: die Auflösung zweier gegensätzlicher Kräfte im Strom des Lebens. ‹*The Crown*›, geschrieben, als er dreißig war, nähert sich der Quintessenz seiner Philosophie, seinem Kampf, die Idee von einem Heiligen Geist im Gegensatz zu einem absoluten Gott zu vermitteln, seine Idee, Gott wirklich und psychologisch zu machen oder, wie ich schon sagte, die Welt religiös und gottlos zu machen.

Lawrence schrieb ‹*The Crown*›, als der Krieg zwölf Monate im Gange war. Er schrieb den Essay auf Murrys Anregung für ein kleines Magazin, das sich *The Signature* nannte. In seiner Nachbemerkung zu ‹*The Crown*› spricht Lawrence von seinen Gefühlen dabei: «Für mich bedeutete das kein wirkliches Wagnis: eine kleine Eskapade. Ich kann nicht daran glauben, ‹etwas zu tun› wie dieses. In einem großen Ringen, wie im Krieg, läßt sich nichts ‹tun› im Sinne von Murry. Vielleicht werden die Menschen sich auf viele, viele Jahre hinaus nicht daran machen, etwas ‹zu tun›. Und selbst dann nur, nachdem sie sich schrittweise, grundlegend verändert haben.» Er fährt fort: «Ich wußte damals und weiß jetzt, daß es, soweit es mich betrifft, zu nichts führt, öffentlich etwas zu tun. Es hat keinen Zweck, die gegenwärtigen Formen nur verändern zu wollen. Die ganze große Form unserer Ära wird verschwinden müssen. Und nichts wird sie wirklich verschwinden machen als nur die neuen Schößlinge von Leben, die nach oben drängen und die Fundamente sprengen. Und man kann nichts tun, als mit aller Kraft darum zu kämpfen, daß die neuen Schößlinge des Lebens nicht ausgetreten werden, sondern wachsen können. Wir können Leben nicht machen. Wir können nur für das Leben kämpfen, das in uns wachsen will.»

Erinnert sich irgendwer, während des Krieges oder danach von *‹The Crown›* gehört zu haben? Es scheint völlig unbeachtet geblieben zu sein, mehr noch als *‹Spiel des Unbewußten›*. Und doch ist dieser lange Essay Lawrencescher Mystik in bestem Sinne, meiner Meinung nach, das wichtigste Zeugnis, das von dem Krieg geblieben ist. Schon damit allein hätte er als das Genie anerkannt werden müssen, das er war. Alles übrige mag irgendwann untergehen, aber dies wird bleiben. Denn dies ist wahrhaft der Kern von Lawrence, sein Innerstes, in eine Sprache übertragen, die noch den höchsten Sinn übersteigt. Das hier Ausgesprochene hat er nie übertroffen oder auch nur wieder erreicht. Es wurde geschrieben, als er von Glaube und Hoffnung entflammt war, als er glaubte, es sei noch möglich, den Menschen wiederzuerschaffen. Zusammen mit *‹Der Regenbogen›* enthält es die Summe seiner Philosophie, seine strahlende Vision vom Leben. Alle Themen, die er später in seinen Romanen verarbeiten sollte, alle Symbole, die er später mit immer neuer Sinngebung benutzen sollte, sind hier schon enthalten. Das Rätsel ist hier klar herausgestellt, als Herausforderung angenommen und als poetisches Faktum ausgedrückt. Es ist vollgepackt mit Gott, mit der tiefsten Deutung von Leben, die unser Zeitalter erlebt hat – und es blieb am Rande liegen, wurde ignoriert und mißverstanden von den vielen, deren freundschaftlicher Zuspruch ihn ermutigte, es zu schreiben.

‹The Crown› ist schwierig, nahezu dunkel – weil wir die Fähigkeit verloren haben zu denken und zu fühlen, wie dieser Mann Gottes fühlte und dachte, als er in seinem Innersten angerührt wurde. Der Schrecken des Krieges war für ihn so real, ein solcher Affront für seine poetische Vision von Leben, daß er entweder verrückt werden mußte oder eine ganz neue Deutung von Leben finden, eine Deutung, die den Krieg mit umfaßte und ihn transzendierte. Hier liegt die schreckliche Aufrichtigkeit von Lawrence, seine *Integrität*, wenn man so will, denn als unheilbarer Idealist, der er war, konnte er die Augen nicht vor den harten Bedingungen der Existenz verschließen. Der Krieg verwundete seinen Geist tausendmal mehr

als die Leiber derer, die in den Schützengräben fielen. Denn die große Mehrheit ging in ihren Tod, wie sie auch durch ihr Leben gegangen war – blind und fühllos.

Lawrence geht das Problem sehr direkt an. Er sieht den Menschen in der Form seiner Kultur gefangen, ein Fötus im Mutterschoß der Nacht, der danach ringt, geboren zu werden. Und wir nehmen dieses Leben im Dunkel als das *einzige* Leben hin. Wir fallen dahin zurück, woher wir kamen, ohne je das Licht gesehen zu haben. Das ist (ganz kurz gesagt) die Verfassung unseres Lebens heute. Die schreckliche Wirklichkeit des Krieges wird somit für Lawrence lediglich zum Symbol einer noch größeren Wirklichkeit: dem Ringen darum, geboren zu werden! Damit, so sage ich, steht Lawrence hoch über den anderen Männern unserer Zeit, die versucht haben, uns durch ihr Leiden den Sinn des Krieges zu offenbaren. Es gibt Kriege, die steril sind, sagt er, aus denen ergibt sich nichts. Triumph ist steril. Wir wünschen uns eine Vollendung, eine Erfüllung.

Lowenfels kritisiert meine Ansichten, indem er mich auffordert, mich zu fragen, «für wen die Welt denn stirbt». Sich das zu fragen scheint mir ziemlich sinnlos. Die Menschheit ist nicht in Menschen der Wirtschaft und Menschen des Geistes geschieden – unglücklicherweise. Und doch sehe ich, daß Hoffnung, wann immer sie neu entsteht, zwischen beidem schwankt – mal hoffen wir auf eine geistige Regenerierung, mal darauf, daß sozial oder wirtschaftlich wieder alles in die Reihe kommt. Und das eine wirkt auf das andere ein. Wenn eine alte Ordnung stirbt, scheint die Masse wieder zur Geltung zu kommen, bis eine *neue* Ordnung errichtet wird. Immer gibt es eine Hierarchie, von Menschen, von Systemen und von Werten. Und diese angedrohte wirtschaftliche Revolution, womit Lowenfels mich auf den Kern der Dinge stoßen und mich dazu bringen wollte, in Lawrence das Symptom für das Sterben einer alten Ordnung zu sehen, will mir nicht als eine Neuorientierung äußerer Kräfte erscheinen. Es stellt lediglich die Aktualisierung einer Revolution dar, die schon eingetreten ist.

Das eben meint Spengler, wie ich annehme, wenn er sagt, daß schon im neunzehnten Jahrhundert der Sozialismus kein Problem mehr war. Die Idee wird lediglich in die Tat umgesetzt. Was wir jetzt haben, ist nur die Reduktion auf einen statistischen Durchschnitt, jeder Mensch seinem Nachbarn gleichgestellt – schon gar nicht mehr als ein Individuum, sondern nur als ein Zahn in der großen Maschine. Und der Wunsch, Krieg zu vermeiden, ist vielleicht nur die Anerkennung einer organischen Einheit – kein Teil kann den anderen bekriegen, weil dann die Maschine nicht mehr funktionieren würde. Der Körper ist auf eine Zahl reduziert, auf ein Schräubchen oder einen Bolzen oder eine Nute – ein jedes gleich wichtig fürs Funktionieren. Aber diese Maschine braucht ihren Herrn und Meister! Die Maschine kann nicht aus sich selbst funktionieren. Das ist das Ideal der heutigen Revolutionäre – eine Maschine, die aus eigenem Willen funktioniert. Weil es sie glücklich macht, eben eine Maschine zu sein!

Ebenso wie man sich unmöglich den Menschen vorstellen kann, der den Teufel in ihm (das heißt seine «andere» Natur) überwindet, finde ich es unvorstellbar, daß der Mensch die Maschine unter seine Macht zwingt – denn die Maschine ist seine höchste Schöpfung und er hat sich ihr sinnbildlich eingefügt. Der Mensch heute ist weiter nichts als eine personifizierte Maschine (seiner mechanistischen Eroberung von Raum und Natur entspricht seine metaphysische Eroberung von Raum in der wissenschaftlichen Erweiterung seiner Sinne in Gestalt seiner Instrumente, mittels deren er sich ein mechanisches Universum entwirft). Er hat sich, wie Faust, dem Teufel verkauft (als welcher die Machine mit Recht seit jeher gegolten hat). Er ist hoffnungslos versklavt und von ihr beherrscht, in seinem Denken und Handeln.

Es war unmöglich für Lawrence, wie es jetzt unmöglich für mich ist, mir vorzustellen, daß der Mensch, nachdem er alle diese Instrumente der Zerstörung erfunden hat (denn er hat seine wissenschaftlichen Instrumente oder seine Maschinen immer nur benutzt, um etwas zu *erobern*, der Natur etwas an Macht zu entwinden, worin Spengler das bezeichnende Merkmal des Faustischen Willens sieht) – mir vorzustellen, daß er dieses Teufelswerk nicht gegebenenfalls gegen sich selbst verwenden wird. Der Mensch hat die Maschine als seine ganz eigene Methode erfunden, seinem Schicksal ein Ende zu machen. In dem Moment, da er in der Maschine etwas anderes als ein seltsames Phänomen, eine zufällige Entdeckung sah, war er verloren. Er hatte nicht den Mut oder die Weisheit, es dabei bewenden zu lassen (was soviel heißt wie, daß er nicht ein anderer Menschentyp sein konnte). Er suchte die Maschine für seine Zwecke zu benutzen, um die Natur zu erobern – eine Idee, die in dem Glauben wurzelt, daß Wissen Macht und Rettung verspricht. Den gleichen Trugschluß haben wir in der Wissenschaft der Psychologie – dieses «Erkenne dich selbst», das mit Sokrates begann und das jetzt an sein Ende kommt mit der Wiederentdeckung von *Mysterium*, diesem großen Reservoir des Unbewußten, wo die Libido (Gott) regiert.

Nebenbei sollten wir bemerken, daß nur wenig oder gar nicht die Rede davon ist, neue Welten zu erschaffen – nur davon, alte zu zerstören. Sogar die Erde selbst ist von Zerstörung bedroht – jedenfalls in der Theorie, und die ist nur die Vorwegnahme eines Endes. Die gängige Theorie der Thermodynamik, unserer Auslöschung durch den Tod der Erde, ist lediglich der von uns erfundene Mythos als Antwort auf den Tod, den wir in der Seele fühlen. Wir haben unser Ende in Betracht gezogen, und die ganze Welt stirbt mit uns. Wir haben Schicksal erfahren und, obwohl wir es überall in unserem bewußten Denken leugnen, taucht es in fast jeder Vermummung in unseren festgeglaubten Lebenstheorien wieder auf. Zugegeben, wir spekulieren auch über das Leben als etwas Immerwährendes, das anderswo, auf anderen Planeten weitergeht, aber das ist eine bloße Ausflucht, eine Konzession an unsere Instinkte. Vielleicht auch das, was uns veranlaßt hat, uns ein *Multiversum* vorzustellen. Wir können uns niemals ganz abschließen, niemals ganz an unsere rationalistischen Vorstellungen glauben. Und vor uns hatten schon die Hindus sich schwankende Welten vorgestellt, großartige Unmöglichkeiten des Begreifens. Auch sie gingen streng wissenschaftlich vor. Und ebenso wie das meiste von unserer Religion von ihnen stammt, so auch das meiste von unserem fundamentalen wissenschaftlichen Rüstzeug, unsere flexible, funktionale Mathematik. Bei uns hat der Wille stets die Oberhand, drückt unser tiefes Lebensgefühl aus. Wir schaffen uns eine Unsterblichkeit durch die Zeichen der physikalischen Wissenschaften, die Hindus durch eine Hingabe an das große All.

Doch um auf meine früheren Bemerkungen über die Entdeckung des Unbewußten zurückzukommen, so ist die Ironie dabei, daß diese Männer der Weisheit nicht bemerken, was für eine Travestie es ist, diesen Sitz der Seele mit empirischen Methoden entdecken zu wollen. Indessen läßt sich auch vermuten, daß sie, wenn sie dort die ausgedehnte Macht von Mythos und Traum sehen, wiederum dem Zauber substantieller und fundamentaler Glaubensrichtungen zum Opfer fallen werden. Etwas dergleichen muß C. G. Jung vorgeschwebt haben, als er sagte, daß Sonnenanbetung die einzige vernünftige Religion sei. Natürlich nicht vernünftig, denn kein Glaube ist vernünftig. Für uns muß alles immer rational oder irrational sein. Jetzt rationalisieren wir schon über das Irrationale. Wir haben überhaupt nicht mehr die Kraft zur Irrationalität.

Die Betonung des Unbewußten enthüllt überdies die Tatsache, daß der Mensch, in seinem gereiften Zustand, mit seinem Verstand erkennt, daß er an die Grenzen gekommen ist und daß er, um die Quellen seiner Inspiration, den Zauber des primitiven Lebens, die mantische Qualität der Sprache, wiederzuentdecken, zu den dunklen, verborgenen Seelenbezirken zurückkehren muß. Aber da er nicht mehr imstande ist, die Dinge geistig zu interpretieren, entwickelt er ein wissenschaftliches Kauderwelsch, um das Geheimnis zu erklären. Die Erforschung der Personalität in ihren unbewußten Tiefen imitiert nur jene anderen äußerlichen Forschungen – Paläontologie, Archäologie, Geologie usw. Das «Ich» wird in geologischen Begriffen verstanden, als fossile Schicht des Lebewesens!

Wir können von Lawrence lernen, daß wir an Stelle der großen irrationalen Angst, die seit jeher das Kennzeichen der Lebensgeschichte des Menschen war, jetzt eine *Lebensangst* haben, durch die jenes *Empire der Neurose* entstand, dem wir mehr und mehr untertan werden. Alle Kunst erscheint jetzt als kompensatorisch, substitutiv, eskapistisch, um den heutigen psychologischen Jargon zu benutzen. (Das Leben läßt sich nicht mehr denken, außer durch diese Ideologie der Krankheit!) Die Erforschung des Neurotikers (und der Künstler ist, wie ich schon sagte, die höchste Ausprägung des Neurotischen) führt zu der Entdeckung der Präponderanz des Inzestmotivs oder des Wunsches nach Tod und Wiedergeburt – bezeichnende Sprache! In diesem Zeitalter des Skeptizismus kann kein Aspekt der ewigen Religiosität der Menschennatur erscheinen, es sei denn negativ, in diesem Zurückstreben zum Mutterleib, dem Urbehältnis, der Matrix des Lebens.

Zugleich mit der Lebensangst haben wir den zunehmenden Terror der Wirklichkeit (wesentlicher Bestandteil ein und derselben Sache), denn diese Wirklichkeit ist Tod, ein Schicksal, vor dem der Mensch gern die Augen verschließen möchte. Mit dem Nachlassen der Lebensimpulse verliert der Mensch auch seine Todesfurcht, das heißt seinen Drang nach Unsterblichkeit; mit dem Verschwinden dieses Instinkts oder zumindest mit seiner wirksamen Abschwächung hat der Künstler keine Existenzberechtigung mehr. Über einen langen, gewundenen Weg kommt er zur Entdeckung des

Selbst: ein Scheideweg, an dem er entweder eine neue Religion erschaffen oder aber eine Persönlichkeit entwickeln kann.

An diesem Punkt, dem kritischsten Punkt in unserem Geschichtsablauf, da wir innehalten, reflektieren, kritisieren, abschätzen und gezwungen sind, alles genetisch zu interpretieren, muß sich der ausschlaggebende Charakter unserer Seelen entscheiden. Es gibt eine einhellige Meinung auf jedem Gebiet, die mit Lawrence übereinstimmt, daß wir am Ende, am Bankrott der Seele angelangt sind und daß nur noch vage, mystische Hoffnungen, Lügen, Illusionen, romantische Täuschungen übrigbleiben. Die Willenskraft, der dynamische Charakter unserer Kultur, tendiert dahin, die Lebensillusionen zu nähren, die Verewigung *unseres* Beitrags, den Fortbestand *unseres* Typus. Aber es ist klar, daß wir – seelenlos, wurzellos, ohne Mythen – weder eine neue Religion erschaffen, noch eine neue Persönlichkeit entwickeln können. Die großen Persönlichkeiten liegen hinter uns, vor dem Klimakterium der Kultur. Die Erforschung des Ichs führt nirgendwohin, außer zu einem Gefühl der Nichtigkeit, denn Psychologismus ist das Eingeständnis, daß wir schon tot sind, getötet durch den Sieg des Intellekts über die Seele.

Wieder ist es Lawrence, der uns sagt, daß die Toten nicht von selbst auferstehen können, daß sie nur wiedererweckt werden können. Was groß in uns war, wird wiederbelebt werden – später! Nur so bewahren wir uns die Illusion der Unvergänglichkeit. Das Studium der Seele des westlichen Menschen (durch die maßgeblichen Fachgelehrten) führt zu dem einhelligen Urteil, daß hier keine weitere Entwicklung möglich ist. Die völlige Diskreditierung jenes Idealismus, der unsere ganze Geschichte geprägt hat, zeigt, daß die einzig mögliche Hoffnung in der Kultivierung der *Weisheit* liegt, jener metaphysischen Haltung, die höher ist als Streben und Wollen, als Glauben und Handeln. Aber schon die Beschaffenheit unserer Mentalität schließt das aus, ja unsere Sprache, die Schöpferin unserer Ideologien, unserer Gottheiten, unserer Sitten, ist gegen uns. In puncto Weisheit haben die Chinesen sich uns überlegen erwiesen, doch die Geschichte der Menschheit zeigt eins ganz klar – die Unfähigkeit des Menschen, Weisheit zu nutzen, der Weisheit gemäß zu handeln. Das ist immer und überall den wenigen vorbehalten – es kann nicht gelehrt werden. Mit der Weisheit kommt der Sinn für die Tragik des Lebens, den die Griechen in ihrem Goldenen Zeitalter besaßen. Aber nichts deutet darauf hin, daß unser

Schicksal in Richtung auf eine Zunahme von Weisheit liegt. Der ganze Aufwand unseres Lebens beweist das Gegenteil, beweist die Niedrigkeit, die Roheit, die Stupidität, die Gefühllosigkeit, die Temperamentlosigkeit unseres Lebens.

Indessen gibt es immer noch die Möglichkeit einer Renaissance an Stelle von dunklem Mittelalter, doch das hängt ganz und gar von dem Rang der künftigen «individuellen» Künstler ab. Eine Renaissance gründet sich zwangsläufig immer auf ein Mißverständnis, auf einen Geist der Rückschau. Nein, ein dunkles Zeitalter ist vorzuziehen – eine lange Nacht, in der das Leben brachliegt, und die wenigen raren Geister wirken mit geheimem Wissen für die Auferstehung eines neuen Leibes, eines neuen Geistes, einer neuen Kultur.

Für die wenigen sensiblen Geister, die noch übrig sind, ist es klar, daß das Dunkle Zeitalter schon da ist. Die Umwertung aller Werte, die an den Spitzen des Baumes einsetzte, buchstäblich im Mark unserer geistigen Blüte, gewinnt von Tag zu Tag mehr an Raum. Sie wird zur dominierenden fixen Idee der verbleibenden Künstler. Lawrence fuhr in dieser Tradition fort: Nietzsche der Künstler-Philosoph, Lawrence der philosophische Künstler. Die Fähigkeit, Gedanken zu formulieren, sie in großem philosophischem Stil zu proklamieren, schwindet. Nietzsche rettete das Denken vor den Philosophen seiner Zeit durch die bloße Kraft seiner künstlerischen Begabung. Lawrence rettete die Kunst vor den Psychologen durch seine religiöse Sehergabe. In ihnen beiden haben wir den prophetischen Typus. Männer, die den Boden für ein neues religiöses Gefühl bereiten – nicht für ein neues philosophisches Schema. Gerade an der Spitze welkt der Baum zuerst – dem äußeren Anschein nach. Das Denken verfällt. Aber der Tod sitzt natürlich in den Wurzeln. Der Verfall des Denkens ist nur das Symptom des im Stamm verborgenen Todes, wo der Saft vertrocknet. Doch zuerst stirbt der Überbau ab.

Die Künstler, die jetzt erscheinen – zumindest die, die «schöpferisch» genannt zu werden verdienen – sind diejenigen, die sich weigern, das Leben zu einer pilzartigen Wucherung entarten zu lassen, wo die einzige nennenswerte Aktivität der Ameisenfleiß ist. Statt der horizontalen Metaphysik, die sich wie eine Brücke von Gipfel zu Gipfel spannt, bekommen wir eine neue vertikale Philosophie vom Leben, die sich auf ein tiefes Wissen von dem fundamentalen Gegensatz zwischen Leben und Tod gründet. Diese organische, zyklische, kosmische Sicht auf die Dinge steht in scharfem Kontrast zu der Gefahr eines Perpetuums wie in China. Es ist eine Lebensanschauung, die sich auf ein Wissen vom Tod gründet. Sie ist nicht-kulturell, nicht-ästhetisch, nicht-zweckgebunden. Sie gründet sich auf Konflikt, nicht Harmonie. Sie ist zerstörerisch, ganz und gar zerstörerisch. Vernichtend.

Der Tod, der während der Jugend und Reife noch weit fort zu sein schien, verborgen hinter der Maske kultureller Formen, in denen wir uns in Lust und Freiheit bewegten, wird jetzt der Magnet, der uns fasziniert zum Abgrund zieht. Der Tod nimmt seine befruchtende Funktion an. Wir unterscheiden jetzt zwischen «schöpferischem» Tod und anderen Formen von Tod. Das Leben richtet sich auf den Tod ein. *Todesphilosophie*. Wieder vernehmen wir die Sprache der Mysterien, die Sprache, die auf Fruchtbarkeit gerichtet ist. Denn die quälende Angst ist Sterilität, Erschöpftheit, und diese Angst findet ihren Ausdruck nicht in der Frage «Werden wir noch fähig sein zu leben?», sondern «Werden wir je fähig sein zu sterben?». Weil uns jetzt klar ist, daß, wenn wir nicht sterben, nie etwas Neues geboren werden wird. Wir stehen vor dem ernsten Problem, ob das Leben (das sogenannte) imstande sein wird, sich die toten Götter einzuverleiben. Die Gefahr liegt in der Tatsache, daß die Götter vielleicht unbemerkt auf Erden wandeln und einen nichtigen Tod sterben, weil sie nicht verzehrt wurden. Das Problem des kommenden orphischen Künstlers ist, wie, mit welchen Mitteln er einen magischen Sinn, eine magische Beziehung zwischen sich und der großen Masse wiederherstellen soll. Für ihn verengt sich das ganze Problem der Existenz darauf, eine vitale Beziehung oder Verbindung zwischen Mann und Mann, zwischen Mann und Weib, zwischen dem Menschen und dem Universum wiederherzustellen. Ein Gefühl vom Kosmos zu erwecken, wie Lawrence uns in *‹Spiel des Unbewußten›* ermahnt.

Die chthonische Sprache von Lawrence und seine ungemein einprägsame Benutzung von Symbolen ist eindrucksvoll und kündigt einen Typ von Künstler an, der in dunkler Zeit weiter am Werk ist und die Hohlformen schmiedet, aus denen das Neue hervorgehen soll. Lawrence trat auf, als es noch ein gewisses Maß von Kommunikation zwischen dem Künstler und seinem Auditorium gab. Aber seine Welt ist in raschem Schwinden begriffen und mit ihr eine ganze Gattung von Künstlern, für die es keine Verwendung mehr gibt. Unsere Ära steht im Zeichen der unterschiedslosen

Gesamtheit – die tuberkulöse Ära –, und in diesem dunklen Zeitalter wird der Kampf ums tägliche Brot alle anderen Kontroversen überdecken. Während Lawrence' dunkle Sprache schmerzhaft klar ist, wird die Sprache der wenigen verbleibenden Künstler mehr und mehr kryptisch, unkommunikativ werden. Wenn alle äußerlichen Arzneien versagen, wenn der Glaube an soziale Allheilmittel schwindet, wird die dunkle symbolische Sprache des Künstlers neue Kraft gewinnen, bis sie die Massen wie eine Seuche hinwegfegt.

Das Wiederaufleben dieser Infektion zwischen Künstler und Allgemeinheit ist von höchster Wichtigkeit, weil darin gerade das Gefühl für Ehrfurcht und Geheimnis – das religiöse Gefühl – liegt, das verkümmert ist. Und da der sterbende Baum seinen Tod zuerst in seinen äußersten Zweigen anzeigt, ist die einzige Sprache von vitaler, ansteckender Kraft die männliche, symbolische Sprache der Wurzeln, wo der Urtod, der *wirkliche* Tod stattfindet.

Hier liegt einer der bemerkenswertesten Unterschiede zwischen einem «Modernen», wie Joyce, und Lawrence: in der Sprache, die jeder der beiden sich geschaffen hat. Die Impulse sind diametral entgegengesetzt: Joyce möchte Sinnfälligkeit vermeiden, und so ist Sprache für ihn eine Barriere, die er gegen die Welt errichten muß; Lawrence hingegen setzt nahezu alles in die Bedeutung als ein Mittel, die Schranken niederzureißen. Bestrebt, dem Alptraum der Geschichte zu entfliehen, wie ich schon früher betont habe, und unfähig, mit der Welt zurechtzukommen, möchte Joyce sie auflösen. Lawrence, von dem gleichen tiefen Widerwillen beseelt und ebenso unfähig, es mit dieser Welt aufzunehmen, zerstört sie, um sie neu aufzubauen, eine andere, vollkommenere Welt zu erschaffen. Joyce macht, mit Molly Bloom, einen Rückgriff auf die natürliche Welt, seine einzige Lösung in dem Zwiespalt ist eine Kapitulation vor den biologischen Kräften. Lawrence stirbt einen schöpferischen Tod, einen Tod, in dem das Universum mit ihm untergeht, um neu geboren zu werden.

Sprache ist ein Ursymbol: in ihrer Doppelfunktion von Kommunikation und Ausdruck ist sie das mächtigste und zugleich feinste Symbol der Seele. In dem Wirrwarr, der das endgültige Chaos einleitet, muß die Sprache als letztes verändert werden. Wenn die Sprache pervertiert ist, hat die endgültige Auflösung eingesetzt – da sind keine Schranken mehr einzureißen. Die «Revolution des Wortes» markiert den äußersten Zusammenbruch unserer Welt; sie ist das Gegenstück zur Zerstörung des ego, zur Fusion der Geschlechter, zum Automatismus unseres mechanisierten Lebens. Die große Hamlet-Faust-Legende, die nach dem Tod des «individuellen» Menschen aufkam, zeitigt ihre logische Frucht bei Proust und Joyce. In unserem Bemühen, uns von den Fesseln der Religion zu befreien, sind wir nur noch elender geworden, bedrückter, noch mehr versklavt. Die eigentlichen Faktoren in unserer Zivilisation im weitesten Sinne des Wortes, die Gutes versprachen, enthielten, wie wir jetzt sehen, die Keime des Untergangs. Der Drang, der den Ton und Charakter unserer Zivilisation bestimmt, ihr Kraft gab, fällt wie ein stumpfer, verbogener Pfeil wieder zur Erde zurück.

Wir sehen jetzt, wie in der organischen Entwicklung einer großen Kultur die besonderen passenden Mythen auftauchten, die das Grundmuster für den breiten Überbau von Kunst, Religion, Sitten und Gebräuchen lieferten. Wir haben gesehen, wie die Sprache eines Volkes sich in der Anpassung der Seele an diese wechselhaften Entwicklungen verändert. Und blicken wir auf unsere Hamlet-Faustische Seele, die aus dem Mutterboden der antiken Welt entsprang, dann erkennen wir heute die weite Flugbahn, die wir beschrieben haben, und wie der Pfeil mit immer größerer Geschwindigkeit zur Erde stürzt, so ist auch unser Bewußtsein vom Ende und unsere Angst davor maßlos gewachsen. Während der gemeine Mann sich verzweifelt bemühte, noch einen Funken von Hoffnung zu bewahren, war der Künstler schon seit Jahrhunderten dabei, das Ende anzuzeigen, anfangs blind und intuitiv, doch im Ablauf der Zeit mit immer zunehmender Gewißheit und Entschiedenheit. Bis es heute nicht mehr nur ein Ruf aus Kummer und Pein ist, sondern ein langgezogener qualvoller Schrei. Heute ist es nicht mehr möglich, die Warnzeichen zu beachten: auf ihren eisernen Geleisen hat unsere Maschine schon die letzten Signale passiert.

Weisheit, die im Klimakterium einer Kultur das alleinige Vorrecht des Künstlers war, ist heute auf den Weisen übergegangen. Und der Weise stellt sich für uns heute in der Person des Psychiaters dar. Weil nun Weisheit stets Anpassung des Individuums an die Welt ringsum, an die jeweilige Ideologie, an die vorherrschende Moral bedeutet, bedeutet Weisheit heute Stagnation. Wir müssen vor den Männern der Weisheit gerettet werden.

Lawrence gilt manchmal als der Romancier der Psychoanalyse. Obwohl er zuweilen deren Terminologie benutzte, verfehlt man doch das Wesentliche seiner Bücher, wenn man sie rein pathologisch interpretiert, vom Standpunkt einer Wissenschaft aus, die die Parzen und Furien der klassischen Tragödie durch «Kindheitserfahrungen» ersetzt und diesen mit der Macht, Ereignisse vorherzubestimmen, ehe sie eingetreten sind, eine solche Schicksalhaftigkeit im Drama gibt, wie nur je einem verfrüht eingeführten *deus ex machina*. In Lawrence' Romanen gehört ganz wesentlich zu seinen Charakteren die Fähigkeit, Macht über ihr eigenes Schicksal zu haben, oder aber die Fähigkeit, sich in ihr Schicksal zu ergeben.

Überdies ist es wunderbar, wie eng die Ideen von Lawrence mit den höchsten Gedankenflügen von C. G. Jung und Spengler zusammengehen. Er gelangte zu seinen Ideen gleichzeitig mit ihnen, aber unabhängig von ihnen; *‹The Crown›* (der Keim von allem) ist 1915 geschrieben, genau in der Periode, da Spengler und Jung eifrig dabei sind, ihre Ideen über Geschichte und Psyche zu entwickeln. Und Lawrence steht über ihnen als ihr Vorläufer, wie noch je der Künstler, was meine feste Überzeugung bestätigt, daß der wahre Künstler nicht das geringste den Psychoanalytikern noch den Wissenschaftlern überhaupt verdankt. Gerade sie sind in seiner Schuld. Sie plündern ihn aus, indem sie tote Schemata aus seiner lebendigen Anschauung der Dinge machen.

Denn Lawrence schrieb *‹Söhne und Liebhaber›* und *‹Der Regenbogen›* ohne genauere Kenntnis des psychologischen Jargons. Für mich ist das wieder ein Beweis für das, was an der «Psychologie» verhängnisvoll ist: das Systematisieren, der riesige, lächerliche Aufwand an Terminologie, der Hokuspokus – schlimmer als in jedem anderen wissenschaftlichen System und nur ein Selbstzweck –, wohingegen das wirklich schöpferische Individuum stets eine eigene «Psychologie» hat, die natürliche, instinktive, intuitive Psychologie.

Dies ist ein Teil von der Deutung, die in Lawrence den «magischen» Typus sieht, der sozusagen durch Infektion auf die Menschen wirken möchte. Seine Weisheit hatte er sich in inneren Kämpfen errungen, und daher stellt er keinen Code, keine Gesetze, keine Theorien auf, denen nachzueifern wäre. Jedem seine eigene Entdeckung durch «erlittene Erfahrung». Das *Königreich des Himmels ist in dir*. Das ist die Weisheit, die auf je verschiedene Art von den höchsten Vertretern des Menschengeschlechts die ganze Geschichte hindurch andauernd wiederholt wird; das heißt Entfaltung der Persönlichkeit. Sein Heiliger Geist, diese rätselhafte Konzeption, ist nur seine Art, auf die geheimnisvolle Quelle des Selbst zu verweisen, den schöpferischen Instinkt, Leitstern und Gewissen, was die Psychologen als die «Position des Selbst» im Verhältnis zum ego und zum id zu erklären versucht haben.

Die spontane, lebendige, individuelle Seele, das ist der Schlüssel, und der einzige Schlüssel. Alles andere ist davon abgeleitet. Dies ist Lawrence' Anschauung der Welt. Dies ist Lawrence' Herausforderung an den Mythos der Wissenschaft; dies ist der lebendige, vitale Glaube, den er uns anbietet als Alternative zu dem leblosen Glauben der Wissenschaft, der nur mit dem Tod befaßt ist, mit Fakten und Phänomenen, mit Namen, mit Sinnzusammenhängen, die jeder Bedeutung entbehren. Darum auch kann Lawrence so mit Recht der Welt der Indianer Tribut zollen, der primitiven Menschen aller Zeiten und allerorten, deren Welten, mögen sie auch im Vergleich zu der unseren winzig erscheinen, zumindest einheitlich, festgefügt und sinnvoll sind. Es macht Lawrence nichts aus, wenn seine Kosmogonie kindisch erscheint: er will eine Welt, in der der Mensch *leben* kann, eine Welt, die den Menschen ihren Glauben wiedergibt und ihrem Leben Impulse und Richtung. Und so wird Lawrence gleichsam der Apostel des Tages, während Proust und Joyce mir als Sklaven der Nacht erscheinen.

Aus welchem Grund, so frage ich mich, ist es so ungemein schwierig, diesen Schlüssel zu Lawrence' Persönlichkeit zu erfassen? Das Dunkel ist mächtig, so mächtig, daß es meine ganze Kraft erfordert, damit auch nur zurechtzukommen. Die Antwort ist vielleicht, daß Lawrence mit Absicht dieses Dunkel gewollt hat und daß folglich all diese Bemühungen, ihn zu erklären, ein Zurückgehen auf und ein neues Ringen mit den gleichen Problemen bedeuten, denen er sich gegenübersah. Er bringt uns zurück an die Quelle.

Immer bringt er einen zurück an die Quelle, buchstäblich an das Herz des Kosmos, und zwar durch ein mystisches Labyrinth aus Symbol und Metapher. Phönix, Krone, Regenbogen, gefiederte Schlange – alle diese Symbole kreisen um ein und dieselbe fixe Idee: die Auflösung zweier Gegensätze in der Form eines symbolischen Mysteriums. Trotz seines Fortschreitens von einer Konfliktebene zur anderen, von einem Lebensproblem zum anderen, bleibt der symbolische Charakter seines Werks unverändert erhalten. Er ist ein Mann mit einer einzigen Idee: *daß das Leben eine symbolische*

Bedeutung hat. Was soviel besagt wie, daß Leben und Kunst eins sind.

An seiner Wahl des Regenbogens zum Beispiel sieht man, wie es ihm darauf ankam, die ewige Hoffnung im Menschen zu verherrlichen, die Illusion, auf der seine Rechtfertigung als Künstler beruht. In allen seinen Symbolen, zumal in Phönix und Krone, denn das waren seine frühesten und mächtigsten Symbole, bemerken wir, daß er damit nur seiner eigentlichen Natur, seinem künstlerischen Sein, konkrete Form geben wollte. Denn der Künstler im Menschen ist das unvergängliche Symbol der beiden einander widerstreitenden Seiten seines Wesens. Er muß dem Leben einen Sinn geben wegen der offensichtlichen Tatsache, daß es keinen hat. Es muß etwas erfunden werden als ein heilsames Zwischenglied zwischen Leben und Tod, denn die Schlußfolgerung, auf die Leben hinausläuft, ist Tod, und vor diesem endgültigen Sachverhalt verschließt der Mensch instinktiv und beharrlich die Augen. Der Sinn von Mysterium, der am Grunde aller Kunst liegt, ist das Amalgam all der namenlosen Schrecken, die die grausame Wirklichkeit des Todes einflößt. Tod muß also besiegt werden – oder verkleidet, oder völlig umgewandelt werden. Aber in dem Versuch, den Tod zu besiegen, mußte der Mensch unweigerlich auch das Leben besiegen, denn beides ist unlöslich aufeinander bezogen. Leben schreitet fort zum Tode, und das eine zu leugnen, heißt auch das andere leugnen. Der ernste Sinn von Schicksal, den jedes schöpferische Individuum enthüllt, liegt in diesem Wissen um das Ziel, in dieser *Bejahung* des Ziels, in diesem Zugehen auf ein Schicksal, das eins ist mit den unergründlichen Mächten, die es beseelen und antreiben.

Gerade diese Wechselwirkung zwischen Kunst und Leben, das Paradox des Künstlers, kann Murry nicht verstehen, und darum ist sein Loblied auf Lawrence so von Grund auf gemein. Als hervorragender Intellektueller betrachtet Murry *‹Spiel des Unbewußten›* als Lawrence' größtes Werk – «glänzend von Lebensweisheit». Nun muß ich zugeben, daß Lawrence' Ideen aufregender sind in abstracto, als wenn sie in Form von fiction ausgeführt sind; seinen Charakteren und Romanen fehlt da etwas, ist unvollständig, steril und künstlich; sie ziehen nicht die Summe aus seinen Ideen, oder vielleicht doch, aber nur sozusagen arithmetisch; Lawrence ist größer als seine Charaktere, größer als seine Bücher. Aber das ist es nicht, was Murry dazu bringt, in *‹Spiel des Unbewußten›* den Gipfel der Vollendung zu sehen, von dem aus alle anderen Werke dieses Mannes zu beurteilen wären.

Murry hat allerlei gesagt, was an die Tiefe von Lawrence rührt, aber ohne Begeisterung, ohne die visionäre Kraft. Murry ist für jede Betrachtung von Lawrence wichtig, weil er genau jener kalte Typ des Intellektuellen ist, den Lawrence ausgemerzt wünschte, und doch will es die Ironie des Schicksals (vielleicht nicht sie allein), daß ausgerechnet dieser ewige Feind von Lawrence ihn bis heute am tiefsten gedeutet hat. «Noch als unsterbliche Geister werden wir jeder in einem anderen Hades wohnen», schrieb Lawrence von seinem Sterbebett aus. Und so finden diese gräßlichen Freundinnen, die an Lawrence' Schrein ihre Andacht verrichteten, ein besonderes Vergnügen darin, in dem Spalt zwischen Murry und Lawrence herumzubohren. Murry ist der Judas, der «unter dem Vorwand intellektueller Redlichkeit» alles tut, um seinen Heiland zu vernichten. Für jene aber ist «intellektuelle Redlichkeit» schon an sich verdächtig. Und natürlich haben sie recht, diese Blutsaugerinnen, denn das einzige, was Murry für seinen Mangel an Geist zu bieten hat, ist seine «intellektuelle Redlichkeit».

Murry besitzt die praktische Weisheit, an der es Lawrence fehlte. Murry scheint das hin und wieder begriffen zu haben. Das verrät er besonders in dem folgenden Passus: «Aber ein großer Künstler war er nicht. Er war ein Prophet, ein Psychologe, ein Philosoph, was immer man will – doch mehr als jedes andere war er der große Lebensabenteurer der modernen Zeit.» Was Murry meint, aber nicht sagt, ist, daß Lawrence eben ein großer Künstler *war*, und *nicht* ein Prophet, Psychologe oder Philosoph, weil Murry nämlich hier auf dem Felde der Abstraktion leicht mit ihm fertig werden und seine eigene Überlegenheit zeigen kann, was im Grunde der ganze Zweck seines Buches ist – unbestreitbar. Worauf Murry bei Lawrence neidisch ist, das ist sein Genius, alles was ihn für Murry fremd macht und auch unbegreiflich. Und wenn er ihn den großen Lebensabenteurer der modernen Zeit nennt, wie aufrichtig das auch gemeint sein mag, dann wissen wir, daß dahinter Neid und Bosheit lauern, weil Murry wiederum nur zu deutlich macht, daß die große Pilgerfahrt nur ein weiteres Symptom für die Schwächen des Mannes war.

Und doch ist für den kalten Intellektuellen, der unfähig ist, loszuziehen und am Leben teilzuhaben, selbst diese schmähliche Flucht rund um die Welt, die Murry mit seinen Sticheleien lächerlich macht, uneingestandenermaßen eine Leistung – zumindest ist es ein saftiger Bissen, den er ohne Groll den Bewunderern von Lawrence hinwerfen kann. Denn im gleichen Maß wie Lawrence an Bedeutung gewinnt, muß Murry an Bedeutung verlieren. Murry weiß das sehr gut, und weil er es so gut weiß, macht er den wahrhaft glänzenden Versuch, sich ständig an ein Stückchen von Lawrence' Ruhm anzuhängen. Wenn man also zugibt, daß in Murrys Haltung Haß, Neid und Bosheit ebenso sind wie liebevolle Bewunderung und Hingabe, dann heißt das nicht im geringsten, die Verdienste seines Buches herabzusetzen. Es ist ein aufschlußreiches Buch, das sogar noch tiefere Probleme aufwirft, als Lawrence selbst bewußt waren. Fragen, wie ich zugeben muß, die in anderen Büchern über Lawrence nicht auftauchen. Und eines der Hauptprobleme, die Murry aufgreift, ist die Frage nach dem «Künstler» in Lawrence.

Ganz abgesehen von den zugegebenermaßen menschlichen Vorurteilen von Murry, dem Freund und Rivalen, kommt er in dem Kapitel über *‹Spiel des Unbewußten›* und auch sonst in diesem Buch auf etwas, das als das zentrale Problem in all unseren Diskussionen über «Kunst» heute gelten könnte. Eine Anschauung von einzigartigem Interesse für uns, die jedoch in der Vergangenheit unzulässig gewesen wäre. Im Grunde, sagt Murry, hatte Lawrence nichts mit Kunst im Sinn. Was andere als einen Mangel betrachteten – nicht genügend Künstler zu sein –, betrachtet Murry als einen Beweis für seinen hohen Rang. Wirklich überragte Lawrence, wie Murry sagt, seine Zeitgenossen um Haupteslänge, eben durch seine Erkenntnis, daß in unserer Zeit die notwendigen Voraussetzungen für große Kunst fehlen. Hier, so denke ich, ist es nötig, Murry ausführlich zu zitieren:

«Der Künstler muß einer Autorität dienen, die er als an Größe ihm überlegen anerkennt, sei es nun Gott oder König oder beide zusammen; er stellt die bestehenden Machtfaktoren nicht in Frage. Dann und nur dann ist er frei, ein Künstler zu sein, mit ganzem Herzen, ganzem Geist und ganzer Seele. Diese Voraussetzungen bestehen heute nicht, und es wird sie in Zukunft für eine lange Zeit nicht geben. Der Künstler heute findet keine geistige Autorität, die er instinktiv anerkennt. Wenn er irgendeine anerkennt, dann die Autorität der Kunst an sich, was eine reine Wortklauberei ist. Kunst ist nicht eine Autorität, sie ist das Mittel, durch das Autorität offenbar werden und Ausdruck finden kann. So daß der Künstler, sofern er gewissenhaft genug ist, um großer Kunst fähig zu sein, unweigerlich von dem Bestreben getragen ist, die Autorität zu entdecken oder zu schaffen, ohne die seine Aktivität als Künstler entweder trivial oder anarchisch ist.

Lawrence hatte die Situation intuitiv erfaßt; er verstand sie besser als jeder andere Künstler seiner Zeit. Er gab den Anspruch, ein Künstler zu sein, ganz bewußt auf. Der Roman wurde für ihn nur ein Vehikel, mit dem er seine «Denk-Abenteuer» deutlich machen konnte, das Gedicht nur ein Mittel, um unmittelbare Erfahrung auszudrücken. Sein Ziel war, Autorität sichtbar zu machen, nicht Kunst zu schaffen . . . Ihm einen Mangel an Form vorzuwerfen oder irgendeine der anderen Qualitäten, die bei Kunst als notwendig erachtet werden, ist ein Einwand ohne jeden Belang. Lawrence' Ziel war nicht Kunst. Es hätte es sein können, wenn die Welt anders gewesen wäre. Zu sagen oder zu implizieren, daß es sein Ziel hätte sein müssen, heißt, die eigene Ignoranz über die fundamentalen Notwendigkeiten gestehen, die Lawrence sehr wohl kannte.

Viel bessere Kunst ist von Lawrence' Zeitgenossen hervorgebracht worden; Bücher mehr aus einem Guß, objektiver konzipierte Romane, konzentriertere Gedichte. Doch neben Lawrence' Werk scheinen sie kalt und leer. Einfach deshalb, weil sie nicht mit dem in Einklang stehen, was uns zutiefst nottut. Unsere moderne Kunst ist offensichtlich unheilbar zweitrangig. Und sie muß mit Notwendigkeit zweitrangig bleiben, solange sie auf Kunst abzielt. Mindere Kunst hat ihren Platz und wird ihn immer haben; aber sie hervorzubringen ist nicht die Aufgabe einer großen Seele. Und Lawrence war eine große Seele.»

Wenn wir diesen grundlegenden Gesichtspunkt von Murry erfaßt haben, können wir die scheinbare Inkonsequenz seiner verheerenden Angriffe auf Lawrence verstehen. Murry teilt sein «Objekt geistiger Erkenntnis» zweckdienlich in drei Teile: der Mann, der Künstler, der Führer. Mit dem leidenschaftlichen Hunger und Verlangen, das für die Menschen unserer Zeit charakteristisch ist, sondert er als das wichtigste Element in dieser Dreieinigkeit den Führer, das heißt den Propheten und Heiland, aus. Gerade die Hoffnung auf Erlösung, die Lawrence versprach, machte ihn für Murry anziehend. Und selbst wenn er sich in dem MANN enttäuscht sah, so fand er doch beim Lesen von *‹Spiel des Unbewußten›* seinen Erlöser. Den Künstler, den er anfangs gesucht hatte, wollte er gern opfern um einer größeren Gabe willen. Obwohl er einst in dem großen Evangelium von *‹Spiel des Unbewußten›* der höchsten

Erleuchtung teilhaftig wurde, kann er doch den Künstler wiedererkennen, wie er es am Beispiel von *‹Aaron's Rod›* und *‹Die gefiederte Schlange›* tut. Was aber seine «intellektuelle Redlichkeit» nicht ertragen kann, ist das Scheitern des Führers der Menschheit, des Propheten, des Heilands, des Erlösers. Als er den Ruin seiner Gottheit klar erkannt hat, bleibt ihm nichts anderes übrig, als den Gott mit Worten zu kreuzigen. Diese selbe «intellektuelle Redlichkeit» erlaubt ihm auch nicht, auf seine hochgestochenen Lobesworte zurückzugreifen; daher war es am einfachsten, die Worte des Evangeliums selbst, die geheiligten Worte des Erlösers gleich Speeren in die hohlen Flanken des Opfertiers zu schleudern. Daß Murry ihn verriet, ist kaum von Belang; es war Lawrence' Schicksal, gekreuzigt zu werden. Zu dem Ende, das er fand, hatte er sich selbst erhöht und geweiht. Er wählte sogar selbst den Mann, der ihn verraten sollte.

Dieses Drama hat eine auffallende und auch komische Ähnlichkeit mit den anderen Dramen, für die es steht, insbesondere mit dem christlichen Drama. Ebenso wie die tumben Jünger von Christus ihm buchstäblich plump vertrauten, als er ihnen einen Himmel und eine Auferstehung versprach, so scheint auch Murry einmal geglaubt zu haben, daß Lawrence' Versprechungen buchstäblich in Erfüllung gehen würden. Er übersieht völlig die Tatsache, daß nur ein ganz großer Künstler solche wahnwitzigen Prophezeiungen als realisierbar erscheinen lassen kann. Im Falle von Jesus weiß er, daß es nicht ein Problem von Kunst ist – jedenfalls nicht von einer «Kunst» in Anführungszeichen –, was nur besagt, daß Jesus eine höhere Art von Künstler war, einer, der über Parenthesen, Gedankenstriche und Anführungszeichen erhaben war. Jesus war ein Mystiker, ein Visionär, und sein Medium war das lebendige Wort. Auch Lawrence war ein Mystiker und ein Visionär, aber die Zeit ist weniger reif dafür und daher die Sprache weniger lebendig. In diesem Sinne hat Murry recht, wenn er uns sagt, daß «die Voraussetzungen für große Kunst in unserer Zeit fehlen». Der Glaube an sich, der den großen Künstler noch immer beseelte (die einzige Autorität, der der Künstler je verpflichtet war), ist dahin. Der Glaube an sich, der ihn allein zum Propheten und Erlöser befähigte, eben dieser Glaube verlieh ihm seine Autorität, und kraft dieser Autorität schuf er Kunst, Religion, Wissenschaft, alles was man nur will. Der Künstler erschuf Gott und alle anderen Illusionen, von denen wir uns nähren. Und heute ist beides, dieser Glaube und diese

Autorität, dahin. Das ist die Tragödie von Lawrence' Leben – DASS ER SUCHTE, WAS LÄNGST NICHT MEHR IN UNSERER MÖGLICHKEIT LIEGT: EINEN GLAUBEN UND EINE AUTORITÄT. Weil er ein Genie war, und zumal, weil er ein visionäres Genie war, berührt uns sein Schicksal so tief. Künstler in literarischer oder in geistiger Hinsicht – was macht das schon für einen Unterschied? Er war ein *Künstler*, ein Minderkünstler mit einer Minderseele. Er war einer der wenigen Künstler unserer Zeit, der überhaupt eine Seele besaß. Die leidenschaftliche Lebenserfahung, von der er redete, können wir an den in seinen Romanen festgehaltenen «Denk-Erfahrungen» ermessen; aber ein großer Lebensabenteurer war er nicht.

Und so haben wir denn in dem Kapitel «Tod» in Murrys Buch die Fortsetzung zu der Einleitung zu *‹Spiel des Unbewußten›*. In *‹Die gefiederte Schlange›*, für Murry das größte «Kunst»-Werk von Lawrence, finden wir, nach Meinung von Murry, daß Lawrence' innerster Kern sich in Auflösung befindet: «Das ‹Ich›, das fundamentale Selbst, ist auseinandergefallen ... Lawrence, der ‹Kunst› zugunsten von Prophetentum ablegte, hat einen Punkt erreicht, an dem er den Propheten zugunsten von ‹Kunst› ablegen muß, und dies wird bewußt oder unbewußt erkannt in *‹Die gefiederte Schlange›*... Aber der Sieg des ‹Künstlers› bedeutet die Niederlage des Propheten.» Eine bemerkenswerte Stelle, in der Murry all seine Kraft zusammennimmt, um die wahre Natur des Mannes, den er verehrte, zu erfassen und den Konflikt zu erklären, der ihn prägte. Murry sieht hier Lawrence als einen Mann, der sich «von allem Anfang an mit Leib, Geist und Seele dem Streben nach Selbst-Erschaffung verschrieben hatte. Diesem übermächtigen Impuls gehorchend, hatte er ‹Kunst› längst aufgegeben und machte seine Bücher zu ganz persönlichen Zeugnissen seiner Fortschritte zur Selbsterschaffung». Für den Mann, der ganz wesentlich ein Prophet ist, sagt Murry, ist der Rückgriff auf «Kunst» entschieden der Anfang eines Niedergangs. Und den Anlauf zur Selbst-Erschaffung findet Murry jetzt unmöglich, «weil das Selbst nicht erschaffen werden kann». Er betrachtet Lawrence' Rückwendung zur Kunst als ein *pis-aller* – «denn es ist ein *pis-aller*».

Und hier kommen wir zu der eigentlichen Crux des Problems: Ramon und sein Morgenstern, in *‹Die gefiederte Schlange›*. «Lawrence' letzter Versuch zu umfassendem Ausdruck seiner selbst in Ganzheit.» ... «Es gibt nur eins, was ein Mann sein Leben lang will (sagt Ramon), und das ist, seinen Weg zu seinem Gott zu finden, seinem Morgenstern, und da für sich zu sein.» Soweit so gut – pflichtet Murry ihm bei. Aber der dann folgende Satz entmutigt ihn wieder: «Später dann, im Morgenstern, seine Mitmenschen zu begrüßen und sich an der zu erfreuen, die den langen Weg mit ihm gekommen ist.» Darin enthüllt sich für Murry «der alte Mut und die alte Schwäche. Allein zu sein und doch nicht allein. Das alte unmögliche Verlangen, die alte Selbsttäuschung. Denn wenn der Morgenstern wirklich das ist, was er zu sein scheint, Zeichen und Endpunkt der Hingabe des persönlichen Seins an den unnennbaren und unkennbaren Gott, dann ist an jenem Platz kein Miteinander denkbar oder möglich. Kein Mann und keine Frau hat dort Gemeinschaft, außer mit dem unkennbaren Gott selbst. Ramon kann sich ebensowenig wie der wirkliche Lawrence mit Einsamkeit abfinden. Er sieht den Pfad vor sich, aber er kann ihn nicht gehen». Denn Murry, der jetzt einzig und allein an dem Propheten und Erlöser interessiert ist, möchte, daß sein Heiland die klassische Geste macht und ganz allein in die Wüste geht. «Warum nicht einfach gehen», sagt er, «wie die großen Männer des Geistes schon zuvor gegangen sind?» Dazu zitiert er gerade die Passage, in der Lawrence Ramons Hilflosigkeit ausdrückt: «Dies war es, was Ramon in dem Moment fühlte: Ich versuche das Unmögliche. Ich täte besser, entweder zu gehen und die Freuden des Lebens zu suchen, solange es währt, ohne Hoffnung auf die Freude, die über allen Freuden ist. Oder aber ich täte besser, in die Wüste zu gehen und ganz allein meinen Weg zu machen, zu dem Stern, bei dem ich endlich meine Ganzheit, meine Heiligung finde ... Denn ganz gewiß sehnt sich meine Seele nach ihrem Ende, und ich bin dessen, was die Menschen Leben nennen, überdrüssig. Lebend, möchte ich dahin abscheiden, *wo ich bin.*»

Diese vielleicht schneidendste und entscheidendste Passage von allem, was Lawrence geschrieben hat, enthält die wahre Wurzel des Konflikts, weshalb es wichtig ist, etwas länger bei ihr zu verweilen. Es ist noch nicht das Ende des Morgensterns; denn was dann folgt, bezeichnet, wie Murry mit Recht feststellt, den großen Abstand zwischen einem Lawrence und einem Jesus. Hier spaltet sich die Welt für immer auf: in der tiefen Kluft zwischen dem Menschlichen und dem «Göttlichen». Lawrence bleibt der *Mensch*, die gequälte, gespaltene Menschenseele, die, sein ganzes Leben lang, den Weg zu ihrem Gott, ihrem Morgenstern finden möchte und dort mit sich allein sein. «Es kommt der Moment», sagt Murry, «da die heldenhafte, nach Selbstverwirklichung strebende Menschenseele mit sich allein sein *muß*. Freundschaft, Ehe – diese Dinge schwinden mit einem Lidschlag dahin. Kein ‹Ich›, das durch sie gebunden werden könnte, und sie schmelzen weiter dahin. Dann muß ein Mensch wählen. Die Wahl, mit den Worten von Ramon, heißt: das Verlangen nach Selbsterschaffung aufgeben oder dem Schrecken einer endgültigen Isolierung ins Auge sehen. Und Ramon hat ebensowenig wie Lawrence die Kraft zu wählen; gleich Lawrence schreckt er vor beidem zurück und schreit nach dem Unmöglichen.»

Ich muß gestehen, daß gerade dieses Schmachten nach dem «Unmöglichen» Lawrence für mich interessant macht. Es ist der Beweis seines Genies. Dieses «Unmögliche», das er inständig sucht – das allein macht die Beschäftigung mit ihm lohnend –, weil es nicht Trost und Ermutigung ist, ganz gewiß nicht, sondern ein innerer Drang, ein Getriebensein. Er versuchte, Mensch zu bleiben, obwohl sein Dämon ihn weiter in den Wahnsinn trieb. Wieder und wieder fand er sich unmittelbar mit den Dunkelheiten konfrontiert, er sah die äußerste Leere und Frustration des Lebens, er erfuhr die Einheit und die Gespaltenheit des Mystikers, der für einen Moment mit dem Universum eins wird; er versuchte, uns seine Erfahrungen mitzuteilen, was unmöglich ist, da jeder einzelne seine Erfahrungen für sich machen muß, was die meisten von uns niemals fertigbringen. Er wußte, daß die ewige Harmonie, das Gelangen zum Einen und Absoluten, nur durch die Selbstaufgabe erfahren werden kann.

Wenn man dem Rätsel wirklich gegenübersteht, muß man auch erkennen, daß es keine Lösung gibt, außer dem Tod, und daß dies das Rad ist, auf das wir geflochten sind. Die Rückwendung zur Kunst ist die einzige Lösung, die das Leben bietet, denn Kunst wiederum ist die imaginative Auflösung des inneren Konflikts, die trügerische Maske der Illusion, durch die wir das grausame Rätsel zugleich anschauen und es ertragen können. Der Versuch, den Künstler vom Propheten, oder den Seher, den Visionär, den Wahnsinnigen, den Besessenen von Gott trennen zu wollen, ist ein Akt der Schändung. Der Künstler trägt in seiner Seele die schrecklichen Geheimnisse, er gibt ihnen Ausdruck, nicht um ihren Schrecken und ihre Unlösbarkeit aufzuheben, sondern um das heroische Image seiner selbst aufrechtzuerhalten, durch das und mittels dessen er sich ermächtigt hat, den Gott zu spielen. Denn wenn es stimmt, wie Lawrence sagt, daß er sein ganzes Leben den einzigen Wunsch hatte, den Weg zu seinem Gott, seinem Morgenstern zu finden, dann dürfen wir das auch so verstehen, daß er mit Gott sich selbst meinte. Die Autorität, der er dienen möchte, ist die Autorität, die er sich selbst zugelegt hat, und gleich jenem Gott, den der Mensch aus sich, nach seinem Bild von sich entworfen hat, findet er es schwer, an sich zu glauben, einfach zu sagen, *ich bin*, und es dabei bewenden zu lassen. Wenn es menschliche Schwäche von Lawrence war, sich im Morgenstern ein Weib an seiner Seite und einen Mann, einen Freund zu wünschen, dann war es genauso menschliche Schwäche von Gott, eine Welt von Männern und Weibern erschaffen zu haben, statt allein für sich in seiner absoluten Leere zu existieren.

Daß Lawrence diese Dinge zutiefst begriffen hatte, scheint mir unbestreitbar. «Es bleibt die Tatsache», schrieb er mit Bezug auf Gurdjieff, «daß, wenn ihr einen Menschen von allem abschneidet und ihn in seiner reinen, wunderbaren Individualität isoliert, ihr den Menschen überhaupt nicht habt, sondern nur das trübe Endstück von ihm ... Ich habe meine Zweifel, daß in der absoluten Vereinzelung ein Individuum viel Gewicht hat, oder daß irgendeine Seele wert ist, gerettet zu werden, oder auch nur, daß man sie besitzt ... So daß alles und auch die Individualität selbst auf wechselseitige Verbindung angewiesen ist ... Man nehme uns unsere menschlichen Kontakte und unseren Kontakt mit der lebendigen Erde und der Sonne, und wir sind nur noch leere Hülsen. Unsere Individualität bedeutet nichts ....» Doch andererseits kann er auch sagen: «Aber gleichwie, das Tragische ist das Bleibende, die vitalste Gegebenheit im Leben, und ich sage, die Lektion heißt: Lernen, allein zu leben.»

Die Widersprüche und Anomalien fallen weg, wenn er direkt auf das Problem losgeht und uns sagt, daß «in großen kritischen Perioden der Menschheit das Geschäft des Lebens darin besteht, daß die Menschen ihre Tragödie annehmen und mit ihr eins sind». Damit wollte er uns, wie er meinte, die Größe und Erlesenheit des kreativen Selbstmords vor Augen führen, die Entscheidung, die mit dem Schicksal einhergeht, die Annahme des je eigenen Schicksals als eine historische Gegebenheit, erleuchtend, bedeutsam, und keine zufällige Fügung, sondern ein persönliches Sich-Identifizieren mit dem Lauf des Schicksals, wobei die Schicksalhaftigkeit sich in einen schöpferischen Akt wandelt – die höchste Form von Selbstschöpfung.

«Ich glaube zutiefst», sagte Lawrence, «daß ein einzelner Mensch sich als wertvoller erweisen kann als die ganze Menschengeneration, in der er gelebt hat»: eine so offensichtliche Wahrheit, daß sie kaum noch mal eigens festgestellt werden mußte, und die auch nicht ausschließt, daß in unseren Tagen der Glaube an die Individualität nahezu erloschen ist. Das trifft um so mehr zu, als Lawrence die Zukunft repräsentiert: er identifizierte sich mit diesem Zeitalter, indem er uns das schöpferische Symbol seines Kampfes vor Augen führt, des Kampfes mit jener toten Masse, die das Leben und damit zugleich Kunst, Religion, Individualität herabwürdigt. Durch das Opfer seiner selbst führte er uns den Triumph der Masse vor. Er malte seine Kreuzigung als ein Symbol der Vergeblichkeit, jene träge Masse zum Leben zu erwecken. Durch diesen kreativen Selbstmord wird sein Tod, nach seinen eigenen Worten, zu «einer Klimax im Fortschreiten zu einem neuen Sein».

Murry möchte gern Lawrence' Niederlage dramatisieren, indem er seinen Tod auf seinen eigenen Verrat zurückführt: «Kein Mann wird je verraten, es sei denn, er verrät sich selbst.» «Jesus», sagt er, «wurde durch Judas' Verrat um seinen Sieg gebracht. Lawrence wird von Mann, von Frau, von den vielen verraten und so besiegt.» Niederlage? Sieg? Das hängt von dem je eigenen Standpunkt ab. *Was* heißt Sieg für Jesus? Ich sehe es als ein wunderbares Fiasko! Es hat nur einen Christen gegeben, und der starb am Kreuz. Ich sage, daß Jesus seine Niederlage erlitt, daß Napoleon seine Niederlage erlitt, und Buddha und Mohammed und all die anderen heroischen Seelen, die noch in ihrem Scheitern uns solch einen sieghaft bitteren Nachgeschmack ihrer Individualität hinterlassen, daß wir unser Leben lang von ihnen besessen sind, daß selbst wenn wir sie ablehnen, sie verunglimpfen, sie aufs neue erschlagen, sie lächerlich machen und sie lästern, wir nichtsdestoweniger und gerade dadurch ihnen unsere Verehrung darbringen. Der Sieg und die Niederlage sind identisch, gleichzeitig und untrennbar. Sieg oder Niederlage, das ist ganz unwesentlich – das einzig Wichtige für den Mann, den Künstler, ist der Kampf.

8

Form und Symbol

Lawrence ist kaum tot, und schon entsteht eine ganze Literatur um ihn und über ihn. Sogar noch ehe er gestorben war, galt es als ausgemacht, daß er nicht so sehr für uns als vielmehr für die Zukunft wichtig war. Um wieder Murry zu zitieren: «Lawrence war die Zukunft, insoweit uns vergönnt ist, noch etwas davon zu erleben.» Doch tatsächlich sagte er noch viel mehr als das, und ich halte es für wichtig, hier darauf einzugehen, weil es so aufschlußreich für den Einfluß ist, den Lawrence auf Männer ausübte, auch auf solche, die ihn oft mißverstanden und verleumdet haben.

Tatsächlich scheinen sich alle Biographen und Kritiker von Lawrence zugegebenermaßen insoweit einig zu sein, daß er ein Evangelium predigte, über das man nicht hinweggehen kann. Murry schreibt: «Dies jedenfalls muß gesagt werden. Auf der Rangstufe, zu der Lawrence gehört, ist nichts je verloren. Er ist ein Symbol von Mann, eins der großen Beispiele der Welt dafür, was ein Mann sein kann; ein Haupt jener seltenen Geistesgrößen, die die Menschen zu einem Bewußtsein ihrer sonderbaren Bestimmung bringen.» Dieses Evangelium der «Bewußtheit» schrieb Lawrence ausdrücklich in verschiedenen Fassungen, zuerst in ‹*The Crown*›, dann in ‹*Spiel des Unbewußten*› und dann noch einmal in ‹*Apokalypse*›. Die Romane sind eine Ausarbeitung dieser Wahrheiten, die er wieder und wieder erkannt hatte und die er auf mannigfache Weise weiter verfolgte. Während die anderen, weniger gewichtigen Werke verblassen und während der Mann, den wir kannten, mit all seinen Fehlern und Unzulänglichkeiten, sich in eine legendäre Gestalt auflöst, werden die Arbeiten künftiger Kommentatoren sich auf das in seinen Essays niedergelegte Evangelium konzentrieren und damit ohne Zweifel einen Sumpf von Kontroversen schaffen, in welchem der authentische Lawrence verschwinden wird. Die Zeiten mögen schlimm sein, aber wir haben noch nicht den Boden erreicht, nicht jenen Punkt absoluter Verzweiflung und Zersetzung erreicht, an dem wir fähig wären, einen möglichen Heilsbringer wie Lawrence zu der legendären Gestalt eines Christus zu erhöhen. Aber wir haben in unserem Leben erfahren, was eine sklavische Masse mit einem so dürftigen Material wie Mary Baker Eddy und Lenin anrichten kann.

Überdies äußert sich Murry höchst lobend über die Wirkungsmacht von Lawrence' Evangelium: «Wenn die Botschaft von Lawrence je angenommen wird, dann wird es keine weiteren Lawrences geben.» Aber die vorgefaßte Meinung geht dahin, daß Lawrence *nicht* angenommen werden wird, ebensowenig wie Jesus oder Mohammed oder Buddha. Denn Murry sagt, daß *‹Spiel des Unbewußten›* in jeder Hinsicht völlig unbeachtet geblieben ist. «Wenn es die Menschen», sagt er, «kurze Zeit bewegt hat, so haben sie es prompt wieder vergessen. Sie machen auf die gleiche alte Art weiter, als wäre es nie geschrieben worden. Sie halten in ihrer Trägheit und Unwissenheit an dem gleichen alten System fest, das um sie herum schon im Verfall begriffen ist. Sie sind nicht im geringsten anders geworden.» Und dann fügt er wie ein treuer Schüler diese kummervollen Worte an: «Doch ich hoffe und glaube, daß eine Generation erstehen wird, der es einen unmittelbaren seelischen Auftrieb gibt. Davon wird warmes Leben in ihre Adern strömen. Sie werden lesen, und sie werden handeln. Was könnte sie abhalten zu handeln, wenn sie erst einmal begriffen haben?»

Die strahlend einfache Weisheit von *‹Spiel des Unbewußten›*, die jeder nicht allzu intelligente Mensch verstehen und annehmen muß, bleibt nichtsdestoweniger ohne Widerhall. Murry hat völlig die Tatsache übersehen, daß gerade die Einfachheit dieser Doktrin es für Mann und Weib so schwer macht, sie anzunehmen. Denn es ist nur einmal mehr diese äußerst simple Botschaft, die die großen Seher noch jeder Epoche verkündet haben. Und eben diese ungeheuer schlichte Lebensanschauung ist von den Menschen, von Mann und Weib, seit jeher abgelehnt worden. Mit dem Universum eins zu sein, *einverstanden* zu sein, ist so göttlich einfach, daß man schon ein Gott sein müßte – und der Mensch kann nicht Gott haben und zugleich Gott *sein*. Denn wenn wir Gott eliminieren durch Gottwerdung, dann gibt es überhaupt keinen Kampf mehr: die Grundvoraussetzung der Existenz ist nicht mehr gegeben. Wir können nicht weise Erkenntnis und zugleich das Drama haben.

Gleichsam um sich das Rätsel zu erklären, fügt Murry hinzu, daß die Männer und Frauen, an die Lawrence sich wandte, ebensowenig in ihrem Leben gerettet werden könnten wie Lawrence selbst: aber Leben an sich, sagt er, kann gerettet werden: «Durch jenes Wissen können wir unsere Kinder vor dem Unheil bewahren, das uns befallen hat. Wir können beiseite treten und ihnen ihr *Sein* lassen: nicht sie im negativen Sinne sein lassen, sondern ihnen positiv ihr *Sein* lassen.»

Wenn es nun wahr wäre, was Murry sagt, wozu dann, so dürfen wir fragen, noch «*Leben* retten»? Was nützt es, Leben zu retten, wenn wir selbst in unserem Leben, zu unseren Lebzeiten, nicht gerettet werden können? Was nützt die «strahlende Lebensweisheit» von *‹Spiel des Unbewußten›*, wenn sie nicht uns nützt? Wozu Lebensweisheit, wenn wir nicht Leben in seiner ganzen Fülle haben können? Sollen wir uns nur als die heiligen Hüter einer mysteriösen Sache, die sich «Leben» nennt, betrachten? Sind wir nicht dazu bestimmt, zu leben, es sei denn für eine Zukunft, die wir niemals kennenlernen werden, für eine Nachkommenschaft, die trotz der selbstverschuldeten Qualen irregeführter Heiliger und Möchtegern-Götter es noch stets verstanden hat, für sich zu sorgen?

Dieses große Getue um *Leben*: wann immer wir auf dieses Thema stoßen, können wir sicher sein, es mit Menschen zu tun zu haben, die dessen Abwesenheit an sich selbst erfahren haben, Menschen, die in dem Bemühen, diesen Mangel zu kompensieren, ihre Probleme und Sehnsüchte uns aufbürden. Gerade diese Menschen, die selbst lebensleer sind, wollen mit uns immer über Leben reden! Gerade diese Geister von jenseits des Grabes, diese von Wissen korrumpierten und von Tod infizierten Schemen, verströmen einen grauen, bleichen Atemhauch über die Welt. Das Leben, das sie uns anbieten, das immerwährende Leben, ist nur das Gegenbild jenes Todes, der sie schon im Griff hat, eines Todes, der sie dazu getrieben hat, die Lebenssubstanz in verschwommene, nichtssagende Symbole umzuwandeln. Kein Traum eines Propheten hat sich je bewahrheitet – aber ihre Träume haben andere Träumer angesteckt, und das Gift dieser Träume hängt über der Welt wie ein Miasma und erstickt das Leben.

Lawrence wußte nur zu gut, daß gerade die Fehlschläge sich anheischig machen, uns den Weg zu weisen. Unfähig, sich zu retten, wollte er die Welt erretten. Das ist die Ironie, die das unsichtbare Schafott solcher heroischen Lebensläufe bildet. Sie beginnen damit, die Gültigkeit der Realität zu leugnen, und sie enden mit einem

Triumph über die Wirklichkeit. Das ist ihre Art, sich an dem Leben, das sie betrogen hat, zu rächen. Das Drama, das Gedicht, das Bauwerk, mit dem sie sich umkleiden, blendet uns: wir vergessen ihre nackten, erbärmlichen Zugeständnisse, das vorangegangene Scheitern, auf dem sich die großartige Logik ihres Lebens aufbaut. Wir sind von dem Kampf hypnotisiert; wir identifizieren uns mit ihnen, mit *ihren* Kämpfen, *ihren* Konflikten, *ihrem* Triumph. Die nach ihnen kommen, die ihnen ähnlich sind und die ebenso verdammt werden wie sie, wiederholen die gleiche ungeheuer simple Doktrin. Doch selbst sie, die doch die gleiche Sprache sprechen, müssen die Augen vor der Weisheit ihrer Vorgänger verschließen. Ganz wie wir, machen sie sich blind, denn in ihrem Innersten wissen sie, daß nicht die Lehre die Menschen anzieht, sondern das Symbol – das Kampfspiel, das Heroische an diesem Kampf. Und so verschließen sie sich dem Wissen, um vielleicht ein Lied anzustimmen. Sie machen sich zu Narren, um vielleicht selbst einmal dieses Wissen zu erlangen, das hoch gepriesen, aber niemals beachtet wird, ja wohl nie beachtet werden kann.

Der Mann von Genie – fast ein Gemeinplatz, es immer wieder zu sagen – ist die Apotheose von Konflikt, und der Mensch, geradezu die Disharmonie in Person, verneigt sich tief vor dem Genie. Da es die Illusion des Sieges ist, die uns aufrechterhält, suchen wir Zuflucht in der Kunst des Genies, nicht in der Lüge, die sie geschaffen hat. Der Mann von Genie – mag er Heiliger, Held, Prophet oder Dichter sein – verkündet uns unter Qualen, daß er ein gespaltenes, erniedrigtes, gefoltertes, gescheitertes Wesen ist; sein Leben und Werk sind nur die monotone Wiederholung dieses einen Themas. Aber unsere Ablehnung der endgültigen Niederlage ist so scharf, daß wir die Aufschreie der Wahrheit gar nicht beachten; statt dessen lassen wir uns von der dieser Qual abgerungenen Musik verführen und entzücken, betören und verleiten, und diese Musik nimmt uns ganz in Beschlag und macht uns taub für Wahrheit oder Weisheit oder Erlösung. Denn wer, wenn er wirklich *lebt*, wenn er kraft seines bloßen Seins all das Kreuz und Chaos des Universums in sich trägt, würde wohl diese Musik zum Schweigen bringen, diese ewige Dissonanz auflösen wollen?

Frieden, Harmonie, Erlösung: *das Evangelium des Todes*. Wenn je ein Mensch gegen diese Trinität losgezogen ist, sie gehaßt und bekämpft hat, dann Lawrence. Schwächlich, schwindsüchtig, wie er war, verzehrt von der lebendigen Flamme, die in ihm war, erkannte er besser als die meisten Menschen, wie nur allzu rasch die widerstreitenden Elemente zusammengefügt werden, wie das Fieber des Lebens sich senken will, wie mörderisch schnell die beruhigende, tröstliche Leugnung des Todes herbeikommt. Gerade hier im Tode, so erkannte er, beginnt die Ewigkeit und die große unentrinnbare Leere von Frieden, Liebe, Wahrheit. Hier in dem Jenseits, das ständig auf später verschoben wird, mag vielleicht die Herrschaft jener Trinität beginnen, die wir niemals kennenlernen werden – die gefrorenen Bilder des Absolutums, das der Mensch erschafft und zerstört und immer wieder erschafft und zerstört.

Was, glaubt ihr wohl, hat Lawrence bewogen, in der Einleitung zu seinem Buch mit Bildern über Cézanne zu schreiben: «Die interessanteste Gestalt in der modernen Kunst und die interessanteste Gestalt überhaupt ist Cézanne: und das nicht so sehr wegen seiner Leistung, als vielmehr wegen seines Kampfes . . . Er ist keine große Gestalt. Doch sein Kampf ist wahrhaft heroisch.» Was Cézanne zu tun versuchte, so erklärt er, war auszudrücken, was er plötzlich und mit Erschütterung erkannte: die Existenz von Materie. Hier nun hält sich Lawrence mit geradezu bedrückendem Eifer an jenes Detail, in dem Cézanne nun wirklich erfolgreich war. Es ist Cézanne gelungen, uns den Apfel zu geben, sagt er, und er kommt wieder und wieder darauf zurück, leidenschaftlich und gleichsam zurechtweisend, als wäre das ganze Universum in jenem Apfel enthalten. «Cézannes große Leistung», sagt er (und er hätte hinzufügen können – *sein Triumph*), «war, den Apfel von sich wegzuschieben und ihm ein Eigenleben zu geben.»

Nun, wie geringschätzig auch immer die «Kunst»-Kritiker über einen solchen Gesichtspunkt denken mögen, so scheint mir, daß Lawrence, indem er in dieser Weise an Cézannes Werk heranging, wirklich den Kern des Problems getroffen hat. Denn Cézannes ewige Klage war, daß er die Wahrheiten, die er erkannt hatte, nicht zur Darstellung bringen konnte. Er war ein Einsiedler, eine verkrachte Existenz, ein verbitterter Mann. «Armer Cézanne», sagt Lawrence, «da haben wir ihn in seinen Selbstporträts . . . aus denen er wie eine Maus hervorlugt und sagt: ‹Ich *bin* ein Mensch aus Fleisch und Blut, oder etwa nicht?› Er war noch nicht ganz so, wie wir alle sind. Der Mensch aus Fleisch und Blut ist im Lauf der Jahrhunderte allmählich zunichte geworden, um dem Menschen des Geistes, dem mentalen Menschen, Platz zu machen, dem ego, dem seiner selbst bewußten Ich. Und das wußte Cézanne in seinem künstlerischen Instinkt, und er wollte im Fleisch neu erstehen. Er schaffte es nicht, und das verbitterte ihn. Doch mit seinem Apfel hat er den Stein von der Tür des Grabes gewälzt.»

Und Lawrence! Wie sehr wünschte er ein gleiches zu tun! Aber er konnte es ebensowenig wie Cézanne, so wenig wie ein jeder von uns heute. Es ging ihm nicht um eine Erlösung in einem ungewissen Hernach, auch nicht um eine Renaissance, sondern um eine Auferstehung hier und jetzt, *im Fleische*.

Wenn man seine tiefdringenden Ausführungen über Cézanne liest, dann wird einem nur zu klar, daß das Scheitern von Cézanne, das er so tief verstand, das Versagen von D. H. Lawrence selbst ist. Es ist so furchtbar menschlich, die Art von Versagen, die nur Menschen unserer Tage, wie wir, verstehen und zur Größe erheben können. Es ist das Scheitern des Künstlers, der zu spät geboren ist, dessen Sieg nur darin bestehen kann, daß er seinem Versagen Ausdruck zu geben vermag. Was Cézanne zu verwirklichen trachtete, offenbart sich nicht in seinen Bildern; der Kampf ist da, aber die klare Vorstellung davon starb mit Cézanne ebenso wie mit Lawrence. Die Diskrepanz zwischen dem Mann und seiner Kunst mag für die Leichenbeschauer von Kunst interessant sein, mag sogar Anhaltspunkte liefern, aber der Mann selbst, die Flamme, die ihn beseelte, seine Erleuchtungen und Inspirationen, sind verloren. Sie sind verloren, weil sie nicht geboren werden konnten. Dieser Lawrence, der oft in den Gedichten zutage tritt, und niemals lebhafter, eindringlicher als in *‹The Crown›* – dieser Lawrence, sage ich, hatte niemals eine Chance, geboren zu werden. Dieser Lawrence wurde abgelehnt, verachtet, ausgemerzt.

Lawrence hat nicht geringe Bedeutung als Kreuzfahrer, als phallischer Mystiker, als Vorkämpfer für den geheiligten Leib. Aber das ist nicht der eigentlich bedeutende Lawrence, das ist der Lawrence der äußeren Kämpfe. Der wirkliche Lawrence ist der Mann, der in seinen flüchtigen Visionen den Tod begriffen hat. Für uns ist Lawrence, der Apostel des Todes, wertvoll – der Prophet, der Mystiker, nicht der Rebell. Und der Prophet in Lawrence ist wirr, er verwickelt sich in Widersprüche, und schließlich geht er den Weg aller Propheten. Denn die Welt nimmt nur das an, was sie versteht, und mehr nicht. Niemals werden wir den eigentlichsten Lawrence akzeptieren, den Träumer, den Fanatiker, den Utopisten.

Im Vorwort zu *‹Spiel des Unbewußten›* sagt Lawrence: «Menschen leben und sehen gemäß einer allmählich sich entwickelnden und dann wieder nachlassenden Vorstellungskraft. Diese Vorstellungskraft existiert auch als dynamische Idee oder als Metaphysik – ja in erster Linie als solche. Dann entfaltet sie sich in Leben und Kunst. Unsere Anschauung, unser Glaube, unsere Metaphysik ist dabei, sich kläglich abzunutzen, und die Kunst ist schon ganz fadenscheinig geworden. Wir haben keine Zukunft: weder für unsere Hoffnungen, noch für unser Streben, noch für unsere Kunst. Alles ist grau und undurchsichtig. Wir müssen den alten Schleier unserer Vorstellungen zerreißen . . . Den alten Schleier zerreißen und durch den Spalt hindurchgehen.»

Lawrence sagt, daß *‹Spiel des Unbewußten›*, das als sein Buch der «Lebensweisheit» gilt, nach den Romanen und Gedichten kam. In gewissem Sinne war das eine Konzession an das denkfaule Publikum, das vom Künstler immer Zeichen und Wegweiser erwartet, um sich danach richten zu können. Die Romane und Gedichte hatten so wenig Beziehung zu der gängigen Begriffswelt, daß es, um überhaupt ein Publikum dafür zu schaffen, nötig war, irgendeinen Schlüssel zu liefern, einen philosophischen Kommentar der Ideen, die er dichterisch ausgedrückt hatte. Dies ist nur ein weiteres Beispiel für die heutige Entfremdung zwischen Künstler und Publikum: wieder ein Beweis für das, was man den Bankrott des Geniekults genannt hat. Heutzutage muß der Künstler nicht nur seine Werke schaffen, sondern auch ein Publikum dafür; letztlich muß er einen neuen Menschentyp erschaffen, einen Typ, der seine Ideen verstehen und würdigen kann. Während dies schon immer mehr oder weniger für die Beziehung zwischen Künstler und Publikum gegolten hat, dann heute in erschreckendem Maße.

Heutzutage hat die Idee, daß die Kunst – Kunst, wie wir sie verstehen – tot ist, von der Vorstellung der Menschen Besitz ergriffen. Es ist ganz klar, daß es eine Polarität, einen Antagonismus zwischen dem Individuum und der Masse nicht mehr gibt. Jeder kleine Skribent hält sich für einen potentiellen Künstler, der nur durch äußere Kräfte daran gehindert ist, einer zu werden – durch den sozio-ökonomischen Komplex. Aber eins ist sicher: das Emporkommen des Kollektivs bedeutet den Tod des individuellen Künstlers.

Indessen ist das nur so eine Ausdrucksweise. Wenn wir vom Tod unserer Welt oder vom Tod der herrschenden Klasse oder vom Tod der Kunst sprechen, dann meinen wir damit einfach die Auflösung all der alten Formen. Die Dinge müssen wieder einmal in den Schmelztiegel zurück, in ein uranfängliches Chaos, um wiederhergestellt zu werden, um mit einer neuen Kraft ans Licht zu kommen. Kunst stirbt niemals, noch schwindet je die schöpferische Persönlichkeit. Der kreative Instinkt kann nicht ausgerottet werden, weil er buchstäblich die Essenz und das Mark des Lebens ist. Der Tod der Kunst würde den Tod des Künstlers bedeuten, und das ist dasselbe, als spräche man von der Eliminierung des Lebens überhaupt. Zu sagen, die Kunst ist tot, ist nur eine andere Art, die Dinge zu sehen, eine andere poetische Ausdrucksweise. Doch nur wenn dieses Gefühl, diese Ansicht von Leben, aufrichtig ist und aktivierend wirkt, nur wenn wir wirklich überzeugt sind, daß die Kunst tot ist und uns darauf einstellen, nur dann kann neue Kunst überhaupt entstehen. Die Vision davon ist das erste. Sie wird später zur beflügelnden Idee. Darum ist die Vision so wichtig.

Wenn es zutrifft, daß die Vitalität aus den Lebensformen gewichen ist, besonders aus denen der Kunst, dann bedeutet das noch nicht, daß die kreativen Kräfte erschöpft sind, der kreative Instinkt selbst erschöpft ist. Das ist absurd und unmöglich. Die Frage, enger gefaßt, lautet: Wer hat noch Leben, und wo?

Die Möglichkeit zur Wiederbelebung, zur Auferstehung, hängt von ganz wenigen ab – von denen, die die Hoffnung und den Willen dazu haben. Der Lawrence, der sagte: «Wir haben keine Zukunft, weder für unsere Hoffnungen, noch für unsere Ziele, noch für unsere Kunst», dieser selbe Lawrence sagte auch: «Nichts wird je die Menschheit und die ihr innewohnende Kraft abschrecken, aus einem erneuerten Chaos etwas Wunderbares zu entwickeln.» Was wir aber tun müssen, so betonte er, ist, den alten Schleier unserer Sehweise, den Schleier der alten Sehweise zu zerreißen und durch den Spalt hindurchzugehen.

Kunst offenbart sich durch Form, durch die Konkretisierung der abstrakten Idee. Das gilt ebensowohl für primitive Kunst, für die Körperbemalung zum Beispiel, wie für moderne Kunst. Die Substanz von Kunst, nämlich der Geist, das Ungreifbare, das Geheimnisvolle, das nur im Ansatz Vorhandene, muß, um erfaßt werden zu können, Form annehmen. Die Form enthält Sinn und Substanz gleichermaßen. Wenn wir nun in Betracht ziehen, daß die Schöpfung des Künstlers, das heißt: sein einziger ureigener Beitrag zum Leben, der in ihm wirkende Lebensgeist ist, übermittelt und faßbar gemacht durch die von ihm gewählte Kunstform, dann ergibt sich ganz klar, daß für die, in denen heute Lebenskraft noch angelegt ist, ein totaler Bruch mit dem Vergangenen absolut notwendig ist.

Für mein Gefühl ist Lawrence der Vorläufer eines neuen kreativen Typus, dem es bestimmt ist, aus dem nachfolgenden Alptraum hervorzugehen und wieder und wieder in dem uns bevorstehenden sinnlosen Kriegstreiben zu unterliegen. Wir sind an einem Punkt, wo der Tod der alten Formen nichts mehr von einer wiederbelebenden Kraft hat. Wenn wir ganz allgemein an Tod denken, denken wir an einen keimenden Kadaver, aus dem die neuen Lebensschößlinge hervorsprießen. Aber jetzt ist der Boden selbst, in welchem der Leichnam verfault, ausgepumpt; der Boden ist durch und durch verbraucht. Wir haben eine Wüste vor uns. Nichts kann wachsen, außer an winzigen vereinzelten Stellen, in den Oasen, wo die unterirdischen Lebensströme Blasen geworfen und so ein kümmerliches Wachstum ermöglicht haben. Das Problem ist, wie man diesen Boden bewässern, ihn wieder fruchtbar machen kann, so daß die Wüste wieder zum Blühen kommt. Dafür aber ist unerläßlich, daß es *kreative Tode* gibt! Es steht nicht in unserer Macht, Leben zu erschaffen, sagte Lawrence. Wir können nur hegen und hüten, was an Leben in uns ist, es nähren, um es weiter am Blühen zu halten. Die Wasser des Lebens sind ewig, manchmal tief in der Erde und schwer anzuzapfen, aber es gibt sie allezeit. An uns ist es, an jedem einzelnen, jedem auf seine Art, diese Wasser wieder an die Oberfläche zu bringen, das blühende Wunder zu schaffen, das unser Schicksal uns verheißt.

Es ist, anders ausgedrückt, ein Kampf zwischen dem einen und den vielen. Sich zum Spielball äußerer Kräfte zu machen, vor dem Geist der Masse zu kapitulieren, ist schmachvoll. Dann schon besser, im Kampf zu sterben – einen Heldentod, besser als einen Hungertod. Lawrence starb einen schöpferischen Tod. Rimbaud und Aragon hingegen begingen schöpferischen Selbstmord. Das ist ein großer Unterschied. Der eine opferte sich ganz, gläubig vertrauend – nicht um sich vom Leben abzuschirmen, sondern um durch sein Sterben etwas zu geben. Er starb für etwas; die anderen starben, um vor etwas zu fliehen. Lawrence konnte, indem er die negative Realität von Leben, welche der Tod ist, betonte, das Leben voll umgreifen. An diesem Punkt berühren sich die Extreme. Wer Leben hat, fürchtet nicht den Tod. Und wer den Tod ergreift, hat keine Lebensfurcht. Wir heute haben keine Wahl. Wir sind im

Tode, leben in jenem Tod, den die apokalyptischen Seelen ersehnt haben, um uns ihre Vision von Leben zu vermachen. Ein Teil von Lawrence war schon im Besitz des neuen Lebens, aber es gab für ihn keinen Platz auf Erden, um es zu leben.

Das Drama, das Lawrence uns vorführte, ist das alte Drama des Individuums gegen die Allgemeinheit. Die tragische Sicht des Universums, diese Einstellung gegenüber dem Leben, die das schöpferische Individuum in einen Rausch versetzt, entsteht gerade aus seiner verzerrten Sicht der Dinge, aus seinem falschen Blickwinkel auf die Dinge. Es ist die dionysische Sicht, entstanden aus dem Schrecken und der ehrfürchtigen Scheu, die die Natur einflößt. Das Opfer des Ichs um der Kunst willen, das jeder große Künstler erlebt, das er freudig, wenn auch nicht ohne Leid und Zwiespalt, bringt, symbolisiert sich für uns in dem Leben der dramatischen Sündenböcke, die sich immer wieder im Laufe der Geschichte bereitwillig haben kreuzigen lassen. Beispiel dafür, trotz scharfer Gegensätze, sind Jesus und Nietzsche, homologe Vertreter und Vorläufer der letzten dionysischen Gestalt: Lawrence. Das Gedicht, das Lawrence vorgelebt hat, war antipodisch zu der Vision, die ihn inspirierte – ebenso wie bei seinen Vorläufern Jesus und Nietzsche. Der Konflikt mit den toten Formen verzerrt das innerlich gelebte Gedicht.

Das menschlich Bedeutsame seiner Schöpfung kann nur von ihm Ebenbürtigen geschätzt und gewürdigt werden. Nur ein Größerer als Lawrence wird die Tradition fortsetzen, die jedes neue Genie uns durch seinen Bruch mit der Vergangenheit vermittelt. Durch seinen Kampf mit der Welt wollte er nicht andere zu sich bekehren, sondern die träge Masse in eine lebendige, geistige Myriade von Manifestationen verwandeln, jeder ein Gesetz seiner selbst, jeder mit aller Kraft bestrebt, sich ganz auszudrücken. Das Königreich des Himmels ist in uns – das wußte er, ebenso wie Jesus es wußte, und dieses Wissen gab er immer wieder kund. Aber diese Wahrheit ist zu sinnfällig, zu groß, als daß der Mob sie beherzigen könnte.

Was die Masse sich wünscht, ist das Symbol, um das sie sich gläubig scharen kann; sie will seinen Sinn nicht erfassen, nicht die Substanz, die sich unter der Form verbirgt. Sie will eine Ambivalenz, und sie wird stets einen widerstrebenden Mechanismus von Gott-contra-Mensch einbauen. Sie hat keine Alternative. Und gerade hier wird das eigentliche Scheitern, das edelmütige Versagen des Künstlers offenbar. Im Besitz des Schlüssels zum Leben muß er glauben, die Flamme könne an andere weitergereicht werden, aus dem einen könnten die vielen werden. Da haben wir den eigentlichen Kern des dionysischen Charakters, das Geheimnis des Antagonismus zwischen dem Helden und der Welt, das Geheimnis von dem sterbenden Gott, der wieder fruchtbar wird. Es ist der Kampf der Oase mit der Wüste, der Kampf des lebendigen Geistes gegen die tödlichen Kräfte der Natur.

In Wirklichkeit gibt es nie etwas anderes als das Individuum, den Künstler, durch den das Leben sich manifestiert. Die Masse ist Biologie – organisches Leben, nicht *schöpferisches* Leben. Die Seele eines Volkes wohnt im Künstler, und alle Ideen und Ideale, alle Glaubensrichtungen, Kulte und Religionen sind das Produkt der individuellen Seele des Künstlers. Die ganze Geschichte der Kunst ist das Ringen des Individuums nach Ausdruck seiner seelischen Glaubensüberzeugungen. Und die Geschichte des Menschen ist die Geschichte der Kunst. Die Formen, deren sich der Künstler bedient, um sich auszudrücken, sind die toten Dinge, auf die sich die tote Masse bei ihrer verzweifelten Suche nach Leben stürzt. Dies ist die falsche, tödliche kulturelle Wirklichkeit, in der die Masse zu leben versucht. Es ist das Grabmal, das der Künstler über seinem Leichnam errichtet. Denn der Künstler und seine Vision sterben in der Form. Aber die Zivilisation schreitet fort mit dem toten Gast.

Zivilisation im höchsten Sinne meint immer Tod, den Tod der Schöpfer. Denn obwohl der Künstler darauf angewiesen ist, sich durch Form und Symbol auszudrücken, ist er nichtsdestoweniger stets *gegen* die Form; er ist stets auch ein Bilderstürmer, weil er das Chaos braucht, um daraus Ordnung und Harmonie herzustellen – *seine* Ordnung, *seine* Harmonie. Die wahrhaft schöpferischen einzelnen, seien sie Dichter, Helden, Propheten, Heilige, haben noch stets Idole zerschmettert, waren stets fanatisch, unnachgiebig, anarchisch, anomal, pathologisch, *degeneriert*, wenn man will, solange mit «degeneriert» etwas anderes gemeint wird als die, die gewöhnlich mit dem Fachbegriff zu tun haben, darunter verstehen.

Gerade die Erkenntnis seines eigenen bitteren Scheiterns als Mann – nicht Scheitern im gewöhnlichen Sinne, sondern vom Standpunkt des Künstlers aus – veranlaßte und befähigte Lawrence, wie ich glaube, zu seinem weitgehenden Verständnis für Cézanne. In seiner bemerkenswerten und scharfsichtigen Darlegung der Schwächen von Cézanne spricht Lawrence zugleich sehr beredt und eindringlich sein eigenes Lebens- und Schaffensproblem aus. Es ist das Problem, eine neue Welt zu schaffen, in der Kunst an sich entbehrlich wird, in der die Menschen kein Leben aus zweiter Hand durch den Künstler brauchen, sondern ein jeder – so sagt er – diese im lebenden Menschen verkörperte Welt der Kunst erschaffen und jeder Mensch dieses Beispiel erhabener Kunst, nämlich sein eigenes Leben, vollbringen wird. Im jetzigen Stadium sind wir, wie er ehrlich zugibt, nicht fähig, zu sein. *«Wir sind Hamlet ohne den Prinzen von Dänemark»*.

Und so sind wir wirklich. Niemand in der Welt von heute ist imstande, da fortzufahren, wo Lawrence aufgehört hat. Er gab uns eine Anschauung der Dinge, eine ganz persönliche Anschauung – die einzig mögliche Art. Die Revolution, die nötig wäre, um diese Anschauung von Leben mitzumachen, hat noch nie stattgefunden. Aber gerade dieses Trachten nach dem Geheimnisvollen, diese Illusion, hält den Künstler aufrecht: er zerreißt den Schleier und geht durch den Spalt hindurch, wobei er sich einbildet, die Welt folge ihm nach. Aber keiner folgt ihm. Eben dieser Schleier von Illusion gibt dem Künstler seine *raison d'être*; indem er den Schleier zerreißt, gibt er uns seine Kunst. Aber wenn er ihn zerrissen hat, dann nur, um immer neue Schleier zu entdecken. Das ist seine Mission: die Schleier zu zerreißen, um neue Schleier sichtbar zu machen. Um mehr und mehr Geheimnis zu lüften, immer mehr Sehnsucht zu wecken, noch mehr Schrecken, mehr Zwietracht, mehr Mißklang zu verbreiten. Chaos! Er lebt vom Chaos! Nicht um das Leben erträglicher zu machen, sondern um es großartiger zu machen; nicht das Leben lebbarer zu machen, sondern gewaltiger, tod-trächtiger: um den großen namenlosen Schrecken mitzuteilen, der in seiner Seele ist, die wilde, primitive Angst, die die Natur selbst einflößt und die kümmerlichen Illusionen entlarvt, von denen alle Zivilisation sich nährt.

In der Ekstase seiner Nähe zum wahren Herzen der Dinge wird der Künstler sprachlos; er erkennt die Unmöglichkeit, die Vision, die ihm zuteil wird, mitzuteilen, denn jede Form, der er sich zu seinem Zweck bedient, steht seinem Ausdruckswillen hindernd im Wege. Die Vision ist nicht mitteilbar – und so kommt er von seinem Berg herab, Unverständliches stammelnd. Das Ende von allem ist Kauderwelsch und muß es immer sein. Flamme und Vision sind Äußerungen der Seele, und was wir Kunst nennen, ist ein Kompromiß, eine Lüge. Kunst ist das Grab, in dem das Abbild der Seele bestattet wird.

Es scheint so gut wie unmöglich, daß aus dieser Sterilität, in die wir gebannt sind, irgend etwas Grundverschiedenes, etwas für den Lauf der Dinge Umwerfendes, sich entwickeln könnte. Doch im Menschen wohnt die Kraft, dem Schicksal eine andere Richtung zu geben – denn in einem Menschen wohnen all die Wunder, die sein Schicksal verheißt. Geschichte ist nichts anderes als die Ruinen, die die schöpferischen Gewalttäter des Lebens hinterlassen haben. Indem Lawrence das Steigen und Fallen der historischen Fieberkurve hinnimmt, indem er, sage ich, diese Vorstellung von Schicksal akzeptiert, spricht er zugleich das aus, was der «Denker» niemals zugeben wird. Denn gerade in den Denkern wohnt nicht die Kraft zum Leben. Der Künstler geht stets dem Denker voran. Und wenn der Künstler, in seiner Doppelrolle als Schöpfer und Zerstörer, Untergang prophezeit, dann verkündet er in der gleichen Rolle auch die Macht des Wunders. «Es steht uns», wie Spengler sagt, «nicht mehr frei, dieses oder jenes zu verwirklichen . . . das Notwendige oder nichts.»* Aber «nichts wird je die Menschheit und den Menschengeist hindern, aus dem erneuerten Chaos etwas Wunderbares zu entwickeln». Immer noch die Möglichkeit des Geheimnisvollen. *Nichts als das Geheimnisvolle!*

Ja, weil der Künstler so klar sieht, weil er weiter blickt als der «Denker», setzt er seine Hoffnung auf den Tod. Wenn ein neuer Modus des Lebens erreicht werden soll, muß der alte sterben. Und der Mensch muß dieses Ende wünschen, muß diese Notwendigkeit erkennen, wenn es zu einer Wiedergeburt kommen soll. Immer liegt es am Menschen, dem einzelnen Menschen, in dem der Keim von Vergangenheit und Zukunft, von Geburt, von Schöpfung und Zerstörung angelegt ist.

Die inhärente Logik der Dinge ist Sache des Denkers. Der Künstler ist antilogisch. Mystiker sind in jeder Epoche und jedem Zeitalter erschienen, und sie haben stets die gleiche Botschaft verkündet. Im Mystiker ist die Traum-Logik, aus der die Welt des Denkers wie des Künstlers entspringt. In all und jedem Zeitpunkt der Menschheitsgeschichte ist, gemäß dieser vorgegebenen Logik, der doppelte Prozeß von Wachstum und Verfall im Gange. Immer individuell und periodisch bedingt. Und in jedem Zeitalter müssen

* Miller setzt das Spengler-Zitat, ohne es eigens zu sagen, mit einem Lawrence-Zitat fort. Außerdem gibt er dem Spengler-Zitat durch Auslassung des Wörtchens «sondern» einen anderen Sinn, was aber auch an der amerikanischen Spengler-Ausgabe liegen kann. Anm. d. Ü.

die, die schöpferisch begabt sind, ganz klar die reichen Möglichkeiten sehen, die Kraftreserven, die niemals richtig ausgelebt werden, weder vom Individuum, noch von der Rasse, noch von der kulturellen Strömung, von der beide, Denker und Künstler, getragen werden. Es gibt nicht nur ein historisches Schicksal – es gibt zahllose Schicksale, die für uns stets offen sind. Der Denker, der sich an Fakten und Ereignisse klammert, lebt immer in der Rückschau. Doch das, worauf wir zurückblicken, was wir in der Zusammenschau als unvermeidlich, als *vorbestimmt*, beschreiben würden, das war niemals das harte, unerbittliche *Faktum*, das für den Geschichtsphilosophen so klar ist. Immer hatten wir die Wahl, die notdürftige Wahl, wie der Historiker sagen würde. Aber der schöpferische Mensch sieht unendliche Wahlmöglichkeiten, nicht nur eine. Indem er die ihm zufallende Rolle annimmt, macht er sich zu einem Teil der historischen Entwicklung, hilft er dazu, diese Wahl oder diese Entscheidung zu beeinflussen. Ohne ihn oder *trotz seiner* kann sich nichts ereignen, wie bei einer Maschine, die einem blinden Willen gehorcht. Ganz gewiß befähigt ihn dazu nicht jene Kraftwoge, die sich ewig hinter ihm türmt, ihn am Ende umschließt und seinen toten Leib und Geist überrollt. Aber er beeinflußt den Lauf dieses mächtigen Stroms; er gibt ihm eine andere Richtung, genauso wie andere große Geister, andere *Individuen*, durch ihre Einbildungskraft, durch ihre Lauterkeit und durch ihren Willen dazu beigetragen, den Strom beeinflußt haben. Er vereinigt sich mit dem Strom, von dem er ein Teil ist, und dieser Strom wird zu Geschichte.

Gerade weil er ein Künstler, ein dionysischer Künstler war, ja, weil er ein Mann des Schicksals war, bleibt Lawrence ein tragisches und auch ein furchtbares Symbol. Und gerade weil er ein Mystiker war, kreuzigte er sich selbst; und daß er sich die Kunst zum Kreuz erwählte, macht ihn als Künstler nicht geringer, noch als Prophet. Gleich allen Mystikern hatte er seine spekulative und seine religiöse Seite. Er konnte die Natur betrachten und über die in ihr erkannten Wahrheiten erschrecken; er konnte den Weg der Erlösung predigen und seiner Wesensschau untreu werden. Er konnte Lebensweisheit artikulieren, wie in ‹*Spiel des Unbewußten*›, und ihrer durch seine Art zu leben spotten. In seiner Kunst war er bestrebt, all die Antagonismen, die seine momentanen Visionen abgesondert hatten, zu vereinen. Wie Nietzsche konnte er sagen: «Nach meiner Überzeugung ist die Kunst die höchste Aufgabe und das wahrhaft metaphysische Anliegen dieses Lebens.» Wie Proust. Wie Dostojewski. Wie alle großen Seelen, die sich, angesichts der Geheimnisse, nicht von der Illumination blenden ließen, die ihre Zuflucht in der Kunst als «einer rettenden und heilenden Zauberin» gefunden haben. In dem einen Wesen vereinte er die dunklen animalischen Götter der chthonischen Welt und den geschlechtslosen, unsubstantiellen Geist des Jenseits. Mit seiner Kunst durchforschte er die ganze Spannweite dieser beiden Welten, die auf ewig geschieden sind und die nur die Einbildungskraft durch Willensanstrengung zu vereinen sucht.

Von den höchsten, schwindelnden Höhen konnte er unvermittelt in die Tiefen der Obszönität absteigen. Daß er nicht die Statur einiger seiner Vorgänger hatte, steht auf einem anderen Blatt. Man mißt seine Grenzen vielleicht mehr an seinen Abstiegen als an seinen Höhenflügen. Verglichen mit Rabelais, Swift, Cervantes, ist seine Obszönität eher milde. Und das könnte man ihm vielleicht zur Last legen – mehr noch aber dem ganzen Zeitalter. Denn was der erschrecklichen Obszönität der großen Geister zugrunde liegt, was ihre außergewöhnliche Heftigkeit und Raserei, ihren Haß und Ekel begründet, ist ihr übermenschliches Begriffsvermögen. Die widerwärtigen, blasphemischen Ausbrüche kommen aus einem dionysischen Erkennen unfaßbarer, unsichtbarer Dinge, sublimer Wahrheiten, die man nur in Momenten der Ekstase erfassen kann. Nur wenn man in die tiefsten Niederungen des Menschlichen, ins Untermenschliche hinabsteigt, kommt man dem Göttlichen näher. Denn was ist dieses Göttliche, von dem der Mensch spricht, wenn nicht die Projektion seines unergründlichen Ichs ins Jenseitige und Unkennbare. Es ist diese Spanne zwischen Mikrokosmos und Makrokosmos, die der Künstler wieder und wieder im leeren Raum ausbreitet; diese nahezu unmögliche, weil stets fiktive Aufgabe macht den Künstler zugleich zu einem Erlöser des Menschen und zu einem Zerstörer. Er ist beides, Held und Lügner. Er verkörpert in seinem Wesen den Schmerz der Individuation, und er zahlt dafür mit seinem Leben. Aber das glorifiziert ihn zugleich. Er übernimmt die Rolle, die kein anderer spielen kann. Er wird geopfert, damit wir anderen leben können. Durch seinen Wahnsinn, seinen Genius, wenn man so will, wird der Gegensatz zwischen den zwei Welten zeitweise aufgehoben. Durch seine erlösende und heilmachende Kunst stellt sich die magische, die sakrale Qualität des Lebens wieder her. Indem er die alten Symbole zerschmettert, öffnet er wieder die Adern für das instinktive Wissen, legt er die unbekannten Wirkungsbereiche des Blutes frei. Er entfesselt die orgiastische Raserei, die im Kern in allen Religionen steckt.

Gerade der Künstler in Nietzsche brachte ihn dazu, ein tragisches Zeitalter zu prophezeien; und der Künstler in Lawrence brachte ihn dazu, das Tragische zu bejahen, als der Sinn für Tragik endgültig aus der Welt geschwunden war. Das Schicksal, das Lawrence auf sich nahm, bestand darin, diesen verlorenen tragischen Geist zu verkörpern, für uns ein Drama neu aufzuführen, das im Grunde schon nicht mehr möglich ist. Er opferte sich für das Bemühen auf, ein Gefühl, eine Weltansicht wiederherzustellen, die zu bewältigen in unserem Zeitalter nicht mehr möglich scheint. Als Dichter und Mystiker suchte er seinem Glauben durch die Errichtung neuer Symbole Substanz zu geben. Selbst wenn es manchmal so schien, als habe er die Kunst aufgegeben, dann nur, um im Traum der Kontemplation neue Kraft zu gewinnen. Seine menschlichen Siege und Niederlagen, die Traumata, die Schismen, die Erkenntnisse, mit denen der analytische Geist seine Kunst zu interpretieren versuchte, erbringen nicht mehr als das plastische Material, das er notwendigerweise als Ausdrucksmedium benutzen mußte. Das komplexe Gewebe von Konflikt, in dem seine Natur wurzelte, bildet das unsichtbare Muster seines Lebens und seiner Kunst. Aber, wie Elie Faure richtig sagt, «das Entscheidende ist, die Leidenschaften freizusetzen. *Das Drama ist alles, die Sache, um die es im Drama geht, ist nichts.*»

Zu sagen, Lawrence sei sein ganzes Leben nur mit der Aufgabe der Selbst-Erschaffung beschäftigt gewesen, heißt lediglich soviel wie, daß er ein Künstler war. Und wenn man sagt, Kunst sei ein «*pis-aller*», ist auch das richtig. Darin liegt kein Widerspruch. Denn das Problem des Künstlers ist das Problem der Personalität. Gerade in der Schaffung der Personalität bekommen die religiösen, die moralischen, die sexuellen, die ethischen Probleme ihre Form, ihre Farbe, ihre Substanz. *Das Problem des Ichs nimmt alle anderen Probleme vorweg.* Denn für den Künstler gibt es keine Grenzlinie zwischen Erlösung und Neuschöpfung. In der Abweisung des Bösen, der Reinigung von Sünde, dem Erkennen von Gott, der Vereinigung mit dem Kosmos, dem Bruch mit der Geschichte – in all diesen jeweils verschiedenen, aber zutiefst identischen Arten, sich von der Sündenschuld-Neurose zu befreien, erschafft der Künstler seine Welt, die *unsere* Welt ist, die Welt der psychologischen Realität – die einzige Welt, die Gültigkeit besitzt. Er existiert buchstäblich nur, indem er den Konflikt zugibt und ihn zugleich ironisch verneint oder über ihn siegt. Eben darum gibt es in seinen geschaffenen Werken weder Sieg noch Niederlage – oder beides in einem. Seine Kunst gebiert sich nicht aus seinen Erfahrungen, noch läßt sie sich mit ihnen erklären. Seine Erfahrungen leiten sich aus seinem Wesen her, aus jenem grundlegenden Konflikt, den seine Kunst erzeugt und der ein ums andere Mal durch seine Kunst geschaffen wird. Er befindet sich in einem Zustand ständigen Werdens, Traum und Raserei; er ist das Verbindungsglied zwischen Mikrokosmos und Makrokosmos, der kleine Seelenwurm, der aus dem toten Körper herauswächst, der Phönix, der sich aus der Asche erhebt, der *Anthropos*, der zum Himmel strebt und dort wohnt. Er ist ein kleines verwirrendes Rätsel, das sich im Verfall zeigt und das, einer Magnetnadel gleich, stetig auf eine neue Entartung weist.

Das Gottesproblem ist kein religiöses Problem, es ist das Problem des Künstlers. Das Problem des Bösen ist nicht das Problem des Heiligen, es ist ebenfalls des Künstlers Problem. Die Lösung aller Probleme liegt beim Künstler, weil in ihm all die Rätsel enthalten sind; und wenn es keine Lösung für unsere Probleme gibt, dann weil er, der Künstler, keine Lösung will.

Der Balsam seiner Kunst ist somit auch ein Gift. Er bietet keine Lösungen, keine Arzneien, keine Allheilmittel an. Er wendet sich nicht an den Intellekt, noch an das Herz; sein Wissen ist unfaßbar, sein Mitgefühl ungeheuerlich. Es ist nicht einmal die Todesfurcht, die ihn dazu bringt, sich unsterblich zu machen. Es ist überhaupt keine Furcht, sondern *Einwilligung*, die ihn der Vernichtung zustreben läßt. Er hat in sein Inneres geblickt und die Sinnlosigkeit des Daseins erkannt. Gott, Liebe, Verbrechen – das ist die Dreifaltigkeit, die ihn an den Rand bringt. In seiner Mutter Liebe hat er Tod geschmeckt; im Verbrechen Erlösung erfahren; in seinem Innern Gott erkannt.

Als Künstler weigert er sich, Leben zu Gesetz, Moral, Kult, Religion gerinnen zu lassen. Als Künstler glaubt er auch nicht an Kunst, da er Kunst erst zerstören muß, um sie für sich zu entdecken. Er muß alles zerstören und alles durcheinander bringen, damit er etwas erschaffen kann, und er muß erschaffen, weil es für den Konflikt, der ihn gezeichnet hat, keine andere Lösung gibt. Von solcher Art ist der Künstler, und von solcher Art ist, so gesehen, D. H. Lawrence.

«Er war von einer einzigen Idee besessen – daß alle Zivilisation nur das übertünchte Geschwür der Fäulnis sei. Er haßte jedes Anzeichen von Kultur.» So die Beschreibung von Annable in Lawrence' allererstem Roman, ‹*Der weiße Pfau*›. Annable ist der erste aus einer Reihe von Doppelgängern von sich, die Lawrence uns in allen seinen Romanen präsentiert. Man könnte sagen, daß der Annable-Typ der ursprüngliche, potentielle Lawrence ist, das heldische Idealbild von sich, das im Kampf mit der Welt verkümmern mußte. Als Mensch war Lawrence gespalten, doch als Dichter war er eins in sich. Als Dichter und Mystiker sah er mit seinem inneren Auge durch den greifbaren Tod ringsum hindurch. Er hatte den Blick für die ewige Lebendigkeit der Dinge. «Wenn wir nur einmal die Augen schließen würden», schrieb er, «und wir alle mit einem Schlage blind und die Dinge aus unserer Sicht geschwunden wären, dann würden wir uns wundern, daß wir um seichter, eingebildeter, nebensächlicher Nichtigkeiten willen gelebt und gekämpft haben. Wir würden das Dunkel für Wirklichkeit halten.»

In seinem Innersten der alleinige treibende Impuls ist *Geheimnis*. Hinter jeder seiner ständig wiederholten Äußerungen wird man es finden, hervorgehoben und unterstrichen, das Wort *Geheimnis*. In den Gedichten flammt es auf und versperrt jeden Zugang; in den Romanen ist es verborgen unter dem Gewirr von Fakten und Zufällen; in den Essays blüht es wieder auf und verbrennt zu Asche, die der Geist hier- und dorthin bläst, als suche er wild nach einer Form, die vor der Sprache da war, nach einer Form, die eine Mischung aus Musik und Gedanke sein müßte.

Im besten Fall, wenn ihn sein Paroxismus von Haß fortreißt, ist in Lawrence' Sprache, die so reich, so dunkel, so klar und rätselvoll zugleich ist, ein direkter und überwältigender Appell an das Blut und die Seele des Menschen, als hätte er alle Barrieren der Sprache überwunden – ein direkter Appell an das Blut. In seinen Worten ist Gift und Feuer, und eine erschreckende unverhüllte Schönheit, als wäre er selbst der Drache des Lebens, der im Strudel des Malstroms gefangen, sich krümmte und wild um sich schlüge. Mit ihrer schweren Bürde von Feuer und Blut, von Verwünschungen und Drohungen, mit ihren Parabeln, Liturgien, Symbolen und Träumen, ihrer aufgeputschten Leidenschaft und ihrer gemmenhaften Schärfe, scheint seine Sprache den Seufzern und der Verzweiflung, der Vereitelung und ständigen Hoffnung des Menschen, einem tiefen, brennenden Verlangen abgerungen zu sein; *aufrichtig*, so *aufrichtig*, daß seine Sprache verletzt und versengt, Löcher in der

Leinwand hinterläßt, im Fortschreiten ihren eigenen Sinn entwickelt, noch aus den Löchern Bedeutung herausholt, den Schleier zwischen Sinn und Ausdruck zerreißt, aufflammt im höchsten Symbol, auf einer Seite, einer Zeile, in einem einzigen Wort aufflammt und erstirbt; ein ständiges Geborenwerden und Sterben, ein immerwährendes Sicherneuern aus der inneren Quelle, ein Stöhnen und Fluchen, ein Tanzen und Schweben, ein schierer Springquell eisiger Klarheit, der aus dem Chaos aufsteigt und wieder ins Chaos zurückfällt; eine so vollständige Durchdringung von Mensch und Universum, so großartig, daß wir in uns die Illusion seiner Unsterblichkeit haben.

Das ist der wirkliche Lawrence, der Leichnam, dessen Elemente im Sternennebel verstreut sind. Das ist der Sinn der Vernichtung, des uranfänglichen Chaos, aus dem Ordnung und Harmonie wieder errichtet werden. Das ist der dionysische Lawrence, der sich der Literatur entzieht, der über den Menschen Lawrence und seine Philosophie spottet. Das ist das Rätsel des Universums, dessen Lösung ihn ans Kreuz brachte.

Die *Seele* des Menschen – das ist sein Evangelium! Und da, wenn wir ihm folgen könnten, liegt unsere Rettung. Er ist wie eine jener Schreckensgestalten, die er von seinen Reisen durch Tirol beschrieben hat – ein dürres, ausgemergeltes, groteskes Stück Mensch, an ein Kreuz genagelt. Ein fürchterliches Symbol vom Menschen, aber zum Nachdenken anregend. Der Sündenbock der Moderne!

Er hat uns kein Hernach versprochen, keine Erlösung im Geiste, wenn wir tot und abgeschieden sind. Er sprach von Vollendung, *hier und jetzt*, im gegenwärtigen Zeitpunkt. Er verherrlichte Macht, Elite, Blut, Rasse, hohe Leistung, Persönlichkeit, Kampf, Dunkelheit und auch Unwissenheit. Er wandte sich gegen das ganze Gerede von historischer Bestimmung. Er bezog Stellung im MENSCHEN, nicht in Geschichte, nicht in Religion oder Kultur oder Gesetz oder Brauchtum. Er sah dem Tod gerade ins Antlitz. Tod in all seinen Phasen. Tod an allen Fronten. Nicht durch Ausflucht und Zuflucht, nicht durch Bekehrung und Sublimierung, nicht durch geistreiches Palaver und Hokuspokus, sondern durch *Bejahung* entdeckte er das Leben. In seinem Innern hegte er eine Idee, ein Ziel, eine Flamme. Er war ein Mann von einer einzigen Idee, beherrscht, verfolgt, verzehrt von einer Idee. Man kann nicht die Dichtung nehmen und die Idee ausklammern. Er achtete darauf, daß dies unmöglich wäre. Und eben deshalb geht der Krieg weiter und wird unablässig und auf immer weitergehen, über seinen Tod hinaus. Seine Ideen sind eingebettet in das Gedicht, das er hinterließ, in das Gedicht, das er vorgelebt hat: «Ihr müßt neu geboren werden. Aus dem Kampf mit den Fangarmen des Lebens, mit dem Drachen der entarteten und unvollkommenen Existenz, muß diese zarte Blüte des Daseins wiedergewonnen werden, die bei jeder Berührung stirbt.»

Dieser wilde, rauhe, wütende, fanatische Ton in seiner Stimme – ist das Verzweiflung oder Hoffnung? Oder beides? Zweifellos beides. Ich sehe ihn als eine Art von intellektuellem Wilden, der im Menschen die nomadische Eigenschaft, die er verloren hat, wiederherstellt und ihn auf die große Straße schickt, Gott weiß wohin. Eine Straße, die kein Ende hat. Aber er schickt ihn dahin, voller Begeisterung. Verrückt! Verrückt! Ganz und gar unmöglich. Fanatischer Idealist. Ein Super-Idealist. Und doch der einzige Weg, der allein richtige Weg. Tod. Bitterer, endgültiger Tod. Damit aus der Verderbnis ein neues Leben entstehen kann, ein leuchtendes, herrliches Leben, wie es der Mensch noch nie gekannt, noch nie erträumt hat.

Ich sehe ihn bei der Arbeit am menschlichen Leichnam, wie er die Kunst um einer Chimäre willen aufgibt, und doch das einzige in die Kunst wieder einbringt, das sie wiederherstellt und am Leben erhält: Leidenschaft. Ich sehe ihn, wie er am Ende zur Offenbarung gelangt und dort den nie versagenden Willen zur Macht im Menschen erfährt, seine Heiligung, seinen endgültigen Sieg.

Ich stelle mir gern vor, wie diese tapfere, bebende kleine Seele, deren Stimme in dem schleppenden Trott unserer Welt kaum noch hörbar war, den Mut zu der Überzeugung hatte, daß die Kunst überhaupt nicht tot ist, sondern tot nur, soweit der Mensch tot ist. Mit dem Augenblick, da ein wirklich lebender Mensch, eine *Seele*, erscheint, ist die Kunst neu erstanden. In Lawrence deutet sich das an.

Lawrence war voller Widersprüche, weil das Leben selbst voller Widersprüche ist. Ich möchte keinen höheren Maßstab an den Mann, seine Werke, sein Denken legen, als das Leben selbst verlangt. Ich will nicht außerhalb vom Leben stehen, sondern in ihm, mich ihm unterwerfend, es verehrend.

Ich rede von Widersprüchen, und sogleich muß ich dem Gesagten selbst widersprechen. Zum Beispiel möchte ich klarstellen, daß ein Mann wie Lawrence recht hatte, recht in allem, was er sagte und tat, sogar noch dann, wenn das, was er sagte oder tat, offensichtlich falsch war, offensichtlich dumm, offensichtlich voreingenommen oder ungerecht. (Am allerbesten belegt er das, was ich meine, in solchen Schriften wie seinen Studien über Poe und Melville.) Lawrence stand im Gegensatz zur Welt, wie sie ist. Die Welt hat unrecht, hatte immer unrecht und wird immer unrecht haben. In diesem Sinne hatte Lawrence recht, auch jetzt noch und immerdar recht. Jedes fühlende Wesen, das sich seiner Macht, seines Rechts bewußt ist, spürt diese Opposition. Doch es gibt nun mal die Welt, und sie läßt sich nicht ableugnen. Die Welt aber sagt NEIN. Sie schüttelt ewig verneinend den Kopf.

Die wichtigste Gestalt für die ganze westliche Welt war zweitausend Jahre lang der Mann, der der Inbegriff von Widersprüchlichkeit war: Jesus Christus. Er stand im Widerspruch zu sich und zur Welt. Und doch haben ihn die, die mit ihm oder mit der Welt oder mit sich uneins waren, verstanden. Selbst in der Ablehnung ist er von allen und überall verstanden worden. Weil er ein Widerspruch in sich war? Laßt uns das nicht sogleich beantworten. Lassen wir diese Frage in der Schwebe . . .

Hier, an diesem Punkt, sind wir ganz nahe an etwas, das uns alle zutiefst angeht. Wir nähern uns dem Rätsel sozusagen von der Rückseite. Überlegen wir einen Augenblick! Da war Christus, die eine herrliche, strahlende Gestalt, die für unsere ganze Geschichte richtungweisend war. Und da war noch ein anderer Mann – Sankt Franciscus von Assisi. Er kommt gleich hinter Christus, in jeder Beziehung. Er machte einen gewaltigen Eindruck auf unsere Welt, vielleicht weil auch er, gleich jenen Bodhisattvas, die auf das Nirwana verzichteten, um der Menschheit beizustehen, sich dafür entschied, uns nahe zu bleiben. Da waren also diese beiden strahlenden Gestalten. Wird es eine dritte geben? Kann es sie geben?

Wenn es je im Verlauf der neueren Zeit einen Mann gegeben hat, der diesen Gipfel nahezu erreichte, dann D. H. Lawrence. Aber die Tragödie von Lawrence' Leben, die Tragödie unserer Zeit, ist dies: Wäre er diese dritte große Gestalt gewesen, wir würden es nie erfahren. Der Mann war niemals in Gänze geboren – weil er sich niemals offen gegen etwas stellte. Er ist eine Büste, die in sumpfigem Boden ständig tiefer sinkt. Am Ende wird die Büste ganz versinken. Lawrence wird mit der Epoche, die er so glanzvoll vertreten hat, untergehen. Er wußte das auch. Darum sind Hoffnung und Verzweiflung, denen er Ausdruck gab, bei ihm so fein ausgewogen. *Consummatum est*, rief er gegen Ende aus. Nicht auf seinem Sterbebett, sondern am Kreuz, noch lebend und im vollen Besitz seiner Fähigkeiten. Ebenso wie Christus im vorhinein wußte, was ihm bevorstand, und sich in seine Rolle fügte, so wußte und fügte sich auch Lawrence. Jeder ging einem anderen Schicksal entgegen. Christus hatte sein Werk schon vollendet, als er zum Kreuz geführt wurde. Lawrence nagelte sich selbst ans Kreuz, weil er wußte, daß die Aufgabe nicht zu bewältigen war, nicht seine eigene, noch die der Welt. Jesus' Flamme wurde ausgeblasen. Lawrence war gezwungen, ganz herunterzubrennen. Das ist der Unterschied.

Lawrence war nicht der erste von diesem neuzeitlichen Typus. Es gab andere vor ihm, die ganze Zeit hindurch, die sich umgebracht hatten. Jeder Selbstmord war eine Herausforderung. Rimbaud, Nietzsche – diese Tragödien zündeten beinahe einen Funken. Lawrence geht dahin und nichts passiert. Er hat höhere Auflagen, das ist so ungefähr alles.

Ich sagte vorhin, daß die Widersprüchlichkeit von Christus uns auf etwas ganz Entscheidendes brachte, eine Angst, die uns in den Eingeweiden sitzt. Auch Lawrence hat sie uns wieder bewußt gemacht, obwohl seine Botschaft fast sogleich auf Ablehnung stieß. Worum geht es dabei eigentlich? In der Welt zu sein und nicht ein Teil von ihr. Das Bewußtsein des Menschen von seiner Rolle zu vertiefen. Wie geschieht das? Indem man die Welt ablehnt und die innere Wirklichkeit proklamiert? Indem man die Welt erobert und die innere Wirklichkeit zerstört? Beide Wege bedeuten Niederlage. Beide Wege versprechen Sieg, wenn man so will. Niederlage und Sieg ist dasselbe – es ist nur eine Frage des Standpunkts.

Es gibt die Welt der äußeren Wirklichkeit oder Handlung und die Welt der inneren Wirklichkeit oder des Gedankens. Der Angelpunkt ist Kunst. Nach langem Gebrauch, nach endlosem Auf und Ab der Wippe, nutzt sich der Angelpunkt ab. Dann, wie auf göttliches Geheiß, stehen einsame, tragische Gestalten auf, Männer, die der Welt ihren nackten Rücken als Stütze und Widerlager anbieten. Sie brechen unter der erdrückenden Last zusammen. Andere kommen hervor, immer mehr, bis aus so vielen heroischen Selbstopfern ein Widerlager aus lebendigem Fleisch errichtet ist, durch das das Gewicht der Welt wieder in der Schwebe gehalten werden kann. Dieses Widerlager ist die Kunst, die anfangs rohes Fleisch war, dann Aktion, dann Glaube, dann Schicksal.

Heute ist die Welt der Aktion erschöpft, und auch die Welt des Gedankens. Es gibt weder einen historischen Sinn, noch eine innere metaphysische Wirklichkeit. Kein einzelner Mensch kann heute hingehen und seinen nackten Rücken als Stütze anbieten. Die Welt ist so dünn ausgewalzt, daß auch der stärkste Rücken nicht breit genug wäre, um sie zu stützen. Heute dämmert es den Menschen, daß sie, wenn sie sich retten wollten, sich an ihrem eigenen Schopf emporziehen müßten. Sie müssen für sich ein neues Gefühl von Gleichgewicht entdecken. Ein jeder muß für sich zu einem neuen Gefühl von Schicksal kommen. In der Vergangenheit konnte eine Gestalt wie Christus eine imaginäre Welt schaffen, die in ihrer Wirklichkeit so machtvoll war, ihn zum Hebelarm der Welt zu machen. Heute gibt es Millionen von Opfern, aber in ihrer Masse nicht die Kraft, auch nur ein Sandkorn aufzuheben. Die Welt und die Menschen als solche sind aus den Fugen geraten.

Wir sind auf dem falschen Weg, wir alle. Eine Gruppe, die größere, besteht darauf, das äußere Modell zu verändern – die soziale, politische, wirtschaftliche Struktur. Eine andere Gruppe, sehr klein, aber zunehmend mächtig, besteht darauf, eine neue Wirklichkeit zu entdecken. Hoffnung ist weder hier noch dort. Der innere und der äußere Weg sind ein und dasselbe. Wenn sie jetzt getrennt sind, dann weil sich eine neue Art von Leben ankündigt. Es gibt nur einen Bereich, in dem das innere und das äußere Konzept noch geeint werden können, und das ist der Bereich der Kunst. Kunst spiegelt überwiegend nur den Tod wider, der derzeit akut ist, denn nur die fortschrittlichsten Geister können uns einen Begriff von dem Leben, das da kommen soll, geben. Ebenso wie primitive Völker mitten unter uns ihr Leben von fünfzig- oder hunderttausend Jahren Vergangenheit weiterführen, so auch die Künstler.

Wir sehen uns einer absolut neuen Verfassung von Leben gegenüber. Ein völlig neuer Kosmos muß geschaffen werden, und er muß aus unseren getrennten, isolierten, lebenden Partikeln geschaffen werden. Wir, die unzerstörbaren Partikel lebendigen Fleisches, machen den Kosmos aus. Der Kosmos ist nicht entworfen im Kopf von Philosophen und Metaphysikern, noch wird er von Gott am Leben erhalten. Eine ökonomische Revolution wird ihn schon gar nicht schaffen. Er ist etwas, das wir in uns tragen und das wir um uns herum aufbauen: es ist ein Teil von uns, und an uns ist es, ihm zur Wirklichkeit zu verhelfen. Wir müssen uns klarmachen, wer und was wir sind. Wir müssen bis zum Ende durchhalten, sowohl im Erschaffen wie im Zerstören. Was wir die meiste Zeit tun, ist entweder Ablehnen oder Wünschen. Seit Anbeginn unserer Geschichte, unserer abendländischen Geschichte haben wir immer *gewollt*, daß die Welt etwas anderes sein sollte, als sie ist. Wir waren bemüht, uns selbst zu wandeln, um uns einem Trugbild anzupassen. Dieser Wille hat sich in äußerstem Zweifel erschöpft. Wir sind gelähmt; wir wirbeln wie trunkene Derwische um den Angelpunkt des Ichs. Nichts kann uns freimachen, es sei denn ein neues Wissen; nicht die sokratische «Weisheit», sondern Erkenntnis, das heißt ein Wissen, das sich in Tun umsetzt.

Denn wir sind, wie Lawrence vorausgesagt hat, dabei, in die Ära des Heiligen Geistes einzutreten. Wir sind dabei, den Geist unseres toten Ichs aufzugeben und in eine neue Domäne zu treten. Gott ist tot. Der Sohn ist tot. Und wir sind tot nur, wie diese aus uns gewichen sind. Kein wirklicher Tod, sondern ein *Scheintod*. Von Proust hat jemand gesagt, «er war der Lebendigste von allen Toten». In diesem Sinne sind wir also noch am Leben. Aber die Achse ist gebrochen, die Deichsel funktioniert nicht mehr. Es ist weder Nacht noch Tag. Auch kein Dämmerlicht. Wir treiben mit dem Strom dahin.

Wenn ich von Strom und Dahintreiben rede, so weiß ich sehr wohl, daß ich nur ein Bild benutze. Ich selbst glaube nicht, daß wir auf immer dahintreiben. Manche, mag sein, vielleicht sogar ein großer Teil der Welt der Männer und Frauen. Aber nicht alle. Solange es Männer und Frauen gibt, kann die Welt niemals zu einem Sargasso-Meer werden. Dieses fürchterliche Bild entsteht nur aus dem Bewußtsein in jedem von uns, daß wir gegen unseren Willen dahintreiben, daß wir mit dem unaufhörlichen Strom eins geworden sind. Es gibt eine Kraft außerhalb von uns, die – eben wegen des Todes – größer zu sein scheint als wir, und das ist Natur. Als lebende Wesen sind wir Teil der Natur. Aber wir sind auch Teil von etwas anderem, von etwas, das Natur mit umfaßt. Als ein solcher unverwirklichter Teil des Universums haben wir uns in Opposition zum Ganzen gestellt. Und nicht unser Wille, sondern unser Schicksal hat eine solche Opposition ermöglicht. Diese Kraft, die uns übersteigt, die größer ist als wir, gehorcht ihren eigenen Gesetzen. Wenn wir klug sind, versuchen wir, uns innerhalb dieser

Gesetze zu bewegen, uns ihnen anzupassen. Das ist das wahre Element des Lebendigen, wie Lawrence sagen würde. Wenn wir uns weigern, die Bewegung dieser größeren Kraft mitzumachen, brechen wir das Lebensgesetz, wir treiben, und in diesem Dahintreiben läßt die Natur uns fallen.

Wenn die großen geistigen Führer unterlegen sind, dann in dem Konflikt zwischen diesen beiden Kräften, der sich verkürzt und symbolhaft in ihrem Leben darstellt. Noch jeder geistige Gewinn kündigte sich durch einen Verlust von seiten der Natur an. Jeder geistige Gewinn bedeutete eine Störung des Gleichgewichts zwischen diesen einander widerstreitenden Kräften. Der Abstand zwischen der einen und der anderen großen Gestalt liegt nur im Abschätzen der benötigten Zeit, um ein neues und befriedigendes Gleichgewicht zu erreichen. Jeder neuen Gestalt war es aufgegeben, das alte Gleichgewicht zu zerstören. Nicht mehr. Nicht weniger.

Heute ahnt man, daß wir in einer Periode des Übergangs sind. Zu was? Zu einem neuen Gleichgewicht? Auf welchem Stützbalken? Wo werden wir einen neuen Ruhepunkt finden? Lawrence sah, daß der Stützbalken an sich abgenutzt war. Er spürte, daß die Strömung ihn davontragen wollte. Er wußte, daß eine neue Ordnung im Begriff war, sich zu etablieren. Gegen diese neue kosmische Ordnung opponierte er nicht. Im Gegenteil, er hieß sie willkommen. Aber als Einzelmensch protestierte er. Er war noch nicht vollständig geboren. Ein Teil von ihm steckte noch in dem Mutterleib der alten Ordnung. Halb heraus, halb lebendig, völlig bewußt, in Wahrheit überbewußt, gab er der Qual der anderen Hälfte von sich Ausdruck, die kaum geboren dahinstarb. Ihr Sterben ging ihm nicht schnell genug, obwohl mit diesem Teiltod auch sein eigener Tod gemeint war. Er erkannte, daß der überwiegende Teil der Welt im Sterben lag, ohne überhaupt geboren zu sein. Tod im Mutterleib. Das war es, was ihn in den Wahnsinn trieb.

Es ist keine beliebige bildliche Wendung, wenn ich sage, daß nur die Hälfte von ihm herausragte: Kopf und Herz. Er besaß ein blendendes Wissen und ein zärtlich blutendes Herz. Aber überzeugend als Mann war er nicht. Er hatte nur das Herz als Stütze – und seine Stimme, von der er vollsten Gebrauch machte. Aber er hatte einen Blick für das Kommende, und soweit er dazu imstande war, identifizierte er sich mit der Zukunft. «Erst jetzt», sagte er, «sind wir am Übergang zu einer neuen Ära.» Darüber sprach er immer wieder, kryptisch, symbolisch: *die Ära des Heiligen Geistes.* Wie ich sehe, gab er dieser Idee auch Ausdruck, als er an jemand über die Renaissance schrieb. Er hatte gerade Romain Rollands Essay über Michelangelo gelesen. «Die Welt überschlägt sich», sagte Lawrence, «wie die italienische und die spanische Renaissance sich überschlagen haben. Aber wo bleibt unsere Reformation, wann kommt uns ein neues Licht?» Und er fügte hinzu: «Man muß ganz für sich leben, vergessen, daß es eine andere Welt gibt, eine bisher noch nicht erschaffene Welt.»

Das Wort «vergessen» in Lawrence' Mund verdient nähere Beachtung. Während Proust es mit Erfolg fertigbrachte, für sich zu leben, *sich erinnernd* und seine sehr reale, fiktive Welt erschaffend, war Lawrence nie imstande, für sich zu leben oder zu vergessen. Der völlige Bruch mit der äußeren Welt der Wirklichkeit befähigte Proust weiterzuleben, als wäre er tot, lediglich in der Erinnerung an vergangene Dinge zu leben. Selbst dann war das für ihn kein völliger Bruch. Eine ganz dünne, fast unsichtbare Schnur verband ihn mit der Welt. Oft war es nur ein lebloses Objekt, das ihn mittels seines überempfindlichen Sensoriums schockartig zu einer Wirklichkeit brachte, die er schon tief in seinem Innern begraben hatte. Das war bei ihm kein Erinnern im gewöhnlichen Sinne; es war eine magische Wiederbelebung des Vergangenen mit körperlichen Mitteln. Der Körper erfuhr noch einmal die Freuden und Kümmernisse der begrabenen Vergangenheit. Wie aus einer Trance erhob sich Proust zu einem Scheinleben, dessen Wirklichkeit und Unmittelbarkeit größer war als in der originalen Erfahrung. Sein großes Werk ist nichts als eine Kette solcher traumatischer Schocks, oder besser: der Ausdruck ihres Rückstoßes. Deshalb bekam für ihn die Kunst den metaphysischen Aspekt des Wiederentdeckens von etwas, das schon im Herzen aufgezeichnet war. Es war ein Zurückkehren zum Labyrinth, eine Sucht, sich tiefer und tiefer im Ich zu vergraben. Und dieses Ich setzte sich für ihn aus tausend verschiedenen Wesenheiten zusammen, alle durch Erfahrung verbunden zu einem saatkornartigen Ich, das zu erkennen er sich weigerte.

Proust bedeutete einen Pfad, eine Richtung, genau entgegengesetzt zu der von Lawrence. Es war ein angestrengtes Bemühen, man könnte fast sagen, sein Leben zurückzuverfolgen und durch Sammeln all der Bilder seiner selbst, die er je im Spiegel erhascht hatte, ein endgültiges, saatkornartiges Bild wieder zusammenzufügen, von dem er jedoch nichts wußte. Der Gebrauch der Wahrnehmung hier ist ein völlig anderer als bei Lawrence: weil ihr Begriff von «Körper» völlig verschieden war. Proust, der sich ganz von seinem Körper geschieden hatte, außer als Sinnes-Werkzeug zur Wiederbelebung des Vergangenen, gab damit der menschlichen Individualität einen völlig irreligiösen Charakter. Seine Religion war KUNST – das heißt, der Prozeß als solcher. Persönlichkeit war für Proust festgelegt: man konnte sie sozusagen ablösen, Schicht für Schicht von ihr abtragen, aber das diesem Vorgang zugrundeliegende Konzept war aus solidem Stoff, schon vorgefertigt, unvergänglich und nahezu einmalig.

Mit diesem Konzept eines persönlichen ego hatte Lawrence nichts im Sinn. Was er sah, war ein endloses Drama des Ichs, ein Strudel, in dem das Individuum schließlich untergeht. Lawrence' Interesse galt der Entwicklung des Menschen als einer einzigartigen geistigen Blüte. Ihn bekümmerte die Tatsache, daß der Mensch, als MENSCH, noch nicht zu seiner vollen Entfaltung gekommen war. Während er die Einzigartigkeit des Individuums betonte, hielt er nichts von Einzigartigkeit an sich. Ihn bedrückte die Tatsache, daß der Mensch, psychologisch gesprochen, noch in einem kindhaften Stadium ist. Weder die willensmäßige, idealistische Dynamik des Westens, noch die quietistische, fatalistische Haltung des Ostens befriedigten ihn im Sinne praktischer Philosophie. Sie waren beide unangemessen. «Der Mensch bisher ist nur halbgeboren», sagte er. «Da regt sich nirgends ein Keim.»

In seinem ersten bedeutenden Werk, ‹*The Crown*›, geht es in erster Linie um den Versuch zu erklären, was mit dem Heiligen Geist gemeint ist. Auf seine Art will er damit auf den geheimnisvollen Urgrund des Ichs hinweisen, den schöpferischen Instinkt, das je individuelle Leitbild und Gewissen. Um das zu verdeutlichen, entwarf er für sich auch die Lösung des Gottesproblems, ein Ende der bösen Dichotomie von Engel-Dämon, Gott-Teufel, und ein Ende der wechselseitigen Herabsetzung und Überbewertung der Persönlichkeit. Ziel seiner unablässigen Suche ist das wahre Ich, die zentrale Quelle von Macht und Aktion, die er den Heiligen Geist nennt, den geheimnisvollen, unerforschlichen Bereich des Ichs, aus dem die Götter ebenso wie Menschen hervorgehen. Seine Idee von einer Vereinigung mit dem Kosmos meinte die Wiederherstellung der Göttlichkeit des Menschen. Der alte Kosmos, so sagt er in ‹*Apokalypse*›, war durch und durch religiös und gottlos. Da war keine Rede von «Schöpfung» und «Getrenntheit» oder «Gott contra Welt». Der Kosmos war, ist und wird sein. *Wir* sind es, die sich abgesondert haben, betont Lawrence. Und in dieser Absonderung haben wir jene nötigsten Kenntnisse vom Ich, von der Personalität und von Gott entwickelt. Das große Schuldgefühl, das den Menschen – und besonders den Künstler – bedrückt, entspringt der tiefen Erkenntnis, daß er sich vom Kosmos abgespalten, daß er sich mit einem Teil seiner selbst zum Gott gemacht hat und mit einem anderen Teil Mensch, allzusehr Mensch geblieben ist.

All dies bringt mich auf die Gegenwart. Wir sehen uns einer absolut neuen Lebensbedingung gegenüber, die – zumindest für einen sensitiven Menschen – nahezu unerträglich ist. Ich zweifle nicht, daß es einen solchen Antagonismus immer gegeben hat: der Künstler war noch stets im Konflikt mit der Welt, mit jener Welt, in der er sich vorfand. Die Tatsache, daß es überhaupt Künstler *gibt*, bedeutet, daß das Leben fast nicht zu ertragen ist. Und doch gab es in der Vergangenheit schon immer eine fadendünne Verbindung zwischen den Fühlenden und den Fühllosen. Es gab Formen und Symbole, Mythologien, die als Buchstabiertafel dienten und es den Uneingeweihten ermöglichten, die göttliche Skriptur des Künstlers zu entziffern. Heute scheint dieser Faden – die Sprache – gerissen zu sein. Der Künstler, unfähig sein Erschautes mitzuteilen, glaubt nicht mehr an sich, an seine Rolle oder Mission. Während er früher vor den Kümmernissen des Lebens in die Kunst entfliehen konnte, gibt es heute für ihn keine solche Ausflucht, außer er verleugne seine Geltung als Künstler. Heute sind alle Hierarchien zusammengebrochen: auf jedem Feld menschlichen Strebens finden wir nur Chaos. Es gibt keine Wahl, nur Ergebung, Hingabe an das Fließende, an die Strömung auf eine neue unausdenkliche Ordnung hin.

Ich möchte gerade klarmachen, daß Lawrence begriffen hatte, daß er die Richtung zeigte, daß er eine Lösung anbot. Aber um das zu verstehen, müssen wir die besondere Beschaffenheit seines Temperaments erkennen und die Beziehung eines solchen Temperaments zu unserer Zeit. Das Problem einer unmittelbaren und persönlichen Lösung für die bedrängenden Schwierigkeiten der Zeit geht dann in dem umfassenderen und sehr viel persönlicheren Problem des *Schicksals* auf. Daß wir, jeder einzelne und wir alle zusammen, ein Schicksal haben, scheint im Augenblick wichtiger als die Frage einer unmittelbaren Lösung der Lebensprobleme. Gerade indem man eine Beziehung zwischen sich und dem Kosmos herstellt, wird sich eine neue Art von Hoffnung einstellen, und mit der Hoffnung auch der Glaube. Wir müssen uns fragen, wie es kommt, daß angesichts eines zermalmenden Schicksals einige, statt zurückzuweichen und sich zu ducken, vorpreschen, um es sich zu eigen zu machen. Kurzum, es gibt einige unter uns, die gegenüber der Welt eine entschiedene Haltung einnehmen, aber sie weder abzulehnen, noch ihr zu entfliehen, noch sie zu verändern suchen, sondern einfach nur zu überleben. Manche bewußter als andere. Manche, als sähen sie es in den Sternen geschrieben, als wäre es auf ihren Körper tätowiert.

Heute gibt es über die ganze Welt hin eine gewisse Anzahl moderner Geister, die alles andere als modern sind. Sie haben überhaupt keine Beziehung zur Zeit, und doch spiegeln sie die Epoche wahrhaftiger, authentischer wider als jene, die mit dem Strom schwimmen. Buchstäblich im Herzen des modernen Geistes ist eine Spaltung eingetreten. Das Ei zerbricht, die Chromosomen spalten sich, um mit einem neuen Lebensmuster aufzuwarten. Irgend etwas keimt, und diejenigen unter uns, die am meisten entfremdet schienen, zwiespältig und völlig geschieden vom Strom des Lebens, die schreiten voran, um das vorläufig noch rudimentäre Leben zu schaffen.

Wenn ich von einer Hoffnung und einem Glauben rede, dann frage ich mich, welche Beweise es gibt, die eine solche Sprache rechtfertigen? Ich denke wieder an die Renaissance und daran, wie besessen Lawrence von dieser Epoche war. Ich sehe uns vor der Zukunft stehen, geteilt zwischen Hoffnung und Furcht. Aber wenigstens wissen wir, daß es eine Zukunft gibt, daß der Augenblick wichtig ist. So stehen wir da, wie so manchmal in unserem persönlichen Eintagsleben, erschauernd in dem Gedanken an das Morgen, das Morgen, das so ganz anders sein wird als das Heute oder das Gestern. Nur die ganz wenigen sind privilegiert, die Zukunft mit Zuversicht zu sehen, hoffnungsvoll und mutig. Sie sind es, die schon in die Zukunft hinein leben: sie erleben eine gleichsam posthume Freude. Und diese Freude hat zweifellos einen Beigeschmack von Grausamkeit. Indem man den Tod einer alten Ordnung herbeiführt, erwacht so etwas wie eine sadistische Lust. Anders ausgedrückt, könnte man sagen, daß der heroische Geist wiederauflebt. Die sogenannten Modernen sind die Alten und Überdrüssigen, sehen in einer neuen allgemeinen Ordnung eine milde Rechtfertigung des Todes. Ihnen ist jeder Wechsel willkommen. Aber es gibt noch eine andere Art des Modernen, nämlich jenen, der sich blindlings in den Kampf stürzt, um etwas Neues zu errichten, für das es noch keinen Namen gibt. Gerade an diese Gattung von Menschen wandte sich Lawrence. Das apollinische Schauspiel ist vorbei. Der dionysische Tanz hat begonnen. Die künftigen orphischen Künstler sind die Musiker der neuen Ordnung, die samenträchtigen, die *tragischen* Geister.

Es ist auch höchst wichtig, sich klarzumachen, daß der Auflösungsprozeß sich beschleunigt. Mit jedem Tag wird der Gegensatz zwischen den wenigen und den vielen schärfer. Ein großer, gähnender Spalt teilt das Alte vom Neuen. Es mag vielleicht noch Zeit sein, den Sprung zu wagen. Aber mit jedem Tag wird der Abgrund gefährlicher. Die in Lawrence' Werk so deutliche Tendenz – die Welt in Schwarz und Weiß zu scheiden – gewinnt mehr und mehr an Aktualität. Das war auch einer der großen hervorstechenden Züge im Werk von Dante. Das war unvermeidlich. Es markiert den großen geistigen Zwiespalt, des Engels sozusagen übermenschliche Anstrengung, im Neuen die Seele zu entdecken. Während dieses Vorgangs, der einer Bewußtseinskrise gleichkommt, flammt der Geist neu empor. Was immer an Wert, an Schöpferkraft noch vorhanden ist, muß jetzt den reinen flammenden Geist offenbaren. Der Dichter muß Orakel und Prophet sein. Wenn die Nacht kommt, hält der Mensch Ausschau nach den Sternen; er identifiziert sich nicht mehr mit der Welt des Tages, die vergeht, sondern gibt sich an die schweigende Zukunft hin, die ihm bestimmt ist. Indem er auf das scharfsinnige Instrumentarium des Geistes verzichtet, mit dem er vergeblich das Geheimnis zu durchdringen gehofft hatte, steht er jetzt nackt und ehrfurchtsvoll vor dem Schleier der Schöpfung. Er hat eine leise Ahnung von dem, was ihn erwartet. Alles wird in einem neuen Sinn persönlich. Er selbst wird zu einer neuen Person.

Die Welt von Lawrence kommt mir jetzt wie eine fremde Insel vor, auf die ich für eine Reihe von Jahren verschlagen war. Hätte ich meinen Weg zurück in die bekannte, vertraute Welt gemacht, würde ich vielleicht anders über mein Abenteuer sprechen, aber jene Welt gibt es für mich nicht mehr, und die Insel, auf die ich verschlagen war, ist für mich das einzige Bindeglied, eine Erinnerung, die mich mit der Vergangenheit verbindet. Dies also wird als Logbuch meines seltsamen Abenteuers dienen – falls meine Erinnerung mich nicht im Stich läßt.

Mit der letzten Manuskriptsendung von ‹*Der Regenbogen*› an seinen literarischen Agenten J. B. Pinker schrieb Lawrence: «Mein geliebtes Buch, es macht mich traurig, es Ihnen zur Veröffentlichung im Druck zu schicken. Ich könnte in meinem Herzen weinen, wenn ich diese Seiten lese. Wenn es nach mir ginge, würde ich die Veröffentlichung noch etwas hinausschieben.» Hier in einer seiner rührendsten und schönsten Äußerungen enthüllt Lawrence das wahre Gefühl des Künstlers für sein Neugeborenes. Dieser arme Teufel, der für seinen Lebensunterhalt schreiben mußte, wollte dennoch die Veröffentlichung für eine Weile aufschieben, denn wenn ein Buch erst einmal auf den Weg gebracht ist, ist es wie ein Kind, das auf einer Türschwelle abgelegt wurde, vergessen und verleugnet. Diese große Liebe zum eigenen Werk kommt nur aus dem großen Schmerz, es auszutragen und zu gebären. Was für ein bewegender Brief! Wieviel Autoren haben wohl solche Briefe geschrieben? Man sage mir nicht, daß dieser Mann aufs Geld aus war, ein Opportunist. Auch nenne man ihn nicht sentimental. Es war kein Weichling, der diesen Brief schrieb: es war ein echter Mann, ein ernster und fühlender Geist, der sein Werk richtig einschätzte und es gebührend achtete.

Im Lauf der Jahre, in denen ich über Lawrence schrieb, habe ich mich etwas gewandelt, und so auch meine Ideen. Wenn ich mit diesem Buch so weitergemacht hätte, wie es ursprünglich geplant war, hätte ich nur die Genugtuung, etwas einmal Begonnenes zu Ende gebracht zu haben. Ein rein künstliches Erfolgserlebnis. Ich glaube, es wäre ein sehr schlechtes Buch geworden. Also machte ich weiter mit dem Buch, aber auf völlig andere Weise, und vielleicht ist es schlechter, aber in meinen Augen ist es ein besseres Buch.

Ich habe nichts von dem verworfen, was ich um eines harmonischen oder symmetrischen Kunstwerks willen geschrieben hatte. Ich widerrufe das, was ich früher gesagt habe ebensowenig, wie ich meine Vergangenheit widerrufen würde. Aber wenn ich mich heute oder morgen für einen Wechsel meiner Lebensart entscheiden würde, nun ja ... das würde eine neue Lage der Dinge, einen neuen Ausdruck, sozusagen eine neue Technik mit sich bringen.

Über die Jahre hin, da ich nicht an diesem Buch schrieb, dachte ich natürlich von Zeit zu Zeit über das Thema nach. Ein Nachdenken in der Stille, zumal während der Nachtruhe. Oft auch brachte ich ganze Abende damit hin, das Thema mit anderen zu diskutieren, und ich ärgerte mich immer über mich, die Zeit nicht besser genutzt zu haben. Am Ende habe ich mich jeder Diskussion über Lawrence und sein Werk verweigert. Ich fange an, weise zu werden.

Ich hatte mir immer dieses Buch als eine *unkritische* Studie über Lawrence gewünscht, eine leidenschaftliche und voreingenommene Sache. Ich hege die höchste Verachtung und Ablehnung gegen einen solchen fundierten Allround-Kritiker wie Middleton Murry. Ja, ich hasse ihn und seine ganze Sippschaft! Gib es ihnen rechts und links, sage ich mir, und den Rest mag der Teufel holen.

Eine solche Methode dient nicht gerade der Klarheit und Präzision. Viele Leute werden stutzen und verwirrt sein. Aber das würden sie sowieso. Also – zur Hölle mit ihnen! Für wen habe ich dies überhaupt geschrieben? In erster Linie für mich. Ich habe versucht, mir klarzumachen, was ich über Lawrence fühle und denke, damit er mich nicht mehr beunruhigt. Vielleicht ließe sich alles, was ich zu sagen habe, in einem kleinen Absatz zusammenfassen oder sogar in einem knappen Urteil. Wenn ich genügend menschliche Größe besäße, würde ich es dabei belassen können und mich zufriedengeben. Doch offenbar kann ich das nicht. Wenn ich ein ganz Großer wäre, sollte ich es fertigbringen, die ganze Sache zu vergessen und mich in Schweigen zu hüllen. Aber ich bin weder groß noch vernünftig. Es macht mir ungeheure Befriedigung und Laune, daß ich mich so detailliert mit dieser Sache eingelassen habe. Vielleicht wird es vielen Leuten Bauchgrimmen bereiten, aber das stört mich nicht. Solange ich nicht selbst davon Bauchgrimmen bekomme.

Daß ich mich so weit auf diese Aufgabe eingelassen habe, erforderte enorm viel Arbeitskraft und Geduld. Ich glaube nicht, daß ich mir das gedankenlos aufgebürdet habe. Da ist etwas in mir, das hervorkommen, das gesagt werden muß, und solange das nicht geschieht, werde ich meinen Gleichmut nicht wieder haben. Andererseits muß, wenn man eine so gewaltige Menge von Material unter Dach und Fach gebracht hat, etwas damit geschehen. Man kann es nicht einfach in sich verschließen. Es regt sich, es gärt, es zwickt mal hier, mal da, es macht einem unentwegt zu schaffen. Kurzum, es möchte verdaut und ausgespuckt werden. Und wenn man es zu lange in sich behält, kann man an Verstopfung sterben ...

Etwas, was mir von Anbeginn meiner Arbeit immer wieder in den Sinn kam, war ein Ausspruch, der mir mehrfach in den Schriften von Lawrence begegnet ist, «was ich *versuchen* möchte». Das erinnert sehr an Cézanne, der zeitlebens versucht hat, etwas zu *verwirklichen*. Dieser Satz berührt mich tief, wahrscheinlich deshalb, weil ich im gleichen Boot sitze. Dieses *Versuchen* scheint der Schaffensvorgang an sich zu sein. Und gerade diese Anstrengung, über sich hinaus zu gehen, das Unmögliche zu sagen und zu tun, macht es, daß manche Menschen ewig umstritten sind. Dadurch wird alles, was sie tun, heruntergemacht, sie werden zu «Gescheiterten», wie die glattzüngigen Kritiker sagen würden. Und doch scheint mir, daß nur diese Menschen wirklich zählen, auf uns einwirken und uns beeinflussen. Ihr Bestreben ist, über «Kunst» hinaus zu gehen und wiederum ins Leben zu wirken. Sie kommen von der anderen Seite der Kunst in eine Welt der Wirklichkeit, die zuviel für sie ist – nicht einfach, weil sie sich da isoliert fühlen, sondern weil sie in einem tiefen, unbekannten Gewässer sind. Es gibt keine Regeln, keine Gesetze oder Konventionen, nach denen sie sich richten könnten. Es gibt nur das Gewissen, und dieses Gewissen ist arg gestört. Sie sprechen zweierlei Sprachen, und die eine widerspricht der anderen. Sie sind selbst überrascht und verstört. In der Gemeinsprache können sie sich verständlich machen, und obwohl ihnen sehr daran liegt, verstanden zu werden, sind sie nicht fähig, diese allgemeine Sprache für das, was ihnen am Herzen liegt, zu benutzen. Was sie inständigst der Welt zu vermitteln wünschen, kommt in einer hermeneutischen Sprache heraus, die sie allen entfremdet. Sie sind als Anomalien abgestempelt, als Sonderfälle, Mißgeburten, als unsoziale, unkommunikative Wesen. Und gerade diese Menschen haben, durch eine Ironie des Schicksals, den sehnlichsten Wunsch, sich anderen mitzuteilen. Es ist das schlimmste Verhängnis, das einem Menschen bestimmt sein kann. Und Lawrence war ein solcher Mensch *par excellence*.

Es scheint mir völlig hoffnungslos, sinnlos, ihn so anzugehen wie einen gewöhnlichen Künstler von Rang. Wie auch immer man ihn in den Griff bekäme, er würde sich einem entziehen, sich einem entwinden. Warum ihn überhaupt zu fassen versuchen? Warum ihn nicht einfach da belassen, inmitten des von ihm Geschaffenen, und um ihn herumgehen, ihn mal von diesem, mal von jenem Blickwinkel aus betrachten, doch sich dabei stets bewußt sein, daß er ein Mensch ist, ein sehr menschliches Geschöpf aus Fleisch und Blut, umgeben von seiner eigenen Schöpfung. Warum nicht mal an seinem Bart zupfen, um sicher zu sein, daß er echt ist und nicht ein Teil seiner Schöpfung? Warum nicht mal einen Tritt in seinen

Hintern, wenn er störrisch und unnachgiebig ist? Warum ihm nicht schöntun und ihm schmeicheln und ihn lobpreisen? Er war ein menschliches Wesen wie wir alle, und er war anfällig für alles das, für das auch wir anfällig sind. Er beging Verrücktheiten, er benahm sich unklug, er war widersprüchlich, er machte sich klein, er war hin und wieder ein schlechter Freund und ein schlechter Gatte und Liebhaber obendrein. Er schrieb einige schlechte Bücher und auch manchen fürchterlichen Unsinn. Er jammerte und wehklagte gleich Hiob. Aber er *mühte* sich die ganze Zeit, mühte sich härter als irgendein Mensch, den man sich vorstellen kann, und wenn es ihm auch nicht gelang, alles, was er erstrebte, zu verwirklichen, so war er dennoch erfolgreich in seinem Bemühen, und das scheint mir das allein Wichtige an ihm zu sein.

Lawrence war die wahre Inkarnation von Kampf, der prometheische Typus, den die arische Rasse so liebt. Und obwohl er viel umherwanderte, fast über die ganze Erde, so fühlt man sich doch im Rückblick auf sein Leben, im Gedanken an ihn als reinen Geist, unvermeidlich an jene andere mythologische Gestalt erinnert, die auf immer an den Felsen gekettet war und deren Eingeweide von einem Geier weggefressen wurden. Lawrence verzehrte sich in der Leidenschaft, über sich hinauszugehen, in der Leidenschaft, ein Mensch zu werden, der vom Streben nach dem Ideal loskäme. Manchmal wird er wahrhaft gottgleich, ruht er still und wissend in seiner absoluten Beherrschung seiner selbst. Dann ist niemand mit ihm zu vergleichen. Dann weilt er im innersten Kern des Absoluten, und niemand kann ihn da verdrängen. Aber für dieses Abweichen vom menschlichen Pfad ist eine Strafe zu entrichten. Die Strafe der Kreuzigung. Nicht daß die Welt Lawrence gekreuzigt hätte, sondern er selbst, oder der Gott in ihm. Mensch und Gott verbinden sich nicht. Solange es irgend etwas gibt, das entfernt der Idee von Gott entspricht, ist der Mensch ein Geopferter. Um über sich hinauszugelangen, wird der Mensch nicht oder sollte nicht Gott werden, sondern menschlicher, mehr Mensch.

Zum Ende hin hielt Lawrence sich daran, aber da war es zu spät. Die Bücher, die er auf seinem Sterbebett geschrieben hat, sind ein Päan auf das irdische Leben des Menschen, auf das Leben, das er über seiner inständigen Suche nach dem Jenseits vergessen hatte. Aber dieses irdische Leben, das zu erfahren ihm nicht bestimmt war, war ein verklärtes Leben, das zu erkennen und zu genießen uns allen freisteht. Auf mich jetzt, wenn ich über Lawrence nachdenke, wirkt das ebenso stark ein wie auf die Jünger, als sie über Christus nachdachten. Es ist die Sehnsucht auf dem Grunde eines jeden Menschenherzens, wenn der Mensch mit seiner Seele wirklich allein ist.

Literaturhinweis

ALDINGTON, RICHARD: D. H. Lawrence (London 1930)

BRETT, DOROTHY: Lawrence and Brett (1931, Neudruck New York 1972)

CARSWELL, CATHERINE: The Savage Pilgrimage (New York 1932)

CARTER, FREDERICK: D. H. Lawrence and the Body Mystical (London 1932)

ELLIS, HAVELOCK: The Dance of Life (Boston 1923)

GILLET, LOUIS: James Joyce and his New Novel (in ‹Claybook for James Joyce›, 1931, Neudruck London 1958)

LEWIS, WYNDHAM: An Analysis of the Mind of James Joyce (in ‹Time and Western Man›, London 1927)

LEWISOHN, LUDWIG: The Story of American Literature (New York 1932)

LOWENFELS, WALTER, Autor von ‹USA with Music› und ‹Apollinaire›. Als Miller ihn 1931 kennenlernte, arbeitete er an einer ‹Elegy for D. H. Lawrence›, auf die Miller sich hier bezieht.

LUHAN, MABEL DODGE: ‹Lorenzo in Taos› (New York 1932)

MAGNUS, MAURICE: Memoirs of the Foreign Legion, edited by D. H. Lawrence (in Phoenix II)

MURRY, J. MIDDLETON: ‹D. H. Lawrence, Son of Woman› (1931, Neudruck New York 1972)

NIN, ANAÏS: D. H. Lawrence. An unprofessional Study (1932, Neudruck Chicago 1964)

PETRIE, WILLIAM MATTHEW FLINDERS, Autor von ‹The Revelations of Civilization› (London 1911)

RANK, OTTO: ‹The Artist's Fight with Art› (in ‹Art and Artist› 1932)

WILSON, EDMUND: ‹Axl's Castle› (New York 1931)

83/15

rororo Graham Greene

Der menschliche Faktor
rororo Nr. 4693

Die Kraft und die Herrlichkeit
Roman · rororo Nr. 91

Der dritte Mann
Roman · rororo Nr. 211

Der stille Amerikaner
Roman · rororo Nr. 284

Unser Mann in Havanna
Roman · rororo Nr. 442

Die Stunde der Komödianten
Roman · rororo Nr. 1189

Leihen Sie uns Ihren Mann?
Komödien der Erotik
rororo Nr. 1278

Die Reisen mit meiner Tante
Roman · rororo Nr. 1577

Eine Art Leben
rororo Nr. 1671

Das Ende einer Affäre
Roman · rororo Nr. 1787

Zentrum des Schreckens
Roman · rororo Nr. 1869

Der Honorarkonsul
Roman · rororo Nr. 1911

Orientexpress
Roman · rororo Nr. 1979

Jagd im Nebel
Roman · rororo Nr. 4093

Zwiespalt der Seele
Roman · rororo Nr. 4177

Am Abgrund des Lebens
rororo Nr. 4249

Erzählungen
rororo Nr. 4749

Dr. Fischer aus Genf oder Die Bombenparty
rororo Nr. 5051

57/25